ANA VAN LEEUWEN

UGLY TRUTH

Someone to lie for

ROMAN

VAJONA

Dieser Artikel ist auch als E-Book erschienen.

FSC
www.fsc.org
MIX
Paper from responsible sources
FSC® C115691

UGLY TRUTH – Someone to lie for

info@vajona.de

Druck und Verarbeitung: TOTEM.com.pl, ul. Jacewska 89,
88-100 Inowrocław
Printed in Poland
Lektorat und Korrektorat: Désirée Wandschneider
Umschlaggestaltung: Julia Gröchel unter Verwendung von Motiven von Rawpixel
Satz: VAJONA Verlag, Oelsnitz

ISBN: 978-3-948985-06-6

VAJONA Verlag

Für Jakob.
Du bringst dem Chaos in mir Frieden.

PLAYLIST

Sia - Helium
Kesha - Praying
Eminem ft. Rihanna - Love The Way You Lie
X Ambassadors - Unsteady
Linkin Park - One More Light
Tom Walker - Leave A Light On
Dean Lewis - Be Alright
Craig David feat. Bastille - I Know You
Avril Lavigne - Head Above Water
Labrinth feat. Emily Sandé - Beneath Your Beautiful
Pink & Khalid - Hurts To Be Human
Sia - Alive
Avec - Heartbeats
Lewis Capaldi - Bruises
Maroon 5 - Memories
Ed Sheeran - Give Me Love

PROLOG

Noah

VOR 9 JAHREN

Ich starrte in den Spiegel und musterte die Gesichtszüge, die mir vertraut sein sollten. Aber es war, als würde ich in ein fremdes Gesicht blicken. Blonde Haare, glattrasierte Wangen, braune Augen.

Kopfschüttelnd nahm ich die farbigen Kontaktlinsen heraus. Als ich wieder in den Spiegel sah, war es, als würde das Grün meiner Augen mich durchbohren. Ich griff nach der Packung, die auf dem Waschbecken stand, und studierte sie. So schwer sollte das nicht sein.

Dann zog ich mir das T-Shirt über und wusch meine Haare. Danach legte ich mir ein Handtuch um die Schultern und verteilte die Farbe auf dem Kopf.

Ich hatte das Blond gehasst. Einen Sonnyboy hatten sie darstellen wollen, gefühlt hatte ich mich nie so. Erstaunlicherweise hatten viele die Lüge geglaubt. Im Gegensatz zu mir.

Zwanzig Minuten Einwirkzeit stand auf der Verpackung. Lieber dreißig, um sicherzugehen.

Barfuß ging ich in das angrenzende Zimmer und sah mich um. Eine Küchenzeile, ein Bett, ein Sofa. Mein ganzes Leben passte in einen Raum.

Mehr hatte ich nie gebraucht. Keine Bilder hingen an den Wänden, keine Erinnerungsstücke standen auf den Schränken.

Wovon auch? Es gab nichts, woran ich mich hatte erinnern wollen. Ich warf den Koffer auf das Bett und öffnete die Schubladen. Unterwäsche, T-Shirts, Hemden, alles schmiss ich hinein, ohne ihm Beachtung zu schenken.

Beim Sockenfach hielt ich inne und nahm das einzige, ungetragene Paar in die Hand. Ich setzte mich aufs Bett und schüttelte den Inhalt heraus. Nicht das beste Versteck, aber mein ganzes Leben über hatte es gereicht. Ich hielt den Ring zwischen den Fingern und musterte ihn. Andächtig strich ich über die Gravur im Inneren.

Immer in meinem Herzen.

In den letzten fünfzehn Jahren hatte ich die Inschrift so oft berührt, war mit dem Finger über jedes einzelne Wort gefahren, dass es mich wunderte, dass man sie noch lesen konnte. Ob ich jemals jemanden treffen würde, dem ich diesen Ring geben konnte?

Ich schüttelte den Kopf und legte ihn wieder in die Socke.

Es dauerte zwei weitere Minuten, bevor ich den Rest meines Lebens verpackt hatte.

Einmal hatten sie mich neu lokalisiert, weil ich als kleiner Junge so dumm gewesen war und meinen Freunden die Wahrheit erzählt hatte. Keiner hatte mir geglaubt. Die Eltern hatten mich einen Lügenjungen genannt und ihren Kindern verboten, Zeit mit mir zu verbringen. Danach waren wir gegangen.

Ein neuer Ort, eine neue Identität. Eine, die geblieben war. Bis heute.

Ich ging ins Bad, wusch die Farbe aus, föhnte mir die Haare. Das Gesicht, das mir diesmal entgegensah, sollte mir fremd sein, aber es fühlte sich seltsam vertraut an. Als hätte ich schon immer so aussehen sollen.

Dann zog ich das T-Shirt wieder über und fuhr mir mit der Hand durchs Haar. Ich nickte mir aufmunternd zu. Ein Blick aufs Handy verriet mir, dass ich nur eine einzige Nachricht hatte. Was gut und richtig war. Niemand sonst hatte diese Nummer.

Ray: 10:30 Museumplein.

Ich sah auf die Uhr an meinem Handgelenk. Ich hatte eine knappe halbe Stunde. Wenn ich mich sofort auf den Weg machte, würde ich es mit der Straßenbahn rechtzeitig schaffen.

Ein letztes Mal musterte ich den Raum, wartete auf das Gefühl des Abschieds, auf einen kleinen Anflug von Traurigkeit, der sich einstellte. Aber nichts. Ich schnappte mir den Koffer und verließ die Wohnung, ohne einen Blick zurückzuwerfen.

Am Museumplein angekommen, suchte ich unauffällig die Menschenmassen ab.

Wie immer tummelten sich die Touristen um den *»I Amsterdam«*-Schriftzug, lachten, machten Fotos von sich und genossen ihr Leben. Sie hatten keine Sorge in der Welt, nur die, alle Sehenswürdigkeiten sehen zu wollen, die diese Stadt zu bieten hatte.

Sie würden im Internet nach Geheimtipps suchen und sich doch nur in den Lokalen und Cafés die Zeit vertreiben, die Ansässige niemals betreten würden, weil sie eben nur das eine waren: Touristen-Hotspots.

Sie würden die Straßenkünstler voller Staunen beobachten, Videos mit ihren Handys machen und zu Hause ihren Freunden davon berichten. Fünf Jahre in dieser Stadt hatten mich viel gelehrt.

»Du siehst aus wie dein Vater.«

Beim Klang der Stimme drehte ich mich um und musterte Ray. Den Mann, der mich all die Jahre begleitet hatte. Auch er begutachtete mich, als sähe er mich zum ersten Mal.

»Scheiße, die Ähnlichkeit war immer da«, er schüttelte den Kopf »Aber so? Du bist ihm wie aus dem Gesicht geschnitten.«

Ich zuckte mit den Schultern. Wusste nicht, was ich darauf sagen sollte. Konnte ihm weder zustimmen noch seine Aussage verneinen. Ich konnte mich kaum an ihre Gesichter erinnern.

Er schien meinen Blick zu bemerken und verstummte. Mit einem Nicken deutete er auf das *Van-Gogh-Museum.* Schweigend holten wir uns Tickets und begannen mit einer Tour durch die Galerie. So wie wir das alle drei Monate getan hatten. Bis heute.

Wir sprachen kein Wort miteinander. Es gab nicht viel zu sagen. Hin und wieder spürte ich, wie er mich von der Seite ansah, aber ich beschloss, ihn zu ignorieren. Wie immer war das letzte Bild auf unserer Tour *Garden with Courting Couples.*

»Deine Mutter hat dieses Bild geliebt«, sagte Ray leise, während wir es betrachteten.

Ich nickte. Das erzählte er mir bei jedem Treffen und wie so oft brannte heiße Eifersucht in mir. Ich wünschte, ich hätte die Gelegenheit gehabt, sie so kennenzulernen wie er. Mich so an sie zu erinnern wie er. Aber ihre Gesichter verblassten. An manchen Tagen wusste ich nicht einmal mehr, wie ihre Stimmen klangen, geschweige denn wie sie rochen.

»Bist du dir sicher?«, fragte er mich ein weiteres Mal.

Die eine Frage, die er mir im vergangenen Jahr so oft gestellt hatte und auf die sich meine Antwort nie geändert hatte.

Es war Zeit.

Ich hätte längst gehen, ein anderes Leben beginnen können, aber ich war vorsichtig geblieben. »Es ist Zeit.«

Er nickte. Manchmal glaubte ich, dass er mich besser verstand als ich mich selbst.

Wir setzten uns auf eine Bank und starrten das Bild weiterhin an. Dann zog er einen Umschlag aus seiner Tasche und legte ihn neben uns.

»Pass, Führerschein, Personalausweis. Abschlusszeugnisse, die auf deinen Namen ausgestellt sind.«

Fragend legte ich meinen Kopf schief.

Er räusperte sich. »Deinen echten Namen.« Einen kurzen Moment schwieg er. »Ich habe ein Bankkonto auf deinen Namen eröffnet und etwas Geld hinterlegt. Du wirst es brauchen, um neu anzufangen.«

Tränen der Dankbarkeit stiegen mir in die Augen. Ich schluckte sie weg und räusperte mich. Eine Frage hatte ich mich nie zu stellen getraut. »Werde ich sicher sein?«

Schweigen.

»So sicher, wie man eben sein kann«, antwortete er. »Es wurde nie nach dir gesucht, sie sind einfach immer davon ausgegangen …«

»Dass ich an diesem Abend auch gestorben bin«, flüsterte ich und rieb gedankenverloren über meine Seite, als würde ich dort wieder Schmerzen spüren.

Die Erinnerungen wollten sich mit aller Macht an die Oberfläche drängen, aber ich versuchte, sie zu vertreiben. Nicht hier, nicht jetzt, nicht heute. Er nickte. Mehr gab es nicht zu sagen.

Auch ich holte ein Kuvert aus der Tasche.

»Pass, Führerschein, Personalausweis. Alles ist drin«, sagte ich leise und schob ihm den Umschlag zu.

Er nickte, ergriff ihn und steckte ihn ein. Dann zögerte er, bevor er nach meiner Hand griff und sie fest drückte. Ich drehte den Kopf zu ihm und musterte ihn. Ray hatte mir so viel beigebracht, hatte dabei geholfen, mich zu beschützen, zu verstecken und mich sicher zu wissen.

»Danke für alles«, flüsterte ich und er nickte.

Tränen standen ihm in den Augen. »Es tut mir so leid, Noah«, sagte er leise.

Ein Glücksgefühl durchströmte mich jedes Mal, wenn ich diesen Namen hörte. Jedes Mal, wenn ich meinen Namen hörte.

»Dir braucht nichts leidtun«, erwiderte ich ebenso leise und zuckte mit den Schultern. »Es war nie deine Schuld.«

»Ich wünsche, ich hätte sie retten können«, wisperte er und mein Herz wurde schwer. Ich wusste, dass er diese Last mit sich trug.

»Es war nicht deine Schuld«, wiederholte ich, dieses Mal mit mehr Bestimmtheit.

Er wischte sich die Tränen aus den Augenwinkeln und nickte.

»Du wirst den Namen Adrian Weber vergessen müssen«, sagte er und sah mich an. »Schaffst du das?«

Das war etwas, was mir sicher nicht schwerfallen würde. Der Name hatte sich immer falsch angefühlt.

»Was wirst du jetzt tun?«, fragte er mich und Neugierde blitzte in seinen Augen auf.

»Ich werde nach Hause gehen«, sagte ich und das erste Lächeln schlich sich auf mein Gesicht.

Stunden später saß ich im ICE, der mich Richtung München bringen würde. Von dort musste ich noch zweimal umsteigen, bis ich in meinem Heimatort ankam.

Vorfreude durchzuckte mich, etwas, was ich schon lange nicht mehr gespürt hatte. Ich ergriff den Umschlag und holte die Dokumente heraus. Auf den Passfotos hatte ich noch immer meine blonden Haare, aber alles andere war richtig.

Augenfarbe, Geburtsdatum, Name – endlich stimmte alles.

In meinem Kopf ging ich die Geschichte ein weiteres Mal durch. Meine Eltern waren bei einem Autounfall gestorben, ich war bei meiner Großmutter aufgewachsen, hatte in Amsterdam studiert und wollte nun zurück nach Hause kommen.

Die Lüge fühlte sich falsch an, aber sie war besser als die Wahrheit.

Besser als die ganze Wahrheit.

Ich warf noch einen Blick in den Umschlag und bemerkte, dass ich etwas übersehen hatte.

Ein Sturm tobte in meinem Bauch, als ich sah, dass es ein Foto war. Schnell zog ich es heraus und hielt einen Augenblick geschockt inne – ein Bild meiner Eltern.

Es war so lange her, dass ich eines gesehen hatte. Ich hatte keine Erinnerungen behalten können, hatte nicht einmal gewusst, dass Ray dieses Foto besessen hatte.

Sie waren einander zugewandt, sahen sich mit verliebten Augen an. Meine Mutter trug ein weißes Kleid und man konnte bereits die Rundung ihres Bauches wahrnehmen. Mein Vater hatte seine Hand auf die Wölbung gelegt und betrachtete sie, als wäre sie das Kostbarste auf diesem Planeten. Ich schluckte.

Ich sah wirklich aus wie er.

Freude, Trauer und Dankbarkeit durchströmten mich zugleich. Als ich mich endlich von dem Bild lösen konnte, steckte ich es in mein Portemonnaie. Dann ließ ich den Blick aus dem Fenster schweifen. Sah die Landschaft, die an uns vorbeiflog, während der ICE mich meiner Heimat immer näher brachte.

Vorfreude durchströmte mich. Und Hoffnung.

Hoffnung darauf, dass das Leben es jetzt endlich einmal gut mit mir meinen würde. Hoffnung auf ein bisschen Glück, ja vielleicht sogar auf Liebe.

Hoffnung auf ein Leben als Noah Klein.

KAPITEL 1

Noah

VOR FAST 9 JAHREN

Ich warf einen prüfenden Blick in den Einkaufswagen und ging gedanklich ein letztes Mal meine Einkaufsliste durch. Ich hatte an alles gedacht.

Zufrieden nickend schob ich den Wagen in Richtung Kasse. Eine ältere Dame drängelte sich vor – statt mich zu beschweren, nickte ich ihr gönnerhaft zu. Schließlich wollte ich ja nicht so sein. Während sie im Schleichtempo ihre Einkäufe auf das Band legte, glitt mein Blick an ihr vorbei zu der jungen Frau, die vor ihr stand.

Ihr Rücken war zu mir gedreht und ich konnte nicht viel von ihr erkennen, bis auf hüftlanges schwarzes Haar.

»Das macht dann vierunddreißig Euro neunzig«, brummte der Verkäufer und brachte die Frau dazu, ihren Kopf zu drehen. Sie trug ein strahlendes Lächeln auf den Lippen und auf einmal hatte ich das Gefühl, als bliebe alles um mich herum stehen. Wie gebannt starrte ich sie an, schob meinen Einkaufswagen sogar ein Stückchen weiter vor, weil ich nicht nah genug an ihr dran war.

»Hey«, beschwerte sich die ältere Dame vor mir und sah mich mit finsterem Blick an. »Passen Sie doch mal auf.«

Ich blinzelte und bemerkte erst jetzt, dass ich meinen Wagen in ihre Hacken gefahren hatte.

»Entschuldigung«, murmelte ich.

Die wenigen Sekunden, die ich abgelenkt gewesen war, hatte die junge Frau genutzt, um ihre Einkäufe zu bezahlen und in Richtung Ausgang zu marschieren. Mein Blick folgte ihr durch die Fensterscheibe, bis sie bei ihrem Auto angekommen war. Noch immer hatte sie ein leichtes Lächeln auf den Lippen und strich sich die Haare hinters Ohr, während sie ihren Kofferraum zuwarf.

Ich wusste nicht, was mit mir los war. Ich konnte mich nicht einmal daran erinnern, wann ich jemals so auf irgendeinen Menschen reagiert hätte. Aber gerade jetzt passierte es. Ich konnte mir nicht erklären, wieso diese junge Frau mich so in ihren Bann zog und alles um mich herum verblassen ließ, aber eines wusste ich genau: Ich musste sie kennenlernen.

Als ich dabei war, die Einkäufe stehen zu lassen, räusperte sich jemand lautstark. Mein Kopf ruckte zu dem Verkäufer, der mich mit hochgezogener Augenbraue ansah.

»Wollen Sie noch den ganzen Tag dort stehen?«, fragte er. »Ich habe noch mehr Kunden als Sie.«

Ein Blick über meine Schulter bestätigte, dass hinter mir einige entnervte Leute standen, denen ich ein schnelles, entschuldigendes Lächeln zuwarf.

In Windeseile verräumte ich die Einkäufe, bezahlte und verließ den Laden. Von der jungen Frau war nichts mehr zu sehen und das seltsame Gefühl, die Chance meines Lebens verpasst zu haben, ließ mich nicht los.

Wütend knallte ich den Kofferraumdeckel zu, eilte schnell auf die Beifahrerseite und griff nach der Postkarte, die auf dem Sitz lag. Auch, wenn wir offiziell keinen Kontakt mehr haben durften, hatte ich das Bedürfnis, Ray zu sagen, dass es mir gut ging. Schließlich hatte er in den letzten Jahren all seine Energie darauf verwendet, dass ich sicher war.

Ich brachte den Einkaufswagen an den für ihn vorgesehenen Ort zurück und schlenderte ein paar Meter zur örtlichen Post. Es standen einige Leute Schlange und ich stellte mich geduldig hinter ein Mädchen, das gemeinsam mit ihrem Vater wartete.

Gedanklich war ich immer noch bei der jungen Frau mit den langen schwarzen Haaren und diesen strahlend blauen Augen. Ich hatte nur einen kurzen Blick in ihr Gesicht erhaschen können, aber es hatte gereicht. Wofür genau konnte ich nicht sagen.

Noch immer ärgerte ich mich, dass ich nicht schnell genug gewesen war, um sie anzusprechen. Seit Jahren – was sagte ich da? – eigentlich hatte es nie eine Frau geschafft, mich innerhalb weniger Minuten in ihren Bann zu ziehen. Nicht so.

»Papa«, quengelte das Mädchen, das in der Reihe direkt vor mir stand, und riss mich aus meinen Gedanken. »Müssen wir hier stehen bleiben?« Sie rümpfte die Nase und musterte ihren Vater skeptisch. Er trug Sportklamotten und hatte seinen Arm um seine Tochter gelegt.

Die Kleine beugte sich zu ihm. Vermutlich dachte sie, dass sie flüstern würde, aber sie sagte – für alle Umstehenden mehr als nur verständlich: »Du stinkst nämlich ein bisschen. Mama hat doch gesagt, dass du nach dem Sport duschen gehen sollst.«

Auch wenn das nicht sonderlich höflich war, legte ich meinen Kopf in den Nacken und lachte.

Ich hatte das Gefühl, dass ich in den letzten Jahren nicht so gelacht hatte wie jetzt. Irgendwie … frei. Als dürfte ich laut lachen. Als wäre es okay, dass ich endlich glücklich war. Oder auf dem besten Weg dorthin.

»Noah?«, fragte jemand hinter mir und berührte mich an der Schulter.

Ich erstarrte und das Lachen blieb mir in der Kehle stecken. Panik machte sich in mir breit. Ich ballte die Hände zu Fäusten, drehte mich vorsichtig um und sah in ein mir fremdes Gesicht.

»Noah?«, wiederholte die Person ungläubig und musterte mich.

Auch ich begann mein Gegenüber genauer zu betrachten. Blonde Haare, blaue Augen, ebenmäßige Gesichtszüge. Ein Herzensbrecher, wie er im Buche stand. Aber irgendetwas an seinem Gesicht fühlte sich seltsam vertraut an.

Ich runzelte die Stirn. Wann hatte sich in den letzten Jahren etwas vertraut angefühlt?

»Noah«, wiederholte er ein weiteres Mal, dieses Mal noch eine Spur ungläubiger.

Er zog mich in eine Umarmung, die ich nicht erwiderte. Auch wenn sein Gesicht sich bekannt anfühlte, wusste ich nicht wieso.

»Du hast mich wirklich vergessen?«, tadelte er lachend. »Ich bin's«, zwinkerte er und reichte mir die Hand. »Basti.«

»Basti?«, wiederholte ich ungläubig und musterte sein Gesicht erneut.

In den Gesichtszügen des Mannes konnte ich den kleinen Jungen wiedererkennen, der bis zu meinem neunten Lebensjahr mein bester Freund gewesen war. Bis …

Ich schluckte und schüttelte den Kopf. Dann schenkte ich ihm ein breites Grinsen.

»Was machst du denn hier?«, fragte ich, immer noch eine Spur verdattert.

Basti plusterte sich ein wenig auf. »Was ich hier mache?«, er lachte. »Ich wohne hier«, stellte er das Offensichtliche fest.

Vermutlich war er sein ganzes Leben in diesem Ort geblieben, etwas, was mir vollkommen fremd war. Ich hatte meine Kindheit und Jugend damit verbracht, von Ort zu Ort zu ziehen und niemals lange zu bleiben. Keine Wurzeln zu schlagen.

»Aber was machst du hier?«, fragte er neugierig. »Seit damals«, meinte er und verzog mitleidig das Gesicht. »Seit deine Eltern diesen Autounfall hatten, habe ich dich nicht mehr gesehen.«

Ich seufzte. »Ich war bei meiner Oma«, ratterte ich die Lüge wie automatisch runter. »Tut mir leid, dass ich mich nie gemeldet habe«, meinte ich mit zerknirschtem Gesichtsausdruck. »Das war so ein bisschen das Letzte, was ich auf dem Schirm hatte.«

Basti nickte verständnisvoll, auch wenn er keine Ahnung davon hatte, was meine Worte bedeuteten. Er konnte ja nicht ahnen, dass ich jahrelang keine einzige Nacht durchgeschlafen hatte, sondern immer wieder schreiend wach geworden war. Ich war bei zehn verschiedenen Therapeuten gewesen, in der Hoffnung, dass sie es schaffen würden, meine Träume zu stoppen.

»Und jetzt habe ich einen Job hier angefangen«, erzählte ich und konnte nicht umhin, dass sich ein stolzes Lächeln auf meine Lippen schlich.

Ich hatte es geschafft. Ich hatte meine Vergangenheit hinter mir gelassen, war zurück in meine Heimat gezogen und hatte einen Job bei einem renommierten Architektenbüro erlangt.

»Du bist also wirklich wieder hier?«, fragte Basti mich mit großen Augen.

Ich nickte und mein Lächeln wurde eine Spur breiter. Ich war wieder hier.

»Krass, Alter«, meinte er und ich hatte den Eindruck, dass er glücklich klang. Er klopfte mir auf die Schulter. »Ich bin auf dem Weg zu Benj und Max«, sagte er und ließ den Satz wie eine Einladung klingen. »Kennst du die beiden noch?«

Wie hätte ich die Zwei vergessen können? Benj, Max und Basti waren meine besten Freunde gewesen. Wir hatten so viel Blödsinn gemeinsam gemacht, dass meine Mutter die drei an besonders schlimmen Tagen verflucht hatte. An den Guten hatte sie uns Süßigkeiten zugesteckt.

»Wie könnte ich die Zwei vergessen?«, fragte ich amüsiert und dachte an all die Dinge, die wir gemeinsam erlebt hatten.

»Wenn du willst …«, fuhr er fort und klang unsicher. »Wir schauen immer zusammen Bundesliga. Weiß ja nicht, ob du Fußball noch magst, aber du kannst gerne mitkommen.«

Ich sah auf die Postkarte in meiner Hand.

Auch wenn ich Ray sagen würde, dass es mir gut ging und alles bestens lief, war das ein kleines bisschen gelogen. Mir ging es gut und ich war glücklich, wieder hier zu sein, aber es fühlte sich seltsam an. An jeder Ecke drehte ich den Kopf, aus Angst, dass mir jemand folgte. Fuhr ein Wagen mir länger als normal hinterher, bekam ich schweißnasse

Hände. Erst wenn er abbog oder weiterfuhr, während ich stehenblieb, konnte ich getrost aufatmen.

Es war, als könnte ich die Angst nicht abschütteln. Als wäre sie mein fester Begleiter geworden. Ganz egal, wie viele Therapien ich machte. Ganz egal, wie weit weg ich zog. Ganz egal, wer ich war. Die Angst würde immer Teil von mir sein.

Und auch, wenn ich in eine tolle Wohnung gezogen war und einen großartigen Job hatte ergattern können, hatte ich keine Freunde. Da war niemand, mit dem ich mich unterhalten konnte. Von Fred – meinem neunzigjährigen Nachbarn – mal abgesehen.

»Gerne«, erwiderte ich.

Basti grinste genauso breit zurück und nickte in Richtung der Post. »Musst du hier noch rein?«, fragte er.

Ich hatte gar nicht mitbekommen, dass sich die Schlange so gut wie aufgelöst hatte. Nach kurzem Zögern schüttelte ich den Kopf und ließ die Postkarte unauffällig in meiner Jackentasche verschwinden.

»Nein«, meinte ich. »Das kann ich auch später erledigen.«

Nervös starrte ich auf das Haus vor mir. Ich war Basti mit meinem Wagen gefolgt und je näher wir dem Zuhause von Benj und Max gekommen waren, umso vertrauter hatten sich die Straßen angefühlt. Als würde mein Unterbewusstsein sich daran erinnern, dass ich schon einmal hier gewesen war.

»Komm«, meinte Basti und stieß mich leicht in die Seite. »Die beiden werden sich freuen, dich zu sehen«, sagte er zuversichtlich.

Skeptisch musterte ich ihn, aber er hatte sich schon längst abgewandt und öffnete die Tür.

»Schaaatz«, rief er scherzend. »Ich bin zu Hause.«

Leise lachend folgte ich ihm. In seiner rechten Hand trug er einen Kasten Bier und ich war froh, dass ich heute ein paar Tüten Chips eingekauft hatte. Wir gingen um die Ecke und betraten das Wohnzimmer. Alles an diesem Raum fühlte sich vertraut an, als hätte sich in den letzten sechzehn Jahren hier nichts geändert.

»Schaut mal, wen ich mitgebracht habe«, verkündete Basti gut gelaunt und begrüßte zwei weitere Männer in unserem Alter.

Neugierig musterten sie mich und es schien auch bei ihnen eine Weile zu dauern, bis sie begriffen, wer ich war.

»Noah?«, fragte Benj verdattert. Er blinzelte ein paar Mal, als könnte er nicht glauben, dass ich vor ihm stand.

»Hey«, meinte ich und winkte lahm in die Runde.

Wie verhielt man sich gegenüber seinen besten Freunden, die man sechzehn Jahre nicht gesehen hatte? Max sah mich mit großen Augen an.

»Aus welchem Loch hat Basti dich denn gezogen?«, meinte er, nachdem er sich von dem ersten Schock erholt hatte.

Dann kam er auf mich zu und zog mich in eine Umarmung, als wären nicht sechzehn Jahre seit unserem letzten Treffen vergangen.

»Nächstes Mal kannst du dich echt früher mal melden«, lachte Benj und tat es seinem Bruder gleich.

»Geb mir Mühe«, erwiderte ich und verdrehte die Augen.

Wir ließen uns aufs Sofa fallen, während der Fernseher im Hintergrund flimmerte. Das Fußballspiel würde in wenigen Minuten beginnen, aber die drei Jungs sahen alle mich an. Als wäre ich ein seltenes Tier, das es im Zoo zu bestaunen galt.

»Wollt ihr ein Foto machen?«, schlug ich vor. »Habt ihr länger was von.«

Alle drei lachten und auf einmal war das Eis gebrochen. Natürlich musste ich auch ihnen dieselbe Lüge auftischen, die ich schon Basti erzählt hatte. Mittlerweile hatte ich die Lüge so oft verwendet, dass sie sich schon fast wie die Wahrheit anfühlte. Aber nur fast.

Nachdem wir uns auf den Stand der neuesten Dinge gebracht hatten, wandten wir uns dem Fernseher zu. Basti drückte mir ein Bier in die Hand und Benj und Max machten sich über die Chipstüten her, die ich mitgebracht hatte. Alles fühlte sich so seltsam normal an, dass ich es fast nicht glauben konnte.

Kurz vor der Halbzeit stand ich auf.

»Kann ich mir ein Glas Wasser holen?«, fragte ich und nickte in Richtung der Bierflasche, die auf dem Tisch stand.

Ich musste heute noch fahren und wusste, wo mein Limit war.

»Küche ist da hinten«, murmelte Max, der gebannt auf den Fernseher starrte und nur mit seinem Daumen über die Schulter wies.

»So ein verdammter Mist«, fluchte Benj und schlug mit der Handfläche auf den kleinen Couchtisch. »Das war ja mal sowas von Abseits.«

Die anderen zwei brummten bestätigend, während ich mit einem Grinsen in die Küche ging.

Ich war so in Gedanken versunken, dass ich die Person nicht bemerkte, die mir entgegenkam. Erst als sie in mich stieß und ein Teller scheppernd zu Boden fiel, blickte ich nach unten.

»Kannst du nicht ein bisschen aufpassen?«, fauchte mein Gegenüber und mein Herz blieb für einen Augenblick stehen.

Diese blauen Augen hatte ich heute schon einmal gesehen. Kurz wollte ich aufjubeln, weil ich nicht glauben konnte, wie viel Glück ich hatte. Stattdessen starrte ich sie verdattert an. Sie hatte ihre Stirn kraus gezogen, musterte mich und streckte ihre Hand nach mir aus. Dabei wirkte sie so verträumt, als wüsste sie selbst gar nicht, was sie da tat.

»Symmetrisch«, murmelte sie. »Wow. Das ist selten.«

Schmunzelnd sah ich sie an, was sie dazu veranlasste, zusammenzuzucken und ihre Hand zurückzuziehen. Ein winziges bisschen Enttäuschung machte sich in meinem Magen breit. Ich hätte zu gerne gewusst, wie sich ihre Finger auf meiner Haut anfühlten.

»Symmetrisch?«, fragte ich sie amüsiert.

»Ja, symmetrisch«, erwiderte sie schnippisch und bückte sich, um die Scherben aufzusammeln.

Erst jetzt bemerkte ich das Chaos auf dem Boden. Ein zerbrochener Teller mit Sushi lag auf den Fliesen und schlechtes Gewissen erfasste mich. Schnell bückte ich mich ebenfalls und half ihr, die Einzelteile zusammenzusuchen.

»Was ist denn symmetrisch?«, fragte ich aus Mangel an einer besseren Alternative.

Sie druckste herum und ich musterte sie neugierig.

»Dein Gesicht«, murmelte sie leise.

»Mein Gesicht?«, fragte ich erstaunt und musste mir das Lachen verkneifen. So etwas hatte ich auch noch nicht gehört.

»Ja, dein Gesicht«, erwiderte sie patzig.

»Ähm, danke, schätze ich …«, schmunzelte ich.

Genervt riss sie mir die größeren Scherbenteile aus der Hand und warf sie in den Müll.

»Was hast du gemacht, dass Emmi so wütend ist, Noah?«, hörte ich Bastis amüsierte Stimme in meinem Rücken.

Emmi. Der Name passte zu ihr und er gefiel mir.

»Hm, ich glaube, ich hab ihr Abendessen ruiniert«, erwiderte ich zerknirscht, nachdem mir Bastis Frage wieder in den Sinn kam.

»Kein Problem«, meinte sie mit einem schwachen Lächeln und mein Herz stolperte ein bisschen. »Ich werde jetzt einfach schlafen gehen. Ich muss morgen sowieso früh raus.«

»Du willst jetzt einfach nichts mehr essen?«, fragte ich sie erstaunt und das schlechte Gewissen wurde noch eine Spur stärker.

Sie wirkte irgendwie angespannt.

»Ich bin übrigens Noah«, stellte ich mich mit einem Lächeln vor, weil ich nicht wollte, dass sie ging.

»Emily«, erwiderte sie mit einem verhaltenen Lächeln. »Ich bin Benjs und Max kleine Schwester.«

Leise lachte ich und nickte. »Das habe ich mir schon fast gedacht.«

Röte kroch in ihre Wangen. Ihr Blick huschte zur Treppe und ich war mir sicher, dass sie im nächsten Moment irgendeine Ausrede vorbringen würde, um sich zu verabschieden. Panik machte sich in mir breit, weil ich diese erneute Chance nicht vertun wollte.

»Also dann«, murmelte sie, winkte mir lahm zu und begab sich zur Treppe.

Die ganze Zeit über bemerkte ich kaum, dass Basti uns mit einem interessierten Gesichtsausdruck musterte. Sie stieg die Stufen nach oben und ich konnte meinen Blick nicht von ihr abwenden. Emily bewegte sich, als wäre sie im Einklang mit sich und der Welt. Alles in mir schrie danach, mehr Zeit mit dieser Frau zu verbringen.

»Emily«, rief ich, bevor ich überhaupt wusste, was ich sagen wollte.

Sie hielt inne und drehte sich auf dem Treppenabsatz um.

»Gehst du morgen mit mir aus?«, fragte ich sie und mein Herz klopfte wie wild.

Sie durfte nicht Nein sagen. Auf gar keinen Fall durfte sie Nein sagen.

»Weil du mein Abendessen ruiniert hast?«, fragte sie mit zusammengezogenen Augenbrauen.

Eine kleine Falte bildete sich auf ihrer Nasenwurzel und ich verspürte den drängenden Wunsch, mit meinem Zeigefinger darüber zu streichen. Verlegen kratzte ich mich am Hinterkopf.

»Auch, ja«, gab ich zu und nickte bedacht. »Aber ich will mit dir ausgehen.«

»Ausgehen?«, fragte sie mit erhobener Augenbraue, als würde sie kein Deutsch verstehen.

Aber ihre Nachfragen waren besser als eine Absage.

»Ein Date, Emmi.« Ich schluckte gegen den Kloß in meinem Hals an.

Ich fühlte mich wie ein blutiger Anfänger. Mein letztes Date war Jahre her.

»Ich würde gerne auf ein Date mit dir gehen.«

Sie schluckte und röte kroch in ihre Wange. Das war ein gutes Zeichen, oder?

»Ähm …«, murmelte sie und warf einen Blick auf den Boden. »Okay, schätze ich?«

Ihre Antwort klang mehr nach einer Frage und ich musste grinsen.

»Okay schätzt du?«, hakte ich nach.

Sie schüttelte den Kopf. »Nein.«

Mein Herz blieb stehen und ich beschloss, dass, wenn sie wirklich nicht mit mir ausgehen wollen würde, ich es so lange weiterversuchen würde, bis sie Ja sagte.

»Ich meine ja. Also ja, gerne«, fuhr sie fort.

Sie lächelte mich vorsichtig an und ich musste meine ganze Selbstbeherrschung aufbringen, um nicht die Faust in die Luft zu strecken.

»Cool«, erwiderte ich lässig.

Wie peinlich. Wer sagt denn heute noch cool?

»Passt dir sieben Uhr?« Sie nickte und unauffällig wischte ich meine schweißnassen Hände an der Hose ab. »Dann bis morgen«, meinte ich und schenkte ihr ein weiteres strahlendes Lächeln, ehe ich mich wieder ins Wohnzimmer begab.

Ich hatte gar nicht mitbekommen, wann Basti uns alleine gelassen hatte. Dafür sahen mich jetzt Benj und Max mit einem entsetzten Gesichtsausdruck an, fast so, als könnten sie nicht glauben, was ich getan hatte. Basti hingegen verkniff sich ein Grinsen und setzte zu einem weiteren Schluck aus seiner Bierflasche an.

»Alter …« Max sah mich an und schien zu überlegen, ob er mir eine verpassen sollte. »Hast du gerade unsere Schwester gefragt, ob sie mit dir auf ein Date gehen will?«

»Jap«, erwiderte ich und ließ mich aufs Sofa plumpsen. Meinen Blick richtete ich auf den Fernseher.

»Bist du bekloppt, Mann?«, fragte Benj und ich war mir sicher, dass Max irgendetwas davon murmelte, dass der Bro-Code das doch gar nicht erlauben würde.

»Nein«, sagte ich mit einem Lächeln. »Ich habe nur noch nie eine so schöne Frau wie sie gesehen.«

Und ich sollte verdammt sein, wenn ich es nicht schaffen würde, Emily für mich zu gewinnen.

KAPITEL 2

Emily

Das Erste, was ich wahrnahm, waren die warmen Sonnenstrahlen auf meiner Haut. Dann nahm ich die Vögel wahr, die ihre Lieder zwitscherten, als wenn alles so weitergehen würde wie immer. Als wäre nichts geschehen.

Danach hörte ich das Kinderlachen. Warum zur Hölle konnte man Kinder lachen hören?

Ich legte meinen Kopf in den Nacken und starrte in den Himmel. Nicht eine Wolke. Der Himmel sollte weinen. Er sollte nicht aufhören können zu weinen, und was war stattdessen? Die Sonne lachte herunter, als wäre heute der schönste Tag des Universums.

Alles an diesem Tag war falsch.

Ich schob mir die Sonnenbrille zurecht und starrte die Leute an. Versuchte, in ihren Gesichtern zu lesen. Aber in ihnen konnte ich nichts anderes lesen als das, was mich seit fünf Tagen plagte. Die ganzen Fragen hingen fast sichtbar über ihren Köpfen.

Wieso? Weshalb? Warum?

Ich hatte auf keine einzige von ihnen eine Antwort gefunden. Alles, was ich wusste, war, dass es falsch war.

Unfair.

Ungerecht.

Eine Sauerei.

»Emily?«, die sanfte Stimme meines besten Freundes drang an mein Ohr.

Ich drehte den Kopf zu ihm und erst jetzt realisierte ich, dass er sanft meinen Ellbogen hielt und alle mich anstarrten. Mit diesem mitleidigen Blick, den ich ihnen am liebsten aus den Gesichtern schlagen würde.

»Es ist so weit.«

Ich nickte, auch wenn ich den Kopf schütteln wollte. Obwohl ich hörte, was er sagte, konnte ich es doch nicht realisieren. Vorsichtig trat ich nach vorne und starrte in das tiefe Loch. Hier endete es. Das war es jetzt. Das war der Moment, von dem ich dachte, dass er nie in meinem Leben kommen würde. Dass ich ihn niemals erleben müsste.

Ich hörte, wie der Pfarrer sprach: »Asche zu Asche, Staub zu Staub.«

Währenddessen griff ich nach der Schaufel und warf den ersten Haufen Dreck hinunter. Was immer mir das bringen sollte.

»Aufarbeitung«, würde meine Therapeutin jetzt sagen. »Sie sollen abschließen.«

»Bullshit«, würde Noah sagen und dabei die Augen verdrehen. »Lächerliche Tradition, das ist es, was es ist. Genauso wie die Tatsache, dass Leute immer schwarze Klamotten auf Beerdigungen tragen müssen. Wer will schon sowas?«

Gelacht habe ich und meinte: »Schwarz macht schlank.«

Ein verbittertes Lächeln zierte meine Lippen, als ich zurücktrat und andere Leute vorkamen.

Zuerst Basti. Auch er starrte in dieses lächerliche Loch. Hypnotisierte es regelrecht. Als würde das etwas bringen.

Irgendwann stand er wieder neben mir, die Leute kamen zu uns und schüttelten mir die Hand.

»Mein Beileid.«

»Es tut mir wirklich leid.«

»Ich kann deinen Schmerz gar nicht nachempfinden, Emily.«

Und so weiter und so fort. Manche heulten sich die Augen aus und ich hatte das Bedürfnis, sie zu trösten, dabei sollte es doch andersherum sein, oder? Aber seit Tagen hatte ich keine Träne vergossen. Nicht eine einzige.

»Sie stehen unter Schock«, hat der Arzt gesagt. »Ihr Körper schützt sie noch. Irgendwann wird auch diese Taubheit nachlassen und die Gefühle werden sie auf einen Schlag einholen.«

Aber die Gefühllosigkeit hatte nicht nachgelassen. Sie war immer schlimmer geworden. Ich hatte mittlerweile das Gefühl, dass es mich noch nie ohne diese Taubheit gegeben hatte. Auch wenn ich wusste, dass das nicht wahr war. Ich konnte mich an die Empfindung erinnern, wie es war, wenn man durchgekitzelt wurde und vor Lachen keine Luft mehr bekam.

Aber mehr als eine Erinnerung war es nicht. Eine Erinnerung an vergangene Zeiten und Gefühle.

Ich spürte eine schwere Hand auf der Schulter und blickte in das Gesicht meines Vaters. »Emmi, sie wollen jetzt alle gehen und …«

»Und sich auf meine Kosten vollfuttern. Schon klar«, murmelte ich und verzog angewidert das Gesicht.

Zu viele Menschen.

»Könnt ihr bitte schon einmal mit ihnen vorgehen? Ich … ich würde gerne noch einen Augenblick alleine bleiben.«

Ich sah den Schmerz in den Augen meines Vaters und erkannte, dass er etwas sagen wollte, aber Basti hielt ihn davon ab.

»Komm, Friedrich, geben wir ihr eine Auszeit.« Er gab mir einen Kuss auf die Stirn. »Ich warte auf dem Parkplatz auf dich, in Ordnung?«

Wieder nickte ich nur.

Als alle weg waren, trat ich vor das Grab und ließ mich auf die Knie fallen.

»Tja Noah«, sagte ich verbittert. »Jetzt haben wir doch alle Schwarz getragen, obwohl das so spießig ist. Und ich hatte recht. Selbst Frau Müller sah in ihrem schwarzen Hosenanzug schlank aus.«

Ich schwieg und wartete. Ich wusste nicht worauf, vielleicht auf eine Antwort, auch wenn diese nie wieder kommen würde.

Und ich glaube, das war der Moment, in dem es mich traf. Ich hatte alles verloren. Ich hatte Noah verloren. Den Mann, den ich mit jedem Atemzug geliebt hatte.

Einfach weg, ohne Vorwarnung, ohne Verabschiedung. Ich konnte ihm nicht einmal mehr sagen, wie sehr ich ihn liebte.

Ich versuchte, den Kloß in meinem Hals wegzuatmen.

Tief ein und aus.

Aber dann hörte ich wieder dieses fröhliche Kinderlachen und alle Dämme brachen.

»Hört auf, zu lachen«, röchelte ich. »Hört einfach auf, zu lachen.«

Aber natürlich hörten sie nicht auf mich. Ihre Stimmen wurden sogar immer lauter und ich schlug mir die Hände auf die Ohren.

»Hört einfach auf, zu lachen«, weinte ich.

Auf einmal zogen kräftige Arme mich in eine Umarmung.

»Es wird alles wieder gut, Emmi«, flüsterte Basti und wiegte mich hin und her.

Wütend drehte ich mich um und schlug ihm gegen die Brust. Ich konnte den Schmerz in seinem Gesicht sehen, aber was fiel ihm ein? Alles würde wieder gut werden? Wie denn? Wie verdammt nochmal?

Noah war weg. Er war einfach weg.

Mit den Fäusten trommelte ich gegen Bastis Brust.

»Emmi, beruhig dich«, sagte Basti sanft und griff nach meinen Handgelenken, doch ich riss mich los.

»Alles soll wieder gut werden?«, schrie ich ihn an. »Wie soll das deiner Meinung nach gehen? Für dich wird vielleicht wieder alles gut! Du wirst irgendwann heiraten, Kinder bekommen und glücklich sein. Du hast noch eine Zukunft. Und ich? Ich habe gar nichts mehr. Er war alles für mich. Verstehst du das, Basti? Er war einfach alles. Er war meine Vergangenheit, meine Gegenwart und meine verdammte Zukunft. Und von heute auf morgen ist das weg. Mein ganzes Leben ist einfach weg. Für dich mag vielleicht alles wieder gut werden, du hast auch nichts verloren. Ich habe alles verloren.«

Verletzt sah mich Basti an, packte mich an den Schultern und zwang mich, ihn anzusehen.

»Ich habe nichts verloren? Seit ich denken kann, war er mein bester Freund. Es fühlt sich an, als wäre ein Teil meiner selbst gestorben, Emily.«

Ich schluchzte auf und er zog mich wieder in seine Arme. Beruhigend strich er mir über den Kopf, obwohl ihn selbst Schluchzer erfassten.

»Es … Es war meine Schuld, Basti.«

Er schob mich ein Stück von sich und sah mich verwirrt an. »Was redest du da, Emmi? Es war ein Autounfall. Du warst nicht einmal dabei.«

»Ich ... ich …«. Ich versuchte, den Kloß in meinem Hals runterzuschlucken, um die Worte zu finden. »Er war nur unterwegs wegen mir.«

Mehr Verwirrung machte sich in Bastis Gesicht breit. Ich sollte nicht weiterreden, aber ich musste. Ich musste diese verdammte Schuld endlich loswerden. Musste mich jemandem anvertrauen.

»Ich war drei Wochen überfällig und hatte es ihm erzählt. Er war so begeistert, dass er sofort loswollte, um einen Test zu besorgen. Weil ich mich drei Wochen lang nicht getraut hatte, selbst einen zu kaufen und diesen bescheuerten Test zu machen. Wir hatten es doch schon so lange versucht.« Wieder wurde ich von Schluchzern erfasst. »Als er nach einer halben Stunde immer noch nicht wieder da war, habe ich versucht, ihn anzurufen, aber er ist nicht an sein Kack-Handy gegangen.« Freudlos lachte ich. »Wie hätte er auch, er war da ja schon längst tot. Und alles nur wegen mir.«

Basti starrte mich entsetzt an und strich mir eine Strähne aus dem Gesicht.

»Emmi, bist du …?«

Wieder weinte ich. »Nicht mehr. Ich habe an dem Tag nicht nur ihn verloren. Ich habe … Ich habe einfach alles verloren.«

Und ich wusste nicht, ob ich mich jemals wieder davon erholen würde.

KAPITEL 3

Emily

»Wenn der erste Schock vorüber ist, wird es besser werden. Dann können Sie Ihre Gefühle zulassen und lernen, mit ihnen umzugehen«, hatte meine Therapeutin gesagt.

Aber sie hatte gelogen. Es war jetzt zwei Monate her und es fühlte sich noch immer so an, als würde ich ertrinken. Mittlerweile wünschte ich mir die Taubheit sogar zurück, nur damit ich diesen verdammten Schmerz nicht spüren musste. Er nahm mir die Luft zum Atmen.

Am schlimmsten war es morgens. Wenn ich wach wurde, weil die Sonne mir ins Gesicht kitzelte. Dann drehte ich mich lächelnd auf die Seite, um Noah anzusehen. Meistens war er schon vor mir wach und beobachtete mich beim Schlafen. Er hatte mal gesagt, dass es nichts Schöneres gab, als mich zu beobachten.

Und genau in diesem Moment wurde es wieder Realität. In diesem Moment durchlebte ich den Schmerz aufs Neue und mir wurde bewusst, dass er tot war.

Mausetot. Und er würde nicht wiederkommen.

Niemals.

Ich sah auf das blinkende Symbol meines Telefons. Wieder eine neue Nachricht auf dem Anrufbeantworter. »Hallo Emmi, hier ist deine Mutter. Wir … Wir machen uns Sorgen um dich. Es ist jetzt schon zwei Monate her und du hast dich noch nicht bei uns gemeldet. Wir wissen, dass du Zeit für dich brauchst, aber … Bitte melde dich doch einmal, okay? Wir lieben dich!«

Seit zwei Monaten hatte ich niemanden mehr gesehen.

Ich war nur ein paar Mal vor der Tür gewesen: Einmal, um mich von meinem Arzt krankschreiben zu lassen, und die anderen beiden Male, um etwas einzukaufen.

Apropos einkaufen.

Hatte ich überhaupt Vorräte im Kühlschrank? Ich wusste es nicht. Meine letzte Flasche Wein hatte ich gestern getrunken, während ich mir Fotos angesehen hatte. Von Noah und mir. Von glücklicheren Tagen. Von Tagen, von denen ich dachte, dass es noch tausende von ihnen geben würde.

Lustlos lag ich auf unserem Bett, Pardon, mittlerweile auf meinem Bett, denn ein Unser gab es nicht mehr, und starrte an die Decke. Ich hatte den Antrieb verloren, meinen Lebenssinn.

Es hämmerte an der Tür und ich zog mir die Decke über den Kopf. Wenn ich tief einatmete, konnte ich Noah riechen. Aber sein Geruch war fast verflogen. Ich hatte Angst vor dem Tag, an dem er weg war. Denn dann würde ein weiterer Teil meiner selbst sterben.

Wieder hämmerte es und nebenbei wurde die Klingel betätigt.

»Einfach ignorieren«, sprach ich zu mir selbst. »Einfach ignorieren, dann geht er schon wieder.«

»Emily«, schrie Basti und hämmerte auf die Tür ein. »Es reicht jetzt. Wenn du diese verdammte Tür nicht sofort aufmachst, dann werde ich sie eintreten. Ich gebe dir zehn Sekunden.«

Das würde er nicht tun, oder?

»Zehn!«, begann Basti.

Nein, nein, nein. Das würde er nicht tun.

»Neun.«

Ich warf die Decke von mir. Er würde es nicht tun.

»Acht.«

Oder?

»Sieben«, rief er. »Und Emily, glaub nicht, dass ich es nicht tun würde. Wir wissen beide, dass es mir scheißegal ist.«

Ich setzte mich im Bett auf.

»Sechs.«

Langsam stand ich auf und atmete ein paar Mal tief durch. Alles drehte sich.

»Fünf!«

»Du trinkst zu wenig«, hätte Noah jetzt gesagt. Wenn er noch da wäre.

»Vier!«, hörte ich Basti weiter runterzählen.

»Drei! Emily, ich verliere meine Scheißgeduld gerade«, rief er wütend.

Shit. Er würde es tun. Er wusste ja wie. Schließlich war er bei der Polizei.

»Zwei.«

Ich ging zur Tür und strich mir meine Haare zurück. Keine Ahnung, wie ich aussah. Ich hatte seit Wochen nicht in den Spiegel gesehen.

»Eins!«

Ich drehte den Schlüssel im Schloss um und riss die Tür auf.

»Herrgott nochmal!«, fauchte ich. »Was ist dein Scheißproblem, Basti?«

Basti hatte seinen rechten Fuß angehoben und ich konnte sehen, dass er drauf und dran war, die Tür einzutreten. Langsam stellte er seinen Fuß wieder ab und sah mich entsetzt an.

»Emily?«, flüsterte er. »Was ist mit dir passiert?«

»Was redest du für eine Scheiße, Basti? Du weißt ganz genau, was passiert ist.«

Basti ging auf mich zu und ich trat ein paar Schritte zurück. Ich ertrug die Nähe anderer Menschen nicht.

Er kam in die Wohnung und schloss die Tür hinter sich. Langsam streckte er die Hand nach mir aus, aber ich hielt die Distanz zwischen uns.

»Emmi«, flüsterte er. »Emmi, wann hast du das letzte Mal was gegessen?«

Verwirrt sah ich ihn an. Was tat das jetzt zur Sache?

»Gestern«, sagte ich genervt.

»Bist du dir sicher, Emmi?«

Genervt nickte ich. »Ja, ich bin mir sicher, Basti. Ich habe mir Lasagne gemacht und es war am Ende noch ein bisschen was über, das ich für heute kaltgestellt habe.«

Basti musterte mich skeptisch, ging in die Küche und öffnete den Kühlschrank. Genervt folgte ich ihm.

»Wenn du dir erst gestern etwas zu essen gemacht hast, Emmi, warum ist deine Lasagne dann schon schimmlig?«

Erstaunt begutachtete ich das pelzige Nudelgericht. Er hatte recht. Das war richtig ungenießbar. So wie die Käsekruste aussah, lag das Gericht bestimmt eine Woche im Kühlschrank.

Ich hatte so lange nichts gegessen? Wie konnte es sein, dass die Tage so ineinander verliefen?

»Emmi«, riss mich Basti wieder aus meinen Gedanken. Sanft strich er mir durchs Gesicht. »Hast du dich in letzter Zeit einmal im Spiegel betrachtet?«

Ich schüttelte den Kopf. Wieso sollte ich das tun? Es gab niemanden mehr, für den ich gut aussehen musste.

»Du siehst echt scheiße aus.«

Tränen stiegen mir in die Augen. »Danke.«

Basti musterte mich weiterhin besorgt. »Ich lass dir jetzt ein Bad ein und dann wäschst du dich, in Ordnung? Du siehst aus, als wenn du zwei Wochen nicht geduscht hättest.«

Entsetzt starrte ich ihn an und fasste in meine Haare. Er hatte recht.

»Riechen tust du übrigens auch so.«

Grimmig musterte ich ihn, sagte aber nichts, während er im Badezimmer verschwand. Wenig später konnte ich hören, wie er das Wasser in die Badewanne laufen ließ.

Ein Geruch nach Kokos lag in der Luft. Schon allein dieser Duft schnürte mir die Kehle zu. Noah hatte ihn am meisten geliebt. Er meinte dann immer, dass ich nach Fernweh riechen würde.

»Komm, Emmi. Nimm ein Bad. Ich kümmere mich um alles andere, okay?«

Schwach nickte ich und ging langsam ins Bad. Das Schaumbad sah verlockend aus. Basti hatte sogar ein paar Duftkerzen angezündet.

Ich schloss die Augen und drehte mich um. Das erste Mal seit Wochen starrte ich in den Spiegel und konnte sehen, warum Basti so entsetzt war. Wenn ich früher ein bisschen molliger war, so war davon nichts mehr zu erkennen.

Mein Gesicht war eingefallen und meine blauen Augen hatten ihren früheren Glanz verloren. Sie schienen fast leblos zu sein. Meine hüftlangen schwarzen Haare wirkten kaputt und spröde.

Ich zog Noahs Lieblingspulli und -hose aus und erschrak. Man konnte jede Rippe sehen, sogar das Schlüsselbein stach hervor. Auch wenn ich das früher immer schön gefunden hatte, jetzt sah es beängstigend aus. Krank beängstigend.

Mit einem mulmigen Gefühl stieg ich auf die Waage und riss entsetzt die Augen auf. Vor acht Wochen hatte ich achtundsiebzig Kilogramm gewogen. Zwei oder drei Kilo über meinem Idealgewicht laut BMI, aber Noah hatte es gemocht.

»Männer brauchen was zum Anfassen«, hat er dann immer gesagt.

Und ich hatte ihm geglaubt. Denn er gab mir das Gefühl, die schönste Frau des Universums zu sein.

Jetzt las ich sechzig Kilo auf der Waage.

Und damit stand fest: Ich hatte fast zwanzig Kilo verloren. Kopfschüttelnd ging ich zur Wanne und streckte meine Hand hinein. Das Wasser war angenehm warm, genauso wie ich es mochte. Also stieg ich hinein.

Leise seufzte ich auf. Es fühlte sich gut an.

Ich legte den Kopf zurück und starrte an die Decke. Wie konnte ich mich so gehen lassen? Dass ich eine Woche nichts aß und es nicht einmal merkte? Dass ich fast zwanzig Kilo verlor, obwohl ich es immer geliebt hatte, zu essen?

Natürlich wusste ich, was los war.

Ich hatte Noah verloren. Den Mann, mit dem ich alt werden wollte und ohne den ich jetzt alt werden musste. Allein diese Erkenntnis machte mir eine Heidenangst.

Ich griff zum Rasierer und versuchte, diese Gedanken zu verscheuchen. Körperpflege war bei mir in den letzten Wochen definitiv zu kurz gekommen. Meine Beine waren schon so haarig wie die eines Yetis.

Nach einiger Zeit klopfte es an der Tür. »Emmi? Ist alles in Ordnung bei dir?«

»Ja?«, rief ich und runzelte die Stirn. »Wieso auch nicht?«

»Du bist schon seit einer Stunde im Bad. Ich habe Pizza bestellt. Komm, du musst mal wieder etwas essen.«

Erstaunt sah ich auf meine Hände. Ich hatte gar nicht mitbekommen, dass ich so lange hier drin gewesen war, aber Basti hatte recht. Meine Finger waren schon so runzelig wie die einer alten Frau.

»Gib mir noch ein paar Minuten. Ich muss mir noch die Haare waschen.«

»Ja, das solltest du wirklich«, schmunzelte Basti. »Ich habe dir frische Klamotten auf den Schrank gelegt.«

»Danke«, rief ich.

Dann nahm ich mir die Shampoo-Flasche und schäumte meine Haare kräftig ein. Die Prozedur wiederholte ich drei Mal, weil ich mir ungepflegt und eklig vorkam. Danach griff ich zu einer Spülung und ließ sie ein paar Minuten einwirken, während ich anfing, meinen Körper einzuseifen und abzubrausen.

Als ich mit der Körperpflege fertig war, schlang ich ein Handtuch um den Körper und ein zweites um meine nassen Haare.

»Ich finde das faszinierend, wie ihr Frauen solche Turbane auf eurem Kopf tragen könnt«, sagte Noah und musterte mich amüsiert.

Ich kicherte und ging mit einem Handtuch zu ihm. »Hier, ich zeig es dir.«

Ich kniff die Augen zusammen und versuchte den Schmerz, der mich wieder einholte, zu ignorieren. Ständig war Noah in meinen Kopf.

Immer und überall erinnerte mich etwas an ihn. Selbst so eine bescheuerte Kleinigkeit wie ein Turban auf dem Kopf. Schnell griff ich nach der Zahnbürste und putzte mir intensiv die Zähne.

Gut, dass – bis auf Basti – mich niemand in diesem desolaten Zustand gesehen hatte. Dann trocknete ich meinen Körper und griff nach den Klamotten, die mir Basti ins Bad gelegt hatte. Leicht verärgert runzelte ich die Stirn. Es waren meine Klamotten, nicht Noahs. Dabei wollte ich doch seine Sachen tragen.

Kopfschüttelnd griff ich nach der Leggings und zog sie mir über. Vor zwei Monaten war sie noch eng gewesen, jetzt schlabberte sie an meinen Beinen herum.

Bei dem Pulli fiel es zum Glück nicht so auf, der war schon immer groß gewesen. Dennoch hatte ich mittlerweile das Gefühl, in ihm zu ertrinken.

Ich drehte meine Haare zu einem Dutt, atmete tief durch und verließ das Badezimmer.

Ich hörte Basti in der Küche hantieren und konnte die Pizza riechen. Duft und Geräuschen folgend räusperte ich mich, damit Basti mich bemerkte.

Er drehte sich mit einem Lächeln im Gesicht um und musterte mich prüfend. »Du siehst schon besser aus. Aber du musst wirklich was zwischen deine Zähne kriegen.«

Ich nickte. Er hatte ja recht. »In Ordnung. Ich häng nur noch schnell das Handtuch im Schlafbereich auf.«

Als ich vor dem Bett stand, erstarrte ich vor Schreck. Das hatte er nicht gewagt. Tränen füllten meine Augen und ich merkte, dass Basti hinter mir stand.

»Emmi? Ist alles in Ordnung?«

Wütend drehte ich mich zu ihm um und schlug auf seine Brust ein. »Ob alles in Ordnung ist? Nein verdammt! Wie konntest du nur? Was fällt dir eigentlich ein?«

Basti sah mich verwirrt an und schien nicht zu wissen, was in mich gefahren war.

»Wieso verdammt hast du das Bett neu bezogen? Die Bezüge haben noch nach ihm gerochen. Du hattest dazu kein Recht.«

Ich rannte an ihm vorbei, zur Waschmaschine, doch ich war zu spät. Basti hatte die Wäsche angeschaltet. Tränen liefen mir übers Gesicht, als ich wie wild versuchte, den Waschgang abzubrechen.

Als ich es endlich geschafft hatte, riss ich die Wäsche hinaus, drückte den Bettbezug an mich und konnte nicht aufhören, zu schluchzen.

Ich spürte, wie Basti mich in seine Arme zog und mir über den Rücken streichelte. Doch ich riss mich von ihm los, schleuderte ihm die Bettwäsche entgegen und starrte ihn wütend an. Ich konnte sehen, dass er mich traurig musterte und weinte.

»Was hast du dir nur dabei gedacht, Basti? Jetzt habe ich noch weniger von ihm und alles nur wegen dir!«, schrie ich ihn an.

Basti schüttelte den Kopf. »Es tut mir leid Emmi, okay? Ich wusste es nicht. Alles hier war verdreckt und ich habe Ordnung gemacht, weil es nicht mehr so weitergeht.«

»Du hast mir einen weiteren Teil von ihm genommen!«, schrie ich wütend.

»Es reicht, Emmi!«, brüllte nun auch Basti. »Es reicht«, flüsterte er ein zweites Mal, als ich wieder zu weinen anfing und er mich in die Arme zog.

KAPITEL 4

Noah

VOR 7 JAHREN

Ich beobachtete das Heben und Senken ihrer Brust, während sie schlief.

Ich konnte nicht fassen, wie viel Glück ich hatte.

Lange schwarze Haare fielen in sanften Wellen über ihren Rücken. Wenn ich meine Nase in ihren Haaren vergraben würde, wusste ich, dass sie nach Kokos und Maracuja riechen würde – nach Fernweh. Sehnsucht danach, exotische Orte zu bereisen und zu entdecken.

Wenn ich das Bettlaken nur ein klein wenig weiter runterziehen würde, könnte ich einen Blick auf ihre Brüste werfen, aber ich wollte sie nicht wecken. Ich hatte sie die halbe Nacht wach gehalten und wusste, dass ihr Schlaf ihr heilig war.

Mit einem letzten Blick auf sie schlüpfte ich aus dem Bett und tapste ins Badezimmer. Ich drehte die Dusche auf, damit das Wasser warm werden konnte, und musterte mein Gesicht im Spiegel. Glattrasiert war ich schon lange nicht mehr. Es gab jetzt immer den Hauch eines Bartschattens auf meinen Wangen.

Meine braunen Haare musste ich mittlerweile nicht mehr färben, weil sich das Blond endlich verwachsen hatte. Und Kontaktlinsen würde ich erst dann wieder tragen, wenn ich eine Brille brauchen würde.

Ich stieg unter die Dusche und ließ das heiße Wasser auf mich runterprasseln.

Als sich Hände um meinen Brustkorb legten, zuckte ich nicht einmal zusammen. Ich hatte sie zwar nicht kommen hören, freute mich aber über die Ablenkung.

Sie hauchte Küsse zwischen meine Schulterblätter.

»Ich hab dich vermisst«, murmelte sie.

Ihre Finger zogen kleine Kreise über meine Brust. Langsam drehte ich mich zu ihr um. Betrachtete ihr Gesicht, ertrank wie immer in ihren blauen Augen.

Ich hoffte, dass sie die Liebkosung meines Blickes spüren würde – von ihrer Stupsnase und ihren vollen Lippen über ihr Schlüsselbein bis hin zu ihren Brüsten, ihrer schmalen Taille und den ausladenden Hüften. Ich schluckte, als mein Blick zwischen ihren Beinen hängen blieb.

Schnell sah ich in ihre Augen. Konnte das Feuer sehen, das auch in mir brannte.

Ich legte meine rechte Hand an ihre Wange. Sofort schmiegte sie sich hinein. Vorsichtig ließ ich meine Lippen über ihre gleiten, bat um Erlaubnis.

Ihre Hände wanderten in meine Haare und zogen mich enger an sie. Ihre Brüste pressten sich an meinen Oberkörper, mein Hals wurde trocken. Leidenschaftlich erwiderte sie den Kuss und ich konnte mich nicht zurückhalten.

Ich legte meine Hände unter ihren Hintern und hob sie hoch. Ihre Beine schlangen sich um mich. Es war nicht das erste Mal, dass ich dankbar dafür war, eine große Dusche zu haben. Ich drückte sie gegen die Wand und hauchte Küsse über ihren Hals, knabberte an ihrem Schlüsselbein.

»Noah«, flüsterte sie und drängte sich mir entgegen.

Während ich mich langsam in sie schob, hielt ich die Luft an. Ich hatte mich immer noch nicht daran gewöhnt, wie gut sie sich anfühlte.

Als ich komplett in ihr war, stöhnten wir beide erleichtert auf. Wir fanden einen langsamen Rhythmus. Immer wieder küsste ich ihre Lippen, saugte an ihrem Hals, während ich schneller wurde. Ich konnte den Blick nicht von ihr wenden.

Sie krallte sich in meine Schultern und ich merkte, wie sich alles in ihr anspannte. Meine Hand wanderte zwischen uns und langsam massierte ich ihre empfindlichste Stelle, was sie dazu brachte, den Kopf in den Nacken zu werfen und mit einem langgezogenen Stöhnen über die Klippe zu fallen.

Während sie meinen Namen rief und ihre Muskeln rhythmisch pulsierten, zog sich in mir alles zusammen. Ich stieß noch drei weitere Male zu, dann verharrte ich und ließ den Kopf auf ihre Schulter sacken.

Nach einigen Minuten ließ ich sie sanft herunter und hauchte federleichte Küsse auf ihr Gesicht.

Scheu, als hätte sie mich noch nie nackt gesehen, lächelte sie mich an. Sie griff nach dem Duschgel.

»Lass mich«, sagte ich rau.

Langsam schäumte ich sie ein. Zählte ihre Muttermale – fünfunddreißig –, fuhr über die kleinen Narben an ihrem Körper.

»Du bist wunderschön«, sagte ich, während ich sie sanft abschäumte.

Ein kleines Lächeln umspielte ihre Lippen.

»Jetzt bin ich dran«, meinte sie und zwinkerte mir frech zu.

Sie wiederholte bei mir dieselbe Prozedur. Hauchte Küsse auf meine Brust, ließ ihre Fingerspitzen über meine Muskeln gleiten. Ein Schaudern durchlief mich.

An der langen Narbe an meiner Seite verharrte sie. Vorsichtig strich sie über die längst verheilte Wunde. Sie sah mich an und ich war mir sicher, dass sie in das Innerste meiner Seele sehen konnte.

»Erinnerst du dich daran, wie es passiert ist?«

Ich schluckte. *Ja.*

»Nein«, sagte ich und schloss die Augen.

Ich hasste es, sie anlügen zu müssen. Hasste, dass ich ihr niemals die Wahrheit sagen konnte. Aber wie hätte sie diese ertragen?

»Es tut mir so leid, Noah«, sagte sie und küsste mich sanft.

Ich erwiderte ihren Kuss mit mehr Leidenschaft. Wollte nicht an all die Geheimnisse denken, die ich vor ihr hatte.

Ich hob sie wieder hoch, und als wüsste sie, was ich brauchte, schlang sie ihre Beine um meine Hüfte, während ich sie ins Schlafzimmer trug.

Stunden später malte ich träge Kreise auf ihren Rücken. Ihren Kopf hatte sie auf meine Brust gebettet.

»Ich liebe dich«, flüsterte ich.

Ich war mir nicht sicher, ob sie mich gehört hatte, aber nach einiger Zeit hob sie ihren Kopf, drehte sich zu mir und sah mich erstaunt an.

»Ich glaube, ich habe dich schon geliebt, als ich dich das erste Mal gesehen habe«, hörte ich mich sagen.

»Du meinst wohl eher, als du mich das hundertste Mal gesehen hast«, schmunzelte sie. Auch ich musste schmunzeln.

»Ich werde dem Schicksal ewig danken, dass ich dich gefunden habe.«

Sie lachte. »Oder dafür, dass Basti dich wiedergefunden hat?« Ihre Augen leuchteten spitzbübisch.

Ich verpasste ihr einen sanften Schlag auf den Hintern.

»Willst du wohl Ruhe geben, Weib?«

»Wie bitte?!«, rief sie empört.

Ich verdrehte die Augen, rollte sie auf die Seite und begann sie durchzukitzeln.

Als ich meine Finger zu ihren Kniekehlen wandern ließ, schrie sie lachend: »Gnade, Noah, Gnade.«

Lachend rollte ich mich von ihr runter, zog sie auf mich. Ihre Haare fielen wie ein Vorhang um uns herum.

Jetzt lächelte sie wieder scheu.

»Ich liebe dich auch«, sagte sie und ich hatte das Gefühl, dass die Welt stehen blieb.

»Sag das noch einmal«, wiederholte ich rau.

»Ich liebe dich«, sagte sie lächelnd.

»Nochmal«, bat ich sie. Konnte gar nicht genug davon kriegen, dass mich diese Frau liebte.

»Ich liebe dich.«

Bevor ich mit dem weitermachen konnte, was wir bereits den ganzen Morgen getan hatten, klingelte mein Handy. Ein Blick aufs Display und ich verdrehte die Augen. Emily kicherte.

»Hallo, Basti«, flötete sie, als sie für mich das Gespräch entgegennahm.

»Wusst ich es doch«, konnte ich seine empörte Stimme hören.

Emmi stellte auf Lautsprecher.

»Und nur, weil ihr wieder ein Sexfest veranstaltet, ...«

»Alter, ich will nicht wissen, was er mit unserer Schwester macht«, konnte ich die angewiderte Stimme von Benj im Hintergrund hören.

Wir lachten.

»Ihr seid zu spät«, tönte jetzt die Stimme von Max.

Wir sahen auf die Uhr.

»Beeilt euch«, meinte Basti genervt. »Vielleicht schafft ihr es noch zur Halbzeit.« Dann legte er auf.

»Ups«, meinte Emmi und sah mich amüsiert an. »Ich glaube, die drei hassen mich jetzt.«

Ich winkte ab und küsste ihre Mundwinkel.

»Quatsch, aber vielleicht sollten wir uns wirklich beeilen.«

Unwillig löste ich mich von ihr. Am liebsten hätte ich den Rest des Tages damit verbracht, ihren Körper zu erkunden, mich in ihr zu verlieren und in ihren Augen zu ertrinken.

Wir zogen uns an und immer wieder glitt mein Blick über ihren Körper. Nicht zum ersten Mal fragte ich mich, was ich alles richtig gemacht hatte, um sie zu bekommen.

Im Schneidersitz setzte sie sich auf mein Bett und begann, ihre langen Haare zu einem Zopf zu flechten. Und in dem Moment wusste ich, dass ich genau das für immer wollte.

»Eines Tages werde ich dich heiraten«, sagte ich und sah sie an.

Sie hielt inne, als könnte sie nicht glauben, was ich gesagt hatte. Ihr Blick ruhte auf mir – Verwirrung, Hoffnung, Liebe und vielleicht auch ein wenig Angst konnte ich darin erkennen.

Ich ging zu ihr, legte meine Stirn an ihre und murmelte: »Nicht heute oder morgen, aber irgendwann werde ich dich fragen, ob du mich heiraten willst.«

Ich hielt die Augen geschlossen.

Leise flüsterte sie mir zu: »Und dann werde ich dir eines Tages sagen, dass ich mir nichts Besseres vorstellen kann, als den Rest meines Lebens mit dir zu verbringen.«

Am Ende verpassten wir das Spiel, aber das war es wert.

KAPITEL 5

Emily

Es gibt vieles, was man erst versteht, wenn man einen Teil von sich selbst verliert. Dinge, die man nicht verstanden hat, als man noch ›komplett‹ war. Als alles in und an einem gestimmt hat. Als man wusste, dass es einen Sinn im Leben gibt.

Es gibt Dinge, die versteht man erst, wenn man allein ist.

Erst dann versteht man, was Einsamkeit bedeutet. Die Einsamkeit, die einen überfällt, wenn einem wieder bewusst wird, dass niemand mehr da ist, der mit dir gemeinsam durchs Leben geht.

Wenn man allein ist, versteht man, wie schlimm es ist, zu vergessen. Seien es Gerüche, Erinnerungen oder Gefühle.

Wenn man allein ist, versteht man erst die Verzweiflung, die einen mitten in der Nacht ereilt.

Wenn man allein ist, versteht man erst, was es bedeutet, ein Lächeln aufzusetzen, obwohl man innerlich stirbt.

Ich strich über die Küchentheke meiner Eltern. Hier hatten Noah und ich uns das erste Mal gesehen. Hier, genau hier, hatte alles begonnen.

ERINNERUNG

Emily

Nervös musterte ich mich im Spiegel. Auch wenn ich zuerst wütend gewesen war, als Noah in mich hineingerannt war, hatte ein Blick in seine grünen Augen irgendetwas tief in mir angesprochen. All meine Proteste waren zum Erliegen gekommen – ich hatte ihn einfach nur anstarren können.

Und das Einzige, das mir über die Lippen kam, war, dass sein Gesicht eine symmetrische Form hatte. Etwas Peinlicheres war mir in dem Moment wohl nicht eingefallen.

Sonderlich erwachsen hatte ich sicherlich nicht gewirkt – dennoch hatte er mich um ein Date gebeten. Was das jetzt über ihn aussagte, wusste ich nicht.

»Findest du nicht, dass dein Kleid ein bisschen kurz ist?«, fragte mich Max, der auf einmal in meinem Türrahmen lehnte.

Mit zusammengekniffenen Augen musterte ich ihn. »Und was genau geht dich das an?«

Er öffnete den Mund und schloss ihn wieder. Wahrscheinlich, weil ihm aufgefallen war, wie dämlich sein Gehabe war. Es klingelte an der Tür und Adrenalin durchzuckte mich. Das breite Lächeln, das sich auf meine Lippen schlich, hätte ich – selbst wenn ich es gewollt hätte – nicht verbergen können.

Max stöhnte. »Bist du etwa verschossen in ihn?«

Ungläubig starrte er mich an. Kurz dachte ich über seine Worte nach, während ich hörte, wie Benj zur Tür schlurfte.

»Nein … Ich …«, nachdenklich suchte ich nach den richtigen Worten.

Konnte man schon in jemanden verschossen sein, den man erst kurz gesehen hatte?

»Irgendwas an ihm ist anders.«

Noah hatte gestern die meiste Zeit gelacht und dennoch hatte ich das Gefühl gehabt, dass da mehr an ihm war. Dass seine Augen Geschichten erzählten, die ich nur allzu gerne hören wollte. Max musterte mich ein weiteres Mal, ehe er nickte und zur Seite trat.

»Wenn er dir das Herz bricht, breche ich ihm seine Beine.«

Lachend schüttelte ich den Kopf und eilte die Treppe hinunter. Benj hatte die Arme vor der Brust verschränkt und musterte Noah mit dem fiesesten Blick, den er aufbringen konnte. Als hätten sie nicht gestern erst gemeinsam auf dem Sofa gesessen, um Bundesliga zu schauen.

Eigentlich hatte ich erwartet, dass Noah nervös wirkte, aber er erwiderte Benjs Blick mit hochgezogener Augenbraue. In seiner rechten Hand hielt er einen Strauß mit Wildblumen, der verdächtig nach selbstgepflückt aussah. Mein Herz machte einen kleinen Satz.

»Benj«, räusperte ich mich und schob ihn mit meiner Hüfte zur Seite. »Du kannst deine Show jetzt wo anders abziehen.«

Noah schmunzelte und Benjs Mundwinkel zuckten.

»Hey«, sagte ich schüchtern zu Noah und musterte die Blumen in seiner Hand.

»Du siehst gut aus«, erwiderte er murmelnd und schien einen kurzen Moment nicht zu wissen, wie er mich begrüßen sollte.

Nachdem er Benj einen knappen Blick zugeworfen hatte, atmete er tief durch, beugte sich vor und drückte seine Lippen kurz auf meine Wange. Ein Kribbeln erfasste die Stelle, die er berührt hatte, und ich musste mich zusammenreißen, diese nicht mit den Fingern anzufassen.

Was war nur los mit mir?

Noah reichte mir die Blumen und meinte mit einem schiefen Grinsen: »Hier, die sind für dich.«

Als ich nach ihnen griff, streifte ich für ein paar Sekunden seine warmen Finger. Ohne groß über die Berührung nachzudenken, vergrub ich meine Nase in dem Blumenstrauß.

»Dankeschön«, sagte ich mit einem leichten Lächeln, während ich den Geruch der Blumen tief in mich aufsog.

»Meine Güte, ist das zum Kotzen«, brummte Benj und ich warf ihm einen bösen Blick zu, den er mit einem Zwinkern erwiderte.

»Ich stelle schnell die Blumen ins Wasser«, sagte ich und lief in die Küche.

In Windeseile kam ich zurück. Noch immer starrte Benj Noah böse an. Er öffnete den Mund, sicherlich um eine ähnliche Drohung auszusprechen wie Max, aber ich schüttelte den Kopf.

»Tschüüüüss«, rief ich und warf die Tür ins Schloss.

Dann drehte ich mich um und sah im letzten Moment, wie Noahs Blick bewundernd über meinen Körper glitt. Als ich ihn erwischte, färbten sich seine Wangen rot. Für einen Augenblick standen wir unschlüssig vor der Tür, ehe wir beide lachten.

»Komm«, meinte er und deutete auf sein Auto. »Lass uns fahren.«

Ich folgte ihm und Noah hielt mir die Beifahrertür auf. Als auch er saß und wir beide angeschnallt waren, setzte er rückwärts vom Hof. Dabei hatte er seinen Arm hinter meinen Sitz gelegt und ich versuchte, nicht allzu sehr über seine Nähe nachzudenken.

»Was machen wir heute eigentlich?«, fragte ich ihn neugierig.

Er grinste mich an, aber ich war mir sicher, dass es dieses Mal eine Spur nervöser wirkte.

»Das wird eine Überraschung«, erwiderte er.

»Eine Überraschung?«, hakte ich mit erhobener Augenbraue nach.

»Ja«, nickte er und lenkte den Wagen geschickt durch den Abendverkehr.

Anhand unserer Route versuchte ich festzustellen, wo wir hinfahren würden, aber ich erriet es nicht. Als wir am Stadtrand angekommen waren, dämmerte es mir langsam. Noah fuhr einen Hügel hinauf und parkte dann auf einem eher abseits gelegenen Parkplatz.

Wir stiegen aus und Noah holte vom Rücksitz einen Picknickkorb, ehe er ums Auto herum kam und mir seine Hand reichte. Ohne zu zögern, griff ich nach ihr und stellte fest, dass sie sich seltsam gut in meiner anfühlte.

»Eigentlich müsste ich dich jetzt fragen, ob du ein Serienkiller bist«, meinte ich lachend.

Noah lachte ebenfalls, aber irgendwie klang es nicht echt.

»Keine Sorge«, meinte er mit einem Augenzwinkern, während er mich einen kleinen Pfad entlangführte.

Wir kamen an einer Steinmauer am Rande des Hügels zum Stehen. Von hier aus hatte man einen perfekten Blick auf die alte Burgruine.

Ganz in den Anblick vor mir versunken, bekam ich nicht mit, wie Noah eine Picknickdecke auf die Mauer legte und verschiedene Tupperdosen aus dem Korb holte. Erst als er dabei war, eine Kerze anzuzünden, sah ich wieder zu ihm.

»Wow«, brachte ich ungläubig hervor.

Er deutete auf die Mauer. »Ich wusste nicht, was du magst«, meinte er, während ich mich hinsetzte. »Also habe ich von allem etwas geholt.«

Dann öffnete er die verschiedenen Tupperdosen und zum Vorschein kamen kleine Pizzaschnecken, Antipasti, Baguette und – wie sollte es anders sein? – unterschiedliche Sorten Sushi.

Als er meinen Blick bemerkte, grinste er. »Als Entschuldigung für gestern.«

Lachend stieß ich ihm gegen die Seite und legte mir eine kleine Auswahl der Leckereien auf einen Teller, den Noah mir reichte.

»So hast du noch jede rumgekriegt, was?«, scherzte ich und schloss genüsslich die Augen, als ich einen Bissen von der Pizzaschnecke nahm.

»Eigentlich nicht«, meinte er und kratzte sich nachdenklich übers Kinn.

Ein Hauch von Bartschatten lag auf seinem Gesicht. Unsicher lächelte ich ihn an, weil ich nicht wusste, was ich dazu sagen sollte. Noah schüttelte den Kopf und verwickelte mich in ein Gespräch.

Erst als es schon dunkel geworden war und die Lichter die Burgruine vor uns erhellten, fiel mir auf, wie leicht es war, sich mit Noah zu unterhalten. So, als würden wir uns schon ewig kennen.

Wir hatten denselben Musikgeschmack, wollten dieselben Länder bereisen und hatten denselben abgedrehten

Humor. Zwar gefielen uns nicht dieselben Serien, aber wo gab es schon den perfekten Mann?

Wir lieferten uns feurige Diskussionen, lachten und schwiegen miteinander. Nichts an diesem Abend fühlte sich an wie ein erstes Date. Vielmehr wie ein fünftes oder sechstes.

Noahs Blick war in die Ferne gerichtet und ich erlaubte mir, ihn ungeniert zu mustern. Er gefiel mir. Außen wie innen.

Den ganzen Abend über schon hatten sich die Schmetterlinge in meinem Bauch bemerkbar gemacht. Jedes Mal, wenn Noah mir aufmerksam gelauscht und dabei seinen Blick nicht von meinem Gesicht genommen hatte, hatte ich mich zusammenreißen müssen, um weiterzureden.

Dabei hätte ich viel lieber weiter in seine Augen gestarrt. Ich wusste nicht, ob sie mich eher an einen Kiefernwald erinnerten oder an Gras, auf dem am frühen Morgen der Tau lag.

»Meinst du, wir könnten das heute nochmal wiederholen?«, riss Noah mich aus meinen Gedanken. »Ich habe mich lange nicht mehr so ...«, er fuhr sich mit der Hand durchs Haar und schien nach den richtigen Worten zu suchen. »So im Einklang gefühlt«, meinte er nach ein paar Sekunden.

Ich lächelte. »Geht mir ähnlich«, erwiderte ich leise.

Noah sah mich eine Weile einfach nur an. Und er gab mir das Gefühl, dass er mich auch wirklich sah. Jeden einzelnen Teil von mir.

Und dass ihm alle Teile gefielen.

»Komm«, meinte er und sprang von der Mauer. Wir hatten die Tupperdosen und Reste schon vor Stunden verstaut. »Ich will nicht, dass du krank wirst.«

Er streckte mir seine Hand entgegen, und erst als ich seine warme Haut spürte, wurde mir bewusst, wie kalt es war. Die Rückfahrt zu mir nach Hause verlief schweigend. Es kam mir sinnlos vor, die Stille zu füllen, und es fühlte sich nicht falsch an.

Im Gegenteil.

Ich hatte das Gefühl, dass Noah sogar mein Schweigen mochte.

Als wir angekommen waren, begleitete er mich zur Haustür. Ein wenig unsicher sah ich ihn an.

»Sehen wir uns morgen wieder?«, fragte er, bevor ich mich überhaupt getraut hatte, irgendetwas über die Lippen zu bringen.

»Morgen schon?«, erwiderte ich erstaunt, aber mein Herz pochte in freudiger Erwartung.

Ich hatte nicht damit gerechnet, dass er mich so schnell wiedersehen wollte.

Aber irgendwie gefiel mir das. Sogar sehr.

Er lächelte.

»Okay«, sagte ich, obwohl ich all die Abgabefristen von der Uni im Hinterkopf hatte.

Aber die waren vollkommen egal, wenn ich stattdessen Zeit mit Noah verbringen konnte.

»Also bis morgen«, meinte ich und lächelte ihm unsicher zu.

Würde er mich umarmen? Oder vielleicht sogar küssen?

»Bis morgen«, antwortete er, beugte sich zu mir und streifte mit seinen Lippen vorsichtig meine Stirn.

Zitternd stieß ich den Atem aus und versuchte, die Enttäuschung zu verdrängen, die sich in mir breitmachen wollte. Nur allzu gerne hätte ich seine Lippen auf meinen gefühlt.

Er trat einen Schritt von mir zurück und sofort fehlte mir seine Wärme, aber ich lächelte, drehte mich um und versuchte, mit meinen zitternden Händen die Tür zu öffnen. Noch immer konnte ich Noahs Präsenz in meinem Rücken spüren.

Als ich es geschafft hatte, den Schlüssel in das Loch zu stecken, hörte ich, wie Noah »Scheiß drauf« murmelte, mich am Ellbogen packte und wieder zu ihm herumdrehte.

Seine Augen wirkten viel dunkler als noch vor wenigen Minuten. Er drängte mich gegen die Haustür, und ehe ich mich's versah, hatte er seine Lippen auf meine gelegt. Ein Seufzen entwich mir und ich schlang die Arme um seinen Hals, um ihn dichter an mich zu ziehen. Gänsehaut brach an meinem gesamten Körper aus und ein ganzer verdammter Zoo explodierte in meinem Bauch.

KAPITEL 6

Emily

»Schätzchen?«, hörte ich die Stimme meiner Mutter, die sanft nach meiner Schulter griff. »Hast du gehört, was wir gesagt haben?«

Ich schüttelte mich aus meiner Trance und sah sie an. Ich konnte die Besorgnis in ihren blauen Augen lesen.

»Tut mir leid, Mama. Ich war in Gedanken noch bei einer Patientin, die heute bei mir war.«

Meine Mutter lächelte verstehend, auch wenn ich die Spur eines Zweifels in ihrem Gesicht sah. Aber es war besser, sie anzulügen, als dass sie wüsste, was wirklich in mir vorging. Das würde sie noch mehr zerreißen.

»Ich habe gesagt, dass dein Vater und ich am Wochenende wandern gehen. Vielleicht magst du ja mitkommen? Ein bisschen raus an die frische Luft und ein Tapetenwechsel würden dir sicherlich nicht schaden.«

»Nein, aber danke, Mama. Ich habe auf der Arbeit einfach noch zu viel nachzuholen und aufzuarbeiten. Das Wochenende würde sich perfekt dazu eignen.«

Wieder sah ich, dass meine Ma mich traurig und besorgt musterte, aber ich konnte nicht mit ihnen gehen. Ich ertrug kaum die Nähe anderer Menschen.

»Emmi! Ich wusste gar nicht, dass du heute auch kommst«, sagte mein Bruder Max, der durch die Küchentür kam.

Er drückte mir einen Kuss auf die Stirn, dann musterte er mich von oben bis unten. »Emmi, du bist zu dünn geworden«, stellte er stirnrunzelnd fest.

Genervt atmete ich aus. »Ich weiß, Max.«

»Du musst mehr essen, Emmi. Das hätte Noah auch nicht gewollt.«

Als er seinen Namen erwähnte, versteifte ich mich. An seinem erschrockenen Gesicht konnte ich sehen, dass ihm der letzte Satz versehentlich über die Lippen ging. Er wusste, dass es zu früh dafür war.

»Emmi, ich …«, fing er an, doch ich riss mich von ihm los und unterbrach ihn unwirsch.

»Nein, Max. Noah hätte das sicherlich nicht gewollt. Noah hätte nämlich gewollt, dass er noch am Leben ist und heute zusammen mit mir hier ist. Er hätte gewollt, dass wir nächsten Monat unser fünfjähriges Hochzeitsjubiläum feiern, und er hätte gewollt, dass er und ich zusammen alt werden.«

»Emmi, das weiß ich doch. Wir machen uns alle doch nur Sorgen.«

Ich schüttelte den Kopf und versuchte, meine Tränen zurückzuhalten.

»Das kann ich verstehen, Max. Aber jeder trauert auf seine Art und Weise. Es sind gerade einmal drei Monate.«

Dann drehte ich mich zu meiner Ma um und sah sie entschuldigend an. »Sorry, Mama. Aber ich muss noch mal zurück ins Büro. Ich habe vergessen, dass ich morgen einen wichtigen Termin habe.«

Ich gab ihr schnell einen Kuss auf die Wange und flüchtete aus dem Haus meiner Eltern, bevor irgendwer mich davon abhalten konnte. Als ich das Auto gestartet hatte und endlich losfuhr, atmete ich tief durch.

Wenn man alleine war, dann verstand man auch, dass das Leben nicht einfach so weiterging.

Eine halbe Stunde später war ich wieder zu Hause. Ich war nicht ins Büro gefahren, sondern hatte mir unterwegs etwas zu essen geholt. Ich versuchte, regelmäßig zu essen, auch wenn sich der Hunger weiterhin nicht einstellen wollte.

In dem Punkt musste ich meinem Bruder recht geben. Noah hätte das nicht gewollt.

Als ich die Tür aufschloss, sah ich, dass Licht im Wohnzimmer brannte, und runzelte die Stirn. Ich war mir sicher, dass ich es ausgemacht hatte. Als ich nachsah, musterte mich ein bekanntes Gesicht von der Couch aus.

»Basti«, sagte ich genervt. »Was machst du hier?«

»Naja«, meinte er schulterzuckend. »Ich war eigentlich heute zum Essen bei deinen Eltern eingeladen, aber dann habe ich gehört, was passiert ist, und dachte mir, ich komme mal vorbei.« Sein Blick fiel auf den Pizzakarton in meiner Hand. »Immerhin hast du dir etwas zu essen geholt.«

Er klopfte mit der freien Hand neben sich. »Komm her, Emmi, ich bin am Verhungern.«

Ich streifte mir die Schuhe ab und schmiss meine Jacke in die Ecke, während ich mich neben ihn aufs Sofa plumpsen ließ. Schweigend aßen wir die Pizza und ich wartete nur darauf, dass er etwas sagte, aber er blieb still.

Irgendwann hob ich geschlagen die Hände. »Du kannst gerne sagen, was auch immer du willst, Basti.«

Er musterte mich, aber schüttelte den Kopf. »Was soll ich denn deiner Meinung nach sagen?«

Ich zuckte die Schultern. »Keine Ahnung, vielleicht, dass mein Verhalten bescheuert war?«

Nachdenklich kaute er auf einem Stück Pizza. »Jeder trauert auf seine Weise, Emmi. Das weiß ich genauso gut wie du. Wieso sollte ich dir deswegen Vorhaltungen machen?«

Mechanisch zupfte ich den Pizzarand auseinander. »Keine Ahnung. Vermutlich, weil es keiner versteht und sich alle von mir vor den Kopf gestoßen fühlen.«

»Wir sorgen uns einfach um dich«, sagte er und zog mich in eine Umarmung. »Das dürfen wir doch, oder?«

»Natürlich«, erwiderte ich und versuchte, den Kloß in meinem Hals wegzuatmen. Langsam ein und langsam wieder aus.

»Wir wollen auch nicht, dass du mit der Trauer und deinen Gedanken immer nur allein bist. Vielleicht solltest du am Wochenende wirklich mit deinen Eltern mitfahren. Ein Tapetenwechsel würde dir guttun. Du bist noch am Leben, Emmi.«

Ich hörte, was Basti sagte, doch ich konnte ihm nicht zustimmen. Vielleicht war ich am Leben, aber es fühlte sich an, als wäre ich an jenem Tag auch gestorben.

Nach dem Essen sahen wir uns gemeinsam einen Film an. Basti bestand darauf und ich wusste, dass jedes Diskutieren zwecklos war.

Wie meine Brüder war er ein sturer Esel und ich hatte gelernt, mir meine Kämpfe auszusuchen.

Auch, wenn ich mich nicht auf die Handlung konzentrieren konnte, lachte ich an den richtigen Stellen – weil

Basti es tat – und zuckte zusammen, wenn die Bildfolge besonders schnell wirkte.

Je länger der Film dauerte, umso weniger konnte ich mich konzentrieren, noch konnte ich es verhindern, dass mir die Augen vor Erschöpfung zufielen. Das Leben war so anstrengend geworden, ohne Noah.

Im Halbschlaf bekam ich mit, dass Basti mich zum Bett trug. Zum Glück trug er mich auf die richtige Seite. Auf Noahs.

Dann deckte er mich zu und gab mir einen Kuss auf die Stirn, bevor ich die Tür ins Schloss fallen hörte. Danach schloss ich die Augen und schlief wieder ein.

Am nächsten Tag saß ich gerädert vor meinem Kaffee und versuchte, die Motivation zu finden, heute in die Praxis zu gehen. Ich war mitten in der Nacht schweißgebadet aufgewacht.

Ich hatte diese Albträume oft, in denen ich den Unfall hautnah mitbekam. Ich konnte sehen, wie der LKW die Kontrolle verlor und auf ihn zuraste. Wie Noah versuchte auszuweichen, es aber nicht schaffte und die Kontrolle über den Wagen verlor. Dieser überschlug sich jedes Mal mehrfach.

Ich konnte sehen, wie das Glas zersplitterte und sich in seinen Körper rammte.

Ich konnte sehen, wie sein Kopf immer wieder gegen die Decke schlug, bis der Wagen letzten Endes auf dem Dach liegen blieb.

Ich konnte sehen, dass Noah atmete, dass er noch lebte. Doch das von hinten kommende Auto hatte keine Chance mehr, zu bremsen, und fuhr direkt auf seines.

Manchmal änderte sich der Traum, aber das Ende war stets gleich. Noah war tot und ich musste ihm beim Sterben zusehen.

Ich wünschte, ich wäre an seiner Stelle gewesen. Oder zumindest wünschte ich mir, dass wir gemeinsam gestorben wären.

Man sagt, Phantomschmerzen treten dann auf, wenn einem ein Körperteil amputiert wurde und man Schmerzen in diesem empfindet, obwohl er nicht mehr da ist.

Aber konnte man auch Phantomschmerzen haben, wenn das Körperteil noch da und gesundheitlich alles in Ordnung war?

Es fühlte sich nämlich so an, als würde mein Herz zerreißen, meine Lunge abgedrückt werden.

Wenn sich so der Tod anfühlte, dann war ich schon längst gestorben.

Ich sah auf die Uhr und bemerkte, dass ich zu spät zur Arbeit kommen würde, wenn ich mich jetzt nicht auf den Weg machen würde. Also trank ich meinen Kaffee schnell aus und verließ eilig die Wohnung.

Als ich im Auto saß, schloss ich kurz die Augen und atmete tief durch.

Das erste Mal wieder bewusst Auto zu fahren, war das schlimmste gewesen.

Am Anfang war alles wie in einem Nebel an mir vorbeigezogen, aber als ich das erste Mal wahrgenommen hatte, in einem Auto zu sitzen, war ich ausgeflippt. Ich hatte geschrien, geweint und am ganzen Körper gezittert.

Auch jetzt noch zuckte ich zusammen, wenn ich einen LKW sah oder an eine Kreuzung fuhr und mir nicht sicher war, ob die anderen mich gesehen hatten.

Angst war gar kein Begriff für das, was ich empfand. Es war maßlose Panik.

Zum Glück dauerte die Fahrt nur ein paar Minuten. Ich parkte das Auto in der Tiefgarage und fuhr dann mit dem Fahrstuhl zu unseren Praxisräumen.

Als ich damals zu studieren angefangen hatte, war ich so naiv gewesen. Ich hatte gedacht, dass ich helfen könnte.

Ich habe Psychologie schon immer geliebt, weil ich die Menschen geliebt habe. Ich habe meinem Gegenüber stets gut lesen und einschätzen können.

Bis auf Noah. Ihn hatte ich nie einschätzen können, er war immer wie ein wandelndes Geheimnis für mich, aber diesen Teil von ihm hatte ich geliebt.

Ich schüttelte mich und versuchte, meine Gedanken nicht wieder zu Noah wandern zu lassen.

Die Fahrstuhltüren öffneten sich und gaben den Blick auf den Empfang der Praxis frei, in der ich arbeitete. *Meier und Meinke* stand in einer kursiven Schrift auf der Glaswand hinter der Rezeption. Sie hatten mir vor dem Unfall eine Partnerschaft angeboten. Damals war ich begeistert gewesen, aber dann war alles anders gekommen. Noch ließen meine Chefs sich Zeit, aber ich wusste, dass sie bald eine Antwort wollten.

Ich wusste nur nicht, was ich ihnen sagen würde. Konnte ich wirklich einfach so mit meinem Leben weitermachen?

Ich hatte drei Sitzungen hinter mir und war dabei, meine Notizen in eine Reinform zu bringen, als ich zwei Schatten vor der Tür stehen sah. Ich wusste, dass es nur noch eine Sache von wenigen Sekunden war, bis meine Chefs an die Tür klopfen und mein Büro betreten würden. Ich behielt recht.

Lächelnd begrüßten sie mich und führten ein wenig Smalltalk mit mir, aber mir war klar, dass sie nicht deswegen gekommen waren.

»Emily«, begann Dr. Meinke. »Wir wissen, es ist gerade keine leichte Zeit für Sie«, meinte er.

Für einen Augenblick zögerte er und schien nach den richtigen Worten zu suchen, ehe er Dr. Meier ansah.

Dieser räusperte sich und sprach weiter: »Aber wir würden gerne wissen, ob Sie über unser Angebot nachgedacht haben.«

Nachdenklich starrte ich sie an.

Wollte ich mit meinem Leben weitermachen, als wäre nichts passiert? Konnte ich an dem Punkt weitermachen, wo ich vor so vielen Monaten aufgehört hatte? War es möglich, mein neues Leben mit meinem alten zu vereinbaren?

»Aber«, sagte Dr. Meinke hastig, als ich nicht antwortete. »Sie können sich so viel Zeit lassen, wie Sie wollen. Uns ist bewusst, was Sie durchmachen.«

Und in diesem Moment wurde es mir klar.

Ich hatte es satt.

Ich hatte es satt, überall an Noah erinnert zu werden. Ich hatte es satt, mit Samthandschuhen angefasst zu werden. Hatte es so satt, zu tun, als ob ich hierhin gehörte. Als ob ich ohne Noah leben könnte, als ob ich es überleben würde.

Und in genau diesem Augenblick traf ich eine Entscheidung.

KAPITEL 7

Emily

Tief atmete ich durch. Ich konnte nicht fassen, dass ich das tun würde. Dass ich das teilweise schon getan hatte. Die Kisten waren gepackt, eine Lagerhalle gemietet, eine Anzeige für Nachmieter aufgegeben, mein bescheuerter Job gekündigt.

Alles, was ich jetzt noch tun musste, war, Noahs Sachen einzupacken. Ich wusste nicht, ob ich dafür schon bereit war, aber ich musste es sein.

Ich drehte die Musikanlage auf volle Lautstärke und war mal wieder froh über das Loft und darüber, dass es keine direkten Nachbarn gab. Vor fünf Jahren hatten wir dieses Loft gemeinsam gekauft.

Besser gesagt, Noah hatte es gekauft, aber mein Name stand auch im Grundbuch. Er meinte, wir könnten uns gleich etwas kaufen, statt immer nur Miete zu bezahlen und am Ende nichts zu haben, was uns gehörte.

Seit Noahs Tod war das Loft abbezahlt, da Noah eine Lebensversicherung abgeschlossen hatte.

»Wenn mir irgendwann mal etwas zustoßen sollte, dann will ich nicht, dass du mit einem Haufen Schulden sitzen bleibst«, hatte er gesagt und mich auf die Stirn geküsst.

Ich hatte ihm auf den Oberarm geboxt und gemeint, dass ihm nichts passieren würde. Wie falsch ich damals gelegen hatte, wurde mir erst jetzt bewusst.

Ich war froh, dass Noah immer so umsichtig gewesen war und alles bedacht hatte. Er hatte sogar ein Testament verfasst, mich als Haupterbin eingesetzt und mir damit einen Haufen Geld hinterlassen, den er in all den Jahren angespart hatte.

Noah hatte als Architekt gearbeitet und dementsprechend gut verdient. Er hatte sich dieses Jahr selbstständig machen wollen, aber dann hatte das Schicksal dazwischengefunkt.

Ich setzte mich auf unser Bett und goss mir ein Glas Rotwein ein. Ohne Alkohol würde ich diesen Abend nicht überstehen.

Langsam baute ich die Umzugskartons auseinander und schluckte, als ich Noahs Schranktür öffnete. Es schnürte mir die Kehle zu, als mir bewusst wurde, wie stark sein Geruch noch in der Luft hing.

Ich hatte zwar jeden Tag in seinen Klamotten geschlafen, aber sie hier noch einmal alle vor mir liegen zu sehen, war fast zu viel.

Die Tränen liefen mir übers Gesicht, als ich nach seinen Sachen griff. Als Erstes hatte ich seinen Smoking in der Hand, den er bei unserer Hochzeit getragen hatte.

ERINNERUNG

Emily

»Ich kann dir nicht versprechen, dass es uns immer gut gehen wird, aber ich kann dir versprechen, immer bei dir zu sein und dich zu stützen. Ich kann dir nicht versprechen, dass wir niemals Leid empfinden werden, aber ich kann dir versprechen, dass du an meiner Schulter immer Trost finden wirst. Ich kann dir nicht versprechen, dich niemals zu verletzen, aber ich kann dir versprechen, dich bis an das Ende meines Lebens mehr zu lieben als mich selbst. Ich kann dir nicht versprechen, dass mir dein Essen immer schmecken wird, aber ich kann dir versprechen, dass ich immer so tun werde. Ich kann dir nicht versprechen, dass das Gras auf unsere Seite immer grün sein wird, aber ich kann dir versprechen, dass ich niemals im Nachbarsgarten kontrollieren werde, wie grün es dort ist. Ich kann dir nicht versprechen, dass du mich nie nerven wirst, aber ich kann dir versprechen, dass ich dich dennoch lieben werde. Ich kann dir nicht versprechen, niemals sauer auf dich zu werden, aber ich kann dir versprechen, dass kein Tag vergehen wird, an dem ich dir nicht sagen werde, dass ich dich liebe.«

Ernst sah Noah mich an, während mir die Tränen über die Wangen liefen, ich aber nicht anders konnte, als strahlend zu lächeln.

»Ich liebe dich, Emmi. Das ist der Anfang und das Ende von allem.«

KAPITEL 8

Emily

»Wieso hast du deine Versprechen nicht gehalten, Noah?«, flüsterte ich erstickt.

Er war nicht hier.

Er war nicht hier, um mich zu trösten, so wie er es versprochen hatte.

Er war nicht hier, um mich zu stützen.

Er war nicht hier, um mir zu sagen, dass er mich liebte.

Schnell verstaute ich den Smoking in die Kiste, bevor ich weiter an unsere Hochzeit denken musste. Daran, wie wir stundenlang getanzt und gelacht hatten. An die Reden unserer Freunde und Familie, an unsere Hochzeitsnacht.

Ich griff nach seinen anderen Anzügen und stopfte sie in die Kisten, wurde aber wieder in den Strudel der Erinnerung gezogen.

Es dauerte Stunden, bis ich alle Klamotten verstaut hatte. Danach hatte ich das Gefühl, dass es kein Wasser mehr in meinem Körper geben konnte, so viel wie ich geweint hatte. Aber irgendwie kam immer noch etwas aus meinen Augen.

Alles, was ich von Noah mitnehmen würde, war ein Band-T-Shirt, das er an dem Tag getragen hatte, als wir uns das erste Mal gesehen haben. Der Tag, der mein gesamtes

Leben auf den Kopf gestellt hatte. Der Tag, an dem ich gelernt hatte, was es bedeutet, zu atmen.

⬩◇⬩

»Wow, dieses Loft ist wirklich wunderschön!«, sagte bereits das dritte Paar heute.

»Wie kommt es, dass Sie selbst hier nicht mehr wohnen wollen?«, richtete der Mann das Wort an mich.

Ich zuckte mit den Schultern. »Es hat keinen bestimmten Grund. Irgendwann ist es einmal an der Zeit, sich nach etwas anderem umzusehen«, antwortete ich vage.

Ihm schien die Antwort zu genügen.

»Für die Lage und die Größe ist die Miete wirklich ein wahres Schnäppchen.«

Ich nickte. Auch wenn eine Kaltmiete von eintausendfünfhundert Euro nicht für jeden nach einem Angebot klang.

»Wir würden die Wohnung gerne übernehmen.«

Ich nickte erneut und versuchte, ein Lächeln zustande zu bringen.

»Und die Wohnung kommt voll möbliert?«, fragte er erstaunt.

Ein weiteres Nicken.

»Dann bleibt, glaube ich, nur noch eine Frage zu beantworten«, meinte der Mann und lächelte seiner Frau zu.

Diese wiederum strahlte mich an: »Ab wann können wir einziehen?«

⬩◇⬩

»Mensch Mädchen, das ist ganz schön viel Kram, was du verstauen willst. Man könnte meinen, dass du dein ganzes Leben hier abgeben willst.«

Ich lächelte den Vermieter der Lagerhalle nur unverbindlich an, denn er hatte keine Ahnung, wie richtig er mit dieser Einschätzung lag.

Es war nicht nur mein ganzes Leben, was ich hier einlagern würde, es war Noahs und mein Leben.

Heute Abend würde ich ein letztes Mal zu meinen Eltern fahren. Sie hatten mich zum Essen eingeladen. Die ganze Familie, inklusive Basti, würde dabei sein. Keiner von ihnen ahnte, dass ich morgen das Land verlassen würde, und ich hatte ein schlechtes Gewissen, weil ich ihnen nichts davon erzählen würde. Aber ich konnte nicht. Sie würden versuchen, mich zum Bleiben zu überreden. Doch ich konnte nicht bleiben.

Ich klingelte an der Tür und lächelte meinen Papa an, der mich in seine Arme zog und festhielt. Tief inhalierte ich seinen Geruch, den ich bald für lange Zeit nicht mehr riechen würde. Vielleicht sogar nie wieder. Vielleicht würde ich einfach nie wieder zurückkehren.

»Schön, dass du da bist, Spätzchen«, sagte er und zog mich ins Wohnzimmer.

Alle waren da: Benj, Max und Basti saßen am Tisch und unterhielten sich über das Fußballspiel letzte Woche.

Ein Stich fuhr in mein Herz und ich wusste, dass ich die richtige Entscheidung getroffen hatte. Ich konnte nicht einmal an Fußball denken, ohne Trauer zu empfinden.

Ohne einen Gedanken an Noah zu verlieren.

Die drei verstummten, als sie mich sahen, und meine beiden Brüder schienen nicht genau zu wissen, wie sie mich begrüßen sollten. Nur Basti grinste mich schief an, runzelte dann aber die Stirn. Ob er mir an der Nasenspitze ansah, was ich vorhatte? Dass ich vorhatte, meinen Eltern, Brüdern und ihm das Herz zu brechen?

Er sagte nichts, sondern unterhielt sich weiter mit Benj und Max.

Ma strahlte, als sie den Auflauf ins Wohnzimmer brachte und bemerkte, dass ich auch gekommen war. Sie drückte meine Hand und ließ mich so wissen, dass sie sich freute, dass ich da war.

Es wurde ein schöner Abend. Zumindest so schön, wie es ohne Noah sein konnte.

Während ich meine Familie beobachtete, wie sie miteinander lachten, fragte ich mich, ob ich jemals wieder in der Lage sein würde, zu lachen. Ob ich jemals wieder Glück empfinden würde. Ob ich jemals wieder lächeln könnte, ohne es zu erzwingen.

Ich merkte, dass alle Augen auf mich gerichtet waren, und lief rot an.

»Sorry«, murmelte ich leise. »Ich war in Gedanken. Habt ihr mich etwas gefragt?«

»Ist schon gut«, sagte Benj und wuschelte mir durch die Haare. »War eh nicht so wichtig.«

»Du siehst müde aus«, bemerkte Max.

Ich nickte. Eine Lüge mehr würde mich nicht umbringen. »Ich hatte viel Arbeit. Ich glaube, ich sollte langsam mal ins Bett gehen.«

Alle nickten.

Ich ging um den Tisch und umarmte jeden Einzelnen. Basti wollte mich zur Tür begleiten, aber mein Vater hielt ihn davon ab.

»Lass mal, Junge. Ich mache das.«

Als ich bei meiner Mama ankam, drückte ich sie ein wenig länger als üblich, weil ich wusste, dass das vielleicht das letzte Mal für … nun ja, für immer gewesen war.

Während Papa mich zur Tür führte, sah er mich lange schweigend an.

»Du weißt, dass wir dich lieben, oder mein Mädchen?«

Schon wieder spürte ich einen Kloß im Hals und nickte, da ich Angst hatte, sonst in Tränen auszubrechen.

Wir traten in den Vorgarten, mit dem ich so viele Erinnerungen verband. Mein Vater setze sich auf die kleine Bank neben der Haustür.

»Komm, setz dich zu mir«, sagte er und klopfte neben sich.

Gemeinsam starrten wir in die Sterne, ohne irgendetwas zu sagen.

»Ich kann gar nicht nachempfinden, was du verloren hast, an dem Tag, als Noah starb.«

Papa hatte nie mit mir darüber gesprochen. Er war immer derjenige gewesen, der verstanden hatte, dass ich Zeit brauchte.

»Und ich wünsche mir, dass ich es nie nachempfinden muss«, sagte er, während er durch das Fenster sah und meine Mutter beobachtete, die mit den anderen über irgendetwas lachte.

»Aber ich möchte, dass du weißt, dass du immer nach Hause kommen kannst, in Ordnung?«

Mit großen Augen sah ich ihn an. Wusste er etwa, dass …? Unmöglich.

»Egal, wie lange es braucht, wir sind immer für dich da.«

Ich nickte und merkte, wie mir eine Träne über die Wange lief. Mein Vater wischte sie weg und zog mich eng an sich.

»Ich liebe dich, Emmi. Pass bitte gut auf dich auf.«

Dann lächelte er mich an und drückte mich noch ein wenig fester.

Wir saßen eine Weile so nebeneinander, bis ich mich von ihm losmachte, verabschiedete und zum Auto ging. Ich sah im Rückspiegel, wie er mir nachblickte.

»Leb wohl, Papa«, flüsterte ich in die Stille meines Autos hinein.

Als ich einige Zeit später in das Loft trat, lehnte ich mich gegen die Tür und sah mich um. Ab nächster Woche würde es den Nachmietern gehören. Sie hatten bereits die Schlüssel, wussten aber, dass ich heute Nacht noch einmal hier schlafen würde.

Ein letztes Mal.

Ich strich über die Wände, über die Möbel und versuchte, mich an alles zu erinnern, was mit diesem Loft in Verbindung stand.

Es stand für mein Leben mit Noah.

Unsere fünf Ehejahre hatten wir gemeinsam hier verbracht und es war bis vor drei Monaten mein Zuhause gewesen.

Erst jetzt verstand ich, dass nie das Loft mein Zuhause gewesen war, sondern Noah.

Ohne ihn war ich ziellos und wusste weder aus noch ein. Als das Telefon klingelte, atmete ich tief durch.

Ich räusperte mich, als ich das Gespräch annahm. »Hallo?«

»Hey, Emmi«, hörte ich Bastis Stimme. »Ist bei dir alles in Ordnung?«, fragte er im nächsten Atemzug.

Ich setzte mich aufs Bett, während ich ihm antwortete. »Es geht mir gut, Basti.«

Er schwieg eine Weile. »Du weißt, dass …«

»Ich weiß, Basti«, erwiderte ich und versuchte mich an einem halbherzigen Lächeln. »Ich weiß.«

Ich hatte das Gefühl, dass er am anderen Ende der Leitung nickte. »Das ist gut, Emmi.«

Dann schwiegen wir beide einen Augenblick.

»Schlaf gut, Em. Wir sehen uns in ein paar Tagen, okay?«

»Schlaf gut, Basti«, flüsterte ich und legte auf.

Wir würden uns nicht in ein paar Tagen sehen. Ich hatte keine Ahnung, wann wir uns wiedersehen würden.

KAPITEL 9

Noah

VOR 6 JAHREN

Fröhlich pfeifend stieg ich aus dem Auto. Das Wetter war für den Sommer zwar besonders mies, aber nichts könnte meine gute Laune heute zerstören. Nichts und niemand.

Ich fuhr mit dem Fahrstuhl ins Büro, während ich an die letzten zwei Wochen dachte. Ich war mit Emmi im Urlaub gewesen, etwas, was wir nicht sonderlich oft tun konnten, denn Emily war durch ihr Studium sehr gefordert.

Und ich?

Ich setzte meine ganze Energie in die Arbeit, denn ich wollte ihr und mir ein gutes Leben ermöglichen.

Aber diesen Urlaub hatten wir genossen. In vollen Zügen. Und ich hatte mich endlich getraut, ihr die alles entscheidende Frage zu stellen.

Die Fahrstuhltüren öffneten sich, und sobald mich die Rezeptionistin entdeckte, sprang sie auf. Dass heute mal wieder ein Knopf zu viel an ihrer Bluse geöffnet war, nervte mich nicht einmal. Selbst ihr aufreizendes Lächeln und ihren innigen Wimpernschlag konnte ich ausblenden.

»Noah«, flötete sie, obwohl ich ihr nie das Du angeboten hatte. »Du bist ja schon wieder aus dem Urlaub zurück! Konntest du ihn genießen?«

Ich grinste. »Danke, Frau Martin, meine Verlobte und ich haben ihn sehr genossen.«

Das Wort Verlobte betonte ich besonders, denn sie sollte ruhig wissen, dass mich ihre Avancen nicht interessierten und sie null Chancen hatte.

Wie könnte ich jemals eine andere Frau ansehen, wenn Emily zu Hause auf mich wartete und sogar meine Frau werden wollte?

Ihre Augen weiteten sich und sie stotterte: »Ihre … Verlobte …?«

Bekräftigend nickte ich. »Die schönste Frau auf diesem Planeten hat mich endlich aus meiner Misere erlöst und meinen Heiratsantrag angenommen.«

Sie stammelte weiter. »Die schönste Frau …?«

Ich konnte mir ein Grinsen nicht verkneifen, aber als einer meiner Chefs meinen Namen rief, nickte ich ihr einmal zu, bevor ich ihm in sein Büro folgte. Ein anderer Mann saß in einem der Stühle vor dem Schreibtisch.

»Ah, Aleksej, das hier ist Noah Klein, unser bester Mitarbeiter.«

Erstaunt musterte ich meinen Chef von der Seite. Normalerweise hielt dieser sich mit Lob zurück. Der Mann erhob sich von seinem Stuhl und drehte sich um. Kurz schluckte ich und versuchte, mir meine Verunsicherung nicht anmerken zu lassen.

Er überragte mich um knapp zehn Zentimeter, und mit meinen 1,89 m war ich kein kleiner Mann. Er hatte dunkle Haare, eine breite Stirn und kantige Gesichtszüge. Seine Augen funkelten hart und das Lächeln, zu dem sich seine

Lippen verzogen, wirkte nicht freundlich oder sympathisch, sondern tödlich und böse.

»Aleksej Popow«, sagte er mit einem harten russischen Akzent und streckte mir seine Hand entgegen.

»Noah Klein«, antwortete ich und erwiderte seinen festen Händegriff. Ich runzelte die Stirn. »Popow … wie der Priester?«

Erstaunt musterte mich Aleksej. »Sie sprechen Russisch?«

Entschuldigend lächelte ich und schüttelte den Kopf. »Nein, aber meine Verlobte ist ein kleines Sprachgenie. Hin und wieder versucht sie, mir einzelne Worte auf Russisch beizubringen. Nur weniges davon bleibt hängen, aber bei Ihnen hätte ich niemals an einen Priester gedacht.«

Ich biss mir auf die Zunge. Mist. Ich sollte nicht so unprofessionell sein. Aber er wirkte eher wie ein Killer als ein Priester.

Aleksejs Augen schienen zu blitzen und mein Chef sah mich verunsichert von der Seite an. Dann brach Aleksej in schallendes Lachen aus und klopfte mir – ein wenig zu fest – auf die Schulter.

»Sie mag ich, mit Ihnen will ich zusammenarbeiten.«

Mein Chef lachte nervös und ich zögerte, bevor ich in ihr Lachen einstimmte. Dann deutete er in Richtung seines Schreibtisches. Nachdem wir uns hingesetzt hatten, räusperte er sich und ordnete ein paar seiner Papiere.

»Herr Popow hat sich mit einem besonderen Anliegen an unsere Firma gewandt«, begann er und ich wandte mich Aleksej interessiert zu.

Dieser musterte mich und ich versuchte, den kalten Schauer, der mich bei seinem eindringlichen Blick wieder ergreifen wollte, zu unterdrücken. Er unterbrach meinen Chef.

»Ja, wir suchen nach einem fähigen Architekten, der unsere Häuser umbauen kann.«

Ich nickte ihm zu und bedeutete ihm somit, dass er fortfahren sollte.

»Wir haben mehrere Häuser verteilt in Deutschland und sie sind alle ein wenig baufällig. Wir wollen sie gerne renoviert und erneuert haben, dabei soll aber die Grundstruktur bestehen bleiben.«

Aus dem Augenwinkel sah ich, wie mein Chef fahrig mit seinen Stiften spielte. Unterbewusst registrierte ich es und speicherte diese Information ab, denn er war niemand, der schnell nervös wurde.

Und wer war dieses Wir, von dem Aleksej immer sprach?

»Was genau haben Sie sich dabei vorgestellt?«, fragte ich und musterte ihn aufmerksam. »Wollen Sie diese Häuser vermieten, sind es Büroräume oder Lagerhallen?«

»So etwas in der Art«, sagte Aleksej und grinste mich an.

Erst später fiel mir auf, dass er meine Frage nie beantwortet hatte.

Wir unterhielten uns eine weitere Stunde und er erzählte mir, dass es sich um zwanzig verschiedene Häuser handelte, die deutschlandweit verstreut waren. Ich hatte in der Vergangenheit gelernt, auf mein Bauchgefühl zu hören, und bei ihm klingelten alle Alarmglocken.

Aber was sollte ich schon tun?

Das erste Haus lag nur knapp zwanzig Kilometer von hier entfernt und wir vereinbarten, dass er mir die Grundrisse zuschicken würde und wir uns morgen dort treffen sollten. Zufrieden betrachtete Aleksej mich, dann musterte er meinen Chef forsch und nickte knapp.

»Ich denke, dass wir dann alles geklärt haben«, sagte er, reichte mir die Hand und verließ das Büro.

Leise atmete mein Chef auf.

Wenn ich durch meine Vergangenheit nicht gelernt hätte, auf solch feine Nuancen zu achten, dann wäre mir seine Erleichterung vermutlich entgangen.

Fragend musterte ich ihn, doch er wich meinem Blick aus. Stattdessen starrte er auf seinen Schreibtisch und sortierte Papiere, die schon längst akkurat auf einem Stapel lagen.

»Gut, dann übernehmen Sie von nun an Aleksejs Aufträge. Das wird Sie vermutlich lange Zeit beschäftigen, aber Sie sollten dennoch Zeit für andere Dinge haben.«

Ich nickte. »Vielen Dank für die Möglichkeit und–« Ich zögerte. »Auch dafür, dass Sie mich so gelobt haben.«

Er nickte wieder, dann sah er mich kurz an. »Habe ich gerade richtig herausgehört, dass Sie verlobt sind?«

Ein Strahlen stahl sich auf meine Lippen, als ich an Emily und unseren Urlaub auf Bornholm dachte. Ich nickte.

»Ja, meine Freundin und ich haben uns im Urlaub verlobt.«

Er stand auf, ein deutliches Zeichen, dass er kurz davor war, mich zu entlassen und in mein eigenes Büro zu schicken, und streckte mir die Hand hin. Normalerweise waren seine Hände eiskalt, heute aber schweißnass.

»Na dann, herzlichen Glückwunsch, Herr Klein.«

Ich bedankte mich für die Glückwünsche und verließ sein Büro. Die Alarmglocken, die in meinem Kopf schrillten, ignorierte ich weiterhin.

Mein Leben lief endlich auf der richtigen Bahn und ich hatte beschlossen, dass meine Vergangenheit und Paranoia das nicht ruinieren würden.

KAPITEL 10

Emily

»Miss?«, hörte ich die Stimme des Taxifahrers. »Wir sind da.«

Ich nickte und atmete tief durch. Rechts von mir lag der Flughafen, der mich in wenigen Stunden an mein nächstes Ziel bringen würde.

Ich bezahlte den Fahrer und gab ihm ein großzügiges Trinkgeld. Nachdem ich meinen Festivalrucksack aus dem Taxi gehoben hatte, starrte ich auf den Flughafen.

Heute war der Tag gekommen, an dem ich gehen würde. An dem ich alles, was mir vertraut war, verlassen würde.

Wohl eher der Tag, an dem du wegrennst, hörte ich meine vertraute innere Stimme, die ich zu ignorieren versuchte.

Ich strich mir durch die Haare und war erstaunt, wie ungewohnt es sich anfühlte.

Als ich heute Morgen aufgewacht war, räumte ich meine letzten Sachen zusammen. Ich würde nicht viel mitnehmen. Zwei lange Hosen, zwei kurze, einen Bikini. Außerdem zwei T-Shirts, zwei Tops, wovon eines ein Laufshirt war, und einen warmen Pulli. Eine Strickjacke hatte ich eingepackt, genauso wie ein Paar Sandalen und Noahs T-Shirt.

Außerdem noch ein Handtuch, meine Zahnbürste, eine Haarbürste sowie Zahnpasta und Shampoo. Ich verstaute ebenfalls eine leere Flasche, die ich immer wieder auffüllen konnte, sowie meine Kamera und ein leeres Notizbuch. Mehr würde ich nicht brauchen. Alles andere konnte ich immer noch kaufen.

Auf den Rucksack schnallte ich einen Schlafsack, der auch im Winter warm halten würde, sowie eine Isomatte. Ich wusste nicht, ob ich jeden Tag ein Dach über dem Kopf haben würde, und das war okay so. Außerdem galt: je leichter das Gepäck, umso besser. Dieses Mal wäre niemand bei mir, der meinen Rucksack für mich tragen könnte.

Ich schlüpfte in eine bequeme Dreiviertelhose und zog mir ein blaues Sweatshirt über. Noah hatte dieses Sweatshirt geliebt, weil es meine Augen betonte.

Dann zog ich mir Sportschuhe an und sah mich ein letztes Mal um.

Das war es jetzt also.

Ein kleiner Stich drückte sich in mein Herz, aber bevor ich mir weitere Gedanken über meine Entscheidung machen konnte, griff ich nach der kleinen Handtasche und verstaute meinen Pass, die Autoschlüssel sowie das Portemonnaie darin. Dann schulterte ich den Rucksack und verließ die Wohnung, ohne mich ein letztes Mal umzudrehen.

Mein erster Gang führte mich zur Post.

Ich hatte meinen Brüdern, Eltern und Basti Briefe geschrieben, in denen ich ihnen zu erklären versuchte, wieso ich einfach verschwunden bin, ohne ein einziges Wort. Ich wusste, sie würden wütend sein – ich konnte mir sogar genau vorstellen, wie Basti toben würde –, aber ich hoffte darauf, dass sie mich eines Tages verstehen würden. Ich küsste jeden einzelnen Brief, bevor ich ihn in den Briefkasten warf.

Bis auf den für Basti, den hatte ich im Loft gelassen.

Dann fuhr ich zum Friseur.

Als ich im Stuhl saß und mich im Spiegel betrachtete, wusste ich, dass das die richtige Entscheidung war.

»Was hättest du denn gerne für eine Frisur?«, fragte mich die Friseurin kaugummikauend.

»Ich möchte, dass die Haare abkommen«, sagte ich und deutete auf meine hüftlangen, schwarzen Haare.

»Und wie viel möchtest du abhaben?«

Ich hob die Hand zum Kinn. Die Friseurin starrte mich mit offenem Mund an, was nicht besonders appetitlich war, da ich dabei ihren Kaugummi sah.

»Du willst deine lange Mähne«, dabei deutete sie auf meine Haare, »gegen so eine Kurzhaarfrisur austauschen?«

Ich nickte.

»Okay, krass«, meinte sie, zuckte mit den Schultern und griff nach der Schere. »Hast 'ne Trennung hinter dir, oder warum willst so 'ne Typveränderung?«, versuchte sie sich an Smalltalk.

Ich schwieg und irgendwann gab sie es auf, mir weitere Fragen zu stellen.

Als sie fertig war, war ich selbst erstaunt, wie verändert ich aussah. Meine Haare waren im Nacken anrasiert und vorne waren sie nicht länger als bis zum Kinn. Sie hatte mir einen kleinen, schiefen Pony geschnitten, der irgendwie frech war und meinem Gesicht das Weibliche wiedergab, was der Kurzhaarschnitt ihm genommen hatte.

»Fünfundzwanzig Euro sind das dann einmal«, sagte sie.

Ich drückte ihr dreißig in die Hand und verließ den Laden. Jetzt gab es nur noch eine Sache zu erledigen. Ich setzte mich in das Auto und fuhr zu einem Autohändler. Es tat mir in der Seele weh, mich von meinem geliebten Volvo zu verabschieden, aber ich brauchte den Wagen nicht und Geld konnte ich in der Zukunft immer gebrauchen. Der Händler haute mich total übers Ohr, aber damit hatte ich schon gerechnet.

Ich hätte meinen Wagen ins Internet stellen und eher verkaufen können, aber dann hätte sich meine Familie gewundert. Und das hatte ich vermeiden wollen.

Vom Händler aus rief ich mir ein Taxi, jetzt war ich hier.

Ich stand vor dem Flughafen und atmete einmal tief durch.

Es war so weit.

Ich ging hinein, checkte für den Flug ein und gab mein Gepäck ab. Ich behielt nur die kleine Handtasche sowie das Notizbuch bei mir.

Beim Stöbern durch die Flughafengeschäfte fand ich ein altes Klapphandy, das ich kaufte. Dann setzte ich mich vor mein Gate und starrte auf das Notizbuch. In der Vergangenheit hatte ich mehrere Studien übers Tagebuchschreiben gelesen – berufsbedingt.

Einige Forscher sagten, es würde helfen, sich mit traumatischen Erlebnissen auseinanderzusetzen und diese zu verarbeiten. Hingegen waren andere der Meinung, dass Tagebuchschreiben krank machen würde, weil man diese Erlebnisse durch einfaches Aufschreiben nicht aufarbeiten könnte, sondern immer wieder erlebte.

Ich hatte in der Praxis beides erlebt und war jetzt wohl dabei, es selbst herauszufinden.

Ich seufzte.

Dann schlug ich die erste Seite auf und begann zu schreiben.

20.10.2013

Liebes

Ich hielt inne, bevor ich weiterschrieb.

Sollte ich meine Gedanken an ein Buch adressieren? An irgendjemanden? Oder nur aufschreiben, was ich dachte?

»Oh man«, stöhnte ich und kniff mir in die Nasenwurzel.

~~Liebes Tagebuch~~
~~Hallo Du~~
~~Lieber Noah~~
Liebes Ich,

Ich nickte. Damit war ich zufrieden.

ich weiß gar nicht, wieso ich hier schreibe. Vielleicht, weil ich der Einsamkeit entfliehen will, vielleicht, weil ich einmal das aussprechen will, was in mir vorgeht. Vielleicht, weil ich sonst nicht weiß, wie ich zurechtkomme. Es ist jetzt fast fünf Monate her, seit … seit Noah gestorben ist. Ich bin immer noch taub und habe das Gefühl, dass kein Licht am Ende des Tunnels zu sehen ist. Deswegen setze ich mich in den Zug und versuche, dieses Ende zu erreichen. Wow. Das klang ja richtig poetisch.

Aber du hast richtig verstanden. Ich werde meinem Leben den Rücken zukehren. Ich habe alle Verbindungen gekappt. Habe Briefe geschrieben und mich zu erklären versucht. Ich muss weg von hier. Ich muss? Ja, was muss ich eigentlich?

Mich selbst finden? Meine Gefühle verarbeiten? Vor meinen Gefühlen fliehen?

Ich fliehe. Ich fliehe vor meinen Gefühlen, vor meiner Trauer und vor mir selbst. Ich fliehe und hoffe, dass ich mich auf dieser Flucht verliere. Oder wiederfinde? Oder vergesse?

Ich weiß nicht, was ich hoffe, aber ich hoffe. Und das ist mehr, als ich in den letzten fünf Monaten empfunden habe.

Hoffnung.

Ich hatte schon ganz vergessen, wie sich das anfühlt.

Mein Handy vibrierte und ich sah, dass Basti versuchte, mich anzurufen. Außerdem sah ich, dass meine Mama es ebenfalls zweimal versucht hatte. Anscheinend wussten sie mittlerweile, was ich vorhatte. Ich hatte gehofft, sie würden es erst morgen erfahren.

Ich schrieb eine SMS an meine Mama, dass ich sie liebte und dass sie sich keine Sorgen machen brauchte. Als ich sie abgeschickt hatte, kam eine SMS von Basti, die seine ganze Wut zum Vorschein brachte.

WO ZUR HÖLLE STECKST DU?

Zögernd schwebten meine Finger über den Tasten, bevor ich ihm antwortete.

Es geht mir gut. Ich hoffe, du kannst mir eines Tages verzeihen.

Als ich mein Handy ausschalten wollte, bekam ich eine SMS von meinem Vater.

Du weißt, wo wir sind, wenn du so weit bist.

Tränen stiegen mir in die Augen. Er hatte es wirklich gewusst und mich bewusst gehen lassen. Ein weiterer Anruf von Basti kam rein, aber ich schaltete das Handy aus. Dann nahm ich meine SIM-Karte heraus und zerquetschte sie. Die Nummern, die wichtig waren, kannte ich alle auswendig.

Ich blickte umher und sah ein junges Mädchen, das an einem alten Handy saß. Ich ging zu ihr.

»Hey«, sagte ich freundlich.

Mürrisch blickte sie auf. »Ich würde dir gerne mein Handy schenken«, meinte ich und reichte ihr mein iPhone.

»Bist du dir sicher?«, erwiderte sie mit großen Augen.

Ich nickte. »Hier, es ist SIM-Lock-frei und ich hab ein neues.«

Dabei dachte ich grinsend an das alte Klapphandy, das in meiner Tasche schlummerte. Ich erschrak.

Das war das erste Mal seit Monaten, dass ich grinste, auch wenn es nur in Gedanken war. Ich winkte dem Mädchen und ging wieder an meinen Platz.

Gerade als ich weiterschreiben wollte, hörte ich, dass mein Flug aufgerufen wurde.

Es geht los.

Nächster Halt: Moskau.

Basti

In letzter Zeit kam es oft vor, dass ich mit meinen Kollegen zusammensaß, um die Fälle zu besprechen, aber mit den Gedanken abschweifte. Um genau zu sein, seit vier Monaten. Ich konnte mir nicht einmal annähernd vorstellen, wie es Emmi ging, wenn ich schon so am Ende war.

Noah und ich kannten uns von klein auf. Emmis Brüder, er und ich waren schon immer die besten Freunde gewesen. Als Noah neun war, kamen seine Eltern bei einem Autounglück ums Leben und er musste zu seiner Großmutter ans andere Ende des Landes ziehen.

Wenn ich so darüber nachdachte, wurde mir die Ironie des Ganzen bewusst.

Als Kind hat mich das wütend gemacht. Noah war einer meiner besten Freunde und ich verstand nicht, wieso er von heute auf morgen weg war. Ich hatte damals nicht nachempfinden können, was das für Noah hieß.

So wie ich jetzt nicht begriff, was es für Emmi bedeutete.

Jahrelang war ich wütend auf ihn gewesen, weil er sich nie gemeldet hatte. Was vermutlich nicht verwunderlich war. Als Neunjähriger kam einem das andere Ende des Landes vor wie ein anderer Planet. Bis ich Noah wieder über den Weg lief. Ganz zufällig. Mitten in der Stadt.

Und eigentlich wäre ich an ihm vorbeigelaufen, wenn ich ihn nicht hätte lachen hören.

Noah hatte ein unverkennbares Lachen. Es war nicht unangenehm, so wie das bei anderen Menschen manchmal der Fall war, aber man erkannte es. Er legte dann immer seinen Kopf in den Nacken und lachte so laut, dass man ihn drei Straßen weiter hatte hören können.

Damals waren Noah und ich fünfundzwanzig Jahre alt gewesen. Er hatte sein Studium beendet und war zurück in seine Heimatstadt gekommen, um hier in einem angesehenen Architekturbüro zu arbeiten. Es war seine erste Woche hier und beinahe ein Wunder, dass er mir über den Weg lief. Vor allem, weil ich auf den Weg zu Benj und Max war.

Mittlerweile wusste ich, dass es Schicksal, Vorsehung oder so etwas gewesen sein musste.

Emmi war schon immer wie eine Schwester für mich und ich hätte mir keinen besseren Mann als Noah für sie vorstellen können.

Als er umgezogen war, war Emmi erst vier gewesen und viel zu sehr mit Puppen und dem ganzen Kram beschäftigt gewesen, als dass sie sich an Noah hätte erinnern können. Außerdem war sie uns immer aus dem Weg gegangen, weil wir – typisch für neunjährige Jungs – sie ständig geärgert hatten. Einmal hatten wir sogar die Haare ihrer Barbiepuppen abgeschnitten. Ich wusste noch, wie groß das Geschrei damals gewesen war. Kein Wunder, dass sie sich nicht an Noah erinnern konnte.

Aber zu sehen, wie die Liebesgeschichte der beiden sich entwickelte, war einfach toll.

Das war wie in einer dieser Schnulzen, wo man am liebsten immer nur kotzen wollte.

Ich hätte nie gedacht, dass ich so etwas einmal erleben würde, aber ich hatte es direkt vor meinen Augen. Und ich wusste, dass es oft genug Momente gab, in denen ich mich am liebsten übergeben hätte, weil die beiden so perfekt zusammen waren.

Mein Blick wanderte aufs Handy und ich sah, dass Martina – Emmis Mutter – mich anrief. Ein komisches Gefühl ergriff Besitz von mir und ich runzelte die Stirn. Martina rief mich nie vormittags an, weil sie wusste, dass ich mich zu der Zeit häufig mit den anderen Kommissaren zu irgendwelchen Besprechungen traf. Vermutlich wollte sie mich nur wieder zum Abendessen einladen.

Ich hatte schon immer mehr Zeit bei Benj, Max und Emmi verbracht, was wahrscheinlich daran lag, dass mein Vater ein Scheißalkoholiker war und ich mich am liebsten weit weg von ihm aufhielt.

Ich ignorierte den Anruf und versuchte, mich wieder auf die Besprechung zu konzentrieren. Als das Handy einen Anruf von Martina signalisierte, breitete sich das mulmige Gefühl in meiner Magengegend weiter aus.

Was, wenn etwas passiert war? Ich konnte mich gut daran erinnern, wie es letztes Mal gewesen war.

ERINNERUNG

Basti

Küssend zog ich die Blondine aus der Bar näher zu mir. Nach einem langen Arbeitstag tat es gut, abzuspannen und an nichts zu denken.

Mein Handy vibrierte in der Tasche und ich sah, dass es Emmi war, die mich anrief. Vermutlich wollten sie und Noah wieder abhängen, aber ich hatte Besseres zu tun. Also ignorierte ich ihren Anruf.

Als die Blondine – ich war echt nicht gut darin, mir Namen zu merken – und ich auf dem Bett landeten, klingelte es ein weiteres Mal. Wieder ignorierte ich es.

Emmi konnte manchmal beharrlich sein und ihren Willen jedem aufzwingen. Ganz selten tat mir Noah sogar ein bisschen leid, aber in all den Jahren hatte er sich nie beschwert.

Blondie knöpfte mein Hemd auf und verteilte Küsse auf meiner Brust, was mir ein leises Stöhnen entlockte. Genau das brauchte ich jetzt.

Wieder klingelte das beschissene Telefon und diesmal sah Blondie mich verärgert an.

»Wer nervt dich denn die ganze Zeit?«

Ich griff nach dem Telefon, nahm das Gespräch an und sagte: »Emmi, nein, danke für die Einladung, aber ich habe keinen Bock, heute was mit dir und Noah zu unternehmen. Ich habe gerade nämlich etwas viel Wichtigeres zu tun.«

Dann legte ich auf und warf das Telefon auf meinen Nachtschrank, ohne Emmi einmal zu Wort kommen zu lassen.

Blondie grinste zufrieden und zog sich ihr Kleid aus, während mein Blick bewundernd über ihre Rundungen glitt. Sie trug weder Slip noch BH und ich wurde noch härter, als ich es eh schon war.

Ich bedeutete ihr mit dem Zeigefinger, zu mir zu kommen, was sie sich nicht zweimal sagen ließ. Sie fiel auf ihre Knie und war dabei, die Knöpfe meiner Jeans zu öffnen, als mein bescheuertes Telefon schon wieder klingelte.

»Was Emmi?«, motzte ich lautstark ins Telefon, weil ich nicht verstand, wieso sie meine Abfuhr nicht akzeptierte.

Ich erwartete, dass ein pissiger Kommentar ihrerseits kommen würde, aber das, was ich hörte, ließ mein Herz stillstehen und jegliche Erregung war mit einem Schlag verschwunden.

Emmi weinte. Nein, sie schluchzte, als wenn jemand ihr das Herz aus der Brust gerissen hätte. Dieser Ton zerbrach irgendetwas in mir und ich wusste, dass etwas Schreckliches geschehen war. Emmi weinte nie.

Na gut, sie weinte bei bescheuerten Filmen, wenn sie etwas rührte oder sie glücklich war. Aber Emmi weinte nicht, wenn es ihr schlecht ging.

Als sie zwölf gewesen war, haben wir Jungs ihr gesagt, dass sie sich nicht trauen würde, mit ihrem Fahrrad über eine Sprungschanze zu fahren. Natürlich hatten wir uns das auch nicht getraut, aber das hätten wir ihr gegenüber nie zugegeben.

Emmi hatte uns nur wütend angefunkelt, ihren Helm aufgesetzt und gemeint: »Pah, klar trau ich mich, diese Minischanze zu fahren.«

Obwohl »Mini« nicht annähernd zutraf. Ihre Brüder und ich lachten sie aus, weil wir uns beim besten Willen nicht vorstellen konnten, dass sie über diese Schanze fahren wollte.

Aber Emmi tat es. Einfach so. Und sie schaffte es sogar.

Als sie jedoch gelandet war, war sie so schnell unterwegs, dass sie die Kontrolle verlor und gegen einen Baum fuhr. Dabei brach sie sich ihren Arm. Ich glaube, ich hatte in meinem ganzen Leben noch nie so einen Schock wie in diesem Moment. Wir rannten zu ihr und erwarteten, eine völlig aufgelöste Emmi vorzufinden, aber sie hatte nur ein bisschen das Gesicht vor Schmerz verzogen, bis sie uns erblickte.

Als sie uns sah, wechselte ihr Ausdruck zu einem triumphierenden Grinsen und sie sagte stolz: »Seht ihr? Ich bin kein Weichei!«

Oh man, ich wusste noch genau, wie ihre Eltern ausgeflippt waren, als sie davon Wind bekamen, aber seitdem gehörte Emmi zu unserer Clique.

Als ich sie also weinen hörte, wusste ich es. Irgendetwas war passiert.

Blondie, die an den Knöpfen meiner Jeans herumfummelte, stieß ich weg und wies ihr mit einem Handzeichen den Weg zur Wohnungstür. Sie sah mich entsetzt an, was ich kaum wahrnahm, denn ich war aufgestanden und zum Fenster gegangen.

Blondie fluchte, bevor ich hörte, wie ihre Schritte sie aus dem Schlafzimmer trugen.

»Emmi?«, fragte ich vorsichtig und konnte nichts für das laute und wilde Herzklopfen in meiner Brust.

»Emmi?«, fragte ich erneut, als ich nichts von ihr hörte außer ihren Schluchzern. »Emmi? Was ist passiert?«

»Noah«, sagte sie schluchzend und in diesem Moment zerbrach meine Welt. »Noah ist tot, Basti. Er ist tot.«

KAPITEL 11

Basti

Ich würde mir nie verzeihen, dass ich Emmi so angefahren hatte. Dass ich nicht sofort ans Telefon gegangen war. Dass sie in dieser Zeit allein sein musste, weil ich mit irgendeiner Bettgeschichte beschäftigt war.

Damals hatte ich mir geschworen, nie wieder denselben Fehler zu machen. Also entschuldigte ich mich bei meinen Kollegen und verließ das Sitzungszimmer.

»Martina?«, nahm ich das Telefonat entgegen. »Martina, ist alles in Ordnung? Ist irgendetwas passiert?«

»Ich weiß es nicht, Basti«, antwortete sie aufgelöst und eine winzige Erleichterung überkam mich.

Zumindest bis zu ihren nächsten Worten.

»Emmi ist weg.«

Mein Herz blieb einen Moment stehen.

»Was meinst du damit, sie ist weg?«, fragte ich aufgebracht und raufte mir die Haare.

»Ich war heute in der Praxis, weil ich sie zum Essen einladen wollte. Sie sollte nicht so viel allein sein. Aber als ich da war, sagte mir Sina, dass Emmi vor Wochen gekündigt hatte und seither auch nicht mehr aufgetaucht war.«

Wo war Emmi? Was hatte sie sich nur dabei gedacht?

»Hast du sie schon versucht anzurufen?«

»Ja, sie geht nicht an ihr Handy. Oh Gott, Basti. Was ist, wenn sie sich was angetan hat? Seit … Seit Noah ist sie nicht mehr dieselbe.«

Ich winkte meiner Sekretärin. »Jules, bitte sagen Sie alle meine Termine für heute ab.«

Entsetzt starrte sie mich an. »Aber … Sie sind doch mitten in einer Besprechung?«

»Ist mir egal«, herrschte ich sie an. »Es gibt einen Notfall.«

Sie wusste von Noah. Sie hatte mich einen Tag nach seinem Unfall im Büro zusammenbrechen sehen und sich um mich gekümmert.

Wir hatten nie wieder ein Wort darüber verloren.

»Ich hoffe, es ist alles okay?«, fragte sie vorsichtig.

»Ich weiß es nicht, Jules. Ich weiß es nicht.«

⋄

Während ich in einem Affentempo zu Emmis Wohnung fuhr, rief ich sie immer wieder an und schrieb ihr eine SMS.

WO ZUR HÖLLE STECKST DU?

Sie brauchte nur einen Augenblick, um mir zu antworten.

Es geht mir gut. Ich hoffe, du kannst mir eines Tages verzeihen.

»Was um alles in der Welt?«, schrie ich und versuchte weiterhin, sie zu erreichen. Aber ich erreichte nur ihre Mailbox. Das Miststück hatte ihr Handy ausgeschaltet.

Nach zwanzig Minuten war ich endlich bei ihrer Wohnung angekommen. Ich rannte die Treppen bis in den dritten Stock und war dankbar, dass Noah mir vor Jahren einen Ersatzschlüssel gegeben hatte.

Als ich das Loft betrat, war ich für einen kurzen Augenblick erleichtert, aber dann stockte mir der Atem. Alles war weg. Alles, bis auf ihre beschissenen Möbel.

Es war nichts mehr da, kein Bild, kein Buch, kein Teller. Ich riss den Kleiderschrank auf. Selbst der war leer.

»Emmi?«, brüllte ich, aber wie nicht anders zu erwarten, antwortete sie mir nicht.

Ich versuchte noch einmal, sie anzurufen, und während ich wählte, weckte ein weißer Umschlag auf dem Esstisch meine Neugier. Als ich näherkam, sah ich, dass mein Name draufstand.

Zum zweiten Mal an diesem Tag blieb mein Herz stehen.

Sie würde mir keinen Abschiedsbrief hinterlassen haben und sich das Leben nehmen. Das würde sie niemals tun. Oder?

Ich versuchte, mich zu beruhigen, setzte mich und öffnete den Brief. Er war in ihrer unverkennbaren Handschrift geschrieben.

Lieber Basti,

ich weiß nicht, ob du dich daran erinnerst, aber ich tue es. Ich muss so ungefähr sieben gewesen sein. Ihr Jungs habt mal wieder einen gemeinsamen Film-

abend bei meinen Brüdern gemacht. Damals fandet ihr mich uncool und wolltet mich nicht dabei haben.

Also habe ich mich früh in mein Zimmer verabschiedet. Was ihr damals aber nicht mitbekommen habt, war, dass ich mich ins Wohnzimmer geschlichen und unterm Sofa versteckt hatte. Ich wollte auch groß sein wie ihr und Filme gucken.

Ihr habt irgendeinen Film mit Monstern gesehen und – oh Shit. Es hat mir einfach Mega-Angst gemacht. Als ihr euch Popcorn geholt habt, bin ich in mein Zimmer zurückgerannt und habe versucht, zu schlafen.

Ich hätte nicht gedacht, dass ich wirklich einschlafen würde, weil mich die Bilder die ganze Zeit verfolgten. Mitten in der Nacht hatte ich einen Albtraum, von dem ich schreiend aufgewacht bin. Ausgerechnet du bist in mein Zimmer gekommen und hast mich getröstet. Du hast mir erklärt, dass diese Monster gar nicht echt sind.

Dass die Monster verschwinden, wenn man einmal kurz das Licht anmacht und sagt: »Haut ab, Monster, ich hab euch erwischt.«

Von da an warst du mein persönlicher Held.

Dieses Mal geht das leider nicht so einfach. Ich hab es versucht. Genauso, wie du es mir damals gesagt hast. Nur dieses Mal sind die Monster nicht nur in meinem Zimmer, sie sind in meinem Kopf.

Und sie machen mir Angst.

Ich wusste, dass du der Erste sein würdest, der mich hier suchen wird. Und wie du siehst, hatte ich recht. Und ich weiß auch, dass du scheißwütend sein wirst, aber ich hoffe, dass du mich eines Tages verstehen wirst und mir eines Tages vergibst.

Ich weiß nicht, wann ich wiederkomme.

Ich weiß nicht einmal ob.

Ich hoffe, dass ich irgendwann so weit bin. Und das ist mehr, als ich in den letzten Wochen empfunden habe.

Alles erinnert mich an Noah. Sogar dein Gesicht.

Ich kann nirgendwo hingehen, ohne wieder ein Stück zu sterben. Ich kann hier mein Glück nicht wiederfinden. Ich kann mich hier nicht wiederfinden.

Deswegen bin ich gegangen. Ich werde dir nicht sagen, wohin, weil ich dich kenne und genau weiß, dass du dich ins nächste Flugzeug setzen würdest, um meinen Arsch nach Hause zu schleppen. Tu es diesmal nicht.

Lass mich bitte gehen.

Ich brauche das jetzt. Es war nicht richtig, euch so vor vollendete Tatsachen zu stellen, aber ihr hättet sonst versucht, mich zum Bleiben zu bewegen. Und ich wollte nicht bleiben.

ICH KANN NICHT BLEIBEN.

Du warst schon immer wie ein Bruder

für mich. Ich weiß, dass du Noah auch verloren hast.

Aber ich fühle mich, als ob ich mich verloren hätte. Früher wusste ich genau, was ich wollte. Mit ihm wusste ich genau, wer ich war.

Mittlerweile weiß ich das nicht mehr.

Ich lache nicht mehr. Ich lächle nicht mehr. Ich weine nur noch. Ich spüre nur noch Schmerzen. Ich habe das Gefühl, dass mir ein Arm fehlt.

Nein schlimmer noch. Ich habe das Gefühl, dass mir mein Herz fehlt.

Und ich muss es wiederfinden. Ich werde es nie ganz finden, weil Noah es mit sich genommen hat, aber ich hoffe, dass ich auf meiner Reise einen Teil meiner selbst wiederfinden werde.

Ich werde mich melden. Nicht oft und ich weiß nicht wie, weil ich meine SIM-Karte zerstören und mein iPhone verschenken werde, da du mich sonst orten würdest. Manchmal bist du schlimmer als meine ›echten‹ Brüder.

Ich hoffe, dass, wenn ich wiederkommen werde, du immer noch Teil meiner Familie bist und mich nicht für das hassen wirst, was ich heute getan habe.

Ich hielt es für das Beste. Und allein dem Ganzen heute den Rücken zuzudrehen, gibt mir schon ein besseres Gefühl.

Ich fühle endlich etwas und dem werde ich nachjagen.

Tu mir einen Gefallen, während ich weg bin: Mach dir keine Vorwürfe.

DU HAST DAMIT NICHTS ZU TUN.

Du hast alles getan, was du tun konntest, und du warst immer für mich da.

Ich tue das für mich. Und nur für mich.

Damit ich eines Tages vielleicht wieder ein bisschen so sein kann wie das Mädchen, das ihr Mal geliebt habt. Das Mädchen, das Noah mal geliebt hat.

Such dir ein nettes Mädchen und lass deine Scheißbettgeschichten bleiben. Die bringen dir nichts. Glaub mir, deine Zeit ist zu kostbar für so etwas.

LEBE BASTI.

Ich hab dich lieb und ich hoffe, dass wir uns eines Tages wiedersehen werden.

Emmi.

KAPITEL 12

Emily

Ich wanderte den ganzen Tag durch die Stadt, schoss Fotos, sah mir die Sehenswürdigkeiten an und versuchte, etwas wie Glück zu verspüren. Aber das war einfach nicht möglich.

Jedes Mal, wenn mich etwas faszinierte, wirbelte ich herum und wollte Noah darauf hinweisen. Es brauchte eine Sekunde, bis ich mich wieder daran erinnerte, dass er nicht dabei war. Dass er mich nie wieder auf Reisen begleiten würde, dass ich allein war. Auf mich gestellt.

Wieso konnte ich es immer noch nicht begreifen? Wieso begriff ich immer noch nicht, dass Noah seit fünf Monaten weg war und nicht wiederkommen würde?

Nicht wiederkommen konnte?

Tief atmete ich durch und lehnte mich an die Fensterfront. Von hier aus konnte ich die Skyline Moskaus überblicken, aber ich spürte nichts.

Keine Freude, keine Ehrfurcht, nur Leere.

Ich war seit fünf Tagen hier und die Hoffnung, die ich empfunden hatte, als ich gegangen war, stellte sich nicht wieder ein. Alles, was ich fühlte, war Leere.

Um mich abzulenken, zog ich mir saubere Sachen an, besserte mein Make-up auf und machte mich auf den Weg in das Hotelrestaurant.

Hoffte, dass ich wenigstens hier Ablenkung finden konnte, wenn ich die Menschen beobachtete.

Da alle Tische belegt waren, bedeutete mir der Kellner, an der Bar zu warten, bis etwas frei wurde. Ich winkte dem Barkeeper und bestellte einen Wodka.

»Brvet«, murmelte eine tiefe Stimme neben mir.

Ich drehte meinen Kopf und musterte den Russen neben mir.

»Brvet«, antwortete ich ihm ebenso leise.

»Chto delayet zdes' takaya krasivaya zhenshchina, kak ty?« *Was macht eine schöne Frau wie Sie hier?*

Der Barkeeper schob mir meinen Wodka zu. Ich hob ihn hoch und erwiderte mit hochgezogener Augenbraue: »Pit'!« *Trinken.*

»Sovsem odna?« *Ganz alleine?*

Er rückte ein wenig näher. Viel zu nah für meinen Geschmack.

Ich sah ihn skeptisch an und erwiderte: »Da. I ya tozhe predpochitayu eta.« *Ja, und ich bevorzuge das auch so.*

Jetzt riss er seine Augenbrauen hoch. Er musterte mich, bevor er mir mit russischem Akzent antwortete.

»Ich hätte nicht gedacht, dass Sie eine Deutsche sind.«

Ich erwiderte auf Russisch: »Und ich hätte nicht gedacht, dass Sie Deutsch sprechen.«

Seine Lippen verzogen sich zu einem bösartigen Grinsen. Er erinnerte mich an einen Haifisch.

Er streckte mir seine riesige Tatze hin. »Anatolij.«

Ich zögerte, bevor ich meine Hand in seine legte und »Emilia« murmelte.

Das kam der Wahrheit am nächsten.

»Nun, Emilia«, meinte er. »Was tun Sie ganz allein im schönen Moskau?«

Ich starrte in den Spiegel, der hinter den Spirituosen angebracht war, und dachte über seine Frage nach. Was machte ich hier?

Weil ich so vertieft in meine Gedanken war, antwortete ich Anatolij nicht und er wiederholte seine Frage.

»Was tun Sie ganz alleine im schönen Moskau? Genießen Sie den Spätherbst?«

Ich zuckte zusammen. Spätherbst. Wie hatte ich das vergessen können?

»Was für ein Datum haben wir heute?«, fragte ich ihn mit zitternder Stimme.

Er zückte sein Handy und sah drauf.

»Heute ist der 25. Oktober«, sagte er nach einigen Sekunden.

Innerlich erstarrte ich, aber äußerlich knallte ich mein Glas auf den Tisch, warf ein paar Rubel auf die Theke und machte auf dem Absatz kehrt.

Wie hatte ich das vergessen können? Wie hatte ich es aus den Augen verlieren können?

Mein Magen drehte sich um und nervös tippte ich mit dem Fuß. Ich wollte schnellstmöglich ins Zimmer, musste alleine sein. Bittere Galle bahnte sich den Weg nach oben.

Als der Aufzug auf meiner Etage hielt, drückte ich mich an den anderen Menschen vorbei, murmelte eine Entschuldigung und eilte zu meinem Hotelzimmer. Ich drückte mir die Faust vor den Mund, während ich mit der Schlüsselkarte hantierte.

Als ich es endlich geschafft hatte, eilte ich ins Badezimmer, fiel auf die Knie und übergab mich.

Vor einem halben Jahr war alles in Ordnung gewesen. Noah war noch bei mir. Und an dem Abend, an dem ich dachte, dass all unsere Wünsche und Träume wahr werden würden, sind sie gestorben.

Einfach so. Von jetzt auf gleich.

Ohne Vorwarnung.

Ich konnte mich nicht einmal vorbereiten. Ich hatte nicht einmal Zeit, mich zu verabschieden. Wir hatten nicht einmal Zeit, unsere Träume zu feiern.

Ich hatte das Gefühl, mich wieder übergeben zu müssen, also atmete ich tief ein und aus. So lange, bis sich mein Magen endlich beruhigt hatte. Dann lehnte ich mich gegen die Badewanne und starrte ins Leere.

Nachdem Anatolij mich auf den Spätherbst angesprochen hatte, waren meine Sicherungen durchgebrannt. Spätherbst bedeutete normalerweise die schönste Zeit des Jahres für mich, denn Noah und ich hatten Ende Oktober geheiratet. Aber ich hatte es vergessen, verdrängt, nicht hochkommen lassen. Ich hatte meinen Hochzeitstag aus den Augen verloren.

Mir war einfach nicht bewusst gewesen, dass es keine Woche mehr war, bis Noah und ich unser fünfjähriges Jubiläum feiern sollten.

Wir sollten uns jetzt auf den Malediven befinden, aus Kokosnüssen schlürfen und die Sonne auf unsere Haut brennen lassen.

Stattdessen saß ich zusammengekauert und alleine auf einem Boden in einem russischen Hotelzimmer und Noah war unter der Erde.

Das alles war einfach falsch.

Nur wie sollte ich den Tag nächste Woche überstehen? Der 31. Oktober war nach Noahs Geburtstag mein Lieblingstag im Jahr – doch jetzt? Jetzt erinnerte er mich an alles, was ich verloren hatte.

Keine Ahnung, wie lange ich auf dem Boden saß, aber irgendwann raffte ich mich auf, putzte meine Zähne und füllte mir ein Glas mit Wasser. Mit dem Glas in der Hand schlenderte ich zum Fenster und starrte hinaus auf die nächtliche Skyline Moskaus. Versuchte, im Leuchten der Stadt einen Sinn für meine Verluste zu finden.

Aber je länger ich starrte, umso weniger konnte ich einen finden. Es war unfair. Ungerecht und scheiße.

Wütend schmiss ich das Glas gegen die Wand. Ich hörte, wie es zersplitterte, und es klang wie vor ein paar Monaten, als mein Herz zersplitterte.

Ich dachte immer, dass Herzen leise brachen, aber das war nicht der Fall. Zumindest nicht bei mir.

ERINNERUNG

Emily

Nervös lief ich auf und ab und versuchte ein weiteres Mal, Noah zu erreichen. Er war jetzt schon anderthalb Stunden weg und langsam machte ich mir Sorgen, versuchte aber, mich zu beruhigen. Wahrscheinlich hatte er nur wieder jemanden getroffen und sich verquatscht. Das musste es sein. Er würde sonst niemals so lange brauchen.

Ich setzte mich auf die Couch, aber sprang im selben Moment wieder auf. Ich konnte nicht still sitzen.

Ein weiteres Mal versuchte ich, Noah anzurufen, aber er meldete sich nicht. Ein leichter Schmerz, wie eine Art Drücken, machte sich in meinem Unterleib bemerkbar, also atmete ich tief durch.

In diesem Moment klingelte es an der Haustür und Erleichterung durchströmte mich. Das würde Noah sein.

Wahrscheinlich hatte er nur seinen Schlüssel vergessen.

Während ich die Tür öffnete, glitt mein Blick zum Schlüsselbrett und ich sah, dass Noahs Schlüssel nicht da war.

In diesem Moment bekam mein Herz den ersten Knacks.

Als ich die Uniformen der Polizisten vor mir sah, bekam es den zweiten Knacks.

Als ich ihre betroffenen Gesichter sah, den dritten.

Als sie mich fragten, ob ich die Frau von Noah Klein sei, den vierten.

Als sie mich baten, reinkommen zu dürfen, und sagten, dass wir uns besser hinsetzen sollten, den fünften Knacks.

Und als sie dann sagten, dass es ihnen leidtat, spürte ich den sechsten Knacks.

Aber es zersplitterte nicht in seine Einzelteile.

Das tat es erst eine halbe Stunde später, als wir am Unfallort angekommen waren.

Ich hatte ins Krankenhaus gewollt, hatte Noah noch einmal sehen wollen, aber das war nicht möglich. Denn von ihm war nicht mehr übrig als ein Häufchen Asche. Sein Auto war in Flammen aufgegangen.

Man hatte mir erklärt, dass es an der Fracht des LKW lag, aber ich hatte nicht zugehört. Ich hatte es nicht glauben können, wollte es nicht glauben. Ich hielt es für einen schlechten Scherz und war mir sicher, dass Noah zu Hause auf mich warten würde.

Ich bestand darauf, seinen Wagen zu sehen, wollte einen Beweis, dass sie mich nicht belogen. Sie weigerten sich zunächst, aber ich blieb stur.

Also hatten sie mich mitgenommen, damit ich mich mit eigenen Augen überzeugen konnte. Dort, wo Noahs Wagen gestanden haben musste, konnte man sehen, wie das Feuer sich in den Asphalt gefressen hatte. Der LKW, mit dem er zusammengekracht war, weil dieser wenden wollte, stand zwar nicht mehr quer auf der Fahrbahn, war aber noch da. Und das dritte Auto, dessen Fahrer Noah übersehen hatte, war zum Teil verbrannt. Auch er hatte nicht überlebt.

Ich merkte, wie bittere Galle in mir hochstieg, fiel auf meine Knie und übergab mich direkt vor den Augen der Anwesenden. Das war der Moment, in dem ich langsam begriff, was das alles bedeutete.

Noah.

War.

Tod.

Weg.

Ich konnte ihn nie wieder umarmen, ihm nicht sagen, dass ich ihn liebte, nicht mit meinen Fingern seine Gesichtszüge nachfahren. Von nun an war ich nicht mehr verheiratet, sondern verwitwet. Ich war allein.

Das war der Moment, in dem mein Herz einen weiteren Knacks bekam. Er war so stark, dass ich das Gefühl hatte, ihn zu spüren. Es dauerte ein paar Sekunden, bis ich begriff, dass das, was ich spürte, nicht mein Herz war.

Ich fühlte etwas Warmes an den Beinen und konnte erkennen, dass sich meine Hose rot verfärbte.

»Nein«, krächzte ich heiser. »Nein. Nicht du auch noch.«

Das war der Moment, in dem mein Herz zersplitterte. Ich konnte förmlich hören, wie es das tat. Wie es in seine Einzelteile zerfiel, und ich war mir sicher, dass die Polizisten und Ersthelfer es ebenfalls hörten.

Ich wusste nicht mehr, wie ich ins Krankenhaus gekommen war. Konnte mich nur an mein Flehen erinnern. An mein Weinen, mein Betteln.

Alles, nur nicht mein Baby.

Aber ich wusste, dass alles Flehen zu spät war. Dafür brauchte ich nicht die mitleidigen Blicke der Ersthelfer, Ärzte und Krankenschwestern sehen. Dafür brauchte ich nicht die Ärztin, die mir sagte, dass es ihr leidtäte, und meine Hand drückte.

Dafür brauchte ich nicht die Krankenschwester, die zu ihrer Kollegin sagte, was ich für ein armes Ding war. Das wusste ich alles von allein.

An diesem Tag zersplitterte mein Herz und ich war mir sicher, dass ich es nie wieder würde zusammensetzen können.

KAPITEL 13

Noah

VOR 5 JAHREN

Die Sonnenstrahlen kitzelten mich im Gesicht. Ich sah auf die Uhr und stellte fest, dass ich mal wieder vor dem Wecker wach geworden war. Wir sollten uns langsam angewöhnen, die Rollläden nachts zu schließen, aber immer kam etwas dazwischen, sodass wir es vergaßen.

Ich stellte den Wecker aus und drehte mich auf die Seite, um Emmi zu mustern. Auch ihr tanzten Sonnenstrahlen im Gesicht, aber sie hatte schon immer den Schlaf einer Toten gehabt, aus dem nichts und niemand sie wecken konnte. Ihr Gesicht war entspannt und selbst die kleine Falte zwischen ihren Augenbrauen war geglättet. Sanft strich ich eine Strähne zur Seite, während mein Blick auf meinen Ehering fiel.

Emmi und ich waren seit fast vier Wochen verheiratet. Vor zwei Tagen waren wir aus den Flitterwochen wiedergekommen und hatten unser neues Loft bezogen.

Nichts war ausgepackt oder aufgebaut, überall standen Kisten herum. Alles, was wir geschafft hatten, war, die Matratzen zusammenzuschieben, die Betten zu beziehen und zu schlafen.

Wenn wir aufgewacht waren, hatten wir uns geliebt oder etwas zu essen bestellt. Das Essen vom Thailänder war zwar nicht im Ansatz so gut wie auf der Insel, aber wir konnten damit leben. Schließlich brachte es gute Erinnerungen hervor.

Ein Lächeln stahl sich auf meine Lippen. Ich hatte die Liebe meines Lebens geheiratet. Trotz allem, was mir im Leben schon widerfahren war, war ich endlich glücklich. Ich konnte aufatmen, musste mich nicht an jeder Ecke umsehen und konnte befreit lachen.

Natürlich verließen mich die Schatten nicht ganz, und es gab Ecken, an denen ich mich noch immer umsah, es gab Orte, die ich mich bis heute nicht zu besuchen traute, aus Angst, dass alles aufflog.

Aus Angst, dass ich wieder fliehen musste. Diese Schatten würden mich wohl nie verlassen, und das war in Ordnung so.

Eine gewisse Vorsicht an den Tag zu legen, war immer gut. Schließlich hatte ich früh genug gelernt, dass man das Glück nicht herausfordern sollte.

In Gedanken machte ich mir eine Notiz, Ray mal wieder eine Karte zu schreiben. Er würde sich sicher freuen, zu erfahren, dass ich glücklich geworden war. Seit Jahren hatte ich nichts mehr von ihm gehört, und das war gut. Dennoch hatte ich es mir zur Angewohnheit gemacht, ihm alle paar Monate einen Brief mit einem kurzen Update zu schicken. Dieser Mann hatte mich praktisch großgezogen, und auch wenn wir keinen Kontakt haben durften, war das in meinen Augen ein Kompromiss, den ich gerne einging.

Ein kurzer Seitenblick auf die Uhr verriet mir, dass ich mich langsam für die Arbeit fertig machen sollte, wenn ich heute pünktlich ins Büro kommen wollte. Vorsichtig schlug ich die Decke zur Seite, um Emmi nicht zu wecken, ging ins Bad und nahm eine kühle Dusche.

Die Auszeit vom Büro hatte mir gutgetan, und wenn ich könnte, würde ich länger wegbleiben, um Emmi beim Ausräumen unserer Habseligkeiten zu helfen, aber Aleksej wurde langsam ungeduldig.

Im letzten Jahr war er zu meinem wichtigsten Kunden geworden und fast meine gesamte Zeit ging für seine Projekte drauf. Hin und wieder fragte ich mich schon, was er mit so vielen Gebäuden wollte, aber dann besann ich mich wieder darauf, dass es nicht meine Sache war.

Ich hatte mich darum zu kümmern, dass die Immobilien umgebaut oder renoviert wurden und diese Umbauten vom Gemeindeamt abgesegnet wurden.

Man sollte meinen, dass das gar nicht so schwer sei, aber Aleksej terrorisierte mich mit Telefonanrufen. Nach der ersten Woche unserer Hochzeitsreise hatte Emmi mir genervt mein Handy abgenommen und mit Aleksej ein paar Takte gewechselt. Sie hatte mir zwar nie erzählt, was er zu ihr gesagt hatte, aber da Emily mit ihm auf Russisch geredet hatte, vermutete ich, dass er ausfallend geworden war und sie ihn in seine Schranken gewiesen hatte.

Danach hatte er nur noch einmal die Woche angerufen. Er hatte sich sogar entschuldigt, dass er in den Flitterwochen gestört habe, aber nur betont, wie wichtig es ihm war, dass die Projekte pünktlich fertig gestellt wurden.

Am Telefon hatte er mit seinem typischen russischen Akzent zu mir gemeint: »Ich wusste gar nicht, dass du mit so einem Kotenok verheiratet bist.«

Ich musste Emmi fragen, was er mit diesem russischen Wort meinte, aber da ich es nicht richtig wiederholen konnte, wussten wir bis heute nicht genau, was es bedeutete. War wahrscheinlich besser so.

Mit einem Grinsen auf den Lippen stellte ich das Wasser ab, rubbelte mir die Haare trocken und schlüpfte in meinen Anzug. Emmi hatte ihn mit einem Lächeln im Gesicht ausgesucht. Sie meinte, dass das Blau mir gut stand und die Ladys mir sicher hinterherlaufen würden. Nachdem ich sie gefragt hatte, ob sie das nicht störte, hatte sie mit den Schultern gezuckt, mir einen Kuss auf die Nasenspitze gegeben und gemeint, dass der Ring an ihrem Finger deutlich genug klarmachte, was sie mir bedeutete.

Als ich das Bad verließ, roch es überaus verführerisch in der Wohnung. Ich schlenderte in die Küche und lehnte mich mit der Hüfte gegen den Türrahmen.

Emmi stand, nur mit einem meiner Hemden bekleidet, am Herd. Das Radio war bis zum Anschlag aufgedreht, sie wiegte ihre Hüften im Takt der Musik und sang aus voller Kehle, wenn auch schräg, die neuesten Charts mit, während sie mir mein Frühstück zubereitete.

Wieder konnte ich mein Glück nicht fassen. Das war es, was ich für den Rest meines Lebens wollte.

Diese Frau, wie sie, mit fast nichts bekleidet, durch unsere Wohnung tanzte und gute Laune versprühte. Als sie sich umdrehte, um ein paar Pancakes auf den Teller zu geben, erschrak sie sichtlich, fing sich aber schnell wieder und schenkte mir ein strahlendes Lächeln.

Ich gab mir einen Ruck, nahm ihr die Pfanne aus der Hand, stellte sie ab und hob sie auf die Küchentheke, während meine Lippen ihre fanden.

»Guten Morgen, Frau Klein«, flüsterte ich an ihren

Lippen.

»Guten Morgen, Herr Klein«, sagte sie genauso leise und ich spürte ihr Lächeln.

Vorsichtig stupste ich ihre Lippen mit meiner Zunge an, bat um Einlass und beschloss im selben Moment, dass die Arbeit warten und ich später ins Büro fahren konnte.

KAPITEL 14

Emily

Frierend stand ich am Bahnhof und pustete in die Luft. Ich hatte es schon als kleines Kind geliebt, wenn der Atem einem wie Rauchschwaden vor dem Mund hing. Manchmal verfluchte ich meine deutsche Pünktlichkeit. Würde ich nicht immer so viel Wert darauf legen, keine Minute zu spät zu sein, dann hätte ich jetzt noch locker zehn Minuten im warmen Hotel sein können.

Ich hatte mich dazu entschieden, mit der Transsibirischen Eisenbahn nach Peking zu reisen und hatte mir ein Bett in einem Vierbettwaggon reserviert.

Papa hatte mir früher immer verboten, allein zu reisen. Er sagte, dass das für Frauen zu gefährlich sei. Und irgendwie ist diese Warnung immer noch in meinem Kopf.

Ich merkte, dass ich mich oft umdrehte, weil ich Angst hatte, dass mich jemand verfolgte.

Ich merkte, wie ich ständig kontrollierte, ob mein Geld an der richtigen Stelle oder mein Rucksack nicht aufgeschlitzt war.

Früher war ich nicht so misstrauisch und ängstlich.

Früher hatte ich mehr Vertrauen in die Menschen.

Früher war auch noch Noah an meiner Seite.

Ich verbannte diesen Gedanken aus meinem Kopf. Zum Glück kam in diesem Moment der Zug. Nachdem ich eingestiegen war, zeigte mir einer der Schaffner mein Abteil, das bislang leer war. Vermutlich, weil Moskau die Startstation war. Die anderen Personen würden später zusteigen. Wenn nicht, wäre das auch kein Problem.

Das Abteil war nicht groß. An beiden Seiten waren zwei Betten, ein unteres und ein Hochbett. Es war so eng, dass nicht einmal zwei Personen sich gegenüber stehen konnten. Von liebevoller Einrichtung fehlte jegliche Spur – keine Vorhänge, keine schicken Lampen oder sonst irgendetwas. Ein bisschen erinnerte mich der Raum an ein Gefängnis auf Rädern, aber ich suchte nicht nach Luxus. Das Abteil erfüllte seinen Zweck – nicht mehr und nicht weniger.

Ich rollte den Schlafsack aus und entschied mich, auf der linken Seite das untere Bett zu nehmen. Dann verstaute ich meinen Rucksack darunter, damit er keinen Platz wegnahm. Die Tasche mit den Wertsachen legte ich auf das Bett. Ich wollte nicht riskieren, dass jemand mein Geld und die Kreditkarten stahl.

Was noch viel wichtiger war, ich wollte nicht riskieren, dass jemand die Bilder aus meinem Portemonnaie klaute.

Mit zitternden Fingern musterte ich sie, während meine Kehle sich zuschnürte. Es waren irgendwelche Schnappschüsse von Noah und mir. Mittlerweile waren sie jedoch das Wertvollste, das ich besaß.

Deprimiert schüttelte ich den Kopf und verstaute die Fotos wieder. In diesem Moment ging ein Ruck durch den Zug und ich wusste, dass wir uns in Bewegung gesetzt hatten. Es würde jetzt knapp vier Tage dauern, bis ich mein nächstes Ziel erreicht hätte: die Mongolei. In dieser Zeit würde diese beengte Kabine mein Zuhause sein. Das Bett war so schmal, dass Noah mit seinen breiten Schultern niemals hineingepasst hätte. Aber er war ja auch nicht hier.

Kopfschüttelnd griff ich nach den Karten und den Souvenirs, die ich gekauft hatte. Ich würde ein oder zwei Wochen warten, bevor ich sie verschicken würde, damit Basti der Schnüffler nicht auf die Idee kam, mich zu verfolgen. Meiner Mutter hatte ich eine Matroschka gekauft. Sie hatte die hölzernen Puppen schon immer schön gefunden. Als kleines Kind hatte es mich stets fasziniert, Korpus für Korpus zu öffnen und nach jeder Figur eine kleinere in der nächsten zu finden, bis man irgendwann bei der kleinsten angelangt war. Die Matroschka, die ich gekauft hatte, war Handarbeit und die Farben waren fröhlich und aufwendig gestaltet.

Ich wusste, dass Mama sie lieben würde. Ich nahm meinen Stift und wollte die Karten beschreiben. Dann zögerte ich. Es war mir früher schon schwergefallen, Postkarten zu schreiben. Was sollte ich jetzt schreiben? Das typische Geplapper: Wetter ist schön, Moskau ist toll, ihr fehlt mir? Nein, das erschien mir nicht richtig. An Basti wusste ich ganz genau, was ich schreiben würde.

Bin schon längst nicht mehr in Russland. Als wenn ich dir so einfach meine Position verraten würde. ;-)

Ein gehässiges Lächeln umspielte meine Lippen. Ich kam mir ein bisschen wie bei einem Katz und Maus Spiel vor und hoffte, dass ich lange genug entkommen würde, bevor mich die Katze einholte. Ich wusste, dass Basti mir nur helfen wollte und sich Sorgen machte, aber momentan war es gut so, wie es war, und ich wollte nicht nach Hause.

Meinen Eltern schrieb ich, dass ich sie liebte und es mir gut ginge. Auch wenn sie wussten, dass gut übertrieben war. Ich verstaute alles wieder in dem Koffer und legte mich hin.

Das Bett, oder eher die schmale Koje, war total ungemütlich, aber es war okay. Ich kuschelte mich in den Schlafsack und konnte gar nichts dagegen tun, als meine Augen wie von selbst zufielen.

Es war mitten in der Nacht, als mich etwas weckte. Verschlafen blinzelte ich und sah, wie zwei Frauen sich in das Abteil zwängten und sich leise auf Russisch unterhielten.

»Oh man, endlich.«

»Das war aber auch eine bescheuerte Idee von dir, dass wir den Zug nehmen. Wir hätten auch einfach fliegen können.«

Ihre Freundin lachte. Es war zu dunkel, als dass ich irgendwelche Gesichter ausmachen konnte.

»Ja, aber wo wäre da das Abenteuer gewesen?«

Das war das Letzte, was ich hörte, bevor ich wieder einschlief.

Als ich aufwachte, brauchte ich einen Moment, bevor ich erkannte, wo ich war und was mich geweckt hatte. In der Nacht war eine weitere Frau dazugekommen und ich war froh, dass kein Mann in unserem Abteil untergebracht war. Zwei Frauen, ich vermutete, dass das diejenigen waren, die ich heute Nacht gehört hatte, hatten blondgefärbtes Haar und man konnte bereits einen schwarzen Ansatz erkennen. Eine von beiden hatte ein rundes Gesicht und eine – um es freundlich auszudrücken – markante Nase. Das Gesicht der anderen konnte ich nicht erkennen, weil sie mit dem Rücken zu mir gewandt schlief. Sie war auf jeden Fall füllig und ich war erstaunt, dass sie in dieser kleinen Koje Platz fand. Die beiden hatten die Betten mir gegenüber genommen.

Weil es noch still im Abteil war, griff ich nach meinem Kulturbeutel und öffnete leise die Tür, um in den Gang zu treten. Am Ende des Flures befand sich ein kleiner Waschraum, der mit dem Nötigsten ausgestattet war: eine kleine Toilette, ein schmaler Duschkopf und ein Waschbecken. Platz um sich zu Drehen hatte man dennoch nicht. Als ich die Tür öffnete, strömte mir ein beißender Geruch entgegen und ich gab mir Mühe, durch den Mund und nicht durch die Nase zu atmen. Ich hasste Zugtoiletten. Aber wenn man vier Tage mit dem Zug unterwegs war, führte wohl kein Weg dran vorbei, eine zu benutzen.

Ich beeilte mich mit der Körperpflege und versuchte, nichts unnötig anzufassen. Auch wenn ich wusste, dass die Toiletten zweimal am Tag gereinigt wurden und sich Bakterien am rostfreien Edelstahl nicht so lange sammelten, wollte ich kein Risiko eingehen.

Ich beeilte mich, zurück in meinen Waggon zu kommen, und sah, dass die vierte Frau wach war. Sie war Chinesin und musterte mich.

»Ni hao«, sagte sie zu mir, führte ihre Hände aneinander und verbeugte sich leicht.

Ich tat es ihr nach.

»Mein Name ist Lien«, sagte sie im fließenden Englisch.

»Hey, ich bin Emily.«

»Schön dich kennenzulernen, Emily. Ich wollte gerade zum Frühstück gehen, magst du mich begleiten?«

Während sie mich das fragte, knurrte mein Magen. Dankend nahm ich ihr Angebot an.

Auch wenn ich die Einsamkeit genoss, war es mir unangenehm, allein essen zu gehen. Man konnte die Blicke der Leute förmlich im Rücken brennen spüren, wenn man ohne Begleitung irgendwo auftauchte.

Der Speisewagen war ein wenig altmodisch eingerichtet, das tat seiner Gemütlichkeit aber keinen Abbruch. Es waren nicht viele Leute zu sehen und das erste Mal fragte ich mich, wie spät es war. Ein Blick auf die Uhr verriet mir, dass es gerade mal 08:00 Uhr war.

Lien bemerkte meinen Blick und sagte: »In zwei Stunden erreichen wir Kirov. Die meisten sind wie ich erst um 04:00 Uhr dazugestoßen und schlafen sich deswegen noch aus.«

Verstehend nickte ich. Dann setzten wir uns auf einen ein wenig abseits gelegenen Platz und studierten die Speisekarte. Viel Auswahl gab es nicht, deswegen entschied ich mich für Kascha, Kefir sowie eine Tasse Tee. Kascha war ein typisch russischer Frühstücksbrei aus Buchweizen, den ich in der letzten Woche schätzen gelernt hatte. Dennoch fehlte mir manchmal das deutsche Frühstück aus Brot und Käse.

Nachdem wir unser Essen bestellt hatten, saßen wir schweigend am Tisch und keiner schien zu wissen, was er sagen sollte. Irgendwann ergriff ich das Wort.

»Wohin bist du unterwegs, Lien?«, fragte ich.

Sie lächelte mich dankbar an, als würde sie sich freuen, dass ich das Gespräch begann.

»Ich fahre bis nach Peking. Ich habe für zwei Wochen eine Schulfreundin besucht. Jetzt bin ich wieder auf dem Weg zurück. Und du, Emily?«

»Ich werde erst einmal nur bis Ulaanbaatar fahren. Ich weiß noch nicht, wie lange ich dortbleiben werde. Mein Plan ist aber auch, irgendwann einmal nach Peking weiterzufahren.«

Lien nickte, fragte aber zum Glück nicht weiter. Sie schien zu ahnen, dass ich nicht über meine Beweggründe reden wollte.

Als unser Essen gebracht wurde, unterhielten wir uns angeregt und ich erfuhr, dass Lien ihr Medizinstudium in Wien beendet hatte. Daraufhin wechselten wir ins Deutsche. Sie hatte eigentlich geplant, in Europa zu bleiben. Da es ihrer Mutter aber gesundheitlich nicht so gut ging, wollte sie zurück nach China. Demnächst würde sie eine Stelle in einem Krankenhaus in Peking antreten, auf die sie sich schon freute. Als ich erklärte, dass ich Psychologin bin, war sie ganz aufgeregt und begeistert und bot mir gleich einen Job in diesem Krankenhaus an, da sie dort immer Leute suchen würden. Dankend lehnte ich ab. Ich konnte ihr die Enttäuschung ansehen, sie nahm meine Entscheidung aber hin.

Als wir nach zwei Stunden wieder in unseren Waggon zurückkehrten, waren die beiden Russinnen auch aufgestanden. Abschätzend musterten sie uns und fingen an, über uns auf Russisch zu lästern.

»Oh man, ich kann Ausländer nicht ausstehen«, sagte die etwas Dickere von beiden, während sie ihren Ausschnitt noch tiefer zog.

»Ich auch nicht. Die sollen einfach mal wieder dahingehen, wo sie herkommen«, lachte die mit dem Zinken im Gesicht.

Ich verdrehte die Augen und versuchte, die beiden zu ignorieren.

Sonst würde es nur Ärger geben.

ERINNERUNG

Emily

»Noah, du weißt, dass ich Überraschungen hasse«, grummelte ich und versuchte, unter dem Tuch hindurchzusehen, das er mir um die Augen gebunden hatte.

»Ich weiß, Emmi«, hörte ich Noah schmunzeln und konnte nichts gegen die Gänsehaut, die sich auf meinen Armen bildete.

Nach knapp zwei Jahren hatte er immer noch diesen Effekt auf mich. Ich starrte ihn immer noch heimlich an und hoffte, dass er mein Starren nicht bemerken würde. Aber natürlich tat er das, jedes Mal, und zwinkerte mir dann frech zu.

Weil ich nichts sehen konnte, versuchte ich, mich auf meine anderen Sinne zu konzentrieren. Ich hörte, dass das Auto über Schotter fuhr und nach fünf Minuten zum Stehen kam. Ich hörte, dass Noah seine Tür öffnete, und kurze Zeit später spürte ich einen Windzug, als er auch meine Tür öffnete. Ich tastete blind nach seiner Hand und fühlte die Wärme seiner Haut.

Als ich aus dem Auto stieg, führte Noah mich ein paar Meter und ich merkte, wie aus dem festen Asphalt etwas Weiches wurde.

»Komm, zieh deine Schuhe aus, Emmi«, flüsterte mir Noah zu, und während seine Lippen mein Ohr trafen, überzog meinen Körper wieder eine Gänsehaut.

»Komiker«, grummelte ich. »Ich kann ja nichts sehen. Ich werde bestimmt stürzen und mir das Genick brechen, und das alles nur wegen dir«, meinte ich theatralisch.

Ich vernahm Noahs tiefes Lachen und spürte, dass er mit seiner Hand an meinen Beinen entlangfuhr. Dann merkte ich, dass er sich hinkniete und mir die Schuhe auszog. Als ich barfuß auf dem Boden stand, entwich mir ein erstauntes Keuchen. Ich fühlte den feinen Sand zwischen meinen Zehen und lauschte in die Nacht. Erst jetzt nahm ich das sanfte Rauschen der Wellen wahr und roch den salzigen Geruch des Meeres.

»Wir sind am Strand«, hauchte ich glücklich und tastete nach Noahs Gesicht.

Ich spürte, dass seine Mundwinkel ein Lächeln formten.

»Gut erkannt, Sherlock. Du liegst mir jetzt schon seit zwei Wochen in den Ohren, dass du nachts einmal unbedingt an den Strand möchtest.«

»Darf ich dann jetzt endlich meine Augenbinde abnehmen?«, fragte ich aufgeregt und wollte danach greifen, als Noah meine Hände festhielt.

»Nein, noch nicht.«

Wir waren jetzt seit zwei Wochen im Urlaub und ich genoss jede einzelne Sekunde. Noah und ich waren nach Bornholm gefahren, eine Insel in der Ostsee, um ein wenig Zeit für uns zu haben, nachdem das dieses Jahr ein bisschen zu kurz gekommen war. Ich hatte meinen Stundenplan vollgestopft, um möglichst schnell das Studium zu beenden, was im Umkehrschluss aber bedeutete, dass ich wenig Zeit mit Noah verbringen konnte. Deswegen hatte er mich mit diesem Urlaub überraschen wollen. Er hat ein kleines Häuschen in der Nähe eines Sandstrandes gemietet, damit wir zwei Wochen mal nur für uns sein konnten. Leider waren diese zwei Wochen fast vorbei und in drei Tagen würden wir wieder nach Hause fahren. Seit Tagen lag ich Noah damit in den Ohren, dass ich nachts gerne einmal an den Strand wollte, und ich konnte nicht glauben, dass er mir diesen Wunsch tatsächlich erfüllte. Erst war ich sauer gewesen, dass er mich mitten in der Nacht um 04:00 Uhr geweckt hatte, aber jetzt war ich einfach nur glücklich.

Wir liefen Hand in Hand durch den Sand und ich liebte das Gefühl zwischen den Zehen. Irgendwann hielten wir an und Noah löste die Augenbinde.

Ein Keuchen entwich mir, als ich sah, was er alles vorbereitet hatte. Auf einer riesigen Luftmatratze lagen ohne Ende Kissen, die er bestimmt aus unserem Ferienhaus hatte mitgehen lassen, sowie zwei Decken. Mit großen Augen starrte ich Noah an.

Verlegen zuckte er mit den Schultern und meinte: »Von hier können wir den Sonnenaufgang in ein paar Stunden beobachten.«

Ein Freudenschrei entwich mir und ich sprang auf Noah zu und schlang die Beine um seine Hüfte.

Überrascht keuchte er auf und versuchte, meinen Sprung abzufangen, landete aber auf dem Bett, das er uns vorbereitet hatte.

Wild küsste ich sein Gesicht und sagte immer wieder: »Ich liebe dich, Noah. Ich liebe dich so sehr.«

Das Grinsen, das seine Lippen zierte, sorgte dafür, dass ich mich wieder in ihn verliebte.

Er schlug die Decken zurück und streckte seinen Arm aus. Diese Einladung konnte ich nicht ausschlagen und kuschelte mich an ihn. Er strich mir immer wieder sanft über die Haare, während wir beide in den Sternenhimmel starrten.

»Da!«, kreischte ich aufgeregt und zeigte in den Himmel. »Hast du das gesehen, Noah?«, fragte ich ihn hibbelig.

Er schmunzelte. »Klar habe ich die Sternschnuppe gesehen. Du darfst dir jetzt etwas wünschen.«

Fest kniff ich die Augen zu. Als ich sie wieder öffnete, sah ich, dass Noah mich musterte.

»Was hast du dir gewünscht, Emmi?«, raunte er und strich mir eine Strähne aus dem Gesicht.

Ich biss mir auf die Lippe und flüsterte: »Das kann ich dir nicht sagen, dann geht es nicht in Erfüllung.«

»Schließ deine Augen«, meinte Noah und etwas widerwillig gehorchte ich ihm.

Was war, wenn ich noch eine Sternenschnuppe verpassen würde? Das wollte ich nicht. Ich wollte sichergehen, dass mein Traum wahr werden würde.

»Ich habe mir gewünscht …«, fing er an, doch ich riss die Augen auf und schlug ihm die Hand auf den Mund.

»Nein!«, schrie ich schon fast. »Du darfst es mir nicht sagen.«

Genervt schüttelte er den Kopf. »Emmi. Augen zu und zuhören.«

Wütend funkelte ich ihn an, aber er sah mich mit so einem Dackelblick an, dass ich nicht widerstehen konnte. Also schloss ich wieder meine Augen.

»Ich habe mir gewünscht«, flüsterte er mir ins Ohr, »dass das mit dir und mir ewig dauert, dass du mich immer lieben wirst. Ich habe mir gewünscht, dass du den Heiratsantrag, den ich dir gleich machen werde, annehmen wirst und ich dich nächstes Jahr im Herbst heiraten darf. Außerdem habe ich mir gewünscht, dass du die Mutter meiner Kinder wirst. Ich habe mir gewünscht, dass du immer ein Lächeln auf den Lippen hast, wenn du mich siehst. Ich habe mir gewünscht, dass wir irgendwann alt und runzelig auf der Veranda unseres Hauses sitzen und unseren Enkelkindern beim Spielen zusehen. Ich habe mir gewünscht, dass, wenn wir beide mal sterben, wir zusammen von dieser Welt gehen, weil unsere Seelen nicht ohneeinander leben können.«

Tränen stiegen mir in die Augen. Ich öffnete sie und sah Noah an, der mir einen Ring unter die Nase hielt.

»Ich liebe dich, Emmi. Das habe ich schon immer getan. Würdest du mir die Ehre erweisen, meinen Sternschnuppenwunsch zu erfüllen und meine Frau zu werden?«

»Ich dachte schon, du fragst nie«, sagte ich lachend, während mir die Tränen über das Gesicht liefen und Noah mir einen innigen Kuss gab.

KAPITEL 15

Emily

In letzter Zeit hatte ich nicht so viele schöne Träume. Ich drehte mich lächelnd auf die Seite, weil ich Noah mit einem Kuss wecken wollte, und war verwirrt, als ich meine Umgebung wahrnahm. Neben mir lag kein Noah. Ich lag nicht in unserem Ehebett, sondern in einer schmalen Koje. Mir gegenüber sah ich das Gesicht einer Frau und nicht das von Noah.

Mein Herzschlag beschleunigte sich und gegen das Schluchzen, das mir über die Lippen kam, konnte ich nichts tun. Die Wirklichkeit traf mich. Und diesmal härter als je zuvor.

Noah. War. Tot. Ich rollte mich in die Embryonalstellung und presste mir die zu Fäusten geballten Hände vor die Augen.

Noah.

War.

Tot.

Immer stärker schüttelte mein Körper sich. Ich hatte Noah damals gesagt, er solle mir seinen Wunsch nicht verraten, weil er sonst nicht in Erfüllung gehen würde, und ich hatte recht behalten. Ich würde nicht die Mutter seiner

Kinder werden. Wir würden nicht zusammen alt werden. Und wir würden niemals zusammen sterben.

Mit einer Sache hatte er jedoch recht: Unsere Seelen konnten nicht ohneeinander. Zumindest konnte meine nicht ohne ihn.

Wäre ich vor fünf Monaten doch nur gemeinsam mit ihm gestorben, dann müsste ich das jetzt nicht ertragen. Dann müsste ich nicht ohne ihn sein.

Ich drückte den Kopf ins Kissen und versuchte, meine Mitfahrerinnen nicht durch meine Schluchzer zu wecken.

Wie sollte ich das nur schaffen? Wie sollte ich je ohne Noah leben können?

Wann würde dieser Schmerz endlich aufhören?

Müde starrte ich aus verquollenen Augen in meinen Kaffee. Ich hatte lange geweint. So lange, bis ich vor Erschöpfung eingeschlafen war, nur um zwei Stunden später wieder aufzuwachen. Dabei war es immer noch keine 07:00 Uhr. Während die anderen in meinem Waggon friedlich schliefen, machte ich mich auf in den Speisewagen. Vorher legte ich einen kleinen Zwischenstopp im Waschraum ein und erschrak über das, was ich im Spiegel sah. Meine Augen waren rot geschwollen und jeder konnte sehen, dass ich stundenlang geweint hatte.

Ich spritzte mir ein bisschen kaltes Wasser ins Gesicht und ging dann in den Speisewagen. Da das Essen erst in einer Stunde serviert werden würde, saß ich alleine hier. Einer der Kellner schien Mitleid mit mir zu haben und stellte mir mit einem kleinen Lächeln eine Tasse dampfenden Kaffee auf den Tisch. Ich starrte ihn an und wollte mich wirklich mit einem Lächeln bedanken, aber ich konnte nicht.

Nicht nach diesem Traum.

Man sollte meinen, dass nur Alpträume diese Reaktion in einem hervorrufen konnten. Und auch wenn das, was ich geträumt hatte, kein Alptraum war, sondern eine der schönsten Erinnerungen meines Lebens, konnte ich nicht umhin mir zu wünschen, nie wieder von Noah zu träumen.

Ich wünschte mir, alles zu vergessen.

Die Nacht, in der er mich gefragt hatte, ob ich seine Frau werden will, war die schönste Nacht meines Lebens. Wir hatten uns bis in den Morgengrauen geliebt, bevor wir eng miteinander verschlungen eingeschlafen waren. Nur ein paar Stunden später weckte uns ein Hund, der mir und Noah durch das Gesicht schlabberte. Sein Besitzer war schockiert, als er zwei nackte Menschen, eng umschlungen, in einem Bett vorfand, und verfluchte uns auf Dänisch. Kichernd hatten wir uns angezogen, unsere Sachen geschnappt und waren lachend zum Auto gerannt.

Jetzt an den glücklichsten Tag meines Lebens zu denken, tat mir weh. Es machte mich nicht mehr fröhlich, sondern todtraurig.

In meinen Gedanken hatte ich gar nicht gemerkt, dass Lien sich neben mich gesetzt hatte. Erst, als sie nach meiner Hand griff und ich die Wärme auf meiner kalten Haut spürte, zuckte ich zusammen.

»Verzeih«, sagte sie und ich kam nicht drum herum, dass mir wieder einmal auffiel, wie gestelzt sie manchmal klang. So höflich und distanziert und dennoch voller Wärme.

Ich sah, wie sie mich besorgt musterte, und wollte gerne irgendetwas sagen, um diese Besorgnis von ihrem Gesicht zu wischen. Lien war mir in den letzten Tagen eine Freundin geworden. Sie akzeptierte, dass ich selten Fragen über mich beantwortete und die meiste Zeit schwieg, außer dann, wenn sie mir Chinesisch beibrachte und ich mit Feuereifer alles verschlang, was sie mir erklärte. Ich hatte diese Sprache schon immer lernen wollen und Lien war mir eine gute Lehrerin.

»Ich weiß nicht, welche Last du auf deinen Schultern trägst, Emily«, sagte Lien mit ihrem leichten chinesischen Akzent. »Ich weiß auch nicht, welche Träume dich quälen und vor was du davonläufst, aber wenn du mit irgendjemandem darüber reden willst, dann habe ich ein offenes Ohr für dich.«

Auch wenn ich wusste, dass Lien es nur gut meinte, schüttelte ich den Kopf. Ich konnte darüber nicht reden.

»Weißt du«, sagte sie, »bei uns gibt es ein Sprichwort. Übersetzt geht es in etwa so: Wenn ich loslasse, was in mir ist, wird es mich freimachen; wenn ich festhalte, was in mir ist, dann wird es mich zerstören.«

Mit diesen Worten stand sie auf und ließ mich mit meinen Gedanken allein.

Was bildete sie sich eigentlich ein? Wie konnte ich Noah loslassen? Es waren gerade einmal fünf Monate. Ich wollte ihn nicht loslassen.

Ich konnte es nicht.

Tief in mir wusste ich, dass sie es nur gut meinte, aber was sie zu sagen hatte, wollte ich nicht hören. Ich war nicht bereit dazu, also beschloss ich, ihr aus dem Weg zu gehen. Am nächsten Tag würden wir in Ulaanbaatar ankommen und ich würde sie nie wiedersehen.

Den restlichen Tag über verkroch ich mich im Speisewagen, nur um Lien nicht über den Weg zu laufen.

29.10.2013

Hallo du, Hallo ich,

ich habe heute schon wieder von Noah geträumt. Wie kann es sein, dass die schönsten Erinnerungen in meinem Leben mich jetzt so heimsuchen?

Ich habe stundenlang geheult und Lien hat mich darauf angesprochen. Na ja, zumindest wollte sie mir einen gutgemeinten Ratschlag geben.

Aber ich pfeif auf gutgemeinte Ratschläge. Das bringt mir Noah auch nicht zurück.

Ich würde alles dafür tun, ihn wiederzusehen. Ich würde alles dafür geben, ihn nur ein letztes Mal im Arm zu halten, alles dafür geben, ihn nur ein letztes Mal zu küssen, ihm ein letztes Mal zu sagen, dass ich ihn liebe.

Übermorgen ist es so weit.

Übermorgen ist unser … Unser Hochzeitstag. Wir sollten eigentlich auf den Malediven sein und es uns gepflegt gut gehen lassen. Und was ist jetzt der Fall? Ich sitze allein im Speisewagen der Transsibirischen Eisenbahn und frage mich, was für einen Sinn mein Leben noch hat.

Wie soll ich das ohne Noah schaffen? Wie soll ich ohne Noah jemals wieder leben können?

Es war spätabends, als ich mich in den Waggon schlich. Lien hatte mich immer nur betrübt gemustert, wenn sie zu den Mahlzeiten in den Speisesaal kam, aber sie hatte sich zum Glück nicht zu mir gesetzt. Als ich in den Waggon kam, war das Licht aus und meine Mitfahrerinnen schliefen. Vor zwei Tagen waren die nervigen Russinnen verschwunden und an ihrer Stelle waren zwei Mongolinnen in unseren Waggon gekommen. Ich vermutete, dass sie wie ich bis Ulaanbaatar fahren würden.

Als ich mich auf meine Koje setzte – als Bett wollte ich das Ding immer noch nicht bezeichnen –, bemerkte ich einen Zettel, der auf meinem Kopfkissen lag.

Mit feinsäuberlicher Schrift war eine Adresse draufgeschrieben. Darunter fand ich die Notiz:

Wenn du mal einen Ort zum Schlafen brauchst. Lien.

Berührt lächelte ich. Ich glaubte zwar nicht, dass ich ihr Angebot annehmen würde, dennoch freute ich mich darüber.

Als ich mich hinlegte, schloss ich meine Augen und versuchte, etwas Schlaf zu finden.

Ich wälzte mich nach links und nach rechts, der Schlaf wollte einfach nicht kommen. Immer wieder hatte ich das Gefühl, abzudriften, aber dann hörte ich Noahs Schreie und sah Flammen vor den Augen tanzen. Ich hatte Angst vor meinen Träumen, deswegen entschied ich mich, wach zu bleiben.

KAPITEL 16

Noah

VOR 4 JAHREN

Ich lenkte den Wagen die Auffahrt hinauf und verdrehte genervt die Augen, als mein Handy zu klingeln begann. Aleksej konnte mehr als anstrengend sein. Dabei war ich nicht einmal zu spät. Ein Blick auf die Uhr verriet mir, dass ich sogar zehn Minuten zu früh war. Aber ich hatte gelernt, dass Aleksej ein anstrengender Kunde war. Am besten hatte alles drei Wochen vor Abgabe fertig zu sein und selbst dann gab er einem das Gefühl, als ob man sich zu viel Zeit gelassen hatte.

In den letzten Jahren hatte ich drei Entwürfe für neue Gebäude gezeichnet und umgesetzt. Jetzt wollte er aber, dass ich mich an die Renovierung der alten Häuser machte. Dafür wollte ich mir zuerst einen Überblick vor Ort verschaffen, um festzustellen, mit welchen Grundlagen ich zu arbeiten hatte.

Wie nicht anders zu erwarten, stand Aleksej ungeduldig vor dem Haus. Anscheinend musste irgendeine andere arme Seele seinen Zorn ertragen, denn ich konnte sehen, wie er sein Gesicht zu einer wütenden Fratze verzogen hatte und lautstark ins Telefon brüllte. Als ich die Autotür geräuschvoll zuwarf, schenkte mir Aleksej einen kurzen Blick und beendete mit wenigen Worten sein Telefonat. Währenddessen schob ich mir die Sonnenbrille nach oben und musterte das vor mir liegende Haus. Es schien eine gute Grundsubstanz zu haben und ich war gespannt, was Aleksej sich dieses Mal vorstellte.

Von der Rückbank holte ich die Grundrisse des Hauses und ging auf Aleksej zu. Wie immer versuchte er, meine Finger allein durch den Druck seiner Hand zu brechen. Nichts gegen einen kräftigen Händedruck – schließlich mochte niemand das Gefühl, einen toten Fisch zu halten –, aber Aleksej übertrieb es wie immer.

»Das wurde aber auch Zeit«, zischelte er mir liebenswürdig zu.

Innerlich verdrehte ich die Augen, setzte aber ein gelassenes Grinsen. »Schönen guten Tag, Aleksej. Ich bin sogar zehn Minuten zu früh«, erwiderte ich nur.

Genervt winkte er ab, aber ich konnte sehen, dass sich seine Züge ein wenig entspannten. Er wies auf das Haus.

»Sollen wir?«

Ich nickte und folgte ihm. Er zeigte mir die einzelnen Zimmer. In manchen Räumen blieben wir länger, da er mir genau erklärte, welche Umbauten er sich hier vorgestellt hatte. Alles in allem wäre es vermutlich leichter gewesen, das Haus abzureißen und ein neues hinzustellen, aber das kam für ihn absolut nicht infrage. Unser letzter Raum war das Wohnzimmer. Hier hatte Aleksej besondere Wünsche und stellte sich eine riesige Fensterwand vor. Das würde zwar herausfordernd, aber nicht unmöglich werden.

Bevor wir uns voneinander verabschieden konnten, klingelte mein Handy. Mit einem Blick erkannte ich, dass es

Emmi war, und mein Herz begann, zehnmal schneller zu schlagen.

Aleksej schielte zu mir herüber und sah auf das Anruferfoto.

»Deine Frau?«, fragte er und deutete mit einem anzüglichen Grinsen auf das Handy.

Mir gefiel sein Blick absolut nicht und am liebsten hätte ich ihm dafür eine verpasst, aber unterdrückte diesen Drang. Ich nickte.

»Dann lass dein Kotenok nicht warten.«

Ich runzelte die Stirn und sah ihn fragend an. Kurz überlegte er, als wolle ihm der deutsche Begriff nicht einfallen, dann erhellte sich seine Miene.

»Kätzchen«, meinte er. »Wegen der Krallen«, sagte er grinsend.

Schelmisch grinste ich, doch bevor ich das Telefonat annehmen konnte, hatte sie schon wieder aufgelegt.

Aleksej zuckte mit den Schultern und meinte: »Wir sind hier eh fertig, lass uns gehen.«

Ich nickte und folgte ihm gedankenverloren. Auf dem Weg nach draußen fielen mir an der Wand Umrisse auf, die aussahen, als würde sich hinter der Tapete eine Tür befinden. Ich runzelte die Stirn. Auf den Plänen war dort keine Tür verzeichnet, die zu einem weiteren Zimmer führte.

Ich blieb stehen und starrte die besagte Stelle an.

»Aleksej«, rief ich, denn er war schon fast aus dem Haus hinausgetreten. »Ist hier noch eine Tür?«

Aleksej war wieder am Telefon, aber er wendete sich um und musterte ausdruckslos die Stelle, auf die ich deutete. Er drehte das Telefon zur Seite und verdrehte die Augen.

»Die Vormieter waren besondere Fans von diesem Buch mit dem Jungen, der unter einem Schrank oder so wohnt.«

Kurz wusste ich nicht, auf was er anspielte, aber dann fiel es mir wie Schuppen von den Augen.

»Harry Potter?«

»Da«, erwiderte er in russischer Sprache. »Harry Potter.« Bei seinem starken russischen Akzent musste ich mir das Lachen verkneifen. »Haben da Tür und alles hingebaut, verrückte Leute.«

Ich schmunzelte und folgte ihm nach draußen. Eilig verabschiedete ich mich von ihm, setzte mich in den Wagen, und sobald sich das Handy mit der Freisprechanlage verbunden hatte, rief ich Emmi zurück.

Unser erstes Ehejahr war perfekt gewesen. Nach wie vor machte mein Herz einen Satz, wenn ich sie sah. Nach wie vor hatte ich für niemanden Augen außer für sie und konnte den Blick nicht von ihr abwenden. Ich liebte es, jeden Abend neben ihr einzuschlafen, morgens neben ihr aufzuwachen oder mir im Bad die Zähne zu putzen, während sie unter der Dusche stand. Emmi rief mich sonst nie an, wenn ich bei der Arbeit war, und ich war davon ausgegangen, dass sie in der Bibliothek war, um an ihrer Dissertation zu arbeiten.

»Noah?«, sagte sie und ich konnte schon an ihrer Stimme hören, dass sie wahnsinnig angepisst war.

»Emmi? Ist alles okay?«, erkundigte ich mich besorgt und zermarterte mir den Kopf darüber, was womöglich vorgefallen war.

»Ob alles okay ist?«, fragte sie leise, und ich hatte das Gefühl, dass sie gleich vor Wut überschnappen würde. »Das musst du mich wirklich fragen?«

Oh je, was hatte ich diesmal verbrochen?

»Was auch immer es ist, wir können sicher darüber reden«, startete ich einen ersten Beschwichtigungsversuch.

»Wir können ja nicht mehr drüber reden! Was fällt dir eigentlich ein, meine Pizzareste aufzuessen. Weißt du eigentlich, wie sehr ich mich auf die gefreut habe? Und dann komme ich nach Hause, schaue in den Kühlschrank und was seh ich da?«

Ich riss die Augen auf und starrte mein Handy ungläubig an. Sie schrie mich jetzt nicht wegen der drei Pizzastücke an, die ich heute Morgen gegessen hatte, oder? Emmi war schon früh in die Uni aufgebrochen, und da ich keine Lust auf Brot oder Müsli hatte, hatte ich die Pizza aufgegessen, die wir uns am Abend vorher bestellt hatten.

»Emmi«, versuchte ich sanft. »Du hast mir gestern noch gesagt, dass ich deine Pizza aufessen soll.«

»Ja und?«, zickte sie mich durch den Telefonhörer an.

»Deswegen dachte ich, dass du sie nicht mehr willst und ich sie ruhig essen kann.« Hilflos zuckte ich mit den Achseln, auch wenn sie das nicht sehen konnte.

»Das war gestern«, maulte sie weiter. »Ich hatte einen wahnsinnig anstrengenden Tag, keine Lust, mir was zu kochen, und habe mich schon die ganze Zeit darauf gefreut, diese Pizza aufzuessen, aber nein. Mein Ehemann meinte, dass er m-e-i-n-e Pizza aufessen könnte.« Ich hörte, wie sie schon wieder lauter wurde, und verdrehte die Augen.

»Emmi, du hast gestern gesagt, dass ich …« Sie unterbrach mich.

»Das war gestern. Heute ist heute.«

»Emmi, aber …«, versuchte ich es wieder.

»Noah, man entschuldigt sich und versucht, keine Ausflüchte zu finden.«

Ich schmunzelte und war mir sicher, dass sie es gehört hatte. Nicht zum ersten Mal fragte ich mich, wie man sich über solche Banalitäten aufregen konnte.

»Du bist ein Arsch«, seufzte sie entnervt. »Jetzt muss ich mir was kochen.« Sie grummelte. »Wegen dir.«

»Aber Emmi, du hast gestern noch gesagt …«

»Noah, man fragt und nimmt etwas nicht als selbstverständlich«, zeterte sie ein weiteres Mal.

»Okay«, sagte ich und versuchte, nicht allzu amüsiert zu klingeln.

Ich konnte förmlich hören, wie sie ihre Augen verdrehte.

»Ich muss jetzt was kochen, bevor ich wieder in die Bib muss«, meinte sie.

»Ich liebe dich.«

Wieder ein entnervtes Seufzen. »Ich liebe dich auch. Mach's gut.«

Dann legte sie auf und ich konnte endlich in Gelächter ausbrechen.

Auch wenn unser erstes Ehejahr nahezu perfekt gewesen war, hatten wir uns ab und zu gestritten. Diese Frau konnte mich zur Weißglut bringen, aber es gab niemanden, von dem ich mich lieber zur Weißglut bringen lassen wollte als von ihr.

Ich warf einen Blick auf die Uhr. In fünf Stunden würde ich Feierabend machen, einen Tisch in Emmis Lieblingsrestaurant reservieren und sie von der Bib abholen. Ein großer Blumenstrauß durfte natürlich nicht fehlen. Ich würde es schon schaffen, meinen Drachen von Frau wieder zu besänftigen. Ein glückliches Lächeln stahl sich auf meine Lippen. Das Leben war schön.

KAPITEL 17

Emily

Kieselsteine knirschten unter meinen Füßen, als ich den Friedhofsweg entlangspazierte. Seit gestern war ich in Ulaanbaatar, konnte mich aber nicht daran erfreuen. Ich lag den ganzen Tag manisch im Bett, nachdem ich den Zug fluchtartig verlassen hatte.

Lien hatte ich ein lahmes »Bye« zugerufen, bevor ich hinaussprang.

In Ulaanbaatar quartierte ich mich im besten Hotel der Stadt ein. Immerhin war es ja unser Hochzeitstag. Dass ich dabei vierhundert Kröten die Nacht zahlte, war mir relativ egal. Ich hatte das Personal ignoriert, das höflich und zuvorkommend war, und dem Pagen die Tür vor der Nase zugeknallt. Nicht einmal das Zimmer hatte ich mir vernünftig angesehen, dabei hatte ich wahrgenommen, dass es luxuriös und großzügig gestaltet war.

Und heute war der Tag. Unser fünfter Hochzeitstag. Der 31. Oktober. Viele hatten uns für verrückt gehalten, im Oktober zu heiraten und dann auch noch an Halloween, aber wir hatten darauf nichts gegeben. Das war auch nur ein Tag wie jeder andere.

Nur jetzt war er das nicht mehr. Für mich war es nicht mehr nur ein Tag wie jeder andere. Für mich war das der schlimmste Tag meines Lebens. Und würde es vermutlich mit dem Unfalltag bleiben.

Der Sommer war vorbei. Zumindest hier in Ulaanbaatar. Es war kalt. Und so kalt, wie es hier war, so kalt fühlte ich mich innerlich. Als wäre ich erfroren. Als wäre mein Herz zum Stillstand gekommen und keine Sonnenstrahlen könnten es je wieder erwärmen.

Warum ich jetzt hier auf dem städtischen Friedhof war, wusste ich auch nicht. Vielleicht, weil ich mich Noah hier näher fühlte, auch wenn das absoluter Schwachsinn war. Noah war nicht hier. Er würde nie hier sein. Oder sonst wo.

Er war tot.

Tot.

Tot.

Tot.

Ich ballte meine Hände zu Fäusten. Dann fluchte ich und verließ fluchtartig den Friedhof. Das war zu viel. Ich konnte nicht hierbleiben. Rückwärts rannte ich los und bemerkte dabei den Stein nicht, über den ich stolperte. Mit einem kleinen Aufschrei fiel ich auf die Kieselsteine und schürfte mir die Handflächen und Knie auf. Fluchend stand ich auf und entfernte grob den Dreck von meiner Hose. Ein paar ältere Leute beobachteten mich stirnrunzelnd. Sicher fragten sie sich, was ich hier tat. Ich wusste es ja selbst nicht.

Ich hatte keinen Ort mehr, an den ich gehörte.

Nicht einen.

Mit Noah hatte ich alles verloren.

Auf meinem Rückweg kam ich an einem Pub vorbei. Während ich ihn von außen musterte, zuckte ich mit den Schultern. Was war schon dabei?

Ich stieß die Tür auf und stickige Luft, die behangen mit Zigarrenqualm war, schlug mir entgegen. Mein erster Reflex war es, zu würgen, aber ich kämpfte gegen den Drang an. Ich ignorierte die zwielichtigen Gestalten, die ähnlich wie ich bereits am Vormittag kamen, um sich zu betrinken, und setzte mich direkt an die Bar. Auf Russisch orderte ich einen Wodka. Als der Barkeeper mir einen Shot einschenkte, kippte ich ihn in einem Zug weg. Er hob eine Augenbraue und ich nickte. Wieder schenkte er mir ein.

Erneut stürzte ich den Shot in einem Zug hinunter. Erstaunt sah mich der Barkeeper an, als ich ihm bedeutete, mein Glas wieder aufzufüllen. Dann besann ich mich, zuckte mit den Schultern und erklärte ihm auf Russisch, dass er mir gleich die ganze Flasche dalassen konnte.

Es war sowieso egal.

⬩◇⬩

Elendig kotzte ich in die Toilette. Meine kurzen Haare waren mir dabei zum Glück nicht im Wege. Ich hatte keine Ahnung mehr, wie ich zurück ins Hotel gekommen war, ich wusste nicht, was ich die letzten Stunden gemacht hatte, außer in meinem Elend zu ertrinken. Oder sollte ich sagen, außer mein Elend zu ertränken? Blöd nur, dass meine Sorgen und mein Elend schwimmen konnten. Ich hasste es. Ich hasste mein Leben.

Zärtlich strich mir eine Hand über den Kopf.

»Pst Emmi«, hörte ich Noahs sanfte Stimme.

Erstaunt riss ich die Augen auf und drehte mich um. Das konnte nicht sein, oder? Noah war doch tot, oder nicht?

»Oh Emmi«, sagte er und ich konnte diesen traurigen Ausdruck in seinem Gesicht sehen. »Es tut mir so leid, Baby. Es tut mir so leid.«

Ich sprang auf und wollte ihn umarmen, ihn küssen, ihn berühren. Ihm sagen, wie sehr ich ihn liebte, aber in dem Moment, als ich ihn erreichte, verschwand er. Er löste sich einfach auf.

Es dauerte einige Zeit, bis ich in meinem vernebelten Hirn registrierte, dass ich mir das alles nur eingebildet hatte. Wie konnte es auch anders sein? Er war tot.

»Aaaaargh!«, schrie ich und schleuderte die Wodkaflasche gegen die Wand.

Ich fiel auf die Knie und raufte mir die Haare, während mein Körper von Schluchzern geschüttelt wurde. Ich kippte zur Seite, zog die Beine an und umschlang sie, während ich so erbärmlich auf dem Teppichboden des Hotels lag.

Wann würde das endlich aufhören? Wie lange müsste ich diesen Schmerz noch ertragen?

KAPITEL 18

Basti

5 MONATE SPÄTER

Fünf Monate war es her. Fünf Freaking-Monate, seit Emmi mir nichts, dir nichts abgehauen war und niemandem gesagt hatte, wohin. Vor zwei Wochen hatten ihre Eltern das erste Mal etwas von ihr gehört. Sie hatte Karten geschrieben! Karten! Sie machte sich ja keine Vorstellung davon, wie sehr wir uns alle um sie sorgten. Ihre Familie wünschte sich nichts mehr, als dass es ihr gut ginge, egal wo sie war.

Und ich? Nun ja, ich schwankte zwischen Wut und Sorge, Panik und Verzweiflung. Am liebsten würde ich ihr den Arsch aufreißen, andererseits würde ich sie wahnsinnig gerne wieder in die Arme schließen. Sie war meine beste Freundin und ich konnte nichts für sie tun.

Schlanke Arme schlangen sich um meine Brust.

»Komm wieder ins Bett, Basti«, flüsterte Jules, während sie ihren Kopf zwischen meine Schulterblätter legte.

Fest griff ich nach ihren Händen. Ich hatte keine Ahnung, wie und wann das mit Jules und mir passiert war, aber sie war das Beste, was mir je hätte passieren können. Ohne sie würde ich diese Dunkelheit niemals überstehen.

Aus der Ferne hörte ich, wie die Kirchenuhr zwölf schlug. Jules drehte mich herum und küsste mich zärtlich.

»Happy Birthday, Basti.«

Sanft lächelte ich sie an. Sie war alles, was ich hatte, und ich konnte mir ein Leben ohne sie nicht mehr vorstellen. Es klang total idiotisch, dass ich das nach gerade einmal drei Monaten sagte, aber ich meinte es genauso. Früher hatte ich immer Angst vor festen Bindungen gehabt und jeden Tag dieselbe Frau im Bett zu haben, war mir einem Alptraum gleich gekommen, während ich mir mittlerweile nichts Besseres mehr vorstellen konnte.

Jules hörte mir zu, wenn ich es brauchte, sie schrie mich an, wenn ich Unsinn gemacht hatte, und sie widersprach mir, wenn ich falsch lag. Und manchmal auch, wenn ich trotzdem recht hatte, aber das machte sie in meinen Augen so liebenswürdig. So verdammt wundervoll, dass ich den Rest meines Lebens mit ihr verbringen wollte. Sanft strich sie mir durchs Gesicht.

»Baby, ich weiß, dass du dir Sorgen um sie machst, aber es geht ihr gut, ganz sicher.«

Ich küsste sie auf die Stirn und zog sie in meine Arme, während ich knurrte: »Trotzdem könnte ich ihr für ihre bescheuerte Karte vor ein paar Monaten den Arsch versohlen. Das hier ist doch kein bescheuertes Scottland-Yard-Spiel, wo ich den gesamten Globus absuche, um sie zu finden.«

Jules versuchte, sich zusammenzureißen, dennoch entwich ihr ein kurzes Kichern. Sie hatte Emmis Karte etwas Witziges abfinden können und meinte, dass sie Humor hätte. Der Gedanke an ihre Reaktion ließ mein Herz wieder schwer werden. Jules und Emmi würden sich lieben, sie wären die geborenen besten Freundinnen gewesen, wenn nicht das Schicksal dazwischengekommen wäre.

Ich hörte, wie mein Handy ein paar Mal einen Ton von sich gab, und grinste auf Jules hinunter.

»Es ist wieder so weit, ich bekomme wieder diese nervigen Geburtstagsgrüße.« Dann nahm ich sie bei der Hand und führte sie ins Schlafzimmer. »Komm, es ist zu kalt, um hier draußen zu stehen.«

Während Jules begann, meinen Hals zu küssen, griff ich nach dem Handy und war verwirrt, eine SMS von einer mir absolut unbekannten Nummer erhalten zu haben.

Als ich sie öffnete, blieb mir mein Herz stehen:

Happy Birthday, Basti. Mir geht es gut, Emmi.

Es war zehn Minuten her, dass sie diese SMS geschickt hatte, und ich wählte die Nummer. Währenddessen nahm ich wahr, wie Jules mich verwirrt musterte. Als beim ersten Versuch niemand an das Handy ging, probierte ich es ein weiteres Mal. Diesmal hatte ich Glück.

Ein verschlafenes »Nihao?«, grüßte mich.

»Hallo?«, versuchte ich es auf Englisch, denn Chinesisch gehörte nicht zu meinen Stärken. »Hallo? Hier ist Basti. Vor einigen Minuten hat eine Frau namens Emily eine SMS von Ihrem Handy geschrieben. Bitte sagen Sie mir, dass Sie sie kennen und sie bei Ihnen ist.«

Ich hörte Bettlaken rascheln, bevor sich die Person am anderen Ende räusperte.

»Sie meinen Emmi?«, antwortete eine Frau auf Deutsch.

»Ja! Emmi!«, rief ich aufgebracht und sah, wie Jules an meine Seite eilte und mich erwartungsvoll musterte.

»Woher kennen Sie Emmi?«, fragte sie skeptisch.

Eigentlich war es lächerlich, dass ich mich vor einer Fremden verteidigen musste, aber es erwärmte mir das Herz, dass Emmi Menschen getroffen hatte, denen sie am Herzen lag.

»Ich bin seit Ewigkeiten mit ihren Brüdern und ihrem Mann«, ich räusperte mich. »Ihrem verstorbenen Mann befreundet. Sie ist vor fünf Monaten einfach abgehauen und das heute war eines der ersten Lebenszeichen von ihr. Bitte sagen Sie mir, dass sie bei Ihnen ist.«

»Oh nein, das arme Ding. Ich wusste, dass es etwas Schreckliches sein musste. Einen Augenblick, sie schläft in meinem Gästezimmer, ich gehe eben zu ihr.«

Ich hörte, wie Türen geöffnet wurden und die Frau am anderen Ende nach Emmi rief. Hoffnungsvoll sah ich zu Jules. Vielleicht konnte ich Emmi endlich überzeugen, wieder nach Hause zu kommen. Ich hörte Stille, bevor die Frau ein weiteres Mal Emmi rief.

Es dauerte eine Weile, bis sie sich räusperte und fragte: »Sie sind Basti, oder?«

»Ja«, sagte ich aufgeregt. »Hat sie Ihnen von mir erzählt?«

»Nein«, hörte ich eine traurige Stimme und ich konnte nichts tun gegen den Stich, den dieses Bekenntnis in mir auslöste. »Nein, sie hat mir gar nichts von ihrer Vergangenheit erzählt. Sie ist nicht mehr da, aber sie hat mir einen Zettel hinterlassen. Sie schreibt, dass ich Ihnen sagen soll, es tue ihr leid und sie würde sich bald wieder melden.«

Frustriert stöhnte ich auf und warf ein Buch zu Boden. Traurig drückte Jules meinen Arm.

»Können Sie mir sagen, woher Sie Emmi kennen? Wo war Sie die letzten Monate? Wie geht es ihr?«, brachen die Fragen aus mir heraus.

»Natürlich«, sagte sie sanft. »Ich bin übrigens Lien.«

Ich überging diese Höflichkeit, denn gerade wollte ich nur etwas über Emmi herausfinden.

»Ich habe Emmi vor ungefähr viereinhalb Monaten in der Transsibirischen Eisenbahn kennengelernt.«

Ich schnappte nach Luft. Transsibirische Eisenbahn? Ich wusste überhaupt nicht, dass so etwas existierte!

»Sie kam gerade aus Moskau und war auf den Weg in die Mongolei. Na ja …«, sie zögerte.

»Bitte!«, flehte ich.

»Es ging ihr gar nicht gut. Sie hatte jede Nacht Albträume. Aber eine Nacht war es so schlimm, dass sie danach stundenlang geweint hatte. Ich hatte es fast nicht mehr ertragen. Von da an mied sie mich, aber bevor sie den Zug in der Mongolei verließ, habe ich ihr meine Adresse hinterlassen, falls sie mal einen Ort suchen würde, an dem sie unterkommen könnte.«

»Und dann?«, fragte ich aufgeregt.

»Dann bin ich zurück nach China gefahren und habe wochenlang nichts von ihr gehört, bis sie dann vor ungefähr zwei Monaten vor meiner Tür stand. Ich hatte keine Ahnung, was sie in den zwei Monaten, die wir uns nicht gesehen haben, getan hatte, aber ich habe sie natürlich reingelassen, weil …«, sie zögerte wieder. »Weil ich ihr einfach ansehen konnte, dass sie am Ende war und einen Ort brauchte, der zumindest für kurze Zeit ihr Zuhause sein könnte.«

»Und dann?«, fragte ich weiter und versuchte, die Tränen zu unterdrücken, die mir bei der Beschreibung von Emmi hochkamen.

Früher war sie ein so lebensfroher und glücklicher Mensch gewesen. Nach Noahs Tod war von diesem Menschen jedoch nichts mehr übrig.

»Dann hat sie bei mir gelebt. Sie hat Chinesisch gelernt und ist manchmal für einige Tage weg gewesen und durch China gereist. Sie hat mir aber immer klargemacht, dass sie vielleicht eines Tages nicht mehr wiederkommt.« Ich hörte, wie Lien sich räusperte, vielleicht um, ähnlich wie ich, den Kloß in ihrem Hals zu verlieren. »Und ich befürchte, heute ist dieser Tag gekommen.«

»Wissen Sie, wo sie hinwollte, Lien?«, fragte ich aufgeregt.

»Leider nein«, sagte sie traurig. »Ich wusste nicht viel über sie. Nicht woher sie kam, noch wohin sie gehen wollte. Ich habe sie nur als tieftraurigen Menschen kennengelernt, der vor seiner Vergangenheit davonrennt.«

Wir unterhielten uns noch eine Weile, aber leider konnte sie mir auch nicht weiterhelfen. Immerhin wusste ich, dass Emmi am Leben war, und das war etwas, wofür ich dankbar sein wollte. Außerdem wusste ich, dass sie in China war. Aber so, wie ich Emmi kannte, war sie schon längst wieder auf dem Weg in ein anderes Land.

Nachdem ich aufgelegt hatte, starrte ich eine Weile auf das Telefon. Ich hatte gar nicht bemerkt, dass mir Tränen über die Wangen liefen, bis Jules sie mir aus dem Gesicht wischte.

Ich hatte vor fast einem Jahr nicht nur einen meiner besten Freunde verloren, sondern auch meine beste Freundin und ich hatte keine Ahnung, was ich tun konnte, um sie zu retten.

KAPITEL 19

Noah

VOR 3 JAHREN

»Ehrlich, Noah«, lachte Emmi und schüttelte den Kopf. »Ich kenne keinen Mann, der so ein vollgestopftes Handschuhfach hat wie du.«

Ich schmunzelte und zuckte mit den Schultern.

»Ich brauche das halt alles.«

»Ach wirklich?«, meinte sie und fischte ein paar Dinge aus dem Handschuhfach. »Du brauchst also zwanzig Tüten Salz von *McDonald's*?«

Vehement nickte ich. »Definitiv. Du musst dir deine Pommes immer ohne Salz bestellen, dann bekommst du frische.«

Sie lachte und zeigte mir den Vogel. »Und wofür brauchst du eine Rolle Briefmarken?«

Verwirrt sah ich sie an. »Um Briefe zu verschicken.«

Sie zwickte mir in die Nase. Bevor sie ihre Hand wegziehen konnte, griff ich danach und hauchte Küsse auf ihre Finger.

»Noah, wir kennen uns jetzt fünf Jahre und du hast in all der Zeit nicht einen Brief verschickt.«

Keinen, von dem du weißt. »Man weiß ja nie«, meinte ich abwehrend.

Mein Handy meldete, dass ich eine SMS empfangen hatte. Aleksej. Ich verdrehte die Augen. Wer sonst? Selbst in meinen freien Minuten schaffte er es, mir auf den Sack zu gehen. Emily fing wieder an zu kichern. Ich sah zu ihr und für einen Moment blieb mir das Herz stehen. In der Hand hielt sie ein Handy. Das Handy.

»Wofür brauchst du denn diesen Zinken?«

Sie drückte auf dem Handy herum, aber das Display blieb schwarz. Erleichtert entspannte ich mich. Ich musste vergessen haben, es aufzuladen.

»Naja, falls mein Handy halt mal kaputtgeht.«

Sie lachte und warf es zurück ins Handschuhfach.

»Und lass mich raten«, spöttelte sie. »In deiner Mittelkonsole hast du auch immer Münzen parat, falls du mal einen Anruf von einer Telefonzelle tätigen musst.«

»Und wenn?«, murmelte ich abwesend.

Sie kicherte und gab mir einen Kuss auf die Wange. Wir waren bei ihrer Arbeit angekommen.

»Danke, dass du mich gefahren hast«, sagte sie sanft und drückte mir einen liebevollen Kuss auf die Lippen.

Ich erwiderte ihn und ließ ihn länger dauern, als es angemessen gewesen wäre. Sie löste sich von mir und auf ihre Wangen hatte sich eine bezaubernde Röte geschlichen. Ich liebte es, dass ich nach all der Zeit noch immer diese Wirkung auf sie hatte, sie noch immer in Verlegenheit bringen konnte. Sie beugte sich zu mir und mit ihren Zähnen wanderte sie an meinem Kiefer entlang, bis sie an meinem Ohr angelangt war. Ich musste schlucken. Auch sie hatte immer noch die gleiche Wirkung auf mich wie am ersten Tag.

»Und wenn wir heute Abend wieder zu Hause sind, habe ich eine Überraschung für dich.«

»Eine Überraschung?«, flüsterte ich heiser.

»Mhm«, nickte sie und sah mich mit verhangenem Blick an.

Ich zog sie dichter zu mir und gab ihr einen leidenschaftlichen Kuss. Meine Finger wanderten über ihre Beine, bis unter ihren Rock, immer höher. Sie trug Strapse. Ich schluckte, glitt mit den Fingerspitzen an den Rand ihres Höschens. Sie hielt mich am Handgelenk fest und unterdrückte ein Stöhnen.

»Ich muss zur Arbeit, Noah«, sagte sie, küsste mich aber weiter.

Als ich anfangen wollte, die Knöpfe an ihrer Bluse zu öffnen, löste sie sich schweratmend von mir. Ihre Lippen waren von meinen Küssen geschwollen und sie schüttelte den Kopf. Mit der rechten Hand fächelte sie sich Luft zu.

»Ich muss jetzt los, bis später.«

Sie drückte mir einen keuschen Kuss auf die Lippen, dann sprang sie aus dem Auto. Während sie zu dem Gebäude hetzte, in dem ihr Büro war, ließ ich das Fenster herunter und pfiff ihr hinterher. Lachend drehte sie sich um und schickte mir eine Kusshand.

Als ich im Büro angekommen war, lud ich zuallererst das Handy auf. Eigentlich achtete ich immer darauf, dass es aufgeladen war. Ich hatte in den letzten Jahren zwar nichts mehr von Ray gehört, mir aber Mühe gegeben, ihn regelmäßig über mein Leben auf dem Laufenden zu halten.

Keine Ahnung, warum, aber ein unangenehmes Kribbeln machte sich in meiner Magengegend breit.

Gedankenverloren versuchte ich, ein paar Mails zu checken, Pläne zu zeichnen, aber es fiel mir schwer, konzentriert zu bleiben. Als das Handy endlich aufleuchtete, sprintete ich zu der Steckdose, gab meinen PIN-Code ein und wartete, bis es sich ins Netz gewählt hatte. Es dauerte ein paar Minuten, aber dann verzeichnete es mehrere Mitteilungen. Letzte Woche hatte ich einige Anrufe von Ray verpasst. Zwölf an der Zahl. Mein Magen zog sich zusammen und ich spürte, wie sich bittere Galle in meinem Mund sammelte. Das war kein gutes Zeichen, das war ein mehr als schlechtes Zeichen. Ray rief mich nie an. In all den Jahren hatte er mich nicht ein Mal angerufen. Nicht ein einziges Mal!

Ich rief ihn direkt zurück, aber es klingelte nur, bis die Mailbox ranging. Ich versuchte es zwei weitere Male, aber wieder das Gleiche. Ich kniff mir in die Nasenwurzel und massierte meine Schläfe. Was auch immer los war, es konnte nichts Gutes bedeuten.

⬥◇⬥

Meine Anspannung hielt den ganzen Tag. Ich war laufen gegangen, boxen, trainieren. Hatte alles versucht, um sie loszuwerden, aber nichts hatte geholfen. Zu Hause stocherte ich im Essen rum. Emmi hatte sich Mühe gegeben, hatte sogar mein Lieblingsessen gekocht, aber ich wurde das Gefühl nicht los, dass etwas passiert war.

Ich hatte schon den ganzen Abend gemerkt, wie Emmi mich besorgt gemustert hatte, aber ich konnte ihr nicht sagen, was los war. Wie sollte ich ihr erklären, dass alles auf einer Lüge aufgebaut war, dass ich nie ehrlich zu ihr gewesen war? Sie würde die hässliche Wahrheit niemals ertragen.

»Noah«, meinte sie sanft und legte mir ihre Hand auf den Arm. »Geht es dir gut? Was ist los?«

Ich schluckte, schloss die Augen und wappnete mich darauf, sie mal wieder anzulügen.

»Es war einfach viel los auf der Arbeit«, erklärte ich ausweichend.

»Aleksej?«, fragte sie verstehend und ich nickte.

Es war am leichtesten, es auf Aleksej zu schieben. Sie wusste, wie viel Ärger er mir in den letzten Jahren gemacht hatte.

»Soll ich dich ein wenig ablenken?«, fragte sie mich und zwinkerte mir aufreizend zu.

Ich schüttelte den Kopf und stand auf. »Nein, tut mir leid. Ich muss noch ein wenig arbeiten.«

Verwirrt und verletzt sah sie mich an. Ich konnte die Enttäuschung auf ihrem Gesicht lesen. Ich hatte sie in all den Jahren noch nie abgewiesen.

»Okay«, flüsterte sie leise, aber ich war zu durcheinander, um sie zu trösten.

Immer wieder fragte ich mich, was passiert sein konnte. Stundenlang schloss ich mich im Arbeitszimmer ein. Versuchte ein paar Mal, Ray zu erreichen, aber vergeblich. Es war 03:00 Uhr, als ich mich zu Emily ins Bett legte. Sie hatte zwei Mal an meine Tür geklopft, aber ich hatte sie beide Male abgewiesen. Als ich mich neben sie legte und ihr Gesicht musterte, konnte ich sehen, dass ihre Augen leicht geschwollen waren. Ein schlechtes Gewissen überkam mich. Sie hatte geweint. Meinetwegen. Ich zog sie in die Arme.

»Noah?«, flüsterte sie schlaftrunken.

»Sch«, sagte ich und hauchte ihr einen Kuss auf den Kopf.

Sie kuschelte sich an meine Brust und in wenigen Sekunden wurde ihr Atem wieder gleichmäßig. Während ich ihrem Atem lauschte, wurden meine Augen schwer und fielen zu.

Am nächsten Morgen entschuldigte ich mich in aller Ausführlichkeit bei Emily. Als wir das Haus verlassen wollten, klingelte mein Telefon und ich konnte eine Berliner Nummer erkennen. Es fühlte sich an, als würde mir jemand die Luft abdrücken. Ich signalisierte Emily, dass sie schon einmal vorgehen sollte, und sie zuckte mit den Schultern, während sie auf ihrem Handy E-Mails checkte.

»Klein?«, nahm ich das Gespräch nervös entgegen.

»Spreche ich mit Noah Klein?«, konnte ich eine mir fremde Stimme am anderen Ende fragen hören.

Ich nickte, bevor ich mich eines Besseren besann. »Ja«, antwortete ich und fragte im selben Atemzug: »Und mit wem spreche ich?«

»Hier ist Sven Wagner von der Anwaltskanzlei *Wagner und Söhne*. Es tut mir leid, Ihnen mitteilen zu müssen, dass Raymond Young Anfang der Woche an einem Herzinfarkt verstorben ist.«

Mein Herz zog sich zusammen. Raymond war tot?

»Herr Klein?«, hörte ich die Stimme fragen. »Sind Sie noch da?«

»Ja«, flüsterte ich und musste mich anstrengen, nicht zu weinen.

Ray war tot.

»Raymond Young hat Sie in seinem Testament bedacht und Ihnen einen Brief hinterlassen. Wir würden Ihnen diesen gerne zukommen lassen, da das Testament bereits verlesen wurde.«

Wie auf Autopilot hörte ich ihm zu, ratterte meine Adresse herunter und versuchte, zu begreifen, was mir der Anwalt gesagt hatte. Ray war tot. Der Mann, der mich mein Leben lang beschützt hatte, war gestorben.

Emmi sah mich mit aufgerissenen Augen an, als ich ins Auto stieg.

»Noah?«, fragte sie ängstlich. »Was ist passiert?«

Ich schüttelte den Kopf, konnte ihr nicht sagen, was passiert war, merkte aber dennoch, dass mir Tränen über die Wange liefen. Sie schnallte sich ab, setzte sich auf meinen Schoß und legte mir die Hände ums Gesicht.

»Noah, sprich mit mir.«

Ich vergrub meinen Kopf in ihrer Schulter und hasste mich für die Lüge, die ich ihr schon wieder auftischen musste.

»Ein guter Freund von der Uni ist verstorben«, sagte ich heiser.

Halbwahrheiten vermischt mit Lügen. Das Einzige, was ich schon mein Leben lang kannte.

»Oh Noah«, flüsterte sie und wischte mir die Tränen aus dem Gesicht.

Es dauerte drei Tage, bis der Brief bei mir war. Weitere drei, bis ich es schaffte, ihn zu öffnen. Ich genehmigte mir einen Scotch. Vollkommen egal, dass es erst 10:00 Uhr in der Früh war. Ich war mir sicher, dass ich es nüchtern nicht schaffen würde, diesen Brief zu lesen.

Tief atmete ich durch.

Lieber Noah,

wenn du diesen Brief hier bekommst, dann hatte ich entweder den Mut, ihn dir zu geben, oder ich bin gestorben. So wie ich mich kenne, wird es das Letztere sein und es tut mir leid. Es tut mir leid, dass ich dir nie die Wahrheit habe sagen können.

Ich bin schuld an dem Tod deiner Eltern. Ich weiß, dass du mir immer gesagt hast, dass es nicht meine Schuld wäre, aber das stimmt nicht. Ich war der Kontaktmann deines Vaters. Über die Jahre waren wir enge Freunde geworden. Kurz vor dieser Nacht hat er mir gesagt, dass er ein ungutes Gefühl hat. Er hatte das Gefühl, aufgeflogen zu sein. Ich hab gelacht und es abgetan.

Hätte ich das nur nicht getan. Zwei Nächte später kam der Notruf deines

Vaters rein. Wir sind so schnell vorgerückt, wie es ging, aber … Den Rest kennst du ja. Wir waren zu spät. Als ich dich auf dem Boden in deinem Blut hab liegen sehen, habe ich das Schlimmste befürchtet. Bis heute danke ich Gott, dass er dein Leben behütet hat, und ich habe mir geschworen, es zu beschützen, bis ich meinen letzten Atemzug getan habe. Ich habe alles getan, was ich konnte. Habe versucht, meine Schuld zu begleichen.

Aber irgendwann war es nicht mehr nur das. Irgendwann war es mehr als das. Du warst mir ans Herz gewachsen. Herrgott nochmal. Ich habe sogar versucht, dich zu adoptieren, aber unter den gegebenen Umständen war es einfach nicht möglich. Ich habe dich geliebt wie meinen eigenen Sohn und es tut mir leid. Hätte ich die Sorgen deines Vaters nicht abgetan, dann hätte ich ihn und deine Mutter retten können. Dann hättest du nicht von Ort zu Ort ziehen müssen, ein Leben leben *müssen, das gar nicht deines war. Es tut mir leid.*

Raymond.

Erst als Emmi Stunden später vor mir stand, löste ich mich aus meiner Schockstarre. Besorgt musterte sie mich und strich mir sanft übers Gesicht. Ich schloss die Augen und lehnte mich in ihre Hand.

»Was ist los, Noah?«, fragte sie, aber ich schüttelte nur den Kopf.

Ich konnte ihr nicht die Wahrheit sagen, nicht nachdem ich sie so viele Jahre anlog. Enttäuschung blitzte in ihren Augen auf, aber sie überspielte sie schnell mit einem vorsichtigen Lächeln.

»Komm, wir bringen dich ins Bett.«

Sie half mir hoch, aber während sie mich aus dem Arbeitszimmer führte, fiel mir wieder ein, dass der Brief offen auf dem Schreibtisch lag. Niemals dürfte Emily diesen Brief zu Gesicht bekommen.

»Ich hab mein Handy auf dem Tisch gelassen«, log ich sie an.

»Soll ich es holen?«, bot sie an und war schon dabei, sich umzudrehen.

»Nein«, sagte ich und hielt sie am Ellbogen fest. Blitzschnell suchte ich nach einer Lösung. »Kannst du Badewasser einlassen?«, bat ich sie.

Kurz wirkte sie skeptisch, dann nickte Emmi und drückte mir einen sanften Kuss auf die Wange. Erst, als sie im Bad verschwunden war, drehte ich mich um, faltete den Brief und steckte ihn ins Portemonnaie. Morgen würde ich ihn verbrennen und damit nicht nur den Brief, sondern jegliche Verbindungen, die ich zu meinem Leben als Adrian Weber hatte.

Stunden später, als Emmi tief und fest schlief, kreisten meine Gedanken immer noch darum, dass ich nicht wusste, wieso Ray mich vor einigen Wochen so oft angerufen hatte. Und das unangenehme Gefühl blieb, dass irgendetwas gehörig falsch war.

KAPITEL 20

Emily

01.04.2014

Hallo Ich. Hallo Verzweiflung. Hallo Hoffnungslosigkeit.

Ich hatte gedacht, dass, wenn ich allem den Rücken kehre, wenn ich neue Welten entdecke und Dinge tue, die ich vorher so nie getan habe, alles besser wird.

Ich habe mich getäuscht. So sehr getäuscht.

Ich bin jetzt seit etwas über sechs Monaten unterwegs und es wird einfach nicht besser. Ich habe mehr gesehen, als andere in ihrem ganzen Leben sehen werden. Ich bin auf der Chinesischen

Mauer gewandert, ich war in einem Reservat für Pandabären, war in Moskau und in der Mongolei. Ich bin weitergereist nach Kambodscha und Vietnam. Gestern bin ich in Thailand angekommen und jetzt sitze ich hier und frage mich, wie lange ich mir noch etwas vormachen werde. Wie lange ich noch kämpfen werde.

In keinem Land hat es mich lange gehalten. Außer in China. Dort war ich fast zwei Monate, aber in dem Moment, als ich realisiert habe, dass ich Liens Wohnung als Zuhause bezeichnete, habe ich meine Beine in die Hand genommen und bin so schnell davongelaufen, wie ich konnte. Ich habe mich nicht einmal von Lien verabschiedet, was nicht gerade die feine Art ist, aber ich konnte nicht. Ich hatte wieder eine Panikattacke und von diesen habe ich in letzter Zeit viele.

Jetzt bin ich in Thailand und werde dieses Land entdecken. Ich bleibe die Woche in Bangkok, dann werde ich in den Süden reisen und Inselhopping ausprobieren. Vielleicht mache ich ja auch einen Tauchschein.

Aber ich habe keine Ahnung.

Wir werden es sehen.

Nächsten Monat ist es ein Jahr her und ich habe riesige Angst vor diesem Tag. Ich weiß nicht, wie ich dieses Datum überstehen werde oder ob ich es überhaupt tun werde.

Ich vermisse ihn jede Sekunde.

Ich habe immer noch jede Nacht diese Albträume. Ich höre noch immer jede Nacht seine Schreie. Wenn irgendjemand mit Feuer vor meiner Nase hantiert, ergreift mich die Panik. Dann läuft es mir eiskalt den Rücken hinunter und ich bekomme keine Luft mehr.

Gut, dass ich Psychologin bin und mich selbst mit einer posttraumatischen Belastungsstörung diagnostizieren kann. Nur was bringt mir eine Diagnose, wenn ich keine Heilung habe?

Früher hatte ich keine Ahnung davon, was meine Patienten durchmachten, jetzt verstehe ich es. Mehr, als mir lieb ist. Da ist niemand, der mich versteht, der eine Ahnung davon hat, was in mir vorgeht.

Ich habe keine Ahnung, wie manche Menschen so etwas erleben können und immer noch in der Lage sind, zu lächeln. Vor einer Woche habe ich mich mit einem Chinesen unterhalten, als ich im Zug saß. Er hat mir erzählt, dass seine Frau und seine drei Kinder gestorben sind. Alle. Keine Ahnung mehr, wieso, denn ich war so abgelenkt von seinem Lächeln.

ER HAT GELÄCHELT! Er sah sogar glücklich aus. Wie schafft er das?! WIE KANN ER DAS?!

Hat er seine Familie vergessen? Was ist das Geheimrezept dafür, diesen Schmerz nicht mehr zu fühlen? Ich hätte ihn fragen können, aber ich wollte nicht. Manchmal ist es nicht so leicht, zu erklären, warum es einem nicht so gut geht.

Ich empfinde keine Freude mehr. Nur noch dieses leere Gefühl in mir. Dieses Gefühl, dass es nicht mehr weitergeht. Dass ich für immer in meiner Trauer und Verzweiflung stecken werde.

Noah würde den Menschen hassen, zu dem ich geworden bin, aber ich weiß nicht, wie ich diesen Menschen wieder loswerde. Wohin kann ich schon fliehen, wenn ich die Nase von mir selbst voll habe?

Wenn ich nicht bald einen Lichtschimmer sehe, dann weiß ich nicht mehr weiter. Dann weiß ich nicht mehr, wie ich es packen soll.

Es tut mir so leid, Noah, aber ohne dich macht das alles keinen Sinn mehr.

Ohne dich ist das Leben nicht mehr lebens- und liebenswert.

Ohne dich bin ich nur noch eine Hülle meiner selbst.

Du hast wahrscheinlich keine Ahnung davon, was es heißt, zu leiden. Du bist ein bescheuertes Buch, dem ich jeden Tag schreibe, wie schlecht es mir geht. Es ändert sich einfach nichts. Du kannst mir keine Ratschläge erteilen und du kannst mir nicht sagen, was mir aus dieser Trauer helfen würde.

Noah könnte das. Noah hätte mir jetzt weiterhelfen können.

Oh Noah, ich vermisse dich. Wäre alles anders gekommen, dann wären wir jetzt Eltern. Seit … Ungefähr einem Monat. Vielleicht hätten wir ein süßes kleines Mädchen bekommen oder einen Jungen, der deine Augen hätte. Wir würden wahrscheinlich keine Minute schlafen, aber wir würden dennoch die glücklichsten Menschen auf dieser Welt sein.

Unsere Tochter hätten wir Abigail genannt oder kurz: Abby.

Abby Klein. Das hätte schön geklungen.

Unseren Jungen hätten wir Raymond genannt. Du hast mir mal erzählt, dass dein Betreuer, der sich nach dem Tod deiner Eltern angenommen hatte, so hieß. Er hat dir damals geholfen, wieder ins Leben zurückzufinden, und du warst ihm so dankbar. Du hast immer gesagt, mit diesem Namen hätte unser Junge schon einmal die besten Voraussetzungen.

Aber jetzt gibt es kein Kind: kein Mädchen, kein Junge. Nichts.

Es gibt nicht einmal mehr dich. Die Trauer um dich überschattet sogar die Trauer um unser Kind. Oft habe ich ein riesiges schlechtes Gewissen, weil ich kaum um unser Kind trauere, sondern nur um uns.

Darum, dass es kein Noah und Emmi mehr gibt. Es wird nie ein Noah, Emmi, Abigail und Raymond geben. Es wird nie wieder ein Emmi und Noah geben.

Das Leben ist grausam. Unfair. Ungerecht.

Ich halte es kaum noch aus, ohne dich zu sein. Ich hasse das Leben. Ich hasse es SO SEHR. So wahnsinnig.

Deswegen sei mir bitte nicht böse, wenn ich irgendwann aufgebe.

KAPITEL 21

Emily

Der Sand war warm unter meiner Fußsohle, während ich auf das Meer starrte. Die Sonne ging langsam unter und ich hatte keine Ahnung, wie lange ich hier schon saß. Vermutlich zu lange, wenn man die anderen Strandbesucher fragte.

Ich hatte mir die heißeste Zeit des Jahres ausgesucht, um die Westküste Thailands zu bereisen, aber so war es nun einmal. So war ich nun einmal. Ich dachte oft nicht über meine Taten nach, sondern tat es einfach. Zumindest mittlerweile. Früher war das nicht so gewesen.

In Thailand war ich im Paradies angekommen. Bangkok war voll und laut gewesen und ich hatte es geliebt. Ich war sogar zwei Wochen länger geblieben als geplant, weil die Lautstärke Bangkoks meinen inneren Sturm zum Schweigen gebracht hatte. Irgendwann war ich aber weitergereist. Das Hostel, in dem ich untergekommen war, war zwar superbillig gewesen, aber dementsprechend zwielichtige Gestalten rannten dort umher. Mir kam zwar nie einer zu nahe, aber man wusste ja nie. Wenn ich ehrlich war, dann wäre es mir sogar egal gewesen, ob mir jemand zu nahekommt, und das hatte mir Angst gemacht. Meine Lethargie hatte mich in Panik versetzt, also war ich direkt am nächsten Tag weitergereist.

Ich hatte mir einen Billigflug genommen und war nach Phuket geflogen. Obwohl die Maschine keinen sicheren Eindruck gemacht hatte, hatte ich mich hineingesetzt. Es schien, als würde ich bei jeder meiner Handlungen den Tod begrüßen. In Phuket war ich nicht lange geblieben, sondern mit dem Boot weiter auf die kleine Insel Koh Phi Phi gereist, wo ich jetzt immer noch war. Das war mittlerweile zwei Wochen her und es gefiel mir hier. Ich hatte mich in ein kleines Resort eingemietet, das einfache Bungalows direkt am Strand hatte. Es war nicht besonders teuer, aber ich liebte es.

Am ersten Tag war ich gewandert. Hatte mich von der Insel in ihren Bann ziehen lassen. Es waren fast vierzig Grad gewesen, schließlich war der Mai der heißeste Monat hier, aber dennoch wollte ich die Insel erkunden.

Die Zeit in der Natur hatte mir gutgetan. Wenn du Schritt für Schritt läufst, dann denkst du nicht an all den Schmerz, der in dir tobt. Dann denkst du an den Schweiß, der dir über die Stirn läuft, oder deine trockene Kehle, weil du schon wieder zu wenig Wasser eingepackt hattest. Oder du denkst an die Blasen, die du an den Füßen hast.

Da die Insel aber nicht besonders groß ist, hatte ich nur einen einzigen Tag gebraucht, um sie einmal komplett zu umrunden. Sicherlich hätte ich mir mehr Zeit lassen können, aber je schneller ich lief, umso abgelenkter war ich.

Deswegen überkam mich Panik, als ich am nächsten Morgen aufwachte. Ich hatte vorgehabt, direkt an dem Tag weiterzuziehen. Ich hatte meine Koffer gepackt und war in das Zentrum gegangen, um mir Frühstück zu holen.

Ich aß immer noch zu wenig. Die Klamotten wurden lockerer, und das war gar nicht gut. Ich bestand nur noch aus Haut und Knochen. Während ich also in das Zentrum ging, fiel mein Blick auf eine Tauchschule. Auf einmal schlug mein Herz höher und ich beschloss zu bleiben. Ich hatte mich sofort angemeldet und am selben Tag mit dem ersten Kurs begonnen. Der dauert circa vier Tage, aber ich war immer noch nicht zufrieden. Also absolvierte ich gleich den Fortgeschrittenenkurs und war weitere fünf Tage beschäftigt. So kam es, dass die Zeit hier wie im Flug vergangen war.

Seither war ich jeden Tag tauchen gegangen. Ich konnte mich nicht sattsehen an den Wundern, die ich hier bestaunen durfte. Die Fische schimmerten in allen möglichen Farben: Blau, Gelb, Rot, Grün. Ich sah regelmäßig Schildkröten und Rochen – ganz selten begegnete ich sogar einem Hai. Es war der Wahnsinn.

Unter Wasser hatte ich das Gefühl, wieder atmen zu können. Sobald ich jedoch das Wasser verließ und mich an den Strand setzte, hatte ich das Gefühl, zu ersticken.

Dann gab es nichts, was mich ablenken konnte, denn dann fehlte mir Noah. Dann fehlte es mir, nach seiner Hand zu greifen und ihm überschwänglich von dem zu erzählen, was ich eben noch erlebt hatte. Die Freude, die jedes Mal in mir aufkam, wenn ich unter Wasser war, starb, sobald ich wieder an Land war. Da war ich wieder nur die Hülle meiner selbst.

Nächste Woche war es so weit.

Nächste Woche war es ein Jahr her.

Ein Jahr.

12 Monate.

365 Tage.

8760 Stunden.

525600 Minuten.

Und zu viele Sekunden, die ich bereits ohne Noah verbrachte. Ich hatte keine Ahnung, wie ich ein gesamtes Jahr ohne ihn hatte überstehen können, aber ich hatte es. Ich hatte es überlebt.

Gerade so.

Oder war ich schon tot?

Wenn ich mir die Schönheit dieser Insel ansah, dann konnte man gut und gerne meinen, dass ich mich im Paradies befand. Wenn ich aber auf die lauten Stimmen in mir achtete, dann wusste ich, dass der schöne Schein bekanntlich trügt.

Eine Gänsehaut überzog mich, obwohl es immer noch warm draußen war. Mit einem Mal wusste ich, dass ich nicht länger bleiben wollte. Ich stand ruckartig auf und ging in die Richtung des Hotels. Während ich überlegte, ob ich direkt in meinen Bungalow oder ins Restaurant gehen sollte, wehte der Geruch von frischem Essen zu mir herüber. Wie von selbst trugen mich meine Beine in das Restaurant.

Umständlich bestellte ich mir eine Kleinigkeit, und während ich auf das Essen wartete, beobachtete ich die Menschen um mich herum. Alle sahen glücklich aus. Jeder Einzelne. Ich meine, wie konnte man in diesem Paradies auch nicht glücklich sein?

Bevor ich mir weiter darum Gedanken machen musste, wieso ich nicht glücklich war, griff ich nach meinem Tagebuch. Ich hatte bereits fünf vollgeschrieben, mir in Bangkok wieder ein neues gekauft und auch hier bereits fleißig hineingeschrieben. Ich wusste immer noch nicht genau, ob es mir half oder meine Situation verschlimmerte. An manchen Tagen wusste ich nicht, was ich schreiben sollte. Dann malte ich Kreise, Dreiecke und Quadrate. Aber niemals Herzen.

08.05.2014

Egal, was ich tue, überall vermisse ich ihn. Jedes Mal. Jeden Tag. Jede Sekunde und jede Stunde. Nächste Woche ist es so weit. Nächste Woche ist der Unfall ein Jahr her. Ich habe keine Ahnung, was an diesem Tag passieren wird oder wie ich mich verhalten werde. Werde ich in Tränen ausbrechen? Ich glaube kaum, ich habe schließlich schon seit China nicht mehr geweint. Diese Leere dehnt sich auf alles aus.

Ich bin übrigens bei einem Arzt gewesen. Du weißt schon, wegen meiner Probleme, Luft zu kriegen. Er meinte, ich sei gesund.

Aber wie kann ich gesund sein, wenn ein Teil meines Herzens fehlt?

Ich bin schon lange nicht mehr gesund.

Morgen werde ich Thailand verlassen. Ich glaube, ich werde nach Korea gehen. Muss ja einen Grund haben, wieso dieses Land so gehyped wird. Aber hier kann ich nicht bleiben. Hier bin ich manchmal glücklich und … ich darf nicht glücklich sein.

Es ist nicht einmal ein Jahr her.

Also muss ich weiter.

Ob ich mich selbst geißele? Vermutlich. Ob ich es verdient habe? Sicherlich! Schließlich war Noah nur wegen mir unterwegs.

KAPITEL 22

Noah

VOR 2 JAHREN

Ausgelaugt rieb ich mir die Augen und öffnete mein Mailprogramm. Ich hatte nicht so lange im Büro bleiben wollen, aber ich war dabei, ein Projekt zu beenden, und hatte mich in der Arbeit verzettelt. Wenn ich so im Workflow war, vergaß ich schnell alles um mich herum. Während ich die ersten E-Mails abarbeitete, klingelte mein Handy. Emmi. Ich hatte mich schon gefragt, wann sie anrufen würde.

»Hey«, sagte ich müde, als ich das Gespräch annahm.

»Hey«, konnte ich ihre sorgenvolle Stimme hören. »Ist alles okay? Ich habe mir Sorgen gemacht.«

»Es ist alles okay, tut mir leid. Ich habe mich total in der Arbeit verzettelt.«

Sie schmunzelte und ich war erleichtert, dass sie mir keine Szene machte.

»Wieder ein Projekt für Aleksej?«, fragte sie amüsiert.

Ich lachte. Es war in den letzten Jahren immer wieder vorgekommen, dass ich aufgrund meiner Projekte für Aleksej später heimgekommen war oder Arbeit mit nach Hause gebracht hatte.

»Nein, dieses Mal nicht. Und wenn ich ehrlich bin, hat das so viel Spaß gemacht, dass ich einfach alles um mich herum vergessen habe.«

Auch wenn ich meine Aufträge für Aleksej spannend fand, erfüllten sie mich nicht mit derselben Leidenschaft wie andere Projekte.

»Brauchst du noch lange?«, fragte Emmi und ich konnte hören, wie sie ein Gähnen unterdrückte.

Ich schüttelte den Kopf. »Nein, aber ich muss noch meine Mails abarbeiten.«

»Das kannst du doch auch morgen machen«, meinte sie und ich konnte hören, dass sie ein wenig schmollte.

»Tut mir leid, Schatz.«

»Ich weiß«, sagte sie und dieses Mal unterdrückte sie das Gähnen nicht. »Du kannst sonst nicht schlafen, weil du das Gefühl hast, etwas nicht beendet zu haben.«

Ich war froh, dass sie mich so gut kannte und ich ihr nicht alles immer wieder erklären musste.

»Ich gehe aber schon einmal schlafen. Mein Tag war anstrengend. Mach nicht mehr so lange, okay? Ohne dich ist das Bett viel zu groß.«

»Ich beeil mich.«

»Aber nicht zu sehr«, ermahnte sie mich. »Fahr vorsichtig. Ich liebe dich.«

»Ich liebe dich auch.«

Es dauerte weitere zwanzig Minuten, bis ich bei der letzten Mail angekommen war. Es war schon 23:00 Uhr und am liebsten würde ich bei Emmi im Bett liegen, sie in meinem Armen halten und alles andere vergessen. Aber diese eine E-Mail würde ich auch noch hinter mich bringen. Es war eine Standardmail von der Stadt, die mich darüber informierte, dass die Grundrisse meiner neuesten Projekte kategorisiert wurden und sie für jedermann zugänglich waren. Normalerweise erhielt ich dieser Art E-Mails überhaupt nicht, sondern sie gingen direkt an meine Chefs. Ich hatte keine Ahnung, was mich dazu trieb, aber ich klickte auf eine der angehängten Dateien, die die Grundrisse der Projekte enthielten. Als ich sah, um welches es sich handelte, schlich sich ein Lächeln auf mein Gesicht. Es war eines von Aleksejs Projekten, von denen ich dieses Jahr drei fertiggestellt hatte.

Es waren wieder drei Neubauten, nachdem wir letztes Jahr vier alte Häuser renoviert hatten. Dieses Haus war eines meiner Meisterwerke und ich war sehr zufrieden mit mir. Zufrieden starrte ich die Datei an und wollte weiterklicken, bis ich feststellte, dass es sich um ein einseitiges Dokument handelte. Verwirrt runzelte ich die Stirn. Ich hatte für dieses Gebäude einen Keller mit mehreren Räumen und allem möglichen Schnickschnack designt. Ich hatte mich gewundert, wieso Aleksej so viel Wert auf den Keller legte, aber er meinte nur verhalten, dass seine Kunden gewisse Vorlieben hätten, für die sie Spielzimmer bräuchten. Dabei hatte er mich anzüglich angesehen und ich hatte nicht weiter nachgefragt. Jeder hatte so seine Vorlieben. Da ich die Grundrisse meiner Häuser kannte, musste es sich um einen Fehler handeln. Ich öffnete weitere Dateien. Vielleicht wurden die anderen Etagen ja in anderen Dokumenten hinterlegt. Aber als ich die anderen Anhänge öffnete, sah ich, dass dem nicht so war. Das nächste von Aleksejs Projekten war ein dreiseitiges Dokument, bei dem der Keller hinterlegt war, beim dritten fehlte der Keller wieder. Verwirrt starrte ich die Dokumente an. Was war da los?

Ich markierte die E-Mail und leitete sie meinem Chef weiter. So etwas konnte uns große Probleme bringen. Es war illegal, Räume oder gar ganze Etagen zu unterschlagen. Gut, dass ich auf diese E-Mails geklickt hatte.

Ich fuhr den Computer herunter, machte das Licht aus und schloss die Tür hinter mir. Der Weg nach Hause rauschte nur so an mir vorbei. Immer wieder gingen meine Gedanken zurück zu den falschen Grundrissen. Ich war mir sicher, dass ich meinem Chef die richtigen Dateien vorgelegt hatte. So ein gewaltiger Fehler würde mir nicht unterlaufen, aber wem war er dann passiert? Und was für Konsequenzen würde das Ganze für mich haben?

Als ich vor unserer Haustür stand, atmete ich tief durch und versuchte, die Sorgen von mir abzuschütteln. Leise schlich ich ins Badezimmer, schälte mich aus den Klamotten, duschte mich ab und ging ins Schlafzimmer. Mit meiner Hüfte lehnte ich mich gegen den Türrahmen und musterte Emmi. Der Mondschein fiel durch das Fenster und umhüllte ihre in die Decke eingewickelte Silhouette. Sie lag auf meiner Seite. Das tat sie immer, wenn ich abends nicht da war. Als wenn sie meine Nähe suchte, weil sie mich vermisste. Vorsichtig trat ich zum Bett und strich ihr über den Kopf. Um sie nicht zu wecken, ging ich auf ihre Seite und zog sie an mich. Ich vergrub meine Nase in ihren Haaren und atmete ihren Geruch tief ein. Sie roch nach Sonnenschein und Fernweh.

»Noah«, nuschelte sie.

Ich drückte ihr einen Kuss auf den Scheitel. »Sch, schlaf schön weiter, Schatz.«

Sie kuschelte sich weiter in meine Arme. »Schön, dass du da bist.«

Ich lächelte. Das Leben war schön.

Am nächsten Tag reagierte mein Chef direkt auf die E-Mail und erklärte mir, dass er sich um das Problem gekümmert hätte. Er lobte mich in höchsten Tönen und war mir unendlich dankbar, dass es mir aufgefallen war. Aber irgendetwas an seiner Art störte mich und machte mich unruhig. Ich wusste nicht, was es war, aber alle meine inneren Alarmglocken schrillten so laut, wie sie es schon lange nicht mehr getan hatten.

KAPITEL 23

Emily

Müde zog ich die Decke enger um mich. Ich hatte gelernt, dass man in Asien gerne einmal mit der Klimaanlage übertrieb, und war deswegen froh, dass sie hier im Bus Decken verteilten. Ich hätte nach Bangkok fliegen können, aber ich wollte einmal eine andere Art zu reisen wählen. Dass es dabei eiskalt werden würde, unangenehm roch, ich zweimal umsteigen musste und der Hintern nach fast fünfzehn Stunden wahnsinnig weh Tat, hatte ich nicht bedacht. Der einzige Lichtblick war, dass wir Bangkok gleich erreicht hätten. Zumindest sagte der Fahrer, wenn ich ihn richtig verstand, seit einigen Stunden, dass wir in einer halben Stunde da wären.

Mittlerweile war ich so müde, dass es mir egal war. Alles, was ich wollte, war, ein Bad zu nehmen und mich dann in ein Bett fallen zu lassen. In weiser Voraussicht, denn manchmal dachte ich doch mit, hatte ich mir ein 5-Sterne-Hotel mit allem Schnickschnack gebucht. In Bangkok waren die nicht so teuer. Und für eine Nacht konnte man sich ja auch einmal was gönnen. Morgen früh würde ich dann einen Flug nach Seoul nehmen. Der Flug war billig gewesen und dauerte gerade mal fünf Stunden. Vermutlich würde das Flugzeug auch in einem derartigen Zustand sein, aber man konnte ja nicht alles haben. Wenn ich in Südkorea war, würde ich drauflosreisen. Ich hatte kein Ziel vor Augen, also konnte ich einsteigen, wo ich wollte, und gehen, wohin ich wollte.

Als der Bus endlich zu einem Halt kam, sprang ich erleichtert auf. Ich drängte mich an den Leuten vorbei und stieg aus. Kurz musste ich mich festhalten, denn das Problem mit diesen Klimaanlagen war, dass die Hitze einen draußen schlagartig überraschte. Ich schnappte mir meinen Rucksack und ging ein paar Meter weiter, bis ich ein Taxi heranwinkte. Da ich keine Lust auf irgendwelche Diskussionen hatte, akzeptierte ich den Preis, den mir der Taxifahrer beim Einsteigen nannte. Auch wenn der unverschämt hoch war und der Mann gerade das Geschäft seines Lebens machte.

Nach einer halben Stunde war ich dann an meinem Hotel angekommen. Ich checkte ein und ließ mich wenig später erleichtert aufs Bett fallen.

»Endlich«, stöhnte ich und zuckte kurz zusammen.

Der Nachteil, wenn man allein reiste und sich von den Menschen zurückzog, war, dass man seine eigene Stimme selten hörte und sich erschrak, wenn man einmal etwas sagte. Manchmal glaubte ich, dass ich regelrecht verkümmerte.

Obwohl ich hundemüde war, ging ich in das riesige Badezimmer und ließ heißes Wasser in die Wanne laufen. Neugierig griff ich nach den kleinen Duschproben und schnupperte daran. Irgendwie rochen alle Shampoos in Hotels gleich und nichtssagend. Ich hatte mir mittlerweile angewöhnt, kein neues Duschgel oder Shampoo zu kaufen, sondern immer das mitzunehmen, was ich in den Hotelzimmern vorfand. Damit sparte ich Geld und Platz.

Langsam zog ich mich aus und betrachtete mich nachdenklich im Spiegel. Ich war dünner geworden. Meine Knochen stachen stärker hervor als je zuvor. Meine Haut war blass und trocken. Meine Augen wirkten viel zu groß. Gedankenverloren fuhr ich mir mit den Fingern übers Gesicht. Meine Haare waren wieder länger geworden. Sie waren ein bisschen mehr als schulterlang, um genau zu sein. Entschlossen griff ich nach der Schere, die auf dem Waschbecken lag.

Der Anblick erinnerte mich zu sehr an die Emmi, die ich mit Noah gewesen war.

Ich nahm ein Büschel Haare in die Hand und schnitt, bis sie wieder kinnlang waren. Für das Auge eines Friseurs sah ich sicher aus wie ein gerupftes Hühnchen, aber es war besser so. Fast wäre mir sogar ein stolzes Lächeln über die Lippen gekommen, aber nur fast.

Denn bevor das geschah, sah ich meine Augen. Die Augen des Menschen sollen der Spiegel zu seiner Seele sein, nur bei mir konnte ich nichts sehen. Weder Trauer noch Glück, noch Schmerz. Ich war einfach leer. Eine Hülle.

Fröstelnd setzte ich mich in die Badewanne und stieß einen erleichterten Seufzer aus, als ich merkte, wie meine Muskeln sich in der Hitze entspannten.

Mit rasendem Herzen richtete ich mich auf und presste die Hand auf die Brust. Ich brauchte fünf Minuten, um zu begreifen, dass ich wieder von Noah geträumt und mich mein eigener Schrei geweckt hatte. Fünf Minuten, um zu realisieren, dass mich wieder ein Alptraum heimgesucht hatte. Fünf Minuten, um zu begreifen, dass Noah tot war und ich nichts mehr tun konnte, um ihn zu retten. Das gesamte Bett war nassgeschwitzt und ich brauchte weitere fünf Minuten, um meinen Atem zu beruhigen.

Tief ein- und ausatmen. Tief ein und aus.

Als ich einen Blick auf den Wecker warf und feststellte, dass es erst 04:00 Uhr war, hätte ich alles darum gegeben, wenigstens noch ein paar Stunden Schlaf zu finden, aber aus Erfahrung wusste ich, dass das nicht möglich war.

Also griff ich nach meinem Tagebuch.

10.05.2014

Ich habe schon wieder von ihm geträumt. Der Traum verändert sich immer wieder, aber das Ergebnis ist jedes Mal das Gleiche. Jedes Mal muss ich dabei zusehen, wie er verbrennt und ich nichts tun kann. Wie ich seine Schreie höre, aber keiner da ist, um ihm zu helfen. Bis seine Schreie irgendwann aufhören.

Ob mich diese Träume immer begleiten werden? Mein Leben lang?

Werde ich eines Tages darüber hinweg sein? Eines Tages schlafen können, ohne ihn schreien zu hören? Eines Nachts durchschlafen, ohne selbst schreiend aufzuwachen? Werde ich eines Tages wieder lächeln können, ohne ein schlechtes Gewissen zu haben?

Ich habe keine Ahnung!

Ich wünschte mir so sehr, dass das alles niemals passiert wäre. SO SEHR.

ERINNERUNG

Emily

Als Noah endlich ans Telefon ging, kribbelte mein Körper vor Aufregung.

»Hey, Süße«, sagte Noah fröhlich. »Willst du kontrollieren, wann ich endlich nach Hause komme?«

Ich schmunzelte. »Ich vermisse dich. Und natürlich will ich wissen, wann du nach Hause kommst. Das Essen ist fertig und es wäre doch schade, wenn es kalt werden würde … Außerdem …«, ich atmete tief durch.

Wie sollte ich ihm nur von meinem Verdacht erzählen, ohne dass wir uns wieder Hoffnungen machten, die sich am Ende dann doch wieder nicht bewahrheiteten?

»Außerdem muss ich etwas mit dir besprechen«, nahm ich meinen gesamten Mut zusammen.

Ich zuckte zusammen, als ich Noahs tiefe Stimme direkt hinter mir hörte.

»Dann ist es ja gut, dass ich bereits da bin«, meinte er und strahlte über das gesamte Gesicht.

Verzückt schrie ich auf, als ich den riesigen Strauß Pfingstrosen in seiner Hand wahrnahm. Während ich auf ihn zurannte, ließ er seine Aktentasche fallen. Ich sprang ihm in die Arme und schlang die Beine um seine Hüfte. Glücklich vergrub ich mein Gesicht an seinem Hals. Endlich war er zu Hause. Man sollte meinen, dass wir uns wochenlang nicht gesehen hatten, dabei waren es nur ein paar Stunden gewesen. Aber ich hasste es, ohne Noah zu sein. Jede einzelne Minute war eine zu viel. Zärtlich küsste er mich.

»Da hat mich aber jemand vermisst.« Mit seinem Finger stupste er gegen meine Nase. »Komm, lass uns etwas essen. Es riecht schon hervorragend hier.«

Er drückte mir die Pfingstrosen in die Hand und ich atmete ihren Duft tief ein. »Ich wusste gar nicht, dass es schon welche gibt«, rief ich begeistert aus.

Noah schmunzelte. »Es sind die ersten Pfingstrosen dieses Jahr und die Verkäuferin musste mir alle mitgeben, die sie heute geliefert bekommen hatte.«

Gerührt blickte ich ihn an und strich ihm sanft über die Wange. »Womit habe ich dich nur verdient?«

Statt etwas zu erwidern, küsste er mich noch einmal.

Während wir beim Essen saßen, wurde ich immer nervöser. Wie sollte ich ihm sagen, dass ich drei Wochen überfällig war? Dass ich aber keinen Test gemacht hatte, weil ich Angst hatte, wieder enttäuscht zu werden?

»Emmi?«, fragte Noah besorgt. »Baby, was ist los?«

»Hm?«, meinte ich verwirrt und sah ihn fragend an.

»Ich habe dich jetzt schon drei Mal nach deinem Tag gefragt, aber du scheinst ja mit deinen Gedanken ganz weit weg zu sein.« Er kam zu mir und kniete sich vor mich. »Baby, was ist los?«

Ich legte das Besteck beiseite und druckste herum.

»Ich …«

»Ja?«, fragte er neugierig.

»Ich bin drei Wochen überfällig, Noah. Ich glaube … ich glaube, dass es diesmal geklappt hat. Aber ich weiß es nicht«, sprach ich hastig weiter, ohne ihm in die Augen zu sehen. »Ich weiß es nicht und ich habe auch keinen Test gekauft, aus Angst, dass unsere Hoffnungen wieder zerstört werden. Was, wenn es niemals klappt? Wir versuchen es doch jetzt schon so lange.«

Bevor ich weiterreden konnte, drückte Noah mir seine Hand auf den Mund und brachte mich dazu, ihm in die Augen zu sehen.

»Du bist wirklich schon so lange überfällig?«, fragte er und ich bemerkte, wie er sich vor Rührung kaum zusammenreißen konnte.

Zögerlich nickte ich, was Noah dazu veranlasste, glücklich zu jubeln, mich hochzuheben und im Kreis zu wirbeln.

»Wir werden also wirklich Eltern, Em?«

Verzweifelt hob ich meine Schultern. »Ich weiß es nicht, Noah. Ich habe noch keinen Test gemacht und ich will dir keine Hoffnungen machen.«

Noah winkte ab. »Emmi, ist dir eigentlich bewusst, dass du noch nie so lange überfällig warst? In letzter Zeit bist du total emotional und aus einem ganz unerklärlichen Grund erträgst du dein Lieblingsparfüm nicht mehr.«

Erstaunt sah ich ihn an. Wenn ich so darüber nachdachte, dann hatte er recht.

»Aber …«, versuchte ich, Argumente dagegen zu finden.

Zu groß war die Angst, dass unsere Hoffnungen wieder nur das eine waren: Hoffnungen. Es tat zu sehr weh, jedes Mal einen Dämpfer zu bekommen, wenn man so viel Hoffnung empfand.

»Em! Wir werden Eltern!«, jubelte Noah und küsste mein ganzes Gesicht ab, ehe er mir einen leidenschaftlichen Kuss gab.

Als Noah bemerkte, dass ich mich nicht so freuen konnte wie er, legte er seine beiden Hände auf meine Wangen.

»Was hältst du davon, wenn ich eben losfahre und einen Test kaufe, hm? Dann kannst du dich genauso freuen wie ich.«

Zwiegespalten starrte ich ihn an. »Ich weiß nicht, Noah. Was, wenn ich doch nicht schwanger bin? Dann bist du enttäuscht und …«

Wieder verschloss er meinen Mund mit seiner Hand. »Em, ich werde niemals von dir enttäuscht sein. Niemals. Und wenn es niemals klappen sollte. Ich werde immer der glücklichste Mann auf Erden sein, weil du meine Frau bist.«

Gerührt sah ich an und nickte. »Na gut, aber beeil dich.«

Er strahlte mich überglücklich an, während er nach seinen Schlüsseln griff.

»Das werde ich, Baby. Und du wirst schon sehen. Heute Abend werde ich die Mutter unseres Babys verwöhnen.«

Dann eilte er aus der Tür, während ich ihm lächelnd hinterher sah und merkte, dass Hoffnung in mir hochstieg.

KAPITEL 24

Emily

Verzweifelt presste ich mir die Handballen gegen die Augen. Meine Hoffnung war schneller zerstört worden als alles andere.

Noah kam nie wieder nach Hause.

Unser Baby erblickte nie das Licht der Welt.

An einem Tag hatte ich all das verloren, was meine Zukunft sein sollte. Ich hätte damit leben können, wenn Noah sich nur hätte scheiden lassen, aber auf einer Welt zu leben, von der ich wusste, dass Noah nicht auf ihr war? Das war unerträglich und grausam.

Ich wollte auf keiner Welt sein, auf der er nicht auch war.

Mühsam erhob ich mich und verließ das ranzige Hotelzimmer. Ich wollte heute nicht allein in meinem Zimmer sitzen und mich bemitleiden. Ich wollte vergessen, was heute für ein Tag war. Also schnappte ich mir den Schlüssel und lief zur Tür hinaus.

Seit fünf Tagen war ich jetzt in Korea. Ich war in Seoul gelandet und von da aus weitergetrampt. Einfach quer durchs Land. Ich hatte kein Ziel vor Augen. Unterwegs hatte ich interessante und dubiose Menschen kennengelernt, aber kein Ort hatte mich so an sich gefesselt, dass ich bleiben wollte. Mittlerweile war ich in Boeun. Ich wusste nicht genau, wo diese Stadt und Provinz lag, aber es gefiel mir. Es war nicht so voll wie Seoul, aber auch nicht so leer wie eine Kleinstadt.

Ich schlenderte durch die Straßen und ließ mich von der Menge treiben.

Auf einmal blieb ich wie erstarrt stehen. Das konnte nicht sein, oder? Ungläubig rieb ich mir über die Augen und starrte den Mann auf der anderen Straßenseite an. Er hatte mir den Rücken zugekehrt, aber ich würde ihn überall wiedererkennen.

Das war Noah.

Mein Herz klopfte mir bis zum Hals. Ich versuchte, mir einzureden, dass ich mir das nur einbildete, aber ich war mir sicher.

Als er lachend seinen Kopf in den Nacken legte, konnte ich nichts für die Aufregung, die mich durchströmte.

Noah!

Er lebte!

Ich hatte keine Ahnung, wie das überhaupt möglich war, aber er lebte. Aufgeregt lief ich über die Straße und schaute weder nach rechts noch links.

Er lebte.

Er war wieder bei mir.

Er hatte mich gesucht.

Und ich hatte ihn gefunden.

Aufgeregt klopfte ich Noah auf die Schulter.

Als er sich umdrehte, strahlte ich ihn begeistert an, ehe meine Begeisterung in bodenlose Verzweiflung umschlug. Denn das vor mir war nicht Noah.

Der Mann sah aus wie Noah, außer dass er blaue und keine grünen Augen hatte.

Überrascht sah er mich an und fragte mich freundlich auf Englisch: »Kann ich Ihnen helfen?«

Verzweifelt schüttelte ich den Kopf und antwortete gepresst: »Es tut mir leid, ich habe Sie verwechselt.«

»Kein Problem«, erwiderte er freundlich.

In diesem Moment nahm ich die Frau wahr, die neben ihm stand. Sie war etwas kleiner als ich, und als ich sie musterte, fiel mir der Babybauch ins Auge, den sie stolz vor sich hertrug. Sie griff nach der Hand des Doppelgänger-Noahs.

»Können wir Ihnen helfen, jemanden zu finden?«

»Nein, danke«, erwiderte ich mühevoll. »Haben Sie noch eine schöne Zeit.«

Verliebt blickten sich die beiden an, ehe sie meinten: »Ja, wir genießen unsere Flitterwochen hier sehr.«

Ich kam mir vor wie in einem schlechten Film. Noahs Doppelgänger war glücklich, verheiratet und erwartete gemeinsam mit seiner Frau ein Baby, während mein Noah tot war. Nichts war von ihm übrig als ein Haufen Asche.

Wie betäubt stolperte ich rückwärts und ignorierte die besorgten Blicke der beiden. Ich drehte mich um und rannte, so schnell ich konnte, in die entgegengesetzte Richtung. Ich hatte doch tatsächlich geglaubt, dass Noah am Leben war. Dass wir wieder zusammen sein und glücklich werden würden. Während mir die Tränen über das Gesicht liefen, wurde mir bewusst, was ich verloren hatte.

Noah.

Mein Leben.

Meine Liebe.

Mein Baby.

Mein Glück.

Ich würde nie wieder dieses Glück empfinden, das ich mit Noah empfunden hatte. Nie wieder. Es war vorbei.

Was hatte mein Leben noch für einen Sinn?

Vor einem Jahr waren nicht nur Noah und unser Baby gestorben, sondern auch ich. Ich hatte nur ein Jahr länger gebraucht, um das zu realisieren.

Und es war genau in diesem Moment, in dem mich eine Ruhe überkam, weil ich jetzt wusste, was ich tun musste.

Ich hatte nicht einmal eine Stunde gebraucht, um alles zusammenzusuchen und zurück aufs Hotelzimmer zu gehen. Ich hatte Briefe geschrieben, an meine Eltern, Brüder und Basti. Sie würden mich hassen, aber vielleicht würden sie mich ja eines Tages verstehen.

Und ganz vielleicht würden sie mir eines Tages verzeihen.

Jetzt saß ich hier auf dem Bett, in Noahs Lieblings-T-Shirt, und überlegte mir noch einmal, ob ich das tun wollte. Zwei Packungen Schlaftabletten und ein Taschenmesser lagen vor mir.

Ich dachte an meine Familie. An all das, was meine Eltern für mich in ihrem Leben getan hatten. Sie hatten mich geliebt und ich hatte mich immer geliebt gefühlt.

Ich dachte an meine Brüder und Basti und daran, was für einen Blödsinn wir gemeinsam veranstaltet hatten. All unsere bescheuerten Mutproben und Streiche. Ein kleines Lächeln spielte um meine Lippen. Das waren schöne und sorgenfreie Tage.

Und dann dachte ich an Noah. An meinen über alles geliebten Noah. Ich dachte an unsere ersten Dates, unseren ersten Kuss, unser erstes Mal. Ich dachte an all unsere Urlaube, all die Filme, die wir im Kino gesehen hatten, jeden noch so kleinen Streit, den wir hatten. Ich dachte an all seine lieben Worte, an seinen Heiratsantrag und unsere Hochzeit. Ich dachte an unseren Umzug, all unsere Versuche, ein Kind zu bekommen, und an jeden noch so kleinen Moment mit ihm. Und ich dachte an Feuer. An das Feuer, das ihn mir genommen hatte.

Das bestärkte meine Entscheidung. Ich griff nach den Schlaftabletten und drückte sie alle heraus. Ich wollte, dass nichts schiefging.

Während ich das tat, flüsterte ich immer wieder: »Es tut mir so leid, Mama, Papa, Benj, Max, Basti. Es tut mir so leid, Noah, aber ich kann nicht mehr. Verzeiht, dass ich aufgegeben habe.«

Nacheinander schluckte ich alle Pillen. Dann griff ich nach dem Messer, um mir die Pulsadern aufzuschneiden. Ich wollte es nicht überleben. Ich konnte nicht.

Um mich herum begann alles zu verblassen. Meine Gedanken waren weiter fest auf Noah gerichtet. Aber vor das Bild, wie er in Flammen aufging, schob sich das Bild meiner Mutter, wie sie weinte und schluchzte. Wie mein Vater zusammenbrach. Wie Basti schrie und wütend war. Wie meine Brüder fassungslos waren.

Was tat ich hier eigentlich? Was tat ich meiner Familie hier an?

Das Bild vor meinen Augen verblasste immer weiter und Panik ergriff mich, aber es war zu spät.

Meine Einsicht kam zu spät.

Ich hatte verloren.

Ich hatte mir ein Eigentor geschossen.

Meine Gedanken wurden langsamer, die Realität glitt mir durch die Finger.

Ich würde sterben.

KAPITEL 25

Basti

Tief atmete ich durch. Das tat ich schon seit einer halben Stunde. Versuchte, mir selbst Mut zuzusprechen und das Auto zu verlassen. Ich starrte auf das Lenkrad. Wie schwer konnte es schon sein? Wie schwer konnte es schon sein, einen bescheuerten Grabstein zu besuchen? Anscheinend sehr schwer.

Es war auf den Tag genau ein Jahr her, dass Noah gestorben war. In dem ganzen Jahr war ich nicht einmal ›bei ihm‹ gewesen, weil ich es nicht ertragen hatte, aber heute musste ich ihm diese Ehre erweisen. Ich ballte meine Hände zu Fäusten und gab mir einen Ruck.

Benimm dich nicht so lächerlich.

Ich schnallte mich ab, schnappte mir die Schnapsflasche vom Beifahrersitz, verließ das Auto und schlug die Tür etwas zu laut hinter mir zu. Ich wusste genau, welchen Weg ich zu gehen hatte, auch wenn ich seit seiner Beerdigung nicht mehr hier gewesen war. Wenige Minuten später stand ich vor dem Grab meines besten Freundes.

Noah Klein
Geliebter Ehemann, Freund und Sohn

Ich ließ mich auf dem Kiesweg nieder und starrte seinen Grabstein an. Als könnte er mir irgendwelche Fragen beantworten. Nach einer gefühlten Ewigkeit nahm ich die Schnapsflasche und trank einen großzügigen Schluck daraus.

»Auf dich, Alter!«

Und dann noch einen und noch einen. Ich dachte an Noah, stellte mir sein Lachen vor, das Funkeln seiner Augen, wenn er von etwas erzählte, von dem er begeistert gewesen war, was meistens irgendetwas mit Emmi zu tun hatte. Noah hatte immer voller Leben gesprüht, war immer voller Tatendrang und Liebe für seine Mitmenschen gewesen. Er war höflich, freundlich und zuvorkommend.

»Ein echter Gentleman«, knurrte ich und trank einen weiteren Schluck aus der Flasche. »Aber ein Lügner bist du auch gewesen, nicht wahr, Noah?«, meinte ich und musterte den Grabstein wütend.

Ich trank noch einen Schluck. »Was meinst du, wie erstaunt ich war, als ich herausfand, dass du gar keine Großeltern mehr hast?«

Hysterisch lachte ich und nahm noch zwei Schlucke. »Oder wie seltsam ich es fand, dass du seit deinem neunten Lebensjahr eigentlich nicht mehr existiert hast?«

Ich musste ein seltsames Bild für Außenstehende abgeben. Betrank mich mit einem teuren Schnaps vor einem Grabstein, während ich ebendiesen zusammenstauchte.

»Oder soll ich lieber Adrian Weber sagen?« Dann fing ich an, zu weinen. »Wieso hast mich angelogen? Hast mir nicht vertraut, oder was?«

Wütend deutete ich mit der Schnapsflasche auf den Grabstein und verschüttete ein paar Tropfen. »Ups, 'schuldige.«

Ich nahm einen weiteren Schluck.

»Meinst nicht, ich hätt das verstanden? Alter, ich bin Polizist. Du hättst mir vertrauen können. Aber Lügen ist einfacher gewesen, was? Was war denn noch alles gelogen? Has' Emmi vielleicht nie geliebt?«

Ich schüttelte den Kopf, nahm zwei weitere Schlucke.

»'Schuldige«, flüsterte ich. »Ich weiß, dass du sie geliebt hast.«

Tief seufzte ich und starrte in den Himmel. »Ich hab'se immer noch nicht gefunden. Sie meldet sich nicht.«

Ich schluckte gegen den Kloß im Hals und nahm noch einen Schluck. Das Brennen des Schnapses war mir lieber als das Brennen der Tränen in meinen Augen.

»Ich hab das Gefühl, dass irgendwas nicht stimmt. Dasses ihr nicht gut geht, dasse verletzt ist. Und ich kann sie nicht finden. Es tut mir leid, Noah«, sagte ich immer leiser werdend. »Du hättest gewollt, dass ich auf sie aufpasse.«

Ich nahm noch einen Schluck und starrte die Flasche an. Ich hatte sie in den letzten paar Minuten ordentlich geleert und der Alkohol stieg mir immer mehr zu Kopf.

»Du bis' trotzdem 'n Lügner und ich bin scheißwütend auf dich. Warum hasse mir nicht die Wahrheit gesagt? Wetten wir, dein Unfall war gar kein Unfall?«

Als ich diese Option in Betracht zog, wurde mir schlecht.

»Dein Unfall war ganz sicher keiner«, murmelte ich und nahm noch einen Schluck. »Isch kenn kein', der so vorsichtig Auto fährt wie du. Nisch mal meine Oma. Irgendwas is' da doch faul. Ich hätt dir helfen könn', Noah. Hättst nur was gesagt.«

Wütend boxte ich gegen den Grabstein und zog meine Faust winselnd zurück. »Scheiße, hätt isch dein Arm geboxt, hätts nicht so weh getan.«

Noch einen Schluck. Das half bestimmt gegen den Schmerz.

»Ich find raus, was passiert ist, Noah. Versprochen.«

Unbeholfen tätschelte ich den Grabstein. Dann legte ich mich neben ihn und starrte in den Himmel.

»Du hättst noch ein so viel läng'res Leben verdient. Ich find raus, was dir passiert ist, und ich sorg dafür, dass die bezahlen werden.«

Ich legte einen Arm um den Grabstein. Wahrscheinlich waren meine Klamotten voller Dreck, aber das kümmerte mich nicht. Ich wollte heute meinem besten Freund nahe sein.

»Du hast so viel verpasst, Alter. So viel.«

Und dann erzählte ich ihm von allem, was im vergangenem Jahr passiert war. Ich hatte keine Ahnung, wie viel Zeit vergangen war, aber irgendwann konnte ich hören, wie jemand vorsichtig meinen Namen rief. Leicht hob ich den Kopf und konnte die Umrisse einer Gestalt vor dem Grabstein sehen. Die Sonne blendete so, dass ich die Person nicht erkannte, aber ihre Stimme würde ich überall erkennen.

»Jules?«, fragte ich und richtete mich auf, aber nicht ohne zur Seite zu kippen.

Leise kicherte sie und half mir in eine stehende Position. Ich schlang meinen Arm um ihre Schulter und drückte ihr einen Kuss auf die Schläfe. Mit der Schnapsflasche zeigte ich auf sie.

»Das isse, Noah. Das is' Jules. Die Liebe meines Lebens. Ich werd se heiraten, weißt. Sie weißes noch nicht, aber ich werd sie fragen.«

Ich sah zu ihr hinunter und konnte ihre Augen belustigt funkeln sehn.

»Ups, ich glaub, jetzt weiße es doch.« Dann zuckte ich mit den Schultern. »Egal. Du hättse gemocht. Und Emmi auch. Wir wär'n alle tolle Freunde geworden, glaub mal.«

Wieder musste ich gegen diesen beschissenen Kloß in meinem Hals schlucken. »Ich vermisse dich, Alter.«

Jules schlang ihren Arm fester um mich und ein letztes Mal erlaubte ich mir, zu weinen.

»Ich werd rausfinden, was wirklich passiert is', Noah. Liebe dich, Alter«, waren die letzten Worte, die ich an seinen Grabstein richtete, bevor Jules mich zu ihrem Auto zog und wir nach Hause fuhren.

KAPITEL 26

Emily

Ein stetiges Piepen weckte mich. Verwirrt schlug ich die Augen auf und starrte an eine weiße Decke. Langsam blickte ich im Raum umher, konnte mich aber nicht daran erinnern, wo ich war. Ich versuchte, mich aufzusetzen, sah aber, dass meine Arme an einem Bett fixiert waren. Verwirrt runzelte ich die Stirn.

Was war passiert? Panik ergriff mich und das Piepen wurde schneller. In diesem Moment ging die Tür auf und Menschen in weißen Kitteln kamen hinein. Ärzte?

»Ah, Sie sind wieder unter uns«, sagte einer der beiden, der mich traurig musterte. »Wissen Sie, wo Sie sind?«, fragte er in hervorragendem Englisch.

»Krankenhaus«, krächzte ich. »Wasser?«, bat ich, denn mein Hals tat schrecklich weh.

Eine Schwester, die ich vorher nicht gesehen hatte, eilte mit einem Glas Wasser auf mich zu.

»Wissen Sie, wie Sie hierhergekommen sind?«, fragte er mich besorgt.

Ich überlegte angestrengt, aber es wollte mir nicht einfallen. Als ich ihm gerade antworten wollte, dass ich keine Ahnung hatte, durchzuckte es mich wie ein Blitz. Ich hatte das nicht getan, oder? Ich hatte nicht wirklich versucht, mich umzubringen, oder? Ein Blick auf meine Arme, die mit Verbänden umwickelt waren, bestätigte mir meinen Verdacht. Der Arzt schien meinen inneren Aufruhr zu bemerken, denn er neigte bestätigend den Kopf.

»Sie erinnern sich also wieder?«

Beschämt nickte ich. Wieso hatte ich das getan? Wieso wollte ich meiner Familie noch einen Verlust zumuten? Hatte das mit Noah uns allen nicht gereicht? War das nicht genug?

»Wie …«, fragte ich zögernd. »Wie konnte ich das überleben?«

Er setzte sich zu mir ans Bett und sah mich lange an.

»Sie hatten an alles gedacht und eigentlich wären Sie jetzt tot, wenn nicht das Zimmermädchen in Ihr Zimmer gekommen wäre. Sie hatten vergessen, ein ›Bitte nicht stören‹-Schild an die Tür zu hängen. Als das Zimmermädchen Sie da so liegen sah, rief sie sofort einen Krankenwagen und steckte Ihnen den Finger in den Hals, als Sie die Tablettenverpackungen sah.«

Während ich ihm zuhörte, brach ich in Tränen aus. Was für ein Mensch war ich geworden? Wer war ich?

»Aus Ihrer Reaktion heraus kann ich schließen, dass Sie nicht vorhaben, es noch einmal zu versuchen?«

Heulend schüttelte ich den Kopf. »Ich habe es bereut. Kurz bevor ich ohnmächtig wurde, habe ich es bereut. Ich wollte nicht sterben, aber ich wusste, dass es zu spät war.«

Er wollte etwas erwidern, als die Tür aufging und eine Koreanerin im mittleren Alter mein Zimmer betrat.

»Sie wach!«, rief sie glücklich in gebrochenem Englisch aus.

Verwirrt musterte ich sie, denn ich hatte keine Ahnung, wer das war.

»Das«, meinte der Arzt mit einem Blick auf meine Besucherin, »das dort ist die Frau, der Sie Ihr Leben verdanken.«

Wieder weinte ich und die Frau eilte auf mich zu, um mich in den Arm zu nehmen. »Ach Mädchen, ich bin so froh, dass Sie noch am Leben sind.«

»Danke«, schluchzte ich. »Danke, dass Sie mich gerettet haben.«

Sie drückte mich an sich, bis der Arzt sich wieder räusperte.

»Miss, haben Sie Verwandte, die wir verständigen können?«

Ich schüttelte den Kopf. Auch wenn ich froh war, dass ich lebte, wollte ich nicht, dass meine Familie hiervon erfuhr. Das war … Das konnte ich ihnen nicht antun. Der Arzt nickte, als hätte er sich so etwas gedacht.

»Sie müssen vermutlich noch zwei Tage stationär bleiben, danach werde ich Sie in eine psychiatrische Klinik überweisen.«

Erschrocken sah ich ihn an. »Das ist nicht nötig«, erwiderte ich schnell.

Sofort widersprach er: »Natürlich ist das nötig, Sie haben versucht, sich umzubringen.«

»Ich bin selbst Psychologin und ich garantiere Ihnen, dass ich nicht vorhabe, mir wieder etwas anzutun.«

Das hatte ich nicht. Oder? Ich hatte auch mal gedacht, nicht in der Lage zu sein, Suizid auch nur in Betracht zu ziehen, und jetzt war ich hier, weil mein Versuch fehlgeschlagen war. Konnte ich meinen Gedanken überhaupt trauen?

Die Frau beobachtete schweigend den Disput, den wir austrugen, bis sie sich auf Koreanisch an den Arzt wandte und ihm etwas vorschlug. Am Anfang wirkte er kritisch, aber meine Retterin schien ihn überzeugt zu haben.

»Na gut«, gab er irgendwann mürrisch zu. »Es gäbe noch eine weitere Möglichkeit …«

Müde rieb ich mir über die Augen. Nach einer Woche hatten sie mich endlich aus dem Krankenhaus gelassen und mich in ein Kloster gebracht. Ich konnte es selbst kaum glauben, aber ich war jetzt tatsächlich in einem Kloster. Um genau zu sein, in dem Kloster der Kartäuser. Aber das Beste kommt noch: Die Kartäuser sind Nonnen und Mönche, die nicht reden.

Sie reden einfach den ganzen Tag nicht! Die Tante meiner Retterin – Frau Lee – war Nonne und sie hatte dem Arzt vorgeschlagen, dass ich einige Zeit hier verbringen sollte, anstatt in eine psychiatrische Anstalt eingeliefert zu werden. Ich war Frau Lee dankbar, dass sie mich gefunden und somit gerettet hatte, dennoch wusste ich nicht, was ich hier tun sollte.

Den lieben langen Tag schweigen? Dann war ich ja noch mehr alleine mit meinen Gedanken.

Langsam nahm ich die Verbände von den Armen. Ich musste sie zweimal täglich wechseln und behandeln, damit sich nichts entzündete. Der Arzt hatte mich traurig angesehen, als er meinte, dass ich an beiden Armen dicke Narben behalten würde. Aber es war mir recht so.

Es sollte mir ein Warnzeichen sein.

Ein Warnzeichen dafür, dass ich nie wieder so tief abstürzen wollte. Nie. Wieder.

Nachdem ich die Wunden behandelt hatte, griff ich nach meinem Tagebuch. In den letzten Tagen hatte ich nicht mehr hineingeschrieben, sondern meine alten Einträge gelesen. Es hatte mir zu denken gegeben. Wären das die Einträge eines Patienten gewesen, hätte ich ihn sofort eingeliefert.

Ich griff nach einem Stift und biss mir nachdenklich auf die Unterlippe.

01.06.2014

Hallo Ich,

ja, ich lebe. Nach meinem letzten Eintrag vor über zwei Wochen ist das zwar nicht zu glauben, aber es ist wahr.

Ich habe überlebt. Und es war mehr Glück als alles andere. Aber ich bin dankbar. Dankbar, dass ich eine zweite Chance bekomme.

Das ändert jedoch nichts an der Leere, die ich spüre. An diesem Gefühl, dass ein essenzieller Teil meiner Selbst fehlt. Noah fehlt mir immer noch SO SEHR. Aber ich kann ihm nicht in den Tod folgen. Was würde das schon bringen? Wem würde das nutzen?

Könnte Noah mich so sehen, er wäre enttäuscht. Enttäuscht von dem Menschen, der ich geworden bin. Und ich bin auch enttäuscht von mir.

Ich will dieser Mensch, der ich bin, nicht mehr sein.

Ich bin jetzt bei Nonnen. Keine Ahnung, wie lange ich hier sein werde, oder besser gesagt: sein muss. Der Arzt hat dazu nichts gesagt. Jedoch ist mir das alle Male lieber, als in eine psychiatrische Klinik zu kommen. Das würde nichts bringen.

Es klopfte an meiner Tür. Neugierig hob ich den Kopf und blickte in das Gesicht einer Nonne. Sie hatte etwas an sich, was mich magisch zu ihr zog. Eine Art … Gelassenheit, die sie ausstrahlte. Sie lächelte mich sanft an und streckte die Hand nach mir aus.

»Einen Moment«, sagte ich auf Englisch.

Als die Worte über meine Lippen kamen, runzelte die Nonne die Stirn. Ach ja. Sprechen ist hier nicht.

Liebes Ich,

es tut mir leid, aber anscheinend werde ich hier für irgendetwas gebraucht. Bis bald.

KAPITEL 27

Emily

Man sagt, dass sich Trauer in fünf Phasen einteilen lässt. Die erste Phase ist die Phase des Verleugnens. Und wie ich deinen Tod verleugnet habe, Noah. So sehr. Ich wollte es nicht wahrhaben. Als die Polizisten in unserer Wohnung waren, habe ich immer nur den Kopf geschüttelt. Als ich an der Unfallstelle angekommen war, habe ich mit dem Kopf geschüttelt und immer wieder gemurmelt: »Das ist nicht wahr, das ist nicht wahr.« Als der Arzt mir gesagt hat, dass es ihm leidtut, habe ich verzweifelt mit dem Kopf geschüttelt. Ich glaube, ich habe tagelang nur den Kopf geschüttelt. Erkannt, dass es wahr ist, dass ich ohne dich sein muss, mein gesamtes Leben ohne dich verbringen muss, habe ich, als ich vor deinem Grab kniete. Als ich mich in die Erde kniete und die Kinder dafür verflucht habe, dass sie gelacht haben. An dem Tag konnte ich es nicht mehr leugnen.

Die zweite Phase ist die des Zorns. Ich war so wütend, Noah. So stinkwütend. Ich habe so viele Weingläser an die Wand geworfen, dass ich sie gar nicht mehr zählen kann. Ich habe wütend auf das Kissen eingeschlagen, habe manchmal dein Bild angeschrien und dich gefragt, was dieser Scheiß sollte. Warum du mich alleine gelassen hast. In dieser Phase war ich auf jeden neidisch. Auf Basti, auf Benj, auf Max. Auf jeden. Wieso durften sie ihr Leben leben und du nicht? Ich habe mich immer weiter vergraben. Vergraben, damit ich sie nicht sehen musste. Dass dieser Zorn ihnen gegenüber nicht stärker wurde. An dem Tag, an dem ich unser Hochzeitsvideo gesehen habe, kam Phase drei.

Das Verhandeln. In dieser Phase bin ich abgehauen. Ich dachte, dass, wenn ich woanders auf der Welt bin, ich dich vergessen kann. Dass ich den Schmerz vergessen kann. Ich hätte damals alles dafür gegeben, um diesen Schmerz zu vergessen. Aber diese Phase hat nicht lange angedauert. Ich habe schnell begriffen, dass alles Verhandeln nichts nützt. Rein gar nichts. Und dann kam Phase vier.

Depression. Und in dieser Phase habe ich lange gesteckt. Ich hatte das Gefühl, nicht wieder rauszukommen. Ich war leer. Antriebslos. Unglücklich. Einsam. Ich sah die schönsten Orte der Welt und konnte kein Glück empfinden. Diese Phase ging so weit, dass ich sterben wollte. Und fast hätte ich es geschafft. Heute bin ich dankbar, dass ich es nicht geschafft habe.

Ich glaube, dass ich mittlerweile in Phase fünf bin. Akzeptanz. Der Kampf ist vorbei. Es tut nicht mehr so weh. Manchmal bin ich immer noch wütend, neidisch auf die anderen oder traurig.

Aber ich glaube, ich habe es akzeptiert. Ich glaube, ich bin so weit, dass ich mein Leben ohne dich leben kann. Ich glaube nicht, dass ich je wieder so weit sein werde, einen Menschen zu lieben. Dafür hast du mir zu viel bedeutet. Aber ich glaube, dass ich so weit bin, zurück nach Hause zu kehren. Zurück zu den Menschen zu gehen, die mir geblieben sind und die ich liebe.

Das letzte Jahr war wie im Flug vergangen. Zu Beginn war es seltsam gewesen, unter Menschen zu sein, die nicht sprachen. Aber es hatte nicht lange gedauert, bis ich mich daran gewöhnt hatte. Und seltsamerweise hatte ihr Frieden mir Frieden gegeben. Die Ruhe meiner Nonnen brachte diesen tosenden Sturm in mir zum Schweigen.

Mein Tagesablauf bekam eine feste Routine. Jeden Morgen standen wir in aller Herrgottsfrühe auf, frühstückten gemeinsam, studierten die Bibel, arbeiteten im Garten, hielten das Kloster sauber und taten auch sonst alle Dinge im stillen Einvernehmen. Hin und wieder hatte mich meine Retterin besucht, aber sie hielt sich an die Regeln und sprach nicht mit mir. Oft saßen wir auf einer Bank im Garten und sie drückte einfach nur meine Hand.

Ich kann mich an unendlich viele Nächte erinnern, in denen ich schreiend, weinend und mit Schweiß bedeckt aufwachte. Jedes Mal hatte eine Nonne neben mir gesessen, mir einen kühlen Waschlappen gegen die Stirn gepresst und meine Hand in ihre genommen, bis ich wieder eingeschlafen war. Wenn mich die Trauer zu überwältigen drohte, zeigten sie mir die einfachen und schönen Dinge der Natur und eineinhalb Jahre nach Noahs Tod hatte ich das erste Mal wieder gelächelt. Ich notierte mir diesen Tag dick und fett in meinem Notizbuch, weil ich es tatsächlich geschafft hatte, über einen Schmetterling zu lächeln.

Von da an ging es bergauf. Die Albträume wurden weniger, aber jedes Mal, wenn ich einen hatte, konnte ich mich darauf verlassen, nicht allein zu sein. Wenn die Einsamkeit und Trauer mich zu überwältigen drohten, hatte ich das Gefühl, dass meine Nonnen das spüren konnten und mir halfen, damit umzugehen. Der Friede, den sie ausstrahlten, fing an, auf mich überzugehen. Ich hatte es sogar geschafft, Noahs Geburtstag zu ertragen. Langsam, aber sicher halfen sie mir dabei, dass meine Wunden heilten. Je näher Noahs zweiter Todestag rückte, umso bewusster wurde mir, dass ich diesen nicht alleine verbringen wollte. Ich wollte nach Hause und Frieden und Zuflucht im Kreis meiner Familie finden.

Der Ton des Anschnallzeichens schreckte mich aus den Gedanken. Ich hatte gar nicht mitbekommen, dass der Flieger bereits abgehoben hatte. Ich öffnete den Gurt und streckte meine Beine von mir.

Leise seufzte ich auf. Das tat gut. Zum Glück hatte ich mir ein teures Flugticket gegönnt und saß in der Businessklasse. Mein Flug ging Non-Stop nach New York. Auch wenn ich nach Hause hatte gehen wollen, musste ich das noch tun. Für mich. Und irgendwie auch für Noah.

Noah hat New York geliebt. Ich hatte keine Ahnung, woher diese Faszination kam, aber er liebte es. Und er wollte immer mit mir gemeinsam dorthin. Jetzt konnten wir es zwar nicht mehr zu zweit tun, aber ich hatte das Gefühl, dass ich es ihm schuldig war, zumindest alleine hinzufliegen.

Begeistert sah ich aus dem Fenster. Ich hatte zwar Flugangst, aber die Aussicht so hoch über den Wolken hatte mich schon immer fasziniert. So musste es sich anfühlen, frei zu sein.

Irgendwann riss ich mich von dem Anblick draußen los und musterte den Mann, der neben mir saß. Ich schätzte ihn auf Anfang vierzig. Seine Haare waren teilweise schon ergraut und er hatte tiefe Falten auf der Stirn, die davon zeugten, dass er in seinem Job viel nachdenken musste. Eine Aktentasche stand vor seinen Füßen und ich konnte sehen, dass er eine Mappe herauszog. Erstaunt zog ich meine Augenbrauen hoch.

Das war eine Fallmappe. Genau so eine, wie man sie immer in irgendwelchen Krimiserien sah. Ich versuchte, nicht allzu auffällig zu glotzen, und schielte deswegen aus den Augenwinkeln rüber. In der Akte waren Papierstücke, die ich nicht lesen konnte, aber auch Fotos. Bilder, bei denen es mir kalt über den Rücken lief. Wieder kam mir in den Kopf, wie grausam der Mensch war. Einfach so Menschen abzuschlachten. Unverständlich.

Der Mann griff nach einem Bild und betrachtete es länger. Er musterte es nachdenklich und tippte sich gedankenverloren gegen die Lippen. Auf dem Bild waren drei Menschen zu sehen. Zwei Männer und eine Frau. Die Frau stand in der Mitte und trug ein wunderschönes weißes Kostüm. Es schmeichelte ihrer Figur und ich vermutete, dass sie südamerikanische Wurzeln hatte. Die Männer neben ihr waren typische Gorillas. Beide schauten zur Seite und schienen ihre Umgebung zu mustern. Die Frau lächelte dem einen zu, während sie auf der Straße lief. Irgendetwas störte mich an dem Bild.

Mein Sitznachbar zog weitere Fotografien heraus und auf jeder war die Frau zu sehen. Immer mit dem Mann, der auf dem ersten Bild rechts neben ihr stand. Er wirkte grausam und kalt und es fröstelte mich schon, ihn nur anzusehen. Die Frau dagegen wirkte unschuldig. Zu unschuldig. Mein Sitznachbar betrachtete die Bilder eingehend und kreiste irgendwann den Kopf des Mannes ein. Er stöhnte frustriert.

Ich wusste, dass ich mich nicht in die Angelegenheiten anderer Menschen einmischen sollte, aber ich konnte nicht anders, also tippte ich ihm auf die Schulter. Fragend sah er mich an und klappte schnell die Fallakte zu.

»Bitte?«, fragte er mich ein wenig genervt.

»Es ist die Frau«, sagte ich und sah ihm in die Augen.

Seine Augen waren dunkel, so dunkel, dass man keine richtige Farbe erkennen konnte und sie schon schwarz zu sein schienen. Er schien Koreaner zu sein, hatte hohe Wangenknochen und könnte mal wieder einen Haarschnitt vertragen.

»Bitte was?«, zischte er und sah mich aus Argusaugen an.

»Es ist die Frau«, meinte ich wieder und zeigte auf die Fallakte.

Er hielt die Mappe so fest, dass ich das Weiß seiner Knöchel erkennen konnte, und sah mich skeptisch an.

»Was für eine Frau? Wovon reden Sie?«

Ich verdrehte die Augen und kniff mir mit Zeigefinger und Daumen in die Nasenwurzel.

»Sie suchen den Kopf dieser Organisation, wenn ich das aus den Bildern richtig deute. Sie vermuten, es ist der rechte Gorilla, den ich jetzt der Einfachheit halber Dimitri nenne. Dimitri sieht böse und gefährlich aus und sicherlich haben sie recht, dass er viele dieser … grauenhaften Morde auch begangen hat. Aber in ihrem Auftrag.«

Er musterte mich weiterhin skeptisch und schien meine Worte abzuwägen. »Wie kommen Sie denn auf so einen Blödsinn?«

Ich zeigte auf die Fallmappe. »Darf ich?«

Er zuckte mit den Schultern und murmelte etwas davon, dass es ja sowieso schon zu spät sei.

Als ich die Mappe öffnete, versuchte ich, die Bilder der Morde auszublenden, und griff stattdessen nach den Fotografien, auf denen sie zu sehen war. Ich betrachtete die Bilder noch einmal genauer und wurde in meiner Vermutung bestätigt.

»Sehen Sie?«, ich zeigte ihm das Foto, wo sie mit den beiden Gorillas drauf war. »Sie steht in der Mitte. Sie ist diejenige, die beschützt wird. Die Gorillas checken die Umgebung. Ich denke, es war ihr bewusst, dass ein Foto von ihr gemacht wurde, deswegen lächelte sie so gespielt kokett zu Dimitri. Aber sehen Sie hier, ihre Hand? Sie hält ihr Handy weiterhin in der Hand und scheint eine Nachricht zu tippen.«

Ich griff nach dem nächsten Bild.

»Hier dasselbe Spiel. Es scheint, als würde sie ihre Lippen nachziehen, aber wenn Sie in ihren kleinen Handtaschenspiegel sehen, dann können Sie bemerken, dass sie die Lippen nicht nachzieht, sondern Ihren Fotografen beobachtet. Man kann ihn sogar im Spiegel erkennen, zwar nur verschwommen, aber immerhin.«

Dann griff ich nach dem nächsten Bild.

»Hier das gleiche Spiel. Dimitri beobachtet die Umgebung, während er mit ihr die Straße herunterläuft. Wenn er der Boss wäre, wo sind seine Bodyguards?«

Nach und nach erklärte ich ihm jedes Bild und was man anhand der Haltung der Personen erkennen konnte. Ich spürte, wie seine Skepsis in Neugier umschlug und er mich nachdenklich von der Seite betrachtete.

»Woher wissen Sie das alles?«, fragte er mich.

Ich zuckte mit den Schultern. »Cold Reading. Ist nicht sonderlich schwer.«

Er runzelte die Stirn. »So etwas wie bei *The Mentalist* und *Lie to me*?«

Ich schmunzelte. In den letzten Jahren konnte man tatsächlich einen Trend in den Kriminalserien sehen, der in die Richtung des Cold Reading ging.

»Wenn Sie es damit vergleichen wollen, dann ja«, meinte ich und zuckte mit den Schultern.

Er schüttelte den Kopf. »Das glaube ich Ihnen nicht.«

»Müssen Sie ja auch nicht.«

Nachdenklich musterte er mich, während ihm eine Idee zu kommen schien.

»In Ordnung. Ich will aber wissen, ob Sie wirklich gut darin sind oder ob Sie eigentlich selbst zu der Organisation gehören.«

Ich starrte ihn einen Moment an und fing dann zu lachen an. »Ist das Ihr Ernst?«

Er nickte. »Mein totaler Ernst.«

Ich zuckte mit den Schultern. »Meinetwegen.«

Er drehte sich um und deutete auf einen älteren Mann, der schräg vor uns saß. »Was können Sie mir über ihn sagen?«

Ich musterte den älteren Mann und sah dann wieder zu meinem Sitznachbarn. »Sie glauben wirklich, dass das so eine Art Hellsehen ist, oder? So leicht funktioniert das nicht.«

»Dann werde ich Sie festnehmen müssen«, meinte er, während er Handschellen hervorzog, um sie mir ans Handgelenk zu legen.

»Ich sagte, dass es nicht so leicht funktioniert«, meinte ich wütend und riss meine Hände weg. »Und nicht, dass ich es nicht tue.« Ich deutete auf den Mann. »Reich, Mitte fünfzig, verheiratet. Er hat seiner Frau gesagt, dass er einen wichtigen Geschäftstermin hätte. Ich vermute, er ist an der Wallstreet tätig. Er hatte zwar einen Geschäftstermin, hat sich aber die meiste Zeit mit seiner Affäre vertrieben. Sie hat rote Haare und ich schätze, sie ist Ende zwanzig. Sie ist außerdem seine Sekretärin. Seine Frau ahnt davon nichts, denn zu Hause gibt er immer den guten Mann und Opa. Vater von … hm, drei Kindern. Mittlerweile vier Enkelkinder.«

Mein Sitznachbar sah mich skeptisch an, stand dann auf und unterhielt sich mit dem älteren Mann. Nach einer Weile kam er wieder und musterte mich neugierig.

»Es hat alles gestimmt, woher wussten Sie das?«

»Cold Reading«, meinte ich knapp.

Er hob auffordernd die Augenbraue und ich seufzte.

»Er ist vorhin vor mir in den Flieger gestiegen und stank widerlich nach einem Frauenparfüm. So etwas ist kein Parfüm für ältere Damen, sondern für junge Mädchen, die sich einen reichen Mann suchen wollen. Er trug keinen Ehering, man konnte aber einen weißen Streifen an seinem Ringfinger sehen. Außerdem lag ein rotes Haar auf seiner Schulter. Ich vermute, sie ist seine Assistentin, denn weiter hinten in der fünfzehnten Reihe sitzt eine rothaarige Frau, Ende zwanzig mit demselben billigen Parfüm.«

»Und woher wussten Sie, wie viele Kinder und Enkelkinder er hatte?«, fragte er neugierig.

Verschmitzt grinste ich. »Die Kinderanzahl war einfach nur geraten. Statistisch gesehen haben Männer seiner Altersklasse drei Kinder. Die Enkelkinder waren das Hintergrundbild auf seinem Laptop, da musste ich nicht viel raten.«

Wir wiederholten dieses Spiel mit drei weiteren Personen, bis er mir glaubte, dass ich nicht Teil einer Organisation von Kriminellen war.

Dann reichte er mir die Hand. »Jake Oh«, fing er an. »Ich arbeite beim FBI.«

Ich nahm seine Hand. »Emily Gruber. Und sowas habe ich mir schon gedacht. Wären Sie von der CIA, hätten Sie mich jetzt vermutlich festgenommen und Ihnen wäre der Fehler nicht unterlaufen, sich eine Akte in der Öffentlichkeit anzusehen. Aber ich kann Sie verstehen, ich glaube, dieser Fall bedeutet Ihnen viel, oder?«

Er nickte nachdenklich. »Dieser Fall geht mir wirklich nahe.«

Sein Blick fokussierte sich wieder und er schüttelte genervt den Kopf. »Wir haben sogar einen Kronzeugen, aber er weigert sich, auszusagen.«

Überrascht hob ich den Blick. »Wieso denn das?«

Er zuckte mit den Schultern. »Komplizierte Sache. Der Mann ist im Zeugenschutzprogramm, seine Familie jedoch nicht.«

Jetzt runzelte ich die Stirn. »Warum ist die Familie nicht im Zeugenschutzprogramm?«

»Wie gesagt«, meinte er ausweichend. »Komplizierte Sache.«

Ich zuckte mit den Schultern. »Geht mich ja auch nichts an.«

Dankbar lächelte er. »Und was gibt es über Sie zu wissen?«

»Nicht so viel«, winkte ich ab.

»Ach kommen Sie«, meinte er. »Ansonsten lasse ich Ihren Namen durchs System laufen. Verraten Sie mir ein wenig was.«

»Meinetwegen«, erwiderte ich lachend. »Ich bin Psychologin, spreche fünf Sprachen so gut wie fließend, bin die letzten zwei Jahre durch die Weltgeschichte gereist und jetzt auf meinem letzten Zwischenstopp, bevor ich wieder nach Hause zurückkehre.«

»Und was hat Sie nach Korea getrieben?«, fragte er.

Ich starrte aus dem Fenster, als ich gedankenverloren antwortete: »Ich habe keine Ahnung. Vermutlich war das Fügung.«

Zum Glück fragte er nicht weiter nach.

»Sie sind Psychologin?«, meinte er nach einer Weile des Schweigens.

Ich nickte und sah ihm wieder in die Augen.

»Was war das Thema Ihrer Masterarbeit?«

»Meine Masterarbeit habe ich über dissoziative Persönlichkeitsstörungen geschrieben, meinen Doktor über Verhaltenspsychologie.«

Überrascht musterte er mich. »Sie haben bereits einen Doktor? Dabei sind Sie doch noch so jung!«

Ich zuckte mit den Schultern.

»Welche Sprachen sprechen Sie?«

»Deutsch, Englisch, Russisch, Spanisch und Chinesisch. Chinesisch funktioniert noch nicht so fließend.«

Beeindruckt sah er mich an und ich konnte nicht umhin, selbst ein wenig stolz zu sein. Dennoch winkte ich ab.

»Ich kann halt gut mit Sprachen.«

Wir unterhielten uns noch eine Weile und sprachen auch noch über den Fall. Ich glaubte, dass er meinen Rat, was die Frau anging, ernst nahm. Zumindest hoffte ich es.

Als keiner mehr so genau wusste, was er sagen sollte, lächelte ich ihm entschuldigend zu und schloss meine Augen.

Erst, als das Flugzeug in New York aufsetzte, wachte ich wieder auf. Während alle sofort aufsprangen und loshetzten, um die Gangway zu betreten, blieb ich sitzen, bis jeder draußen war.

»Es war mir eine Freude, Sie kennenzulernen, Emily«, sagte Jake zu mir.

Freundlich lächelte ich ihm zu. »Die Freude war ganz meinerseits, Jake.«

Als Letzte griff ich nach meinem Koffer.

»Auf Wiedersehen«, verabschiedeten sich die Stewardessen von mir.

»Auf Wiedersehen und danke für den angenehmen Flug«, verabschiedete ich mich ebenfalls.

Unten angekommen atmete ich tief durch. Das war es jetzt, das war meine letzte Station, bevor ich nach Hause zurückkehren würde. Ich war fast zwei Jahre unterwegs. Wie meine Familie reagieren würde? Basti? Was in den letzten Jahren so passiert war?

Ich hatte mich, seit ich in Russland war, nicht mehr bei meiner Familie gemeldet. Ich dachte schon hin und wieder daran, verdrängte es aber immer wieder. Ich hatte mich auf mich konzentrieren müssen. Ob meine Familie mich dafür hasste? Mein schlechtes Gewissen meldete sich sofort zu Wort, aber das musste warten. Erst einmal wollte ich das Gepäck holen und im Hotel einchecken. Weil ich so lange gewartet hatte, ging zum Glück alles schnell. Auch bei der Einreise in die USA hatte ich keinerlei Probleme.

Als ich den Flughafen verlassen wollte, hörte ich meinen Namen.

»Emily!«

Erstaunt drehte ich mich um und sah, wie Jake auf mich zueilte. Etwas außer Atem kam er bei mir an.

»Emily«, wiederholte er und schnaufte kurz.

»Sind Sie etwa nicht mehr ganz so fit unterwegs?«, meinte ich amüsiert.

Er schüttelte den Kopf. »Anscheinend nicht.« Auch er grinste jetzt. »Ich weiß, dass das so nicht üblich ist, aber ich würde Sie gerne um einen Gefallen bitten.«

Neugierig legte ich den Kopf schief. »Um was geht es denn?«

»Ich habe Ihnen doch von unserem Zeugen erzählt?«

Ich nickte.

»Nun ja. Mein Partner hat mich gerade angerufen und mir mitgeteilt, dass unser Kronzeuge nicht aussagen wird. Wortwörtlich hat er wohl sowas gesagt wie ›Sucht euch wen anderes für diesen Scheiß‹«. Jake seufzte und auf einmal wirkte er zehn Jahre älter. »Er wird niemals für uns aussagen. Dabei brauchen wir ihn so dringend!«

Fragend sah ich ihn an. »Und was wollen Sie jetzt von mir?«

Er druckste kurz herum. »Ich … würden Sie einmal mit ihm reden?«

Erstaunt blickte ich ihn an. »Brauchen Sie für so etwas nicht erst einmal die Erlaubnis Ihres Vorgesetzten und einen Hintergrundcheck von mir?«

Jake winkte ab.

»Ich bin mein eigener Vorgesetzter und mein Partner hat Sie bereits checken lassen. Zumindest im Schnelldurchlauf. Sie sind so weit sauber.«

Wieder zögerte ich. »Haben Sie für so etwas nicht Ihre eigenen Leute?«

Er nickte und verdrehte die Augen. »Die haben wir alle schon durch, aber keiner hat es geschafft, zu ihm durchzudringen. Sie wären unsere letzte Chance.«

Ich wusste nicht genau, ob ich mich angegriffen oder geschmeichelt fühlen sollte. Nachdenklich sah ich Jake an. Sollte ich mich darauf einlassen?

Er schien meine Gedanken zu bemerken, denn er sagte jetzt ein wenig leiser: »Bitte. Ich muss diese Leute zu Fall bringen. Das letzte Opfer war ein Mädchen, das gerade einmal vierzehn war. Sie wurde vergewaltigt und ermordet.«

Erschrocken sah ich ihn an. Er schien genau zu wissen, dass ich nur diese Information gebraucht hatte.

»Na gut. Aber ich würde gerne erst in mein Hotel.«

Er nickte eifrig. »Wir können das Treffen auch morgen früh machen.«

»Alles klar, dann morgen früh«, bestätigte ich.

Ich nannte ihm den Namen meines Hotels und er versprach, dass er mir einen Wagen schicken würde.

KAPITEL 28

Emily

Im Hotelzimmer angekommen, ließ ich meine Koffer am Bett fallen und eilte zum Fenster. Es war später Abend und man konnte von hier oben den Ausblick auf die Stadt genießen.

»Wow«, hauchte ich. »Es ist einfach atemberaubend.«

Wehmütig dachte ich an Noah. Er hätte das gemocht. Noah hätte es geliebt, so hoch über der Stadt zu sein und nur die Lichter zu sehen. Wir hätten uns Geschichten über die Menschen ausgedacht und über Gott und die Welt geredet. Genau das hätten wir gemacht, wenn er bei mir gewesen wäre.

Kopfschüttelnd setzte ich mich aufs Bett und griff nach dem Handy, das ich mir vor dem Abflug gekauft hatte. Nachdenklich wog ich es in der Hand, doch das schlechte Gewissen siegte. Ich tat meine SIM-Karte hinein und schaltete das Handy an. Dann wählte ich die Nummer meiner Eltern. Ich kannte sie immer noch auswendig. Um sie nicht zu vergessen, hatte ich sie in den letzten zwei Jahren manchmal vor mich hingesagt.

Während ich die Zahlen wählte, schlug mir das Herz bis zum Hals. Ich hatte das Gefühl, dass es in meiner Brust zersprang. Sollte ich meine Eltern wirklich anrufen? Oder lieber damit warten, bis ich wieder zu Hause war? Ob sie überhaupt etwas von mir hören wollten? Bevor ich mich umentscheiden konnte, nahm jemand das Gespräch an.

»Gruber?«

Ich hatte gewusst, dass ich meine Familie vermisst hatte, aber wie sehr, wurde mir erst bewusst, als ich die Stimme meines Vaters hörte. Sofort schossen mir Tränen in die Augen und ein dicker Kloß setzte sich in meinem Hals fest.

»Hallo?«, hörte ich seine fragende Stimme. »Hallo, ist da jemand?«

»Papa?«, krächzte ich.

»Emily?«, hörte ich ihn aufgeregt, aufgebracht, freudig, wütend und glücklich. »Emily, bist du es wirklich?«

»Ja, Papa«, schluchzte ich. »Ich bin es wirklich!«

»Wie geht es dir? Wo bist du? Wieso hast du dich so lange nicht gemeldet? Kommst du wieder nach Hause? Wir vermissen dich so sehr!«

Er sprach so schnell, dass er über die einzelnen Worte stolperte. Wenn ich gedacht hatte, dass meine Eltern mich nicht mehr wollten, so war das nicht der Fall. Mein Vater war offensichtlich überglücklich, mich zu hören.

»Mir geht es gut, Papa. Wirklich gut. Ich bin gerade in New York und komme bald nach Hause.«

»Was heißt bald?«, fragte er aufgeregt.

Genau in diesem Moment beschloss ich, nur noch Jake diesen einen Gefallen zu tun und dann wieder nach Hause zu fliegen. Ich war lange genug weg gewesen. Ich war lange genug einem Gespenst hinterhergejagt.

»Bald heißt noch diese Woche«, sagte ich, während mir die Tränen unaufhörlich übers Gesicht liefen.

Ich wollte nach Hause.

»Noch diese Woche?«, jetzt konnte ich auch meinen Vater weinen hören. »Deine Mutter wird sich so sehr freuen. So sehr, Emmi. Wir haben dich alle vermisst!«

»Wirklich?«, fragte ich ungläubig. »Ihr seid nicht wütend auf mich?«

Kurz zögerte er. »Ich glaube, deine Brüder und Basti wollen dir gerne den Arsch versohlen, aber auch sie haben dich vermisst.«

Ich lachte, während ich weinte. »Das sieht ihnen ähnlich. Meinst du, Mama wird sich auch freuen?«

»Ja, Emmi. Sie wird sich riesig freuen. Und sie wird dich nie wieder gehen lassen, mach dich darauf erst einmal gefasst.«

Lächelnd sagte ich: »Das kann ich mir vorstellen. Kann ich sie auch sprechen?«

»Gerade nicht«, meinte er bedauernd. »Sie ist noch unterwegs. Aber wie wäre es, wenn wir eine Überraschung daraus machen? Ich werde ein Familientreffen einberufen und dich vom Flughafen abholen, in Ordnung? Du musst mir dann nur sagen, wann du ankommst.«

Während er sprach, klemmte ich mir das Handy zwischen Ohr und Schulter und griff nach meinem Laptop. Schnell suchte ich einen Direktflug nach München raus, der mich übermorgen nach Hause bringen würde.

»In zwei Tagen, Papa. Am zweiten April um 16:00 Uhr lande ich.«

»Du hast deinen Flug schon?«, rief er erstaunt.

»Gerade gebucht«, lachte ich glücklich.

»Du kannst dir nicht vorstellen, wie schön es ist, dich lachen zu hören, Emmi. Ich dachte, ich würde das Geräusch nie wieder hören.«

»Ich auch, Papa. Ich auch.«

An diesem Abend schlief ich das erste Mal wieder mit einem Lächeln ein. Noah fehlte mir und er würde immer einen Teil meines Herzens behalten, aber ich war bereit, nach Hause zurückzukehren. Zurück zu den Menschen, die mich immer geliebt hatten.

Am nächsten Morgen wurde ich früh wach. Und das erste Mal konnte ich auch morgens wieder lächeln. Zum ersten Mal tat es nicht so weh, morgens aufzuwachen. Endlich wusste ich wieder, wofür ich aufgewacht war. Das erste Mal verspürte ich wieder Hoffnung.

Ich duschte ausgiebig und putze mich heraus. Ich wollte mich endlich wieder wie eine Frau fühlen. Ich fuhr mir durch die mittlerweile schulterlangen Haare. Sie waren stumpf und hatten keinen Schnitt drin. Schulterzuckend sah ich mein Spiegelbild an, griff nach meinem Portemonnaie und verließ das Zimmer.

Nach dem Frühstück führte mich mein erster Gang zum Friseur. Ganz ähnlich, wie es vor zwei Jahren gewesen war. Ich ließ meine Haare wieder in Form bringen und die Friseurin schnitt mir einen langen Bob, der mein schmales Gesicht betonte. Sie schnitt mir auch einen Pony, damit meine blauen Augen hervorstachen. Und weil ich es mir sowieso gerade gut gehen ließ, ließ ich mich auch gleich schminken und herrichten.

Lächelnd betrachtete ich mein Spiegelbild. Ich war zwar immer noch dünn, aber nicht mehr zu dünn. Ich sah wieder aus wie ein Mensch. Ich bedankte mich bei der Friseurin und warf einen Blick auf die Uhr. Eine Stunde hatte ich noch, bis Jake mir einen Wagen schicken wollte. Genügend Zeit, um mir ein Etuikleid und neue Schuhe zu kaufen. Meine Reiseklamotten waren sicherlich nicht für das Gespräch heute geeignet.

Gerade rechtzeitig kam ich beim Hotel an, als ein schwarzer Wagen vorfuhr. Ein Fahrer stieg aus und musterte mich.

»Sind Sie Emily?«

Ich nickte. »Sind Sie der Fahrer, den Jake schicken wollte?«

Mit einem Lächeln im Gesicht deutete er eine Verbeugung an, dann öffnete er mir die Tür. »Wenn Sie bitte einsteigen würden.«

Lächelnd stieg ich hinten ein. Eine Fallmappe lag auf der Rückbank. Der Fahrer schien meine Neugier zu bemerken.

»Jake hat Ihnen schon einmal die Daten über den Fall zukommen lassen, damit Sie vorbereitet sind.«

»Das ist lieb von ihm, aber ich würde gerne neutral an die Sache rangehen und mir von dem Zeugen erzählen lassen, was seine Sicht der Dinge ist.«

»Wie Sie wünschen«, meinte der Fahrer.

Hätte ich in die Zukunft sehen können, ich hätte mich anders entschieden. Ich hätte in die Fallakte gesehen.

Nach einer halben Stunde waren wir an einem Café angekommen.

»Ein öffentlicher Platz?«, fragte ich skeptisch.

Der Fahrer zuckte nur mit den Schultern.

»Nun ja. Danke fürs Fahren.«

Ich stieg aus und musterte die Umgebung. Hektische Menschen, wohin ich nur sah. Bei dem Treiben vermisste ich die Nonnen und die Ruhe, die mich im letzten Jahr umgeben hatte. Ich strich mein Kleid glatt und betrat das Café. Ich brauchte mich gar nicht umsehen, denn Jake kam bereits auf mich zu. Neben ihm lief ein Mann, der mich etwa um einen Kopf überragte. Er hatte schwarze Haare, dunkelbraune Augen und einen verkniffenen Gesichtsausdruck.

»Emily«, rief Jake erfreut. »Danke noch einmal, dass du mir diesen Gefallen tust.« Dann deutete er auf den Mann neben sich. »Das ist mein Partner Jasper Moore.«

Jasper lächelte, was ihm aber nicht den verkniffenen Ausdruck nahm. »Danke, dass Sie uns helfen«, meinte er höflich.

Irgendetwas an seiner Stimme sorgte dafür, dass mir ein Schauder über den Rücken lief. Keiner der guten Art.

»Kein Problem«, erwiderte ich lächelnd.

Jake deutete in die hinterste Ecke. »Wir sitzen dahinten.«

Je näher wir dem Mann kamen, der gebeugt über seinem Kaffee saß, umso mehr stellten sich die Härchen meines Nackens auf. Das war das erste Warnzeichen, das ich ignorierte. Je intensiver ich ihn musterte, umso mehr zitterten meine Hände. Das war das zweite Warnzeichen, das ich ignorierte. In dem Moment, als wir am Tisch standen, stellte Jasper mich vor und der Mann hob seinen Kopf.

»Emily, das ist …«

Entsetzt, freudig, wütend, aufgebracht und verwirrt unterbrach ich ihn.

»Ist das ein schlechter Scherz? Das ist unmöglich«, flüsterte ich geschockt.

Die Augen des Mannes weiteten sich und er starrte mich an. Erkennen, Verzweiflung, Hoffnung, Freude und Liebe ließen sich auf seinem Gesicht ablesen.

»Ist das ein schlechter Scherz?«, brüllte ich Jake und Jasper jetzt wütend an.

Die beiden schienen gar nicht zu wissen, wie ihnen geschah. Ich schüttelte den Kopf und drehte mich um. Tränen liefen mir übers Gesicht. Das war nicht die Realität.

Das war alles ein schlechter Traum, ich lag sicher noch in meinem Bett im Hotel. Ich wollte weg von hier. Weit weg.

In dem Moment, als ich mich umdrehte und verschwinden wollte, spürte ich seine Hand auf meinem Arm. Ein elektrisierendes Pulsieren ging durch meinen Körper, das ich immer nur bei ihm gefühlt hatte. Er zog mich an seine Brust und sein Atem kitzelte meinen Nacken. Wie erstarrt stand ich da, doch mein Körper erinnerte sich daran, wie gut sich seine Berührungen angefühlt hatten.

Die Hitze seines Körpers und die Wärme seines Atems in meinem Nacken erinnerten mich daran, dass dies hier die Wirklichkeit war und kein Traum. Seine Stimme riss mich aus den Gedanken.

»Emmi.«

Schluchzend drehte ich mich um und musterte den Mann, den ich die letzten zwei Jahre für tot gehalten hatte. Seine Haare waren länger als beim letzten Mal. Sein Gesicht war mittlerweile von einem dichten Bart bedeckt. Seine grünen Augen erinnerten mich noch immer an einen Kiefernwald. Ich würde ihn überall erkennen.

»Du solltest tot sein, Noah.«

Dann verpasste ich ihm eine Ohrfeige, wandte mich ab und rannte weg.

KAPITEL 29

Noah

VOR 2 JAHREN

Jubelnd startete ich den Wagen. Ich jubelte aus voller Kehle. Emmi war schwanger. Auch wenn sie es nicht so recht glaubte, war ich mir hundert Prozent sicher. Ich kannte Emmi und hatte schon länger die Vermutung gehabt und nur darauf gewartet, dass sie mit mir sprach. Dass es aber so lange dauern würde, hatte ich nicht gedacht.

Als ich vor dem Einkaufszentrum angelangt war, warf ich einen Blick auf die Uhr.

18:15 Uhr. In zwanzig Minuten sollte ich wieder bei meiner Frau und unserem Baby sein. In fünfundzwanzig Minuten sollte auch Emmi es endlich glauben können.

Pfeifend schlenderte ich in den Drogeriemarkt und blieb vor den Schwangerschaftstests stehen. Leicht verwirrt musterte ich die einzelnen Sorten. Welche sollte ich denn nehmen? Ich schnappte mir zwei und verglich sie miteinander.

Der in meiner linken Hand versprach mit neunundneunzigprozentiger Wahrscheinlichkeit schon vor dem Ausbleiben der Periode anzeigen zu können, ob man schwanger war. Aber Emmi war ja schon überfällig. Der in meiner rechten versprach zu ermitteln, in welcher Woche man sich befand. Ich zog die Stirn kraus. Das war natürlich auch interessant. Schulterzuckend warf ich beide in den Einkaufskorb. Sollte Emmi sich doch den aussuchen, der sie am meisten ansprach. Wieder stahl sich ein Grinsen auf mein Gesicht. Ich würde Vater werden! Wie krass war das denn bitte? Ich konnte immer noch nicht glauben, wie schön mein Leben in den letzten Jahren gewesen war. Und jetzt sollte ich endlich alles bekommen, was ich mir je gewünscht hatte.

Während ich zur Kasse schlenderte, klingelte mein Handy. Erstaunt zog ich eine Augenbraue hoch, als ich sah, dass mein Büro mich noch einmal anrief.

»Klein?«, antwortete ich geschäftsmäßig.

»Noah?«, hörte ich die zitternde Stimme der Sekretärin.

Ich runzelte die Stirn. Normalerweise strotzte sie nur so vor Selbstbewusstsein und ließ keine Gelegenheit aus, um mich anzuflirten.

»Ja?«, fragte ich leicht genervt.

Ich hasste es, nach Feierabend gestört zu werden. Viele hatten damit kein Problem, begrüßten diese Extrastunden und Ablenkung sogar, aber ich hatte nie Gefallen daran gefunden. Ich wollte jede einzelne Minute, die ich hatte, mit Emmi auskosten, ohne dass mich die Arbeit ablenkte. Ich machte mir eine innere Notiz, dass ich ab heute Anrufe aus dem Büro, nachdem ich zu Hause war, gar nicht mehr annehmen würde. Wieso auch? Ich wollte meine ganze Aufmerksamkeit und Energie jetzt auf Emily und unser Baby richten. Wieder machte sich dieses nervöse Kribbeln in meinem Bauch bemerkbar und ein seliges Grinsen schlich sich auf mein Gesicht.

»Ich …«, sie schluckte hörbar.

Fast hatte ich vergessen, dass sie noch am Telefon war.

»Es gibt irgendwelche Probleme mit den Akten, die du heute abgegeben hast. Du sollst bitte heute noch ins Büro kommen.«

»Heute noch?«, rief ich erstaunt.

»Heute noch«, stammelte sie. »Beeil dich.«

Dann legte sie abrupt auf. Verwirrt starrte ich auf das Telefon und dann auf meine Uhr.

18:25 Uhr. Nun gut, dann würde es sechzig Minuten dauern, bis Emmi es endlich glauben konnte. Das war aber das letzte Mal, dass ich so spät noch ins Büro fuhr. Ein ungutes Gefühl beschlich mich. Ich hatte Aleksejs Mappen heute abgegeben. Waren sie nicht mit meiner Arbeit zufrieden? Hatte er sich beschwert?

»Fünfunddreißig Euro und vierunddreißig Cent macht das dann«, sagte die Kassiererin und sah mich amüsiert an.

Während ich bezahlte, fragte sie schmunzelnd: »Ihr erstes Kind?«

Wild nickte ich.

»Herzlichen Glückwunsch«, rief sie mir hinterher, als ich eilig den Laden verließ.

Während ich hinauslief, zückte ich mein Handy und wollte Emmi eine SMS schreiben und sie wissen lassen, dass es ein bisschen später werden würde.

Es war 18:28 Uhr.

»Noah Klein«, ertönte da eine Stimme hinter mir.

Verwirrt drehte ich mich um und starrte einem mir fremden Mann in die Augen. Ich schätzte ihn auf Ende vierzig, er ergraute zwar schon, man konnte ihn für sein Alter aber sicherlich als attraktiv bezeichnen. Er hatte schwarze Haare, hohe Wangenknochen, und wenn ich tippen müsste, würde ich schätzen, dass er Koreaner war. Was mich verwunderte, war, dass er einen Mantel trug. War ihm nicht warm? Es war zwar erst Mai, aber es war ein außerordentlich warmer Mai.

»Können wir uns unterhalten?«

Ein Akzent mischte sich in sein Deutsch, den ich nicht klar definieren konnte. Er musterte mich von oben bis unten und ich holte Luft, um abzulehnen, als er seinen Mantel öffnete und ich seine Waffe erkennen konnte. Leichte Panik ergriff mich. Hatte mich meine Vergangenheit doch eingeholt? War ich nicht vorsichtig genug gewesen?

»Tut mir leid, Mister«, versuchte ich mich herauszureden.

Ray hatte mir immer gesagt, dass ich so tun sollte, als würde ich von nichts wissen. Unwissenheit hatte schon viele geschützt.

»Ich habe leider noch etwas vor.«

Ich hoffte, mich umdrehen und verschwinden zu können, als ich seine energische Stimme hörte: »Lassen Sie mich raten, es gab nicht zufällig Probleme mit Ihren Akten und Sie müssen zurück ins Büro?«

Ich hielt mitten in meiner Drehung an und musterte den Mann argwöhnisch. Einige Leute sahen uns neugierig an, schienen sich aber nichts dabei zu denken und gingen an uns vorbei.

»Woher wissen Sie das?«, fragte ich langsam.

»Geben Sie mir bitte fünf Minuten, um alles zu erklären.«

Immer noch zögerte ich, konnte die wie wild schrillenden Alarmglocken in meinem Inneren nicht ignorieren. Ich wünschte mir, dass ich Ray anrufen könnte.

»Nur fünf Minuten, dann können Sie selbst entscheiden«, sagte er, trat näher zu mir und flüsterte »Adrian Weber.«

Alles in mir gefror. Woher kannte er diesen Namen? Er durfte nicht, niemand konnte … Wie benommen nickte ich und er deutete auf sein Auto, in das wir einstiegen.

Er drehte sich zu mir und musterte mich. »Sie sehen anders aus als damals, was ja auch nicht verwunderlich ist.«

»Woher kennen Sie diesen Namen?«, fragte ich leise, aber mit einem gefährlichen Unterton.

Er griff nach etwas in seiner Mantelinnentasche und warf es mir zu. Ich öffnete das kleine Portemonnaie und zog erstaunt die Augenbrauen hoch. Ich starrte auf die Marke, die ich musterte. ›Jake Oh‹ stand auf seiner Identifikation.

»FBI?«, fragte ich verwirrt.

Er nickte. »Bei Ihrem Fall damals war ich gerade neu beim FBI und wurde auf Sie angesetzt. Auch wenn damals die deutschen Behörden alles regelten, waren Sie immer auf unserem Radar.«

»Aber wieso sind Sie jetzt bei mir? Ich dachte, dass …«, mein Herz zog sich vor Kälte zusammen. Ich hatte ewig nicht daran gedacht, hatte mir die Gedanken verboten. »Seit damals alles vorbei ist. Ich bin länger als verlangt untergetaucht und erst nach meinem Studium zurückgekehrt. Ich war nicht einmal beim Grab meiner Eltern oder bei unserem alten Haus, damit man keine Rückschlüsse ziehen konnte.« Verzweifelt fuhr ich mir durch die Haare. »Ich war vorsichtig!«

Der Mann neben mir nickte. »Das warst du.«

Verzweifelt sah ich ihn an. »Aber wieso sind Sie dann hier?!«

Er seufzte, schloss kurz die Augen und meinte dann: »Es scheint, als würdest du das Böse anziehen wie eine Motte das Licht.«

Ich runzelte die Stirn.

»Aleksej Popow«, sagte er nüchtern. »Der Priester.«

Und dann erklärte er mir alles, was mir in den letzten Jahren seltsam vorgekommen war. Aleksej Popow war ein Verbrecher der Sonderklasse. Er nahm den Menschen ihre letzte Beichte ab, bevor er ihnen ihr Urteil verkündete, das er sich überlegt hatte. War es das gewesen, was Ray mir vor seinem Tod hatte mitteilen wollen? Hatte er etwas herausgefunden und mich erneut beschützen wollen? Bis heute verfluchte ich mich dafür, dass ich nicht darauf geachtet hatte, den Akku des Handys regelmäßig zu laden.

»Dir war doch immer klar, dass etwas nicht stimmte, oder?«, meinte Jake.

Vorsichtig nickte ich.

»Du hattest einen richtigen Riecher und nachdem dir aufgefallen war, dass die Grundrisse nicht mit dem übereinstimmten, was tatsächlich da war ... Nun.« Er zuckte mit den Schultern. »Da war es nur noch eine Frage der Zeit, bist du noch mehr herausfinden würdest.«

Er starrte aus dem Fenster.

»Ich vermute, dass Aleksej im Büro auf dich wartet. Vermutlich will er noch einmal zu einem seiner Häuser mit dir fahren und«, er zögerte, bevor er leise weitersprach, »und dir deine letzte Beichte abnehmen.«

Stumm schüttelte der Mann den Kopf und reichte mir eine Akte mit Bildern. Als ich sie durchblätterte, musste ich hart schlucken. Nach dem dritten Foto knallte ich sie zu und schloss die Augen.

»Das ist grausam«, flüsterte ich.

Er nickte. »Ja. Und genau das wird dir und deiner Familie passieren, wenn du zurück in das Büro fährst.«

Mit Schrecken dachte ich an Emmi und unser Baby in ihrem Bauch. Ich wollte nicht, dass ihnen etwas passierte.

»Was ist also der Plan?«, fragte ich zitternd.

Bedauernd sah er mich an. »Du kennst das Ganze ja schon. Du musst zurück in den Zeugenschutz.«

Alles in mir zog sich zusammen. Ich musste wieder ein Leben voller Lügen leben, untertauchen und hoffen, dass ich unentdeckt blieb.

»Und dann soll ich aussagen?«, meinte ich fragend.

Er nickte. »Noch reicht das, was wir in der Hand haben, nicht für einen Prozess. Wenn es aber so weit kommt – und ich bin mir sicher, das wird es –, dann wärst du einer unserer Kronzeugen.«

»In Ordnung«, sagte ich nickend. »Lassen Sie mich bitte nur noch meine Frau anrufen.«

Mitleidig sah er mich an und mir wurde ganz mulmig. »Es tut mir leid, aber deine Frau kann nicht ins Programm.«

»Wieso nicht?«, schrie ich ihn panisch an. Ich musste Emmi beschützen. Koste es, was es wolle.

»Weil die es dann wissen würden. Die würden ahnen, dass etwas nicht stimmt! Sie erwarten dich jede Minute im Büro! Es muss wie ein Unfall aussehen, man muss dich für tot halten.«

»Und was, wenn wir sie einfach nachholen? Wir warten ein paar Wochen und dann, dann kommt sie auch ins Programm?«

Bedauernd aber entschlossen sah er mich an. »Du hast ihm von ihr erzählt, oder?«

Eiskalt lief es mir den Rücken runter. Auch wenn wir nie viel über Privates geredet hatten, war Emmi dennoch ein paar Mal Bestandteil unserer Gespräche gewesen. Ich hatte ihm ein Foto von ihr gezeigt, Herrgott nochmal, er hatte vor Jahren sogar mit ihr telefoniert.

»Sie werden sie in den nächsten Wochen, gar Monaten beobachten. Wenn sie dann nicht trauert, wie man es von einer Ehefrau erwartet, oder gar ebenfalls von der Bildfläche verschwindet, dann …«, er brauchte seinen Satz nicht zu beenden, ich konnte es mir bildlich vorstellen, was sie tun würden.

Das änderte aber nichts daran, dass seine Worte wie ein Schlag in meine Magengrube waren. Konnte ich Emmi wirklich allein lassen? Wollte ich das? Viel mehr noch, sollte ich das?

Tieftraurig sah er mich an und ich konnte sehen, dass auch ihn das Ganze mitnahm. »Weißt du nicht mehr, was mit deinen Eltern passiert ist?«

Mein Magen zog sich zusammen und ich konnte bittere Galle schmecken. Meine Gedanken wanderten zurück zu dem Tag, als ich neun Jahre alt war und mein ganzes Leben sich von heute auf morgen verändert hatte. So lange hatte ich mir die Gedanken daran verboten, war nicht in die Vergangenheit zurückgegangen, hatte vergessen wollen.

ERINNERUNG

Noah

Irgendetwas weckte mich. Ich schreckte hoch und wusste im ersten Moment nicht, was es war. Als ich mich wieder schlafen legen wollte, hörte ich es wieder. Kalt lief es mir den Rücken herunter und ich war mir sicher, dass ich dieses Geräusch nie wieder vergessen würde.

Ich hörte, wie meine Mutter schrie. Es war kein Schreien, wie wenn sie zornig war, weil Papa und ich mal wieder vergessen hatten, zu tun, worum sie uns gebeten hatte. Es war kein glückliches Aufschreien, wie sie es erst letzte Woche getan hatte, nachdem Papa sie mit einem Urlaub überrascht hatte. Nein, dieses Schreien hatte ich noch nie aus ihrem Mund gehört. Wieder hörte ich sie schreien, diesmal konnte ich auch meinen Vater brüllen hören.

»Lass sie los, du Bastard.«

Ich hörte einen dumpfen Schlag, dann etwas Schweres, was zu Boden fiel.

Wieder schrie meine Mutter. »Lass mich los, lass mich einfach los.«

So leise, wie es mir möglich war, sprang ich aus dem Bett, öffnete vorsichtig die Zimmertür und schlich mich zur Treppe. Ich konnte das Licht im Wohnzimmer brennen sehen – und meinen Vater, der gefesselt auf dem Boden lag. Blut lief aus seinem Mund und er starrte auf die andere Seite des Raumes. Sein Blick voller Verzweiflung. Ich konnte die Beine meiner Mutter sehen, auch sie war gefesselt. Mehr war von ihr nicht zu sehen. Aber meine Eltern waren nicht allein, da war noch jemand. Ein Mann, den ich nicht kannte. Er stand seitwärts und schien meine Mutter zu mustern.

»Wie wäre es, wenn wir beide noch ein wenig Spaß miteinander haben?«, hörte ich ihn sagen und ich wusste in diesem Moment, dass ich seine Stimme nie wieder in meinem Leben vergessen würde.

Ich konnte meine Mama weinen und schreien hören. Ich sah, dass sie versuchte, nach ihm zu treten, aber alles, was er tat, war, dreckig zu lachen.

»Marie«, flüsterte mein Vater, während der Mann sich niederkniete und aus meinem Blickfeld verschwand.

»Marie«, flüsterte mein Vater ein wenig lauter. »Sieh mich an, Liebling.« Tränen liefen über sein Gesicht. »Sieh einfach mich an, Liebling.«

Ich kniff die Augen zusammen und drückte mir die Hände vor die Ohren, denn die Geräusche, die ich hörte, wollte ich nicht hören. Ich wusste nicht, was sie bedeuteten, aber ich wusste, dass sie keine Guten waren. Dass das Wimmern meiner Mutter ein Zeichen dafür war, dass sie aufgegeben hatte, dass die Tränen auf dem Gesicht meines Vaters ihre Verzweiflung widerspiegelten. Erst als ich meinen Vater laut brüllen hörte, nahm ich die Hände runter und riss die Augen auf.

»Lass sie in Ruhe! Lass sie!«

Der Mann lachte und kam wieder in mein Gesichtsfeld. Er hatte ein Messer in der Hand, ein langes, spitzes Messer, und lächelte meinen Vater an.

»Erst wenn es vorbei ist«, dann drehte er sich um und ich hörte, wie meine Mutter immer wieder aufschrie.

Ich fing an zu weinen, weil ich zu wissen glaubte, was er tat. Es fühlte sich an, als würde es ewig dauern, dabei waren es nur wenige Sekunden, bis er sich wieder zu meinem

Vater drehte. Das Messer und seine Kleidung waren blutrot. Ich riss die Augen auf und weinte.

Nein, nein, nein.

Ich merkte, dass der Kampfgeist meinen Vater verlassen hatte. Wie er ausdruckslos zu dem Mann sah. Dann richtete sich sein Blick an die Decke und es wirkte, als würde er ein Gebet zum Himmel schicken. Der Mann grinste wieder und stieg über meinen Vater. Dann stach er meinem Vater in den Bauch. Vor Schreck schrie ich auf und der Mann sah abrupt nach oben. Er brauchte nur einen Augenblick, bis er mich entdeckt hatte und mich mit Mordlust in den Augen ansah.

Vor Angst machte ich mir in die Hose. Das machte man in meinem Alter eigentlich nicht mehr, aber ich konnte es nicht aufhalten. Es schien, als würde mein Vater noch einmal Kraft gewinnen, als er meine Stimme hörte. Mit voller Wucht zog er seine gefesselten Beine nach oben und versuchte, dem Mann zu schaden.

»Versteck dich, Noah!«, brüllte er.

Ich sprang auf, drehte mich um, machte mich auf die Suche nach einem Versteck und betete, dass er mich nicht fand.

KAPITEL 30

Noah

Ich erinnerte mich, wie er mich gefunden hatte. Der Mann, der mir mit seinem Messer meine gesamte Seite aufriss. Ich war noch ein Kind und bis heute trug ich die Narbe mit mir. Jedem anderen erzählte ich, dass sich während des Autounfalls, der angeblich meinen Eltern das Leben gekostet hatte, eine Metallstange in meinen Körper gebohrt hätte. Hätte Ray mich nicht rechtzeitig gefunden, wäre ich gestorben.

Ich schüttelte den Kopf und löste mich von der Erinnerung. Es schnürte immer noch meine Kehle zu, an sie zu denken. An diesem Abend hatte ich meine Eltern verloren. An einen rachsüchtigen Russen, der Spaß daran hatte, Frauen zu vergewaltigen, während ihre Ehemänner zusahen, nur um sie danach ausbluten zu lassen. Ich hatte lange nicht verstanden, was an diesem Abend geschehen war und wieso.

Erst später hatte sich herausgestellt, dass mein Vater verdeckt ermittelt hatte und aufflog. Ich hatte immer gedacht, mein Vater hätte einen langweiligen Job im Büro, dabei war er bei der Polizei. Beim BND, um genau zu sein. Auch meine Mutter hatte keinen blassen Schimmer davon gehabt, was mein Vater wirklich tat, aber so war das wohl oft bei solchen Sachen.

Das einzige Glück, das ich hatte, war, dass mein Vater seine Kollegen hatte verständigen können. Für meine Eltern waren sie zu spät, aber mich hatten sie gerettet.

Ich wurde in den Zeugenschutz verfrachtet und baute mir als Adrian Weber eine andere Identität und ein neues Leben auf. Ein Jahr später war ich Kronzeuge beim Prozess des Russen. Es wurde nie öffentlich gemacht, wieso er letzten Endes verurteilt wurde, um mich zu schützen. Offiziell waren meine Eltern bei einem Autounfall ums Leben gekommen.

Ich hatte mir jahrelang Vorwürfe gemacht, dass ich keine Hilfe geholt hatte, dass ich nur feige zugesehen hatte. Ich war zwar erst neun, das machte es aber nicht besser. Die Bilder verließen nie meinen Kopf. Jahrelange Therapien haben mir geholfen, die Panikattacken und Albträume in den Griff zu bekommen. Sie hatten mir auch geholfen, zu begreifen, dass ich nicht schuld an dem war, was passiert war, dass ich nichts hätte tun können, um ihn aufzuhalten.

Als ich achtzehn wurde, war ich offiziell nicht mehr im Zeugenschutz und dennoch hatte sich Ray immer noch um mich gekümmert. In den letzten Jahren war es ruhig um den Russen geworden. Fünf Jahre zuvor war er an Krebs im Gefängnis verreckt, was mir ein wenig inneren Frieden zurückgegeben hatte.

Nachdem ich das Programm verlassen hatte, versuchte ich dennoch unter dem Radar zu bleiben – ich nutzte keine sozialen Medien, drängte mich nie in den Vordergrund und versuchte, in der Masse unterzugehen.

Ich hatte weitere sieben Jahre und auf das Ende meines Studiums gewartet, bevor ich in meine Heimat zurückgekehrt war. Und all das sollte ich auf einmal wieder aufgeben müssen? Was dieser Jake damals von mir verlangte, war viel. Aber dann deutete er auf die Tüte mit den Schwangerschaftstests, die ich wie verrückt an mich gepresst hielt.

Ich erinnerte mich an seine klaren Worte. »Ihr Kind soll doch eine Zukunft haben, oder nicht? Sie müssen sich jetzt entscheiden.«

Dann war es 18:48 Uhr, als ich eine Entscheidung traf.

Es war 18:52 Uhr, als ich die Sekretärin anrief und ihr sagte, dass ich auf dem Weg sei.

Es war 19:05 Uhr, als ich sah, wie mein Wagen in Flammen aufging.

Es war 19:11 Uhr, als die ersten Blaulichter am Himmel zu sehen waren und ich in einen Wagen gezogen wurde, um das Land zu verlassen.

Es war 19:20 Uhr, als mein Herz endgültig brach, weil ich verstand, dass ich Emmi nie wiedersehen würde.

Es war 19:21 Uhr, als ich begriff, dass ich unser Kind niemals kennenlernen würde.

Es war 19:25 Uhr, als ich zusammenbrach und man mir ein Beruhigungsmittel geben musste.

Und es waren fast zwei Jahre, seit ich mich fragte, ob ich die richtige Entscheidung getroffen hatte.

Nun starrte ich wie benommen Emmi hinterher. Das war unmöglich, absolut unmöglich. Aber der brennende Schmerz in meiner Wange und ihr Duft in meiner Nase belehrten mich eines Besseren. Emmi war hier. Hier in New York.

Obwohl sie es gar nicht wissen durfte. Obwohl sie nicht hier sein durfte.

»Ähhh«, hörte ich Jake verlegen hinter mir. »Was war das denn?«

In diesem Moment machte es Klick bei mir. Wütend drehte ich mich um und packte ihn am Kragen. Jasper versuchte, mich abzuhalten, aber ich schüttelte seinen Arm ohne Probleme von meiner Schulter ab.

»Ist das euer Ernst?«, brüllte ich ihn an.

Ich sah, wie Jake der Schweiß ausbrach und er knallrot im Gesicht wurde.

»Woher wusste sie, wie du heißt?«, stammelte er verwirrt.

»Woher sie das wusste? Sie ist meine Frau, die denkt, dass ich seit zwei Jahren tot bin!«

»Pssst«, zischte Jake und machte eine abschwächende Bewegung. »Es hören hier alle zu.«

Wütend schnaubte ich und schubste ihn in die Ecke.

Verwirrt starrte er mich an. »Deine Frau?«

Jasper und er tauschten einen ungläubigen Blick.

»Ja«, brummte ich wütend. »Meine Frau.«

Ungläubig kratzte Jasper sich am Kopf. »Sie sieht gar nicht aus wie deine Frau.«

Auch das war mir aufgefallen. Emmi war so dünn geworden. Sie war schon immer schön gewesen, aber damals hatte sie noch weibliche Kurven gehabt. Außerdem waren ihre Haare kürzer. Jeder, der sie nicht so gut kannte, wie ich das tat, würde sicher nicht auf den Gedanken kommen, dass das meine Frau war. Und dennoch.

»Es ist doch scheißegal, ob sie aussieht wie meine Frau. Ihr hättet sie checken müssen! Macht ihr beim FBI so einen Mist nicht? Und wieso hast du ausgerechnet sie hierhergebracht?«

Nicht zum ersten Mal hatte ich den Eindruck, dass Jake und Jasper nicht die hellsten Kerzen auf der Torte waren. In einer Fernsehserie würden sie das C-Team bilden. Oder das Z-Team. Die, die man als Allerletztes rief.

»Ich habe sie getroffen, als ich aus Seoul zurückgeflogen bin. Sie saß im Flieger neben mir und hat mir ein paar Tipps bezüglich des Falles gegeben – da dachte ich mir, dass es vielleicht gut wäre, wenn sie mit dir redet.«

Wie hoch war die Wahrscheinlichkeit, dass genau das eingetreten war?

»Und du bist nicht auf die Idee gekommen, sie zu checken?«

»Doch, das hat Jasper ja«, sagte er aufgeregt.

Jetzt sahen wir beide zu Jasper, der bislang kaum etwas gesagt hatte.

»Ich habe eine Emily Gruber gecheckt. Woher sollte ich wissen, dass Emily Gruber Emily Klein ist?«, meinte er und verschränkte genervt die Arme vor der Brust. »Ihre akademische Laufbahn war einwandfrei, persönliche Daten keine erfasst und natürlich habe ich gecheckt, ob sie irgendwelche Verbindungen …«

Ich unterbrach ihn wirsch. »Du hättest genauer arbeiten müssen. Sie hat bei der Arbeit ihren Mädchennamen behalten.«

»Wieso denn das?«, fragte Jasper und sah mich verständnislos an.

Wütend krallte ich mich an der Tischplatte fest.

»Wieso denn das? Wieso denn das?«, wiederholte ich seine bescheuerte Frage. »Weil sie sich mit ihrem Mädchennamen schon einen Namen gemacht hat. Darum. Ihr hättet das wissen müssen!«, sagte ich wütend und schlug mit der Faust auf den Tisch, dass die Gläser wackelten.

Jasper hatte wenigstens den Anstand, rot zu werden, Jake hingegen runzelte die Stirn. Als müsste er ein besonders schweres Rätsel lösen.

Seufzend ließ ich mich wieder auf die Bank fallen und vergrub mein Gesicht in den Händen. Ich musste zu ihr. Und ich musste ihr alles erklären.

»Sag mir, in welchem Hotel sie untergekommen ist.«

Jake schien, als wollte er mir widersprechen, aber bevor er etwas sagen konnte, schüttelte ich den Kopf.

»Das schuldet ihr mir, Jake.«

Ich warf einen kurzen Blick zu Jasper, der mit grimmiger Miene vor sich hinstarrte, aber nickte.

»Nach allem schuldet ihr mir das. Und ihr werdet dafür sorgen, dass sie auch ins Programm kommt. Ich werde sie jetzt sicherlich nicht mehr gehen lassen.«

Mein Blick wanderte wieder zu Jake und ich musterte ihn ernst.

»Vor zwei Jahren habe ich deine bescheuerten Lügen noch geglaubt, aber das tue ich jetzt nicht mehr.«

Ergeben seufzte Jake und nannte mir die Adresse ihres Hotels. Ich zog mir meine Jacke über und winkte mir ein Taxi heran.

Bald bin ich bei dir, Baby.

Als ich nach einer halbstündigen Fahrt vor ihrer Zimmertür stand, hatte ich Angst, zu klopfen. Was, wenn sie mich nicht sehen wollte? Was, wenn sie jemand anderen kennengelernt hatte? Was, wenn sie mir nicht verzeihen konnte? Dann hatte ich wohl das bekommen, was ich verdient hatte. Tief atmete ich durch und klopfte gegen die Tür. Ich hörte es hinter der Tür rascheln, aber ich wusste, wie stur Emmi sein konnte.

Wieder klopfte ich.

»Em, bitte«, flehte ich. »Bitte Baby, lass es mich erklären.«

Wieder raschelte es.

»Bitte Baby.«

Ich hatte keine Ahnung, warum sie die Tür öffnete, aber langsam ging sie auf. Und da stand sie. Meine bildschöne Frau. Sie war verweint, was ihr keiner übelnehmen konnte, aber sie war immer noch so schön wie früher.

»Lässt du mich rein?«, fragte ich vorsichtig.

Sie musterte mich einen Augenblick, schüttelte dann ungläubig den Kopf, bevor sie mich in ihr Zimmer ließ. Ich verschwendete keine Sekunde mit dem Anblick des Zimmers, sondern ging auf Emmi zu, um sie in die Arme zu nehmen. Doch bevor ich bei ihr ankam, ging sie einen Schritt zurück.

»Nicht«, flüsterte sie leise, während ihre Augen in Tränen schwammen.

Es tat mir im Herzen weh, zu sehen, wie sie auf mich reagierte, aber das hatte ich wohl verdient – nach allem, was ich ihr angetan hatte. Ich deutete auf das Sofa.

»Sollen wir?«

»Und dann?«, fragte sie bitter.

»Dann erkläre ich dir alles.«

Sie schien einen Augenblick nachzudenken, doch dann setzte sie sich aufs Sofa und sah mich erwartungsvoll an. Ich wollte mich neben sie setzen, doch sie schüttelte den Kopf und deutete auf den Sessel, der neben dem Sofa stand. Wieder tat es weh.

Ich hatte keine Ahnung warum, aber ich riskierte einen Blick auf die Uhr.

Es war 16:33 Uhr.

Wir schwiegen eine Weile, bis sie das Schweigen brach. »Warum?«, fragte sie verbittert. »Warum?«

Tief holte ich Luft. Es war Zeit, ihr die Wahrheit zu erzählen. Die gesamte hässliche Wahrheit, die ich ihr so lange verheimlicht hatte.

Leise begann ich: »Dafür muss ich ein wenig ausholen.« Und dann erzählte ich ihr alles.

»Als ich neun Jahre alt war, sind meine Eltern gestorben«, flüsterte ich und schluckte gegen den Kloß in meinem Hals an. Es tat so scheiße weh, an sie zu denken.

Emmi nickte mitfühlend. »Bei einem Autounfall.«

Bitter lachte ich auf und schüttelte den Kopf. »Nein.«

Verwirrt sah sie mich an. Ich stand auf und ging im Raum auf und ab.

»Meine Eltern wurden vor meinen Augen ermordet.«

Erschrocken holte sie Luft und ich konnte sehen, dass sie zu zittern begann.

»Ich bin nur knapp davongekommen und wurde als Kronzeuge ins Zeugenschutzprogramm aufgenommen.« Wieder lachte ich bitter. »Mit verdammten neun Jahren. Ich habe mir eine Identität als Adrian Weber aufgebaut und war bis zu meinem achtzehnten Lebensjahr im Zeugenschutz. Ich blieb weiterhin unter dem Radar und bin erst sieben Jahre später zurück nach Hause gekommen. Alles hat mich zurück nach Hause gezogen, ich hatte das Gefühl, meinen Eltern dort näher zu sein, wo ich doch so wenig Zeit mit ihnen hatte.«

Ich hob meinen Blick und lächelte Emmi schwach an. Ich sah, dass sie mich gebannt anstarrte.

»Ich hatte mich so an diese Lüge gewöhnt, Angst gehabt, dass mich meine Vergangenheit vielleicht doch noch einholt. Deswegen habe ich die Lüge zur Wahrheit werden lassen.«

Zerknirscht sah ich sie an. »Tut mir leid, dass ich es dir nie gesagt habe.«

Unter Schock schüttelte Emmi den Kopf und bedeutete mir, weiterzureden.

»Dann bin ich zurückgekehrt, habe dich kennengelernt und in dem Architekturbüro angefangen. Kurz nach unserer Verlobung habe ich Aleksej Popow kennengelernt.«

Und dann brach alles aus mir heraus, ich erzählte ihr von dem seltsamen Verhalten meines Chefs, der mich auf einmal als seinen liebsten Mitarbeiter bezeichnete. Berichtete ihr davon, dass es knapp zwei Jahre gedauert hatte, bis ich verstand, dass irgendetwas nicht stimmte. Ich aber immer so abgelenkt war, dass ich dem Ganzen nie nachging, bis wenige Wochen vor meinem vermeintlichen Unfall.

»Ich konnte ja nicht wissen, in was ich da reingeraten war«, sagte ich verzweifelt, ließ mich wieder auf den Sessel fallen und starrte an die Decke. »Jake hat mir geholfen, zu verstehen, was das alles bedeutet. Dass ich direkt in die Fänge der Mafia geraten war.«

»Was?«, krächzte Emmi.

Und ich erzählte weiter. Ich erzählte ihr von dem Tag, als ich Jake getroffen und seinem Plan letzten Endes zugestimmt hatte.

»Aber dein Auto«, meinte Emmi verzweifelt, als könnte sie nicht glauben, dass ich direkt vor ihr saß. »Ich war an der Unfallstelle, ich hab es gesehen, da war nichts mehr«, sie schluckte und ihr Kehlkopf hüpfte auf und ab.

»Alles war verbrannt«, flüsterte sie und ihre Augen waren glasig. »Selbst in den Asphalt hat sich das Feuer gebrannt.« Jetzt sah sie mir wieder ins Gesicht. »Das kann man nicht überlebt haben.«

Ich streckte meine Hand aus und wollte sie am liebsten berühren, aber Emily wich vor mir zurück. Etwas, was sie früher nie getan hatte. Für einen kurzen Augenblick schloss ich die Augen und versuchte, den Schmerz in meinem Inneren zu kontrollieren. Was hatte ich ihr nur angetan?

»Sie haben eine Straße ausgesucht, die um diese Uhrzeit nicht so befahren war«, erklärte ich ihr leise.

»Der LKW-Fahrer war bestochen, irgendeine arme Seele aus Tschechien«, sagte ich und hielt für einen Augenblick inne. »Er wusste nicht einmal, wem er da einen Gefallen tat. Ich saß nicht im Wagen. Einer von Jakes Leuten saß darin und kurz vor dem Aufprall hat er sich herausgerollt.«

Mit großen Augen sah Emmi mich an. Ich sah es vor meinem inneren Auge, als wäre es erst vor ein paar Minuten passiert. Als mein Wagen mit dem LKW zusammengestoßen war, war ich zusammengezuckt, als säße ich selbst darin.

»Ein paar Minuten vorher hatte Jasper an meinem Wagen geschraubt und dafür gesorgt, dass der Motor nach kurzer Zeit in Flammen aufgehen würde.«

»Und deine DNA?«, hakte sie nach. »Man hat in der Asche deine verdammte DNA gefunden.«

Ich war mir sicher, dass sie mir am liebsten irgendeine Lampe über den Kopf ziehen wollte. Schulterzuckend sah ich sie an.

»Du weißt doch selbst, wie leicht das ist. Ein paar Haare und Hautschuppen und schon hat man alles, was man braucht.«

Ungläubig schüttelte sie den Kopf. Ich sah Emmi flehend und bittend an.

»Bitte, Em. Du musst mir einfach glauben. Ich hatte nicht einmal eine Minute Zeit, mich zu entscheiden. Alles, woran ich denken konnte, waren du und unser Baby. Ich wollte, dass ihr eine Chance auf eine Zukunft habt, auch wenn das bedeutete, dass es eine Zukunft ohne mich gewesen wäre. Ich wollte nie, dass euch irgendwann einmal das Schicksal meiner Eltern ereilt. Das hätte ich nicht ertragen.«

Weinend starrte Emmi mich an.

»Besser eine ohne mich als gar keine, oder?«, fragte ich, während ich gedankenverloren an meinem Ehering drehte.

Emmi folgte der Bewegung meiner Finger und starrte mich mit weit aufgerissenen Augen an. Ich hatte in all den Jahren meinen Ehering nicht ablegen können. Emmi war meine Frau, ob sie mich für tot hielt oder nicht, änderte nichts an dem Schwur, den ich ihr und Gott gegenüber geleistet hatte. Auch wenn ich Angst hatte, sah ich auf ihre Hand. Erst bedeckte Em ihre rechte Hand, doch dann zog sie die linke weg.

Jetzt war es an mir, erstaunt die Augen aufzureißen. »Du trägst ihn noch?«, röchelte ich und mir standen die Tränen in den Augen.

Es war zwei Jahre her! Zwei! Ich kannte Leute, die heirateten wenige Monate nach dem Tod ihres Ehepartners, vor allem wenn sie alleinerziehend waren. Emmi starrte auf ihre Hand, während sie an ihrem Ring drehte.

»Ich …«, flüsterte sie. »Ich konnte ihn nicht einfach ablegen. Was hat es schon geändert, dass du tot warst?«

Dann sah sie mich verbittert an. »Oder tot sein solltest?«

Nichts hielt mich mehr in dem Sessel, als ich sah, dass Emmi wieder weinte. Ich hatte es schon immer gehasst, wenn mein Mädchen weinte. Ich ging zu ihr und zog sie auf den Schoß.

»Nicht weinen, Baby. Nicht weinen.«

Ich streichelte ihr über den Kopf und verteilte Küsse auf ihrer Schulter. »Alles wird wieder gut werden. Alles wird wieder gut«, wiederholte ich wie in einem Mantra.

Nach einiger Zeit beruhigte sie sich und starrte mich mit Argusaugen an. »Wieso sagst du nicht aus?«

Ich druckste ein wenig herum. »Weil … Weil ich Angst um euch hatte. Solche Angst. Sie würden wissen, dass ich doch am Leben bin, und du kannst dir nicht vorstellen, was sie mit den Angehörigen von Verrätern tun.«

»Ich habe es gesehen«, flüsterte sie und ich konnte das Entsetzen in ihrer Stimme hören.

Sie war kalkweiß geworden und ich könnte Jake dafür verfluchen, dass er ihr solche Dinge gezeigt hatte.

Ich küsste sie auf ihre Wange: »Alles« auf ihre Stirn, »wird« auf ihre Nase, »gut« auf ihr Kinn, »werden« auf ihren Hals, »versprochen.«

Dann sah ich ihr einen Moment in die Augen und küsste sie auf ihre samtweichen Lippen. Ein Stöhnen entfuhr uns beiden. Wie hatte ich das vermisst. Ihre Lippen waren so weich, wie ich sie in Erinnerung hatte. Sie roch nach zuhause, sie schmeckte nach zuhause. Wie hatte ich nur die letzten beiden Jahre ohne Emmi leben können? Ohne meine Familie?

Ich löste mich von ihren Lippen und sah sie fragend an: »Emmi, du musst mir alles über unser Baby erzählen. Alles. Haben wir einen Jungen oder ein Mädchen bekommen?

Wie heißt es? Wie ist sie oder er? Sieht er oder sie dir oder mir ähnlich? Spricht unser Baby schon?«

Hätte ich es sehen wollen, dann hätte ich den traurigen Blick bemerkt, der über ihr Gesicht huschte. Aber ich wollte es nicht sehen. Stattdessen genoss ich es, meine Frau endlich wieder in den Armen zu haben. Emmi verschloss mit ihren Lippen meine Fragen und gab mir einen leidenschaftlichen Kuss.

»Später«, flüsterte sie. »Ich habe dich vermisst«, sagte sie weinend, als sie anfing, mir mein Hemd aufzuknöpfen.

»Und ich dich erst, Emmi. Und ich dich erst«, sagte ich immer wieder, während ich sie auszog und wir aufs Bett fielen.

Und wie wir uns vermisst hatten.

Als ich wieder aufwachte, war es dunkel im Zimmer. Der Hotelwecker zeigte 03.23 Uhr an. Mit einem Lächeln auf dem Gesicht starrte ich die Decke an. Emmi war endlich wieder in meinem Leben. Wir konnten jetzt endlich wieder eine Familie werden. Ich drehte mich auf die Seite und wollte sie in die Arme schließen, aber die Betthälfte neben mir war leer.

Panik ergriff mich, aber ich versuchte, mich damit zu beruhigen, dass sie sicher auf Toilette war. Ich stand auf.

»Emmi?«, rief ich, aber ich erhielt keine Antwort.

Ich schaltete das Licht ein und sah ins Badezimmer, aber sie war nicht da. Auch der Vorraum war leer. Ihr Koffer war verschwunden, ihre Jacke hing nicht mehr an der Garderobe. Sie war gegangen.

Bevor ich mich wieder aufs Bett setzen konnte, sah ich einen Brief und sieben Notizbücher auf dem kleinen Tisch neben dem Sessel liegen. Zitternd setzte ich mich aufs Sofa und griff nach dem Brief.

Noah,

wie ich mir in den letzten Jahren gewünscht hätte, nur noch einen Abend mit dir zu haben. Dich nur noch ein einziges Mal in den Armen zu halten. Dich ein letztes Mal zu küssen und dir ein letztes Mal zu sagen, wie sehr ich dich eigentlich liebe.

All das habe ich mir so sehr gewünscht. Bis ich festgestellt habe, dass du uns verraten hast.

Weißt du noch, was wir uns geschworen haben? Durch dick und dünn. Durch gute und schlechte Zeiten. Aber du hast dieses Versprechen mit Füßen getreten. Du hast mich mit deinen Füßen getreten. Ich hatte mich gerade daran gewöhnt, ohne dich zu sein. Und dann musste ich die Wahrheit erfahren.

Ich weiß gerade nicht, ob ich nicht lieber mit der Lüge gelebt hätte. Mit der hatte ich mich nämlich bereits abgefunden. Aber ob ich diese Wahrheit verkraften kann? Ich habe keine Ahnung.

Ich bin auf den Rückflug nach Deutschland. New York war meine letzte Station, bevor ich endlich wieder zurück nach Hause wollte.

Ich weiß, dass du Fragen hast, und in diesen Büchern findest du die Antworten. Ich glaube nicht, dass sie dir gefallen werden, aber das ist meine Wahrheit. Das war sie die letzten zwei Jahre.

Ich liebe dich immer noch, Noah, aber ich weiß nicht, ob das reicht, denn ich bin so wütend auf dich. So wütend. Aber schlimmer als das, ich bin enttäuscht. Und ich kann dir nicht mehr vertrauen. Ich weiß nicht mehr, wer du bist.

Auf der einen Seite verrätst du uns, auf der anderen Seite stehst du nicht zu deiner Entscheidung? Du weigerst dich, auszusagen? Sei der Mann, den ich lieben *gelernt habe, steh zu deinen Entscheidungen und zieh sie bis zum Ende durch.*

Du weißt, woran ich glaube. Wenn wir beide in diesem Leben noch eine Chance haben sollen, dann werden wir die auch bekommen.

Ich bin gerade einfach nur verwirrt, verzweifelt und wütend. Ich brauche mein Zuhause, Noah. Ich hoffe, dass du das verstehst.

Verzeih mir, dass ich dir die Wahrheit nicht sagen konnte.

Tränen liefen mir über die Wangen, als ich Emmis Brief zu Ende gelesen hatte. Es hatte eine Zeit gegeben, da war ich dieses Zuhause für sie gewesen. Aber was hatte ich nach all den Jahren und all den Lügen erwartet? Sie hatte mit allem recht, was sie sagte. Mit jedem einzelnen Punkt.

Ich war noch nicht bereit, mich der Zukunft zu stellen, also griff ich nach dem ersten Buch. Nach Emmis Vergangenheit. Dass diese weitaus schlimmer wäre als meine Zukunft, begriff ich während des Lesens, als meine Welt zusammenstürzte und mir klar wurde, was ich ihr eigentlich angetan hatte.

KAPITEL 31

Emily

Es war sowas von falsch, mehr als falsch. Absolut falsch. Und dennoch hatte ich es getan. Nachdem wir miteinander geschlafen hatten, hatte ich Noah lange angestarrt. Ich konnte gar nicht aufhören, ihn anzustarren. Hatte die Falten auf seinem Gesicht studiert, wie ich es schon immer getan hatte. Am liebsten wäre ich die Linien mit dem Finger nachgefahren, aber ich hatte Angst, ihn zu wecken.

Irgendwann war diese Wut in meinem Bauch wieder zurückgekehrt. Er hätte tot sein sollen. Er dürfte nicht leben. Und was war? Er war die letzten beiden Jahre am Leben gewesen. Mein ganzer Schmerz, alles war eine verdammte Lüge gewesen. Ich wäre fast für eine Lüge gestorben.

Dann war ich aufgesprungen und hatte mich übergeben. Ich konnte das nicht.

Ich konnte ihn nicht ansehen und glücklich sein. Ich hatte mir nichts sehnlicher als das gewünscht, nur jetzt? Jetzt war dieser Wunsch Wirklichkeit geworden und ich hatte keine Ahnung, wie ich damit umgehen sollte.

Also war ich abgehauen. Auch wenn ich tief in meinem Innersten gewusst hatte, dass es falsch war. Ich hatte es getan. Ich hatte das Ticket umgebucht und noch in der Nacht einen Flug nach München genommen. Wenn Noah durchgeschlafen hatte, dann hatte er mittlerweile mitbekommen, dass ich gegangen war.

Es war sowas von falsch, mehr als falsch. Absolut falsch. Und dennoch – ich war noch nicht bereit für eine Konfrontation. Ich war noch nicht bereit, ihm zu vergeben. Ich kniff mir in die Nasenwurzel. Aber war das richtig? Wenn ich selbst Vergebung erfahren hatte, wieso konnte ich dann nicht vergeben? Gab es Dinge, die man nicht vergeben konnte und deswegen nicht vergeben musste?

Noah würde jetzt die Bücher lesen und erfahren, dass es nie ein Kind gab. Dass das Kind mit ihm gemeinsam gestorben war. Es war sowas von falsch, mehr als falsch. Absolut falsch. Und dennoch hatte ich es getan. Ich sollte vermutlich bei ihm sein. Ich sollte es ihm selbst erklären, aber ich konnte nicht. Ich konnte es ihm nicht erzählen. Ihm diesen Schmerz aufbürden.

Frustriert stöhnte ich auf. Wieso war das Ganze nur so kompliziert? Ich meine, ich hatte ihn vermisst. Und er mich. Mein Körper vermisste ihn. Mein Herz hat ihn mehr als schmerzlichst vermisst, aber wieso konnte es sich jetzt nicht anpassen? Nicht einen Freudensprung machen, wenn ich ihn sah? Wieso musste sich mein Magen jedes Mal so schmerzhaft zusammenziehen, wenn ich ihn anblickte? Ich griff nach meinem Handy und starrte das Bild an, das ich von Noah gemacht hatte.

»Unfassbar«, flüsterte ich zugleich fasziniert und entsetzt.

Noah war am Leben. Und ich hatte keine Ahnung, wie ich ihn erreichen konnte. Als ich das begriff, ergriff mich Panik. Ich bekam immer schlechter Luft, und während ich röchelte, liefen mir die Tränen über die Wange.

Aus den Augenwinkeln sah ich, wie zwei Stewardessen herbeigeeilt kamen, und irgendjemand rief: »Ich bin Arzt, keine Sorge.«

Man reichte mir eine Plastiktüte, in die ich atmete, bis ich merkte, wie ich mich langsam beruhigte. Zumindest äußerlich. Innerlich war ich immer noch panisch.

Wie dumm war ich eigentlich? Da traf ich meinen totgeglaubten Ehemann wieder, wir hatten Sex und am nächsten Tag verließ ich ihn, weil ich nicht wusste, ob ich ihm verzeihen konnte. Aber falls ich es irgendwann täte, hatte ich absolut keine Möglichkeit, ihn zu erreichen. Ich kannte keine Handynummer, nicht einmal seinen neuen Namen. Nichts! Es war, als hätte mir das Leben eine zweite Chance gegeben – und ich war so dumm, sie wegzuwerfen. Was war nur los mit mir?

»Geht es Ihnen wieder besser?«, hörte ich die freundliche Stimme eines Mannes neben mir.

Ich drehte mich zur Seite und musterte ihn. »Ja, danke. Es geht schon wieder.«

»Wir landen gleich«, erklärte er sanft. »Wir sind bald wieder auf dem Boden.«

»Danke«, flüsterte ich knapp, während ich mir innerlich gegen die Stirn schlug.

Ganz toll gemacht, Emmi.

Als ich als Letzte das Flugzeug verließ, atmete ich einmal tief durch. Ich war wieder in Deutschland. Nach fast zwei Jahren war ich nach Hause zurückgekehrt. Ich hatte keine Ahnung, was mich hier erwarten würde, was sich in den letzten beiden Jahren alles verändert hatte oder wie meine

Liebsten darauf reagieren würden, dass ich abgehauen war und jetzt einfach so wiederkam. Ob sie mich mit offenen Armen aufnehmen würden? Ob sie mich anschreien oder mich gar hassen würden?

Ich eilte durch die Gänge des Flughafens, passierte die Passkontrolle, holte mein Gepäck ab und winkte nach einem Taxi. Überraschenderweise hatte ich all das in nicht einmal dreißig Minuten geschafft und jetzt war ich auf dem Weg zu meinen Eltern. Ganz egal, ob meine Mutter mich hassen würde oder nicht. Ich brauchte meine Mama. Genau jetzt. Ich brauchte es, dass sie mich in den Arm nahm. Ich musste ihr Herz schlagen hören und ihre Wärme spüren.

Als der Taxifahrer vor meinem Elternhaus hielt, atmete ich noch einmal tief durch. Ich war seit mehr als vierundzwanzig Stunden wach, hatte den größten Schock meines Lebens gehabt und hoffte jetzt auf die Vergebung meiner Eltern. Meine Hände zitterten, was in Anbetracht der Tatsachen nicht verwunderlich war. Beide Autos standen vor der Tür, deswegen konnte ich mir sicher sein, dass sie da waren. Vor der Haustür überdachte ich meinen gesamten Entschluss noch einmal. War das wirklich die richtige Entscheidung gewesen? Sollte ich jetzt klingeln?

Ich holte tief Luft und schickte ein Stoßgebet zum Himmel, dann drückte ich auf die Klingel. Meine Hand zitterte noch mehr, als ich hörte, wie jemand zur Haustür ging.

Stumm betete ich weiter. Ich hoffte auf Vergebung, Hoffnung, ein Zuhause.

Als die Tür aufschwang, stand meine Mutter vor mir. Sie musste ein paar Mal blinzeln, bevor sie realisierte, dass ich vor der Tür stand, dann schrie sie so laut auf, wie ich es noch nie gehört hatte, und im nächsten Moment drückte sie mich fest an sich. So fest, dass ich glaubte, keine Luft mehr zu bekommen.

»Ah!«, schrie sie wieder und ich bemerkte, dass sie anfing zu weinen.

Sie schob mich ein bisschen von sich, um mich zu mustern, bevor sie mich wieder fest an sich drückte.

»Das ist nicht möglich. Du bist wirklich wieder da?«

Wieder schob sie mich von sich und konnte die ganze Zeit nur weinen und kreischen. Auch ich weinte jetzt mit ihr. Ich hatte meine Mama vermisst.

Ich hörte, wie schwere Schritte angerannt kamen und die Stimme meines Vaters rief: »Liebling? Ist alles okay?«

Dann stand mein Vater vor mir. Meine Mama trat zur Seite und mein Vater musterte mich einige Sekunden, bevor er mich hochhob und fest an sich drückte. Ich vergrub den Kopf an seiner Schulter und atmete den Geruch nach Zuhause ein. Endlich war ich wieder dort, wo ich mich wohl und geborgen fühlte.

Ich hatte mich geirrt.

Ich musste nicht um die Welt reisen, um wieder zu heilen. Der Ort, der mich gebrochen hatte, war der Ort, der mich auch heilen konnte.

Nach einigen Minuten, die wir uns in den Armen lagen, zog mich meine Mama an der Hand ins Haus. Ich musste einen Moment stehen bleiben und die Umgebung mustern. Meine Mutter hatte nichts verändert. Ein Lächeln umspielte meine Lippen. Einfach gar nichts, und das war ein tolles Gefühl.

Mama zog mich zum Sofa und setzte sich gemeinsam mit mir darauf, während mein Vater gegenüber von uns Platz nahm. Dann gab es diese peinliche Stille, diesen Moment, als keiner wusste, was er sagen sollte.

Nervös sprang ich auf. »Ich habe euch Souvenirs mitgebracht.«

Ich rannte zu meiner Tasche und holte die Kiste raus, die ich in den letzten Jahren mit Kram für meine Mutter gepackt hatte. Postkarten von allen Orten waren drin. Ich legte sie meiner Mutter vorsichtig auf den Schoß, doch sie schob sie nur von sich. Dann nahm sie meine beiden Hände in die linke Hand und legte mir ihre rechte an die Wange.

»Wo warst du nur all die Zeit, Emmi?«, sagte sie und ich konnte sehen, wie ihre Unterlippe zitterte und sie wieder kurz davor war, zu weinen.

»Ich war überall«, meinte ich.

»Überall, nur nicht zu Hause«, antwortete sie mir traurig.

Jetzt war es an mir, zu weinen. »Es tut mir so leid, Mama. So leid. Ich hoffe, dass du mir eines Tages wieder verzeihen kannst.«

Ich vergrub mein Gesicht in den Händen. Nach wenigen Sekunden spürte ich, wie sie mich in den Arm zog und mir über den Kopf streichelte.

»Ich habe dir doch schon längst verziehen. Ich habe dich nur so schmerzhaft vermisst.«

»Ich dich auch, Mama. Ich dich auch.«

Und dann weinten wir gemeinsam. Sie weinte um die letzten zwei Jahre. Um all die Zeit, die sie mit ihrer Tochter verloren hatte. Wegen all der Sorgen, die sie sich gemacht hatte.

Und ich? Ich weinte, weil ich wieder zu Hause war. Ich weinte, weil ich so viele meiner vergangenen Entscheidungen bereute, und ganz vielleicht weinte ich, weil ich die Wahrheit wusste und sie niemandem erzählen konnte.

Irgendwann hatten wir uns wieder so weit beruhigt, dass wir uns unterhalten konnten. Meine Mutter packte das Paket aus und freute sich riesig über all die Souvenirs. Am meisten freute sie sich über die Matroschka, die ich ihr aus Russland mitgebracht hatte. Papa hingegen freute sich über den chinesischen Schnaps. Meine Karten las Mama sich aufmerksam durch und legte sie sorgfältig zusammen. Ich wusste, dass sie sie später an einer Leine in der Küche aufhängen würden. Dann packte ich den Laptop aus und zeigte ihnen die Fotos meiner Reise. Und erzählte, erzählte und erzählte.

Erst als mir Mama eine heiße Schokolade mit Sahne auf den Tisch stellte, bemerkte ich, dass Stunden vergangen waren. Draußen war es dunkel und mit einem Schlag brach die Müdigkeit über mich herein.

»Ich freue mich, dich endlich wieder lachen zu sehen«, sagte Mama sanft und drückte mir einen Kuss auf die Wange.

Mein Papa nickte bestätigend.

Dann meinte er aber brummend: »Trotzdem siehst du aus, als wenn du tagelang nicht geschlafen hättest.«

Wie auf Kommando gähnte ich und hielt mir die Hand vor dem Mund. »Du hast recht. Ich habe die gesamte letzte Nacht nicht geschlafen.«

Entsetzt schnappte meine Mutter nach Luft. »Wieso sagst du denn nichts? Komm, ich bringe dich in dein Zimmer.«

Als sie bemerkte, was sie gesagt hatte, zögerte sie kurz.

Beruhigend legte ich ihr die Hand auf den Arm. »Es ist okay, Mama.«

»Wirklich?«, fragte sie skeptisch.

»Wirklich«, nickte ich.

Es war okay, in das Zimmer zu gehen, in dem Noah und ich immer übernachtet hatten und das mit Bildern von uns nur so vollstand. Es war okay, weil ich wusste, dass dieser Mann lebte.

Es dauerte eine weitere Stunde, bis wir uns endgültig voneinander lösen konnten und ich alleine in ›unserem‹ Zimmer war. In meiner Hand hielt ich unser Hochzeitsfoto, das ich von der Wand genommen hatte. Es waren bald sieben Jahre.

Sieben Jahre. Von denen ich zwei als vermeintliche Witwe verbracht hatte. Ich konnte es immer noch nicht fassen, dass er mich so hintergangen hatte. Dass er unser Versprechen so entwürdigt hatte. Von Wut erfasst schmiss ich den Bilderrahmen an die Wand.

»Ich hasse dich, Noah!«, schrie ich das Bild an, ehe ich mich an der Wand auf den Boden hinabgleiten ließ und zu weinen begann. »Ich hasse dich für das, was du mir angetan hast. Für das, was du uns angetan hast.«

Ich hatte vergessen, dass ich nicht mehr alleine, sondern bei meinen Eltern war, die alles hören konnten. Vor allem, wenn man so rumbrüllte, wie ich es getan hatte. Es klopfte kurz, dann öffnete sich die Tür und mein Vater kam ins Zimmer.

Als er sah, dass ich verzweifelt am Weinen war, nahm er mich in den Arm und hob mich hoch. So wie er das immer getan hatte, als ich klein war. Er trug mich zum Bett und hielt mich so lange im Arm, bis mir die Augen vor Erschöpfung zufielen.

»Es war wohl doch noch zu früh. Sie ist noch nicht über ihn hinweg«, hörte ich meine Mutter flüstern.

»Sie wird nie über ihn hinweg sein«, war die Antwort meines Vaters und das Letzte, was ich hörte, bevor ich einschlief.

KAPITEL 32

Emily

Nervös starrte ich auf die Uhr. Mama hatte gestern noch ein Familientreffen für heute Abend einberufen, damit ich meine Brüder und Basti wiedersehen konnte. Und sie mich. Sie wollte mir aber mit keiner Silbe erzählen, was es Neues in deren Leben gab. Ob sie alle drei immer noch Singles waren? Oder waren sie mittlerweile in einer Beziehung? Ich hatte keine Ahnung.

18:57 Uhr.

In drei Minuten würden sie da sein. Wenn sie denn pünktlich wären. Und ich hatte so Angst davor. Was, wenn sie wütend auf mich waren? Wenn sie mich nicht wiedersehen wollten? Was dann? Wie könnte ich ohne meine Familie leben?

Ich betrachtete mich noch einmal im Spiegel. Ich hatte mich für ein enges Wollkleid entschieden, weil es dann so aussah, als hätte ich fünf Kilo mehr auf den Rippen. Sonst würden sie noch mehr ausrasten, wenn sie sehen könnten, wie dünn ich eigentlich war. Außerdem war das Kleid langärmlig. Ich konnte nicht riskieren, dass sie meine Arme sahen. Dann wäre es endgültig um ihre Geduld geschehen. Mein Blick fiel auf meinen Ehering. Abwesend spielte ich an ihm. Ob ich ihn ablegen sollte?

In diesem Moment klingelte es und ich musste mir darum keine Gedanken mehr machen. Zittrig drückte ich mein Ohr an die Zimmertür.

Mama hatte gesagt, ich solle erst dann runterkommen, wenn alle da waren. Ich hörte Stimmengemurmel, konnte es aber niemandem so recht zuordnen. Und hörte ich da sogar eine Frauenstimme heraus?

Es dauert noch einmal zehn Minuten und es klingelte noch zwei Mal, bis ich mir sicher sein konnte, dass alle da waren. Jedoch traute ich mich nicht, runterzugehen. Meine Beine waren wie gelähmt, während meine Hände nicht zu zittern aufhörten und ich ein nervöses Flattern im Magen verspürte. Fünf Minuten später hörte ich Schritte die Treppe hochkommen.

»Ich komme sofort, einen Augenblick«, rief mein Vater.

Dann öffnete er die Tür und sah mich mitleidig an, als er mich entdeckte. Langsam setzte er sich neben mich.

»Was ist los, Emmi?«

»Ich habe Angst«, sagte ich mit einem Zittern in der Stimme. »Ich habe keine Ahnung, wie sie darauf reagieren werden, dass ich wieder da bin. Ob sie mich hassen werden?«

Papa legte den Arm um mich. »Emmi, das da unten sind deine Brüder. Sie werden dich niemals hassen.«

»Bist du dir sicher?«, meinte ich unsicher.

Er lächelte mir beruhigend zu und nickte. »Ich bin mir mehr als sicher. Wahrscheinlich darfst du dir ein paar Schimpftiraden anhören, aber sie werden sich freuen, dass du wieder da bist.«

»Erzählst du mir etwas über sie?«, fragte ich, um ein wenig Zeit zu schinden.

Mein Papa grinste schelmisch und schüttelte den Kopf. »Oh nein, mein junges Fräulein. Du wirst nun selbst runtergehen und es rausfinden. Komm.«

Dann reichte er mir seine Hand und nahm mich mit nach unten. Am unteren Treppenabsatz angekommen, schob er mich hinter sich und zwinkerte mir zu. Dann stellte er sich in den Türrahmen.

Ich hörte die Stimme meines Bruders Max. »Na endlich. Was hat da denn so lange gedauert?«

»Echt mal!«, beschwerte sich Benj. »Weswegen sollten wir jetzt alle so dringend hierhinkommen? Was ist los?«

»Wir haben eine Überraschung für euch«, fing meine Mutter an, wurde aber von einer kleinen piepsigen Stimme unterbrochen.

»Papa? Wer ist Frau hinter Opa?«

»Mila!«, hörte ich meine Mama sagen und dann ging mein Vater zur Seite.

Das erste Mal nach zwei Jahren konnte ich einen Blick auf meine Brüder werfen. Alles Gemurmel und alle Gespräche verstummten und vierzehn Augen richteten sich auf mich.

Zitternd und nervös sagte ich: »Hey Leute« und winkte lahm in die Runde.

Meine Brüder blinzelten mehrere Male und ich sah, wie Bastis Mund auf- und zuklappte. Nervös spielte ich mit den Fingern. Keiner schien zu wissen, was er sagen sollte, bis ich bemerkte, dass jemand an meinem Kleid zupfte. Neugierig blickte ich nach unten, in das Gesicht eines kleinen, etwa zwei- oder dreijährigen Mädchens. Sie sah Max unwahrscheinlich ähnlich. Rotblonde Locken und blaue Augen. Erstaunt sah ich ihn an, bevor ich auf die Knie ging, um dem Mädchen in die Augen schauen zu können.

»Wer bis' du?«, nuschelte sie und blickte mich fragend an.

Tränen sammelten sich in meinen Augen. »Ich glaube, ich bin deine Tante Emmi«, sagte ich zitternd.

»Die Tante Emmi, der Papa den Arsch aufreißen will?«, fragte sie neugierig.

Ich hörte, wie meine Mutter entsetzt nach Luft schnappte und »Max« zischte, während ich lachen und gleichzeitig weinen musste.

»Ja, genau die Tante Emmi bin ich.«

Dann legte ich meinen Kopf schief. »Und wer bist du?«, fragte ich sie lächelnd und musste die Tränen wegblinzeln, damit ich überhaupt etwas sehen konnte.

Empört sah sie mich an. »Bin Mila«, stellte sie sich vor und legte ihre Ärmchen um mich. »Habe dich vermisst, Tante Emmi.«

Ich vergrub das Gesicht in ihrer Schulter und weinte bitterlich. Ich war Tante!

In diesem Moment löste sich die Starre meiner Brüder. Ich hörte, wie Stühle zurück geschoben wurden und im nächsten Augenblick hoben mich zwei Arme hoch und umschlangen mich. Tief sog ich den Geruch meines Bruders Max ein.

»Hallo, Kleines«, sagte er sanft und strich mir eine Strähne aus dem Gesicht, während seine Tochter mit ihren kleinen Händchen die Tränen von meinen Wangen wischte.

»Jetzt mach aber mal Platz«, meckerte Benj und schubste Max zur Seite.

Mila hielt ich immer noch auf dem Arm und sie hatte ihren kleinen Kopf auf meiner Schulter abgelegt. Fest, so fest es eben ging, ohne Mila zu zerdrücken, drückte Benj mich an sich. Ich merkte, wie sein Körper bebte, und wusste genau, dass ihm das Ganze genauso naheging wie mir.

Nach einiger Zeit schob er mich von sich und musterte mich gründlich.

»Es ist schön, dass du endlich wieder zu Hause bist.«

»Ja«, meinte Max.

Mila nickte wie wild.

»Du hast uns gefehlt.«

»Obwohl ihr mir den Arsch aufreißen wollt?«, meinte ich immer noch weinend.

Max nickte schief und Benj zwinkerte mir frech zu. Dann wurden sie wieder ernst.

»Deine Aktion war aber auch wirklich scheiße.«

»Scheiße, Scheiße, Scheiße«, sang Mila fröhlich auf meinem Arm, während ich sah, dass meine Mutter verzweifelt ihren Kopf auf die Tischplatte schlug.

An meiner Mutter vorbei wanderte mein Blick zu Basti und der Frau, die neben ihm saß. Sie kam mir bekannt vor, ich wusste aber nicht genau, wo ich sie einordnen sollte. Er hatte sich nicht einen Meter bewegt und starrte mich unentwegt an. Die Frau neben ihm strich ihm sanft über den Arm und lächelte mir entschuldigend zu. Ich wusste, dass Basti die härteste Nuss von allen war.

Ich setzte Mila ab und ging in seine Richtung. Weil es warm war, schob ich mir wie selbstverständlich die Ärmel meines Kleides hoch, was ein Zischen auf Seiten meiner Eltern und Bastis hervorbrachte. Wie festgefroren verharrte ich in der Bewegung und bemerkte, was ich für einen Fehler begangen hatte. Wütend schob Basti seinen Stuhl zurück, sodass er auf den Boden fiel, und ging auf die Terrasse. Schnell zog ich die Ärmel wieder herunter.

»Emmi …«, hörte ich die entsetzte Stimme meiner Mutter.

Ich sah sie entschuldigend an, dann lief ich Basti hinterher.

Während ich den Raum verließ, hörte ich noch, wie meine Mutter verzweifelt sagte: »Sie wird ja nicht versucht haben …? Friedrich, sie wird doch nicht …?«

Als ich die Tür zur Terrasse aufschob, blickte ich mich kurz suchend nach Basti um, bis ich ihn am Teich stehen sah. Er schien meine Schritte zu hören, denn bevor er sich zu mir umgedreht hatte, fing er zu reden an.

»Weißt du eigentlich, wie Scheiße deine Aktion war? Wie wutentbrannt ich war? Wie entsetzt deine Mutter? Hast du eine Ahnung, durch welche Hölle du uns geschickt hast?«

»Basti, ich …«, setzte ich an.

Dann wendete er sich um und ich konnte sehen, dass er weinte, seine Augen aber dennoch vor Wut funkelten.

»Du hast dich für ganz clever gehalten, oder? Einfach abzuhauen, alles abzubrechen und sich einfach jahrelang nicht zu melden. In all den Jahren hast du dich zweimal gemeldet, Emily. Zwei beschissene Male!«, schrie er mich jetzt an.

»Es tut mir leid«, flüsterte ich. »Es tut mir so leid, Basti«, sagte ich wieder und ging einen Schritt auf ihn zu, doch er gebot mir mit einer Hand, stehen zu bleiben.

»Und was ist das an deinen Armen, Emmi?«, fragte er und seine Stimme zitterte vor Wut, während seine Miene vor Sorge verzerrt war.

Ich konnte den inneren Kampf, der in ihm tobte, förmlich auf seinem Gesicht verfolgen.

»Ist das …?«

Er schüttelte den Kopf und schluckte, als wüsste er selbst nicht, was er mich fragen sollte. Als könnte er die Worte nicht über die Lippen bringen. Ich entschied mich dazu, ehrlich zu sein, und nickte leicht. Wütend ballte Basti seine Hände zu Fäusten, ehe er mich taxierte.

»Was hast du dir dabei gedacht, Emmi?«, fragte er und ich wusste, dass er sich bemühte, den Vorwurf aus der Stimme wegzulassen.

Auch wenn ihm das nicht sonderlich gut gelang.

»Was verdammt?« Jetzt wurde er lauter.

»Was wäre gewesen, wenn du es wirklich durchgezogen hättest? Dann was? Dann wäre dein Scheißleichnahm hierhin transportiert worden!«

»Ich habe es durchgezogen!«, schrie ich wütend zurück, obwohl ich registrierte, dass die Tränen in seinen Augen schimmerten.

Entsetzt holte Basti Luft und stolperte rückwärts, als hätte ich ihn geschlagen.

Jetzt fing ich wieder zu weinen an. »Ich habe es durchgezogen. Und in dem Moment, als ich gespürt habe, dass das Leben aus mir rausfloss, habe ich mir gewünscht, es wieder rückgängig zu machen.«

Mit Schrecken dachte ich an damals zurück und schlang die Arme um meine Mitte, als könnte ich mich so vor dem Schmerz und der Verzweiflung von damals schützen.

»Ich wusste, was euch das antun würde, aber ich konnte nicht anders. Ich habe nichts mehr gespürt, außer dieser Verzweiflung. Ich habe Noah so sehr vermisst. Ich habe mir gewünscht, dass ich mit ihm gestorben wäre. Du kannst dir nicht vorstellen, wie verzweifelt ich war.«

Basti musterte mich und auch ihm liefen die Tränen über das Gesicht. »Ich will es mir auch gar nicht vorstellen. Aber du hättest hier sein sollen. Du hättest uns die Chance geben sollen, für dich da zu sein.«

Ich wischte mir mit dem Handrücken die Tränen vom Gesicht.

»Das weiß ich jetzt auch«, schniefte ich. »Und ich würde vieles anders machen.« Dann lächelte ich, als ich an ›meine‹ Nonnen dachte. »Aber ich bin auch dankbar für das, was ich erlebt habe.«

Nachdenklich sah Basti mich an. »Ich habe dich seit Jahren nicht lächeln sehen.«

Bestätigend nickte ich. »Du hast recht und vielleicht hätte ich auch nie wieder gelächelt, wenn ich nicht auf diese Reise gegangen wäre.«

»Und nicht versucht hättest, dir das Leben zu nehmen«, sagte Basti bitter.

»Und ich nicht versucht hätte, mir das Leben zu nehmen«, bestätigte ich. »Auch das hat mir die Augen geöffnet und danach habe ich lange lernen müssen, über diese Verzweiflung hinwegzukommen. Und vielleicht hätte ich das auch anders nie gelernt.«

Wieder musterte er mich nachdenklich und fing nach einiger Zeit an, den Kopf zu schütteln.

»Du hast so viel verpasst, Emmi«, flüsterte er und wischte sich die Tränen vom Gesicht.

»Ich weiß«, wisperte ich.

Dann standen wir einfach nur da und starrten uns an, bis Basti »Scheiß drauf« murmelte, auf mich zukam und mich fest in die Arme nahm.

Seine Vergebung zu bekommen, zumindest einen Teil davon, ließ mich wieder in Tränen ausbrechen. Sanft strich er mir über die Haare.

»Ich bin froh, dass du wieder da bist«, murmelte er so leise, dass ich ihn fast nicht verstanden hätte.

»Ich auch«, erwiderte ich und drückte mich enger an ihn.

Nach ein paar Minuten schob er mich ein Stückchen von sich.

»Das gerade war nicht sonderlich sensibel von mir, aber ich …«, gequält schloss er die Augen und vollendete seinen Satz nicht.

Ich wusste auch so, was er meinte. Manchmal war es ein schmaler Grat zwischen Wut und Besorgnis. Aber oft war die Wut das stärkere Gefühl, das überhandnahm.

»Geht es dir gut?«, fragte er jetzt ernster und ich wusste, dass er damit so viel mehr meinte, als nur meinen Gesundheitszustand.

Ich lächelte ihm beruhigend zu. »Mehr als gut«, erwiderte ich.

Dann zog mich Basti wieder fest in seine Arme. So standen wir bestimmt zehn Minuten da, bis sich Schritte näherten und jemand mit sanfter Stimme sagte: »Emily? Basti? Wollt ihr nicht langsam wieder reinkommen?«

Wir lösten uns voneinander, wischten uns die Tränen ab und ich drehte mich zu der Frau, die neben Basti gesessen hatte. Er schlang einen Arm um sie und meine Augen wurden groß, als ich sah, dass sie einen Schwangerschaftsbauch vor sich hertrug.

»Emmi?«, meinte Basti und grinste stolz. »Darf ich dir meine Frau Jules vorstellen? Du kennst sie vielleicht noch, sie war mal meine Sekretärin.«

»Frau?«, schnappte ich entsetzt nach Luft. »Heiraten? Du?« Dann zeigte ich auf ihren Bauch. »Papa? Du?«

Freudig kreischte ich auf und umarmte Basti wild, bevor ich auch Jules umarmte. Beide lachten.

»Ich habe dir ja gesagt, dass du viel verpasst hast«, meinte Basti und zwinkerte mir zu.

Und einfach so war es wieder wie früher.

Nachdem ich Mama beruhigt und meinen Brüdern und meinem Vater erklärt hatte, was vor fast einem Jahr geschehen war, und ihnen versichert hatte, dass es mir jetzt gut ging, aßen wir endlich zu Abend. Die kleine Mila hatte beschlossen, dass sie auf meinem Schoss sitzen und sich von mir füttern lassen würde, und ich genoss diese Aufgabe aus vollem Herzen. Ich erfuhr, dass Milas Mama eine verflossene Liebschaft von Max war, die kurz nach meiner Abfahrt mit einem kleinen Bündel vor seiner Haustür stand und ihn darüber informierte, dass er Vater geworden war. Max konnte das nicht glauben, aber ein Vaterschaftstest bestätigte die ganze Sache. Eine Zeit lang hatten sie versucht, als Paar zusammenzuleben, aber dann hatte sie sein ganzes Bargeld geschnappt und war mit seinem Arbeitskollegen durchgebrannt.

»Sie ist halt eine H-U-R-E«, buchstabierte Benj das Wort und deutete mit seiner Gabel und einem Zwinkern auf Mila, die langsam aber sicher immer müder wurde.

Lachend aßen wir weiter und jeder erzählte, was sich in den letzten Jahren zugetragen hatte. Zumindest fast alles. Ich erwähnte mit keiner Silbe, dass Noah am Leben war. Sie würden es mir wahrscheinlich sowieso nicht glauben und mich einliefern lassen. Ich selbst konnte es ja kaum glauben.

Während der Abend länger wurde, Tränen versiegten und das Lachen lauter wurde, schaute ich lächelnd in die

Runde. Ich war zu Hause. Und langsam, aber sicher spürte ich, wie die Teile meines Herzens sich wieder zusammensetzten.

Dass ein Teil fehlte, und ohne Noah immer fehlen würde, ignorierte ich an diesem Abend.

KAPITEL 33

Noah

Ich fliehe. Ich fliehe vor meinen Gefühlen, vor meiner Trauer und vor mir selbst. Ich fliehe und hoffe, dass ich mich auf dieser Flucht verliere. Oder wiederfinde? Oder vergesse? Ich weiß nicht, was ich hoffe, aber ich hoffe. Und das ist mehr, als ich in den letzten vier Monaten empfunden habe.

Hoffnung.

Ich hatte schon ganz vergessen, wie sich das anfühlt.

Ich schenkte mir Whiskey nach. Keine Ahnung, die wievielte Flasche das diese Woche gewesen war. Ich hatte nicht mitgezählt. Hatte nur versucht, alles zu vergessen und zu ertränken.

Was hatte ich nur getan? Was hatte ich Emmi nur angetan? Verzweifelt zitterte meine Hand, als ich zum sechsten Tagebuch griff. Sicherlich hätte ich sie alle schneller durchlesen können, aber ich konnte nicht. Ich konnte einfach nicht weiterlesen, nachdem ich erfahren hatte, dass unser Baby damals gestorben war.

Es war alles meine Schuld. Alles. Dass unser Baby tot war, dass Emmi geflohen war und dass sie nur noch eine Hülle ihrer selbst gewesen war. Ich hatte keine Ahnung, was ich ihr angetan hatte, aber jetzt begann ich, es langsam zu begreifen. Ich hatte den schlimmsten Fehler meines – und ihres - Lebens begangen.

Als ich das sechste Notizbuch öffnete, fielen sechs Briefe heraus. Verwirrt runzelte ich die Stirn. Sie waren an Benj, Max, Basti, ihren Vater, ihre Mutter und an mich adressiert. Bevor ich groß darüber nachdenken konnte, riss ich den Brief an mich auf.

Mein geliebter Noah,

es tut mir so leid. SO LEID. Du wärst enttäuscht, wenn du mich jetzt sehen könntest, aber ich kann nicht mehr. Du bist jetzt seit einem Jahr tot. Seit einem verdammten Jahr und ich weiß einfach nicht, wie es weitergehen soll. Ich bin davongerannt, habe mir angesehen, was wir schon immer sehen wollten. Aber ich habe nicht das gefunden, was ich gesucht habe.

Heute ist mir bewusst geworden, was ich überhaupt gesucht habe. Ich habe dich gesucht. Ich habe heute deinen Doppelgänger getroffen und er lebte das Leben, das uns verwehrt geblieben ist.

Ich kann nicht mehr, Noah. Ich bin am Ende. Die Dunkelheit wird immer schwärzer und ich kriege kaum mehr Luft.

Ich habe bereits meiner Familie geschrieben und jetzt schreibe ich dir. Um Abschied zu nehmen. Es tut mir leid, dass ich aufgebe. Mir laufen die Tränen über das Gesicht, während ich dir schreibe, aber ich war mir niemals so sicher, etwas zu tun, wie jetzt. Die Tabletten und … das Taschenmesser liegen neben mir. Aber ich will dir die Einzelheiten ersparen. Das willst du gar nicht wissen.

Wenn ich gehe, dann wirst du derjenige sein, an den ich denke. Unser erster Kuss, unser erstes Mal, unser erster Streit. Dein Heiratsantrag, unsere Wohnungssuche, meine Examensfeier. Ich stelle mir vor, wie unser Leben hätte sein können. Du wärst ein toller Vater geworden und du hättest mir geholfen, eine gute Mutter *zu werden. Das uns diese Möglichkeit genommen wurde, macht mich einfach so wütend. So unfassbar wütend.*

Du hast einmal gesagt, dass unsere Seelen nicht ohne einander können. Und du hast recht. Ich will nicht mehr auf einer Welt sein, auf der du nicht auch bist.

Ich liebe dich, Noah. Ich habe immer nur dich geliebt.

Emmi.

Die Schrift war verschwommen, weil Emmi geweint haben musste, aber ich konnte nicht glauben, was ich da las. Bevor ich es überhaupt kontrollieren konnte, sprang ich auf, rannte zum Klo und übergab mich elendig. So wie in diesem Moment hatte ich mich mein ganzes Leben noch nie übergeben. Ich konnte nicht fassen, dass Emmi … Aber sie war doch? Wie war das möglich?

Tränen liefen mir übers Gesicht, als ich immer wieder murmelte: »Es tut mir so leid, Baby. Es tut mir so leid.«

Ich brauchte zwei Stunden, bevor ich wieder in der Lage war, mich aufzurichten. Ich torkelte zurück ins Wohnzimmer und las weiter.

Hallo Ich,

ja, ich lebe noch. Nach meinem letzten Eintrag vor über zwei Wochen ist das zwar nicht zu glauben, aber es ist wahr.

Ich habe überlebt. Und es war mehr Glück als alles andere. Aber ich bin dankbar. Dankbar, dass ich eine zweite Chance bekomme.

Das ändert jedoch nichts an der Leere, die ich spüre. An diesem Gefühl, dass ein essenzieller Teil meiner selbst fehlt. Noah fehlt mir immer noch SO SEHR. Aber ich kann ihm nicht in den Tod folgen. Was würde das schon bringen? Wem würde das nutzen?

Könnte Noah mich so sehen, er wäre enttäuscht. Enttäuscht von dem Menschen, der ich geworden bin. Und ich bin auch enttäuscht von mir.

Ich will dieser Mensch, der ich bin, nicht mehr sein.

Wie hatte sie überlebt? Ich würde zu gerne wissen, wer meine geliebte Emmi vor sich selbst gerettet hatte. Diese Person verdiente bis an ihr Lebensende meine Dankbarkeit. Fast wäre mir Emmi in den Tod gefolgt, einen Tod, den es überhaupt nicht gab.

Ich las die ganze Nacht. Ich las von ihrer Zeit bei den Nonnen, ich las davon, dass sie zum Glauben gefunden hatte. Und ich las davon, wie sie langsam, aber sicher über mich hinwegkam. War es egoistisch, zu sagen, dass das schmerzte? Dass Emmi es schaffen konnte, ein Leben ohne mich zu leben? Sollte ich ihr nicht gönnen, dass sie es geschafft hatte, ihre Verzweiflung zu überwinden? Sollte ich ihr nicht gönnen, mit jemandem zusammenzukommen, der sie verdient hatte? Der es verdient hatte, diese wunderbare Frau zu lieben?

Es war später Vormittag, als ich die letzte Seite las.

Hallo Ich,

es ist so weit. Übermorgen werde ich nach Hause fliegen. Ich werde mich den Scherben stellen, die ich hinterlassen habe, und ich werde alles tun, um meinen Fehler wiedergutzumachen. Ich hoffe, dass ich Vergebung finden werde.

Ich hoffe, dass meine Brüder mir verzeihen, dass Basti mir verzeiht und dass meine Mutter mir verzeiht.

Ich habe keine Ahnung, wie es sein wird, wieder zurückzugehen. Zurück zu dem Ort zu gehen, der mich gebrochen hat. Ich habe keine Ahnung, wie es sein wird, ohne Noah zu leben. Aber ich werde es rausfinden.

Ich vermisse ihn immer noch. Ich wünsche mir immer noch jeden Morgen, dass ich mich nur zur Seite drehen brauche, um sein Gesicht zu sehen. Ich würde ihm so gerne noch einmal sagen, wie sehr ich ihn liebe. Ich würde mich so gerne für all die verpassten Gelegenheiten entschuldigen. Das alles kommt mir im Nachhinein so sinnlos vor. Ohne Noah kommt mir alles so sinnlos vor.

Genug davon. Ich werde jetzt wieder anfangen zu leben und ich weiß, dass Noah sich das wünschen würde. Und solange Noah in meinem Herzen ist, lebt er ja irgendwie weiter.

Ich werde heute einem FBI-Agenten helfen. JA! Du hast richtig gehört. Ich bin jetzt sowas wie … fame? Keine

Ahnung. Ich bin gespannt, was da auf mich zukommt.

Und liebes Ich, ich glaube, es ist Zeit. Es ist Zeit, mit dem Schreiben aufzuhören. Danke, dass du mir durch die schwerste Zeit meines Lebens geholfen hast.

In Liebe,

Emmi.

Wieder brach ich in Tränen aus. Emmi liebte mich immer noch. Sie liebte mich immer noch und würde mich immer lieben. Ich wollte nach dem siebten Buch greifen, auch wenn ich nicht genau wusste, was mich dort erwarten würde, als mein Handy klingelte. Jakes Name erschien auf dem Display. Ich zögerte, aber dann nahm ich den Anruf doch an.

»Ja?«, fragte ich genervt.

»Noah?«, antwortete Jake nervös. »Ich habe jetzt seit einer Woche nichts mehr von dir gehört.«

»Es ist alles gut, falls du das wissen möchtest«, meinte ich abweisend.

»Können wir uns bitte treffen? Du weißt, dass der Prozess bevorsteht.«

Ich wollte ablehnen. Ich wollte ihn anschreien und sagen, dass er sich seinen Scheißprozess sonst wohin stecken konnte, doch dann warf ich einen Blick auf die Tagebücher. Auf die Briefe und Fotos, die zwischen den Zeilen lagen. Ich sah auf das, was Emmi geworden war.

»In Ordnung.«

»In dreißig Minuten im Pub?«, fragte Jake. »Schaffst du das?«

»Ich werde da sein«, erwiderte ich und legte auf.

Dann packte ich das siebte Tagebuch ein, schnappte mir meine Jacke und machte mich auf den Weg.

Nach fünfzehn Minuten war ich beim Pub angekommen. Ich winkte dem Barmann und bestellte ein Wasser.

Whiskey hatte ich genug. Jetzt war es an der Zeit, wieder nüchtern zu werden. Ich griff nach dem Tagebuch und begann zu lesen. Es war nur ein einziger Eintrag.

Liebes Ich,

ich weiß, ich weiß. Ich wollte aufhören, aber … Scheiße. Ich glaube es ja selbst nicht. Ich kann es nicht fassen. Ich frage mich, ob ich verrückt bin. Ob mir meine Augen, mein Gehirn einen Streich spielen.

NOAH LEBT. NOAH IST VERDAMMT NOCH MAL AM LEBEN.

Die letzten beiden Jahre habe ich eine Lüge gelebt. Ich … Ich kann es nicht fassen. Ich wäre fast für eine Lüge gestorben. All der Kummer, all der Schmerz, all die Verzweiflung. Das alles beruhte nur auf einer Lüge. Auf nichts weiter als einer Lüge.

Ich weiß, ich habe mir noch heute Morgen gewünscht, ihn nur noch einmal zu sehen, aber jetzt? Ich weiß nicht, wie ich damit umgehen soll. Ich habe …

Scheiße. Er ist an der Tür. Ich habe mir das wirklich nicht eingebildet. Er ist hier!! WAS MACHE ICH JETZT?

In diesem Moment setzte sich Jake neben mich und klopfte mir auf die Schulter. »Hey, Noah«, meinte er. »Schön, dass du es einrichten konntest.«

Abwesend nickte ich. »Wo ist Jasper?«, murmelte ich, ohne den Blick zu heben.

Emmis Worte geisterten in meinem Kopf herum. Ich konnte mir kaum vorstellen, wie Emmi sich gefühlt haben musste. Ich hatte wenigstens gewusst, dass sie lebte. Ich hatte schon gedacht, dass sie traurig sein würde, aber das Ausmaß ihrer Trauer und Verzweiflung war mir nicht bewusst gewesen. Mir war nicht bewusst gewesen, was ich Emmi angetan hatte. Bis jetzt.

»Der muss Berichte schreiben«, meinte er grinsend, aber dieses Mal konnte ich das Grinsen nicht erwidern.

Jake räusperte sich. »Also, Noah«, begann er unsicher. »Ich weiß, dass du dich geweigert hast, aber ich bitte dich. Lass sie uns zu Fall bringen.«

Ich starrte immer noch auf das Notizbuch und sah eine Notiz von Emmi.

Jetzt kennst du meine gesamte hässliche Wahrheit, Noah. Bitte lass das alles nicht umsonst gewesen sein.

Eine innere Ruhe ergriff mich. Ich wusste, was ich zu tun hatte. Das war ich Emmi schuldig. Und unserem Baby. Ich hatte damals das Richtige tun wollen und eine falsche Entscheidung getroffen. Jetzt war es an der Zeit, diese falsche Entscheidung in etwas Gutes zu wandeln.

»Wann ist die Anhörung, Jake?«, fragte ich und sah ihm in die Augen.

»Du willst … Also du bist …?«

»Ja. Ich werde aussagen«, entschlossen nickte ich. »Lass uns diese Arschlöcher fertigmachen.«

KAPITEL 34

Emily

2 MONATE SPÄTER

Zitternd hing ich über der Toilette und übergab mich. Wieder einmal. Ich war schweißgebadet aufgewacht. Noah starb in meinen Träumen immer noch, obwohl ich doch wusste, dass er nicht gestorben war. Aber mein Unterbewusstsein schien das noch nicht verarbeitet zu haben. Manchmal änderten sich die Träume und er starb nicht, aber er fand auch nicht mehr den Weg zu mir nach Hause zurück. Er wollte ihn nicht wiederfinden.

Jules stand im Türrahmen und musterte mich kritisch. »Irgendetwas stimmt nicht mit dir, Emmi«, meinte sie kopfschüttelnd. »Das geht jetzt schon mehrere Wochen so.«

Ich wollte abwinken und mich wiederaufrichten, als ich spürte, dass ich mich erneut übergeben musste. Während der ganzen Zeit hielt Jules meine Haare, die mittlerweile wieder so lang waren, dass sie im Weg hängen konnten, und rieb mir beruhigend den Rücken. Als ich wirklich nichts mehr im Magen hatte, drehte ich mich erschöpft um und schloss die Augen. Jules reichte mir eine Zahnbürste, die ich dankend annahm.

»Emmi, das ist wirklich nicht normal, dass es dir so schlecht geht«, meinte sie kopfschüttelnd, während sie sich mühsam auf den Badewannenrand setzte.

Mittlerweile hatte Jules den errechneten Geburtstermin schon längst überschritten. Würde das Baby bis nächste Woche nicht da sein, dann wollten die Ärzte es holen. Jules und Basti wussten nicht, ob es ein Junge oder ein Mädchen werden würde. Sie wollten sich überraschen lassen. Gegen den winzigen Stich der Eifersucht, der in mir steckte, konnte ich leider nichts tun. Ich wünschte mir, dass das Noah und ich wären.

»Es sind die Träume«, meinte ich flüsternd und wusch mir den Schweiß vom Gesicht.

»Die Träume?«, fragte Jules stirnrunzelnd.

Im Spiegel betrachtete sie mich, und als sie meinen gequälten Gesichtsausdruck sah, verstand sie. Wortlos zog sie mich in eine Umarmung.

»Würdest du trotzdem einmal zum Arzt gehen?«, sie sah mich bittend an. »Tu es für mich. Was, wenn du dir was eingefangen hast?«

Ich wusste, dass das nicht möglich war, aber um sie zu beruhigen, nickte ich. Schwangeren musste man bekanntlich ja jeden Wunsch erfüllen. Und außerdem ertrugen sie und Basti mich bereits seit zwei Wochen. Sie sagten zwar, dass es okay war, damit ich Jules helfen konnte und jemand bei ihr war, aber eigentlich wussten wir drei es besser.

Es war, damit die beiden mir helfen konnten und jemand die ganze Zeit bei mir war. Aber so war das manchmal mit Freunden. Weil sie dich nicht in eine peinliche Lage bringen wollen, drehten sie die Dinge ein wenig anders.

»Komm«, meinte sie und griff nach meiner Hand. »Wir gehen jetzt erstmal frühstücken. Basti hat vor seiner Schicht Brötchen gekauft.«

Schwerfällig watschelte Jules nach unten.

Ich schnappte mir ein Brötchen, beschmierte es mit Nutella und legte eine Scheibe Käse obendrauf. Das habe ich schon immer am liebsten so gegessen. Es schmeckte ein bisschen nach Kinderschokolade. Jules beobachtete mich kopfschüttelnd und verzog angewidert das Gesicht.

»Wie kannst du so ein perverses Zeug nur essen?«

Schmatzend antwortete ich. »Was redest du denn? Du bist die Schwangere und frisst immer nur perverses Zeug.«

Dann deutete ich auf ihren dicken Bauch. »Sag mal, bist du dir sicher, dass du nur ein Kind bekommst? Du bist so rund, dass ich das Gefühl habe, du trägst mindestens acht mit dir herum.«

Kopfschüttelnd grinste Jules und streckte mir die Zunge raus. Ich liebte sie wie die Schwester, die ich mir immer gewünscht hatte. Basti hätte es nicht besser als mit ihr treffen können. In den letzten Wochen waren wir uns näher gekommen und gute Freunde geworden. Ich würde sie noch nicht als meine beste Freundin bezeichnen, aber ich glaube, dass wir auf einem guten Weg waren. Ich hatte sie gefragt, ob sie meine enge Freundschaft mit Basti stören würde, aber sie hatte nur abgewunken.

»Du bist wie eine Schwester für ihn, Emmi. Da sind absolut keine romantischen Gefühle in eurer Beziehung, und das weiß ich.«

Das hatte mich sie noch mehr mögen lassen. Alle vorherigen Liebschaften von Basti waren immer wahnsinnig eifersüchtig gewesen, aber Jules vertraute Basti. Hundertprozentig. Und es gab keinerlei Grund, ihm dieses Vertrauen nicht entgegenzubringen. Basti war einer von den Guten.

Nachdem wir zu Ende gefrühstückt hatten, reichte Jules mir das Telefon und sah mich abwartend an. Ich verdrehte meine Augen, wählte dann aber die Nummer meines Hausarztes.

»Praxis Dr. von Seggern, Sie sprechen mit Heidemarie, was kann ich für Sie tun?«

»Hallo, Heidemarie, hier ist Emily Klein.«

Kurz war nichts von der anderen Seite zu hören.

»Emily Klein?«, hörte ich die aufgebrachte Stimme der etwas pummeligeren Frau von Dr. von Seggern. »Du bist tatsächlich wieder da?«

»Ja«, lachte ich. »Seit fast zwei Monaten.«

»Mensch«, meinte sie fröhlich. »Das freut mich wirklich! Aber ich vermute, dir geht es nicht so gut, oder weshalb rufst du an?«

»Um ehrlich zu sein, nein. Ich übergebe mich seit ein paar Wochen jeden Morgen. Ich bin ja der Meinung, dass es etwas Psychisches ist, aber Bastis Frau besteht darauf, dass ich mich durchchecken lasse, falls ich irgendetwas mitgeschleppt habe.«

»Ach ja, die liebe Jules. Grüß sie lieb von mir. Ist das Baby immer noch nicht aus ihr rausgeplumpst?«

Ich kicherte. »Nein, immer noch nicht.«

»Ganz der Vater. Lässt einfach wochenlang auf sich warten und findet es in einer Frau immer noch am schönsten.«

Erschrocken schnappte ich nach Luft und Jules starrte mich schockiert an. Das hatte sie jetzt nicht wirklich gesagt, oder? Diese Frau ging stramm auf die Siebzig zu!

Sie kicherte. »Stell dich nicht so an, Emily. Ich war auch mal jung und ich habe den Rabauken aufwachsen sehen. Also wir schieben dich einfach heute Nachmittag rein, okay? Passt dir 16:00 Uhr?«

Ich tat so, als wenn ich in meinen ach so vollen Terminkalender schauen müsste.

»Ja, das passt mir gut.«

»Alles klar, dann bis später, Spätzchen.«

»Bis dann«, verabschiedete ich mich freundlich.

Nachdem ich aufgelegt hatte, sahen Jules und ich uns einen Moment schweigend an, bevor wir in Lachen ausbrachen. Sie hatte es tatsächlich gesagt.

Nach ein paar Stunden hatte ich mich von Jules verabschiedet. Ich wusste, dass Basti heute eher nach Hause kam, und wollte den beiden ein wenig Zweisamkeit schenken, wenn ich sie schon so lange belagerte. Außerdem musste ich eh in einer Stunde zu meinem Arzttermin.

Ich schlenderte durch die Kleinstadt, in der ich groß geworden war. Viel hatte sich in den letzten Jahren nicht geändert. Ein, zwei Läden waren pleitegegangen, aber durch andere Unternehmen wieder aufgefüllt worden. Immer noch konnte man ohne Bedenken seine Kinder hier auf der Straße spielen lassen und das schlimmste Verbrechen, das in den letzten Jahren hier verübt worden war, war der Sohn der Müllers gewesen, der Süßigkeiten im Laden von Tante Emma geklaut hatte. Und ja, sie hieß Tante Emma und betrieb einen Tante-Emma-Laden. So klein war dieses Nest hier.

Vor dem Schreibwarenladen blieb ich stehen und betrachtete das Briefpapier, das in der Auslage lag. In den letzten Monaten hatte ich aufgehört, Tagebuch zu schreiben, jedoch damit begonnen, Briefe an Noah zu schreiben.

Briefe, die ich ihm nur zu gerne schicken würde, aber nicht konnte, weil ich nicht wusste, wie ich sie adressieren sollte. Ich ging in den Laden und eine kleine Glocke kündigte mein Eintreten an.

»Ah, Emmi!«, begrüßte mich der alte Herr Schubert. »Willst du wieder Briefpapier kaufen?«

Dankbar lächelte ich und zeigte auf einen Stapel in der Auslage.

»Sehr gute Wahl, meine Liebe«, meinte er augenzwinkernd.

Ich musterte die Schachteln, die hinter ihm standen. Eine fiel mir besonders ins Auge. Sie war braun, was erst einmal nicht ausgefallen wirkte, und mit türkisen Ornamenten verziert. Ich zeigte auf die Schachtel.

»Kann ich die auch noch haben?«

Herr Schubert schien sich zu freuen, denn er nickte eifrig und packte mir alles ein. Ich bekam sogar einen kleinen Rabatt.

»Für meine Stammkunden«, meinte er zwinkernd.

Lachend verabschiedete ich mich von ihm und steuerte ein kleines Café an, das in den letzten zwei Jahren ebenfalls hier eröffnet hatte.

Ich setzte mich auf einen freien Platz draußen, der etwas abseits gelegen war, und bestellte ein Zitronenwasser und ein Stück Kuchen. Ich hatte dauernd Hunger, was meine Familie mit Wohlwollen sah, da ich endlich wieder zunahm. Allein zwei Kilo waren es in den vergangenen beiden Monaten gewesen. Und das war mehr als in den letzten

Jahren. Ein wenig genoss ich die Sonne, doch dann zog ich das Briefpapier hervor und begann zu schreiben.

Mein geliebter Noah,

Mittlerweile ist es zwei Monate her, dass wir uns gesehen haben, und langsam frage ich mich, ob ich mir das eingebildet habe. Ob mir mein Gehirn nur einen Streich gespielt hat. Aber dann muss ich an deine Lippen auf meinen denken, an deine Hände auf meinem Körper, an deine Lippen auf meinem Körper und dann weiß ich, dass es real war.

Vergib mir, dass ich gegangen bin.

Vergib mir, dass ich es dir nicht selbst gesagt habe.

Und vergib mir, dass ich so blöd war und jetzt nicht weiß, wie ich dich erreichen kann.

Ich starrte in die Ferne. Ich wünschte, ich wüsste, wie ich Noah finden kann. Ich wünschte, ich könnte ihm all die Briefe geben, die ich ihm in den letzten Monaten geschrieben habe.

Weil ich dir dann sagen würde, dass es okay ist. Dass ich verstehe, wieso du getan hast, was du getan hast. Zumindest versuche ich es.

Ich würde dir sagen, dass ich dir vergebe.

Aber ich kann es nicht. Ich kann nur darauf vertrauen, dass wir beide wieder zusammenfinden. Du weißt, wo du mich findest. Und ich hoffe so sehr, dass du mich noch genauso liebst wie früher. Dass du mich findest, so wie du mich damals gefunden hast, und dass du mich nicht gehen lässt, weil du Angst hast, meine Vergebung nicht zu bekommen.

Die hast du doch schon längst.

Was ist schon ein Leben ohne dich? Was bin ich schon ohne dich?

Ich bete, dass du zurück nach Hause kommst. Ich bete, dass du zurück zu mir kommst, denn ich vermisse dich.

Ich will dich keinen Tag meines Lebens mehr missen.

Oh Noah, ich liebe dich immer noch. Ich habe nie aufgehört, dich zu lieben.

Komm zurück zu mir.
Deine Emmi

Als ich das nächste Mal auf die Uhr sah, stellte ich erschrocken fest, dass ich in fünf Minuten meinen Termin hatte. Ich packte schnell den Brief zusammen, warf das Geld mit einem großzügigen Trinkgeld auf den Tisch und rannte zwei Straßen weiter zur Arztpraxis.

Als ich die Tür aufstieß, hörte ich schon, wie Heidemarie rief: »Auf die Minute, Emmi. Ich bin begeistert.«

Sie stand auf und drückte mich fest an sich. Dass sie um einiges kleiner war als ich, störte sie nicht sonderlich. Dann betrachtete sie mich ausgiebig.

»Mensch Mädchen, du bist viel zu dünn geworden.« Sie gab mir einen Klaps auf den Hintern. »Aber dich päppeln wir schon wieder auf. Komm, jetzt nehmen wir dir erst einmal Blut ab, du gibst eine Urinprobe ab und dann wartet der Doktor schon auf dich.«

Ich konnte hören, wie sich ein paar ältere Leute beschwerten, aber Heidemarie schaute sie alle nur böse an und meinte: »Jetzt hört's mal gut zu. Ihr seid's alle alt und werdet sowieso bald sterben. Der junge Hüpfer hier hat noch ein ganzes Leben vor sich, also könnt ihr ja sowieso warten.«

Mit offenem Mund starrte ich Heidemarie an. Ich wusste, dass sie etwas resolut ist, aber das hätte ich jetzt nicht von ihr erwartet.

Sie drückte mir einen Pappbecher in die Hand und meinte: »Du weißt ja, wo das Klo ist, Püppchen.«

Nachdem ich ihr meine Urinprobe zurückgegeben hatte, führte sie mich auf den Stuhl und nahm mir Blut ab.

»Also, Püppchen, was hast du denn für Beschwerden?«

»Hm, also eigentlich nicht so viele. Morgens übergebe ich mich halt immer und ich bin sehr müde. Aber ich glaube, mein Körper verarbeitet einfach noch die ganzen Jetlags der letzten Jahre.«

Heidemarie hielt kurz in ihrer Bewegung inne, musterte mich und machte dann weiter. »Wir werden mal sehen, Püppchen.«

Dann drückte sie mir ein Wattepad auf die Wunde und meinte: »Eine Minute fest drauf drücken, ich bring deine Sachen jetzt zum Doktor, dann komm ich dich holen, ja?«

Ich nickte und presste fest auf das Wattepad, so wie sie es mir gesagt hatte. Bevor ich überhaupt die Umgebung mustern konnte, kam Heidemarie und brachte mich ins Arztzimmer.

Ich setzte mich auf die Liege und betrachtete die Auszeichnungen, die an den Wänden hingen. Ehe ich mir Gedanken darum machen konnte, wieso man sowas immer aufhing, kam der Doktor herein.

»Emily«, strahlte er mich an. »Dass ich das noch einmal erleben darf, dass du wiederkommst.«

Ich lachte und erwiderte die Umarmung. »So lange war ich aber auch nicht weg.«

»Lang genug«, meinte er zwinkernd.

Er zog sich einen Hocker heran und sah mich ernst an. Nervös blickte ich in seine Augen.

»Habe ich was Schlimmes, oder warum siehst du mich so an?«

»Nein, Emily«, lächelte er jetzt. »Du hast nichts Schlimmes.«

Erleichtert atmete ich auf. »Also doch nur was Psychosomatisches.«

Er schüttelte den Kopf. »Nein, nicht ganz.«

Verwirrt blickte ich ihn an.

»Herzlichen Glückwunsch, Emily. Du bist schwanger.«

KAPITEL 35

Emily

Wie benommen starrte ich auf das Ultraschallbild. Da war tatsächlich ein kleines Wesen in mir. Etwas, von dem ich bis vor wenigen Monaten gedacht hätte, dass ich es niemals erleben würde. Und jetzt würde ich Mutter werden. Ich würde ein Kind großziehen. Alleine.

Ohne Noah.

Ich lehnte mich zurück und lachte wie verrückt, als ich in den Himmel starrte. Das konnte alles nicht wahr sein. Das war doch alles nur ein verrückter Scherz.

Gleich würde irgendjemand aus dem Busch springen und rufen: »Haha, verarscht. Herzlich willkommen bei der versteckten Kamera. Sie sind immer noch Witwe und sicherlich nicht schwanger.«

Aber ich wusste, dass das nicht passieren würde. Ich wusste, dass das jetzt meine Realität war. Ich erwartete ein Baby. Noah und ich erwarteten ein Baby.

Ich stand auf und ging die letzten Meter zu Noahs Grabstein. Langsam ließ ich mich im Schneidersitz davor nieder. Lange fixierte ich den Stein, bevor ich auf das Ultraschallbild starrte, um dann wieder zurück auf den Grabstein zu blicken.

»Tja, Noah«, murmelte ich. »Du bist in Amerika und ich bin hier. Wir beide leben und werden Eltern. Unverständlich, oder? Wo du doch seit zwei Jahren tot bist.«

Wieder musste ich lachen, doch mein Lachen verwandelte sich schnell in Tränen und Schluchzer.

»Ich hasse dich«, zischte ich dem Grabstein zu. »Ich hasse dich. Ich würde dich am liebsten durchschütteln, bis alle deine Synapsen wieder am richtigen Platz sind. Du hast alles ruiniert.«

Ich legte schützend eine Hand auf meinen Bauch.

»Du wirst Vater. Dabei hätte das gar nicht passieren dürfen.«

Ich stützte meinen Kopf in meine Hände. Ich hasste Noah. Und dann wiederum liebte ich ihn mehr als alles andere.

Ich hasste ihn für seine Lüge, nicht dafür, dass er nicht tot war. Ich hasste ihn dafür, dass er nicht für mich da war. Ich hasste ihn, weil er mich nicht aufgesucht, mich nicht einmal angerufen hatte. Ich ergriff einen Kieselstein und warf ihn an seinen Grabstein.

»Penner«, murmelte ich. »Weil ich nicht weiß, wie ich dir nah sein kann, muss ich vor deinem Grabstein hocken, der nicht einmal echt ist.«

Wütend warf ich noch einen Kieselstein dagegen. »Du bist so bescheuert, Noah. Einfach so bescheuert.«

Ich schimpfte sicher eine halbe Stunde mit Noah. In der Zeit spürte ich in meiner Handtasche, dass mein Handy mehrfach klingelte, aber ich ignorierte es. Ich konnte jetzt nicht gute Miene zu diesem ganzen Schauspiel machen. Wie sollte ich meiner Familie erklären, dass ich schwanger war? Und vor allem: Von wem? Meine Mutter würde verlangen, dass ich dem Mann sofort davon erzählen würde und er mich so gut wie möglich unterstützen sollte. Das würde ich ja alles gerne, aber ich wusste nicht wie.

»Ich bin schwanger von dir, du Penner«, zischte ich. »Das sollte nicht passieren.«

Erschrocken überdachte ich meine Worte. Dann starrte ich auf den noch nicht erkennbaren Bauch und streichelte ihn.

»Sorry, Krümelchen. Das war nicht gegen dich.« Tränen füllten wieder meine Augen.

Dann starrte ich auf den Grabstein und flüsterte: »Ich habe Angst, Noah. Was, wenn ich dieses Baby wieder verliere? Ich will das nicht. Ich brauche dich.«

Und als ich mir das eingestand, wurden meine Tränen zu verzweifelten Schluchzern, wie bereits vor zwei Jahren. Noch einmal würde ich das nicht überstehen. Nicht noch einmal. Beim nächsten Mal würde ich daran zerbrechen. Endgültig.

»Ich brauche dich, Noah«, sprach ich, als ich mir die Tränen vom Gesicht wischte und den Dreck von meiner Hose klopfte.

Ich zückte mein Handy, das schon wieder klingelte, und sah, dass Basti versucht hatte, mich mehrfach anzurufen.

»Ja?«, nahm ich seinen nächsten Anruf entgegen.

»Emmi!«, schrie mir Basti aufgeregt ins Ohr. »Ich bin Vater geworden, ich bin wirklich Vater geworden!«

»Was?«, rief ich freudig.

Ich lief zum Ausgang des Friedhofes und in Richtung meines Autos.

»Seid ihr im Kreiskrankenhaus?«

»Ja«, sagte Basti und ich konnte das Lächeln in seiner Stimme hören.

»Ich bin in zehn Minuten da«, versprach ich und legte auf.

Dann schnallte ich mich an und versteckte das Ultraschallbild in meinem Handschuhfach.

»Komm, Krümelchen. Besuchen wir Bastis Baby.«

Es dauerte dann doch ein wenig länger als zehn Minuten. Um genau zu sein, brauchte ich zwanzig. Parken war nicht so mein Ding, deswegen suchte ich mir immer besonders große Parklücken. Manchmal bedeutete das, länger zu laufen, aber immerhin hatte ich noch nie ein Auto geschrottet. Noah hatte mich für diese Eigenheit immer ausgelacht und den Kopf geschüttelt. Dann hatte er mir einen Kuss auf die Stirn gedrückt und gesagt, dass er mich lieben würde, vollkommen gleichgültig, wie ich parken konnte.

»Entschuldigen Sie?«, fragte ich mit einem Lächeln. »Ich würde gerne zu Jules Miller. Sie hat heute entbunden.«

Mit einem Lächeln schaute die Frau im Computer nach und nannte mir die Station. Mehrere Stufen auf einmal nehmend rannte ich in den zweiten Stock und blieb leicht außer Atem vor der Tür stehen. Dann klopfte ich zaghaft.

Ich meinte ein »Herein« zu vernehmen, also trat ich mutig ein. Der Anblick, der sich mir bot, trieb mir wieder die Tränen in die Augen.

Du machst mich ganz schön emotional, Krümelchen, dachte ich.

Mit einem Lächeln im Gesicht betrachtete ich Basti, der seine Frau im Arm hielt, die wiederum glücklich ihr Baby ansah.

Für den Stich der Eifersucht in meinem Herzen konnte ich nichts. So sollte es sein. So sollte es mit mir und Noah sein. So und nicht anders. Als sie bemerkten, dass ich sie betrachtete, strahlte Jules mich an.

»Dauert eine Geburt normalerweise nicht mehrere Stunden?«, scherzte ich.

Jules schmunzelte. »Da wollte der kleine Mann wohl doch raus.«

Basti nahm Jules das Baby ab und legte es mir in den Arm. Staunend betrachtete ich das kleine zerknautschte Gesicht.

»Darf ich ihn dir vorstellen, Emmi?«, meinte Basti und ich hörte ein Lächeln in seiner Stimme. »Das ist Noah.«

Ich erstarrte und blickte Basti ungläubig an.

Jules, die meine Reaktion falsch deutete, erklärte: »Wir wollten unser Baby nach jemandem benennen, der großen Einfluss auf unser aller Leben hatte und der uns leider viel zu früh verlassen hat.«

Ich schüttelte den Kopf und konnte sehen, wie Basti die Stirn runzelte. Langsam gab ich Baby-Noah an Jules.

»Nein, nein, nein, nein, nein«, murmelte ich immer wieder. »Nein, nein, nein, nein. Das habt ihr nicht gemacht.«

Basti nahm meinen Ellbogen und sah mich verwirrt an. »Emmi, was ist los?«

»Ihr hättet das Kind nicht Noah nennen sollen«, zischte ich.

Jules, die zu vermitteln versuchte, sprach dazwischen: »Wir wollten die Erinnerung an ihn aber weiterleben lassen.«

»Ihr hättet das Kind nicht Noah nennen dürfen «, schrie ich Basti ins Gesicht und funkelte ihn zornig an.

Dass ein Baby mit im Raum war, das sich nicht an meinem Geschrei erfreuen würde, hatte ich ausgeblendet.

»Doch, Emmi«, erwiderte Basti ruhig. »Genau das hätten wir.«

»Nein, verdammt«, schrie ich. »Hättet ihr nicht.«

»Was ist eigentlich dein Problem, Emily?«, zischte Basti wütend. »Das hier ist ein freies Land, und wenn ich mein Kind nach meinem besten …«

»Er ist nicht tot«, schrie ich.

Jules schnappte nach Luft und Baby-Noah fing an zu weinen.

»Er ist nicht tot«, flüsterte ich und starrte auf den Boden. »Und ich bin schwanger von ihm.«

Als nach einigen Minuten keine Reaktion kam, schaute ich auf und sah Basti ins Gesicht.

Mit einem Lächeln fragte er mich: »Du bist schwanger, Emmi?«

Zögerlich nickte ich und er nahm mich fest in den Arm. »Ich freue mich so für dich.«

»Sag mal, hast du mir nicht zugehört?«, fragte ich ihn aufgebracht. »Ich sage dir, dass ich schwanger bin und dass Noah nicht tot ist, und alles, was du zu sagen hast, ist ›Herzlichen Glückwunsch‹?«

Betreten sah Basti mich an und Jules blickte verwirrt zwischen uns hin und her.

»Was …?«, fragte ich, während ich nicht verstand, warum Basti so reagierte. Bis es mir dämmerte. Geschockt stolperte ich rückwärts zur Tür.

»Du wusstest es.«

Mit einem Blick auf Jules konnte ich feststellen, dass sie absolut keine Ahnung hatte, wovon ich sprach.

Basti sah mich mit so viel Mitleid in den Augen an, dass ich ihm am liebsten vor die Füße gekotzt hätte. Verteidigend hob er die Arme.

»Emmi, hör mir erst einmal zu.«

»Du wusstest es? Du wusstest es und du hast mir nichts gesagt?«, weinte ich. »Du hast mich lieber durch diese Hölle geschickt, als dass du es mir erzählst?« Wütend, enttäuscht und verständnislos sah ich ihn an. »Das ist nicht dein Ernst, oder?«, flüsterte ich, weil ich das Ganze nicht wahrhaben wollte.

»Emmi, nein!«, rief er. »So war das nicht.«

»Und wie dann?«, meinte ich aufgebracht.

»Ich habe gemerkt, dass etwas nicht stimmt. Irgendetwas hat nicht gepasst. Er ist doch immer so vorsichtig gefahren und dann soll ausgerechnet Noah schuld an einem Unfall sein? Ich habe gegraben und Dinge über seine Vergangenheit rausgefunden …« Basti fing an, auf und ab zu laufen.

»Du weißt von Adrian Weber?«, fragte ich tonlos.

Erstaunt hob Basti den Kopf, nickte dann aber. »Und je mehr ich geforscht habe, umso mehr hat einfach nicht gepasst.«

Ich unterbrach ihn. »Du wusstest es also? Du wusstest, dass mein Mann am Leben ist, und du hast keinen Ton gesagt?«

»Bis gerade eben war ich mir auch nicht hundertprozentig sicher«, sagte er zerknirscht.

»Hör auf, zu lügen, Basti. So wie ich dich kenne, hat es nur noch gefehlt, dass du ihn von Auge zu Auge siehst, oder?«

Beschämt sah Basti zu Boden, was mir ein Keuchen entlockte.

»Und wann wolltest du es mir sagen?«

Mit einem schmerzhaften Ausdruck in den Augen blickte Basti mir wieder ins Gesicht. Noch einmal taumelte ich zurück und spürte die Tür in meinem Rücken.

»Du wolltest es mir gar nicht sagen?«, flüsterte ich geschockt.

Beide schwiegen, als mir die Tränen über das Gesicht rannen. Mit meinen Fäusten trommelte ich auf Bastis Brust und er ließ es zu.

»Du hast gewusst, was das mit mir gemacht hat. Du hast mich gesehen, Basti. Du hast mich in mich selbst zusammenfallen sehen. Und das war nicht einmal im Ansatz das, was ich in den letzten zwei Jahren durchgemacht habe.«

Entsetzt und verständnislos starrte ich ihn an.

»Und du hättest es mir nicht erzählt. Du hättest mich weiter durch die Hölle gehen lassen. Du wärst meine Chance gewesen, ihn wiederzufinden, und du hättest mich einfach durch die Hölle gehen lassen.«

»Es ging dir besser, Emmi«, versuchte er, sich zu rechtfertigen, und hielt meine Hände an den Gelenken fest. »Es ging dir besser, Emmi.«

»Es ging mir nie gut!«, schrie ich ihm ins Gesicht, riss mich los und verpasste ihm eine Ohrfeige.

»Ich hasse dich, Basti. Ich hasse dich.« Verachtend schnaubte ich.

»Lass dich nie wieder bei mir blicken«, sagte ich mit so viel Hass in der Stimme, wie es nur ging. »Lass dich nie wieder bei mir blicken und leb dein beschissen perfektes Familienleben.«

Dann verließ ich das Zimmer, obwohl ich hörte, wie Jules nach mir rief, und knallte die Tür ins Schloss.

»Hey!«, rief eine Schwester. »So geht das aber nicht!«

Ohne ein Wort zu sagen, stürmte ich an ihr vorbei und raus aus dem Krankenhaus. Draußen angekommen stützte ich mich an der Wand ab, legte die Hand aufs Dekolleté und spürte, wie mein Herz raste. Langsam glitt ich weinend an der Mauer hinab und fragte mich, womit ich das verdient hatte, was ich falsch gemacht hatte, dass mein Leben schon wieder in sich zusammenfiel.

KAPITEL 36

Noah

»Endlich«, strahlte Jake mich an und klopfte mir auf die Schulter.

Dann umarmte er Jasper und die beiden strahlten um die Wette.

»Endlich haben wir diese Idioten hinter Gitter gebracht.«

Ich wollte mich freuen, aber die Freude wollte sich partout nicht einstellen, deswegen grinste ich ihn nur unverbindlich an.

»Und was passiert jetzt mit mir?«, fragte ich an Jasper und Jake gewandt.

Lächelnd meinte Jake: »Du darfst gehen. Du kannst im Zeugenschutzprogramm bleiben, aber spätestens nächsten Monat ist es ausgelaufen. Es besteht keine Gefahr mehr für dich.«

Ich konnte nach Hause.

Die Zwei wollten unbedingt einen mit mir trinken gehen, aber ich lehnte höflich ab. Ich winkte mir ein Taxi heran und ließ mich zu meinem Apartment fahren. Während die Stadt an mir vorbeizog, dachte ich über mein Leben nach. Ich konnte nach Hause.

Ich könnte dort weitermachen, wo ich vor etwas mehr als zwei Jahren aufgehört hatte. Aber ob Emmi das wollte?

Verzweifelt fuhr ich mir mit den Händen durchs Gesicht. Ich konnte mir nicht vorstellen, dass sie das wollte. Nach allem, was sie wegen mir durchgemacht hatte, konnte ich mir nicht vorstellen, dass sie mich mit offenen Armen aufnehmen würde. Ich sollte mich wohl nach einem neuen Zuhause umsehen.

Als wir an meiner Wohnung angekommen waren, zahlte ich dem Fahrer ein großzügiges Trinkgeld und ging hinein. Nachdenklich sah ich mich um. Wie damals war die Wohnung kahl und kein Erinnerungsstück in Sichtweite. Die letzten zwei Jahre hatte ich nichts erlebt, was es wert gewesen wäre, sich daran zu erinnern. Seufzend schüttelte ich den Kopf. Ich sollte packen. Ich hatte nicht vor, einen Tag länger, als nötig in dieser Wohnung zu bleiben. Ich zog den Koffer unterm Bett hervor und warf meine Klamotten hinein. Viel hatte ich nicht, schließlich hatte ich damals alles zurückgelassen. Als mir Emmis Tagebücher in die Hände fielen, ließ ich mich langsam auf den Boden nieder und blätterte sie wahllos durch.

Ich vermisse Noah, so sehr. Ich wünschte mir, ich könnte ihm noch einmal sagen, wie sehr ich ihn liebe.

Warum musste ausgerechnet Noah sterben? Warum bin ich nicht mit ihm gestorben?

Ich halte das nicht mehr aus. Ich schaffe das nicht mehr. Wie soll ich dieses Leben ohne Noah meistern?

War es die richtige Entscheidung, zu gehen? Sollte ich Emmi allein lassen? Bevor ich mir weitere Gedanken machen konnte, klingelte es an der Tür. Schwerfällig erhob ich mich und öffnete.

»Was um alles …«, sagte ich, als ich erkannte, dass Basti vor mir stand, aber ich konnte den Satz nicht zu Ende sprechen, denn im nächsten Moment landete seine Faust in meinem Gesicht.

Es knackte und ich musste vor Schmerzen winseln. Es fühlte sich an, als würde etwas Warmes über meine Lippen laufen.

»Scheiße«, murmelte ich und griff mir an die Nase.

Ich blutete tatsächlich. Erstaunt sah ich zu Basti, der seine Faust schüttelte.

Im nächsten Moment sah er auch zu mir und meinte: »Das hattest du verdient.«

Ich zuckte mit den Schultern. »Vermutlich.«

Ich griff nach einem Taschentuch und versuchte, die Blutung zu stoppen.

»Habe ich dir was gebrochen?«, fragte Basti vorsichtig nach.

Ich schüttelte den Kopf. »Ich glaube nicht.«

»Schade«, meinte er und grinste mich mit seinem typisch frechen Grinsen an. »Hättest du verdient.«

Ich erwiderte sein Lächeln und im nächsten Moment umarmten wir uns. Nach einer halben Ewigkeit ließen wir einander los und ich konnte sehen, dass Basti, ähnlich wie ich, mit den Tränen kämpfte.

Ich schlug ihm auf den Hinterkopf. »Heul nicht so rum, du Memme.«

Er lachte und klopfte mir auf die Schulter. Dann musterten wir einander minutenlang. Basti war immer noch ein genauso gutaussehender Mistkerl wie damals. Zu Beginn war ich oft eifersüchtig auf ihn gewesen, weil er und Emmi eine so innige Beziehung hatten, aber nach einiger Zeit hatte sich das gelegt. Seine blonden Haare waren wie immer akkurat gestylt und seine braunen Augen hatten einen warmherzigen Ausdruck, der bei ihm neu war. Früher wirkte er oft kalt und knallhart, was als Polizist natürlich immer gut ist, aber diese Züge vermisste ich jetzt bei ihm. Er wirkte glücklich. Eine böse Vorahnung beschlich mich.

»Was machst du hier, Basti?«, fragte ich ihn direkt.

Verwundert ob des kalten Tons in meiner Stimme blickte er mich an.

»Freust du dich nicht, mich zu sehen? Was wirst du denn gleich so zickig?«, meinte er skeptisch.

»Wenn du nur hier bist, um meinen Segen mit Emmi zu bekommen …«, spuckte ich aus, konnte aber den Satz nicht vollenden, weil Basti mir wieder eine reinhaute.

»Und?«, zischte er wütend. »Habe ich diese hässliche Nase diesmal gebrochen?«

Vorsichtig tastete ich die Nase ab und schüttelte grinsend den Kopf. »Nein, du schlägst einfach wie ein Mädchen zu.«

Basti verdrehte die Augen und sah mich danach an, als wäre ich geistesgestört.

»Wie kommst du auf den Schwachsinn, dass ich und Emmi …?«, er schüttelte sich, als wäre ihm die Vorstellung zuwider.

»Naja …«, druckste ich herum. »Ich meine, also … Ihr habt euch immer so gut verstanden und ich bin ja schon lange weg, Emmi ist eine hübsche Frau und du siehst … du siehst glücklich aus.«

Basti zeigte mir einen Vogel. »Emmi und ich? In hundert Jahren nicht.«

Erleichtert atmete ich aus, als Basti sich auf das Sofa setzte. Er ließ seinen Blick durch das Wohnzimmer schweifen und konnte von seiner Position aus den Koffer im Schlafzimmer sehen.

Während er in diese Richtung deutete, meinte er: »Ich hoffe für dich, dass du deine Taschen packst, damit du endlich wieder nach Hause kommst.«

Seufzend setzte ich mich ihm gegenüber und meinte: »Nein. Ich glaube, dass ich das Emmi nicht antun kann.«

Nachdenklich musterte Basti mich und sagte erst einmal nichts.

Nach einiger Zeit fing er an: »Weißt du, von Anfang an hatte mich etwas an deinem Unfall gestört. Ich meine, nicht einmal meine Oma fährt so vorsichtig wie du.«

Er musterte mich. »Also fing ich an, Nachforschungen anzustellen. Was meinst du, wie erstaunt ich war festzustellen, dass du gar keine Großeltern hast.«

Ernst sah er mich an. »Adrian Weber.«

Ich schluckte und sah ihn mit großen Augen an. »Du hast …?«

Mitleidig sah er mich an und nickte. »Ich hab es rausgefunden. Alter, warum hast du denn nichts gesagt?«

Ich ließ mich auf den Sessel sinken und starrte an die Decke. »Die Lüge war einfacher geworden und ich hatte Angst, dass mich meine Vergangenheit vielleicht doch eines Tages einholen würde.«

Ich kniff meine Nasenwurzel. »Das hat sie vielleicht nicht, aber ich scheine ein Magnet für Unglück zu sein.«

Basti nickte und zuckte mit den Schultern. »Etwa ein Jahr, nachdem Emmi weg war und ich bis auf eine lächerliche Postkarte und einer SMS nichts von ihr gehört hatte, schlug ich deine Akten wieder auf.«

Er lachte und verdrehte die Augen. »Zumindest wollte ich deine Akten wieder öffnen. Was meinst du, wie erstaunt ich war, dass deine Akten mir nichts, dir nichts verschwunden waren?«

Verwirrt sah ich ihn an. Wie war das möglich?

»Ist ja logisch, dass ich dann stutzig geworden bin und Nachforschungen angestellt habe. Gut, dass ich mir auch auf der nicht ganz so legalen Seite Freunde gemacht habe.«

Verschmitzt grinste er. Ich hatte schon immer geahnt, dass Basti sich gerne mal im Graubereich bewegte.

»Ich habe einen befreundeten Hacker auf die Sache angesetzt. Zu Beginn war er nicht sonderlich begeistert, aber entwickelte immer mehr Spaß an dem Projekt, als er merkte, dass da mehr dahintersteckte.«

Mit großen Augen sah ich ihn an.

»Es hat eine Zeit gedauert und ich weiß es auch erst seit einem Monat, aber er war in der Lage, dich aufzuspüren. Ich konnte nicht glauben, was er mir erzählte. Ich wollte es nicht glauben. Bis er mir Fotos von dir zeigte. Ich hatte keine Ahnung, was ich machen sollte. Ich wusste, dass du im Zeugenschutz warst, ich wusste, dass es eine große und wichtige Sache war, aber andererseits wollte ich dir in den

Arsch treten und dich wieder heimholen. Und dann kam Emmi wieder. Ich habe lange überlegt, ob ich es ihr erzählen soll.«

Gebannt starrte ich ihn an und wartete darauf, dass er weitersprach. Er seufzte und fuhr sich mit der Hand durchs Gesicht.

»Ich meine, ich wusste es selbst nicht lange und es hing so viel von diesem Geheimnis ab. Ich wollte Emmi nicht in Gefahr bringen, aber als sie dann ins Krankenhaus kam …«

Rasch unterbrach ich ihn und sprang auf die Beine. »Was? Emmi ist im Krankenhaus?«

Verwirrt sah mich Basti an, dann lachte er und schüttelte den Kopf. Langsam setzte ich mich wieder hin.

»Oh, das habe ich vergessen zu erwähnen.«

Er hielt seine rechte Hand hoch. Ich hatte keine Ahnung, was er mir damit sagen wollte, bis ich den Ring an seinem Finger bemerkte.

Mit großen Augen starrte ich ihn an und stammelte: »Verheiratet? Du?«

Er lachte. »Das war auch in etwa Emmis Reaktion. Aber ja, ich bin mittlerweile verheiratet.«

»Herzlichen Glückwunsch, Basti!«, freute ich mich für ihn. »Wer ist die Glückliche?«

»Jules«, sagte er strahlend.

»Jules wie deine Sekretärin?«

Er nickte und man konnte in seinem Gesicht sehen, wie abartig doll er seine Frau liebte.

»Um zurück zu meiner Geschichte zu kommen: Emmi kam ins Krankenhaus, weil Jules unser Kind zur Welt gebracht hatte …«

Wieder musste ich ihn unterbrechen, denn ich stand auf und umarmte ihn. Basti war Vater geworden. Die Trauer, die mich bei dem Gedanken erfasste, schob ich beiseite. Auch, wenn unser Kind nie zur Welt gekommen war, wollte ich mich trotzdem für Basti freuen. Er wusste von meinem Verlust ja nichts.

»Danke«, meinte er und grinste, bevor er mich traurig ansah. »Ich weiß, dass Emmi euer Kind damals verloren hat.«

Erstaunt sah ich ihn an. Sie hatte es ihm erzählt? Er schien die Frage in meinen Augen zu erkennen, denn er nickte.

»Ich war dabei, als sie zusammengebrochen ist. Sie hat mir alles erzählt.« Sein Blick wurde düster. »Dafür würde ich dich am liebsten umbringen, aber das wäre dann doch sehr kontraproduktiv.«

Ich setzte mich wieder hin und bedeutete ihm, weiterzureden.

»Naja, auf jeden Fall hatte Jules endlich unser Kind bekommen und es ist ein Junge.« Er strahlte. »Als Emmi uns besuchen kam, haben wir ihr gesagt, dass wir unser Baby Noah genannt haben.«

Gerührt sah ich ihn an.

»Ich meine, auch wenn ich wusste, dass du nicht tot warst, wusste es sonst niemand. Und Jules mochte den Namen.« Er verdrehte die Augen. »Keine Ahnung, wieso. Wenn du mich fragst, ist es ein ganz schön beschissener Name.«

Er grinste mich frech an und jetzt war es an mir, die Augen zu verdrehen.

»Aber glaub mir, einer Schwangeren darfst du keinen Wunsch abschlagen. Als Emmi das gehört hat, ist bei ihr irgendein Schalter durchgebrannt und sie ist ausgeflippt.«

Er zuckte mit den Schultern und ich wartete darauf, dass er weitersprach, aber er schwieg.

Fragend sah ich ihn an. »Irgendetwas fehlt bei der Geschichte doch noch?«

»Emmi hat mir angesehen, dass ich es gewusst habe. Irgendwie. Sie hatte schon immer ein Gespür für sowas. Auf jeden Fall hasst sie mich jetzt und will mich nie wiedersehen.«

»Das tut mir leid«, sagte ich aufrichtig.

Es tat mir nicht nur für ihn leid, sondern für Emmi. Sie und Basti waren schon ewig beste Freunde.

»Deswegen bin ich hier, du Idiot.« Er verdrehte die Augen. »Ich bringe dich zurück.«

Ich sah Basti lange zweifelnd an, bis ich den Kopf schüttelte. Ich stand auf und lief unruhig durch den Raum.

»Ich kann nicht, Basti. Du hast keine Ahnung, was Emmi alles durchgemacht hat. Sie wird mir das nie verzeihen können. Und ihre Familie auch nicht. Ich kann nicht zurück, das würde nur Schmerzen für sie bedeuten.«

Kopfschüttelnd erwiderte Basti: »Seit wann bist du so ein jämmerlicher Feigling?«

Wütend starrte ich ihn án. »Das ist nicht feige! Für die Liebe opfert man Dinge.«

Er stand auf und zog einen Briefumschlag aus der Jackentasche.

»Wenn du meinst. Hier«, damit warf er den Umschlag auf den Tisch. »Das ist ein Brief von Emmi an dich, den ich gefunden habe. Ich habe keine Ahnung, was drin steht, also finde es selbst heraus.«

Er wandte sich zur Haustür. Kurz bevor er sie öffnete, hielt er inne und meinte: »Aber, wenn du dich dazu entscheidest, hierzubleiben, dann wird dein Kind von wem anders großgezogen werden.«

Damit öffnete er die Tür und wollte rausgehen, als ich ihm verwirrt hinterherrief: »Wovon redest du? Mein Kind?«

Er drehte sich um und grinste frech. »Oh? Hatte ich vergessen, das zu erwähnen? Im Krankenhaus eröffnete Emmi uns, dass sie schwanger von dir ist.«

Eine Welle von Gefühlen schwappte durch mich hindurch. Unglaube, Freude, Verzweiflung, Angst, Hoffnung. Das war nicht möglich, oder? Wir hatten doch … Nein, hatten wir nicht. Wir hatten nicht verhütet.

»Du verarschst mich nicht?«, fragte ich ihn atemlos.

Er schüttelte den Kopf. »Nein, Noah. Du wirst Vater. Und so, wie ich Emmi kenne, flippt sie aus, weil sie das allein durchstehen muss.«

Ich lief ins Schlafzimmer, warf meine restlichen Klamotten in den Koffer, verschloss ihn und war innerhalb von zehn Minuten wieder im Wohnzimmer.

»Na worauf warten wir dann?«, fragte ich und musste mich dem Grinsen von Basti anschließen. »Bring mich nach Hause zu meiner Familie.«

Er klopfte mir auf die Schulter. »Das wollte ich hören.«

Wir fuhren direkt zum Flughafen und nahmen den nächsten Flug nach München. Auf den Weg dorthin rief ich Jake an und gab ihm Bescheid. Anders, als ich es erwartet hatte, freute er sich für mich. Die Zeit bis zur Landung rauschte nur so an mir vorbei – und nicht einmal in all den Stunden traute ich mich, den Brief von Emmi zu öffnen. Was, wenn drinstehen würde, dass sie mir nicht verzeihen konnte? Ich wusste es nicht und es fiel mir leichter, es nicht zu wissen, denn ich hatte mir vorgenommen, um sie zu kämpfen. Um sie und unser Baby.

Ich konnte nicht fassen, dass ich eine zweite Chance bekam, dass wir eine zweite Chance bekamen, Eltern zu werden. Ständig musste ich mich bei Basti rückversichern, dass das alles wahr war, aber irgendwann winkte er nur noch genervt ab.

Als ich nach über zwei Jahren das erste Mal wieder auf deutschem Boden stand, hätte ich diesen am liebsten geküsst. Deutschland war schon immer mein Zuhause, wie hatte ich je denken können, dass ich mir woanders ein Leben aufbauen könnte?

Emmi war meine Heimat, Emmi war mein Leben und ich würde alles dafür tun, um sie zurückzugewinnen.

Im Flughafen kaufte ich einen riesigen Strauß mit weißen Lilien und zog mir mein hellblaues Hemd an, das Emmi immer so an mir geliebt hatte. Als das Taxi uns unserer Heimat näher brachte, wurde ich nervöser.

»Hier hat sich auch nichts geändert?«, lachte ich angespannt.

Basti schüttelte grinsend den Kopf. Vor meinem alten Zuhause hielt das Taxi an.

»Emmi ist vor zwei Tagen wieder ins Loft gezogen. Sie hatte es in der Zwischenzeit vermietet.«

Er deutete auf die Fenster, die in der Dunkelheit hell erleuchtet waren.

»Sie ist zu Hause und aus sicherer Quelle weiß ich, dass sie alleine ist«, zwinkerte er mir zu. »Klär das mit ihr«, meinte er ernst.

Ich nickte und atmete tief durch. Dann griff ich nach den Blumen und meiner Tasche und ging in den zweiten

Stock. Ich brauchte weitere fünf Minuten, bevor ich mich gesammelt hatte und an der Tür klingelte.

»Endlich«, sagte Emmi, als die Tür aufging.

Sie sah mich gar nicht an, sondern starrte in ihr Portemonnaie. Anscheinend erwartete sie einen Lieferservice.

»Ich bin am Verhungern. Sie haben sich wirklich viel Zeit gelassen.«

»Ich weiß«, schmunzelte ich, denn sie blickte immer noch nicht auf.

Erschrocken ließ sie ihr Portemonnaie fallen und starrte mich aus großen Augen an.

»Noah?«, flüsterte sie überrascht.

KAPITEL 37

Noah

Emmi blinzelte ein paar Mal und schien nicht zu realisieren, dass ich vor ihr stand. Nervös biss sie sich auf ihre Lippe und ich konnte sehen, wie es in ihrem Kopf zu arbeiten begann.

Sie war so schön. Ihre Haare waren schulterlang. Ein bisschen wehmütig vermisste ich ihre lange Mähne, auch wenn ich wusste, dass sie sich früher immer darüber aufgeregt hatte. Ihre blauen Augen brachten mich immer noch dazu, mich in ihnen zu verlieren. Es war, als würde ich in ihnen ertrinken. Sie war dünner geworden, zu dünn, wenn man mich fragen würde, aber wer konnte ihr das schon verübeln? Dennoch war sie die schönste Frau, die ich je gesehen hatte, und ihr Körper brachte mein Blut in Wallung. Ihre Haut sah so weich aus, wie sie sich schon immer angefühlt hatte. Unbewusst streckte ich die Finger nach ihr aus. Ich wollte sie so gerne berühren, wollte fühlen, dass sie sich immer noch so anfühlte wie früher.

Das muss der Moment gewesen sein, in dem sie realisiert hatte, was vor sich ging. Erschrocken zuckte sie zusammen, als meine Fingerspitzen ihre Wange berührten. Sie trat einen Schritt zurück und ich ließ die Hand sinken. Bevor ich irgendetwas sagen konnte, schüttelte sie den Kopf und knallte mir die Tür vor der Nase zu.

Jetzt war es an mir, erst einmal zu blinzeln. Die Tür ging wieder auf, sie sah mich erneut an. Musterte mich von oben bis unten, griff nach den Lilien, die ich in der Hand hielt, nahm sie und knallte mir die Tür vor der Nase zu. Leise schmunzelte ich. Vielleicht war doch nicht alles verloren. Ich klopfte an die Tür.

»Emmi, Baby. Lass mich bitte rein.«

Ich konnte ihren Schatten hinter der Tür stehen sehen.

»Ich kann sehen, dass du hinter der Tür stehst«, sagte ich mit einem Grinsen im Gesicht.

Sie bewegte sich nicht, sagte aber auch nichts.

»Bitte, Baby.« Ich lehnte meine Stirn an die Tür. »Lass mich bitte rein. Lass mich mit dir reden.«

»Nein«, erklang ihre Stimme brüchig und eine eiserne Faust legte sich um mein Herz.

Ich hasste es, wenn Emmi weinte, und noch mehr hasste ich, dass ich mal wieder der Grund dafür war.

»Geh einfach, Noah.«

Ich hörte eine Bewegung an der Tür, vermutlich ließ sie sich mit dem Rücken gegen die Tür sinken. Auch ich setzte mich rücklings an die Tür.

»Es tut mir alles so leid, Emmi«, meinte ich.

Verzweifelt fuhr ich mir mit den Händen durch die Haare. »Ich weiß mittlerweile, dass ich den größten Fehler meines Lebens damals gemacht habe, und wenn ich könnte, würde ich alles anders machen.«

Ich schluckte und versuchte, den Kloß in meinem Hals zu ignorieren. »Ich habe jeden Tag an dich gedacht. An dich und unser Baby. Ich habe mir vorgestellt, wie es aussieht, wie es heißt, ob es ein Junge oder ein Mädchen wird.

Und als ich …«, meine Stimme brach und heiße Tränen liefen über meine Wange.

Tief atmete ich durch. »Als ich dann gelesen habe, dass unser Baby …«, ein Schluchzen kam aus meiner Kehle. »Dass unser Baby gestorben ist …«

Ich schüttelte den Kopf, weil ich keine Worte fand. »Ich hätte bei dir sein sollen«, wisperte ich.

Ich war mir sicher, dass sie mich nicht hören konnte, aber meine Stimme versagte und Tränen liefen mir über die Wangen. Es war, als löste sich endlich der Knoten, der mir seit zwei Jahren schwer im Magen lag. Als wenn all der Schmerz, die Vorwürfe, Sorgen und Trauer, die ich die letzten Jahre in der hintersten Ecke meines Herzens verstaut hatte, sich endlich an die Oberfläche kämpften.

Auf einmal ging die Tür hinter mir auf.

Ich drehte mich um und sah hoch, Emmi in die Augen. Auch ihr liefen die Tränen übers Gesicht. Ich blieb auf den Knien, legte die Arme um ihre Beine, den Kopf auf ihren Bauch und weinte.

»Es tut mir so leid, Baby. So unfassbar leid. Ich kann verstehen, wenn du mir niemals vergibst, ich würde mir selbst auch nicht vergeben.«

Schluchzer erfassten meinen Körper. Ich hob den Kopf und sah ihr in die Augen. Sanft strich sie mit ihrer Hand über meine Haare, schien mir Trost spenden zu wollen. Aber ich konnte auch den Schmerz in ihrem Blick sehen.

Den Schmerz, den ich ihr angetan hatte. Den Schmerz, den ich in ihre Augen gepflanzt hatte.

Verzweifelt sagte ich: »Ich habe deine Vergebung nicht verdient, Emmi. Kein Bisschen davon. Aber du solltest wissen, wie sehr ich dich liebe.«

Mit der Faust wischte ich mir übers Auge. »Ich habe die letzten Jahre nicht wirklich gelebt, weil du nicht bei mir warst. Du warst immer meine zweite Hälfte, der Mensch, der mich komplettiert hat.«

Ich musste einmal tief Luft holen.

»Ich bin schuld an allem, was dir passiert ist. Jede Träne, jeder Schmerz. Und mir wird schlecht, wenn ich daran denke, was ich dir alles angetan habe. Es gibt nichts, was das wiedergutmacht. Aber wenn du mich lässt, dann werde ich dir den Rest meines Lebens beweisen, dass ich ein besserer Mann sein und dich lieben kann, wie du es verdient hast.«

Weinend fiel Emmi auf die Knie, legte ihre Arme um mich und vergrub ihren Kopf an meiner Schulter. Ich lehnte mich an die hinter mir liegende Wand, zog sie auf den Schoß und umklammerte sie genauso fest wie sie mich.

Dann weinten wir beide.

Um all den Schmerz, all die vergeudete Zeit und um alles, was wir verloren hatten. Und ich glaubte, dass es dieser Moment war, in dem wir beide zu heilen anfingen.

Ich hatte keine Ahnung, wie lange wir da auf dem Flur saßen, aber es kam mir vor wie eine Ewigkeit. Irgendwann hatten wir beide keine Tränen mehr, auch wenn immer noch Schluchzer Emmis Körper schüttelten. Zärtlich strich ich ihr über den Rücken, versuchte, für sie da zu sein. Sie zu beruhigen. Ich genoss, dass sie mir erlaubte, ihr so nahe zu sein. Sanft küsste ich ihre Haare und sog ihren Geruch in mich auf. Sie roch noch immer nach Fernweh und wieder wurde mir schmerzlich bewusst, wie sehr ich das vermisst hatte. Wie sehr ich sie vermisst hatte. Irgendwann hob sie den Kopf und sah mich an. Ihre Augen waren glasig und ihre Nase rot. Mit dem Daumen hob ich ihr Kinn und wischte ihr die Tränen von den Wangen. Mein Blick wanderte von ihren Augen zu ihren Lippen und zurück. Mit dem rechten Daumen strich ich über ihre Unterlippe.

»Deine Lippen sind immer so weich, wenn du weinst«, murmelte ich.

Ich legte meine Stirn an ihre und schloss die Augen.

Emmi löste sich von mir, musterte mich und stand dann auf. Ein bisschen hilflos blieb ich auf dem Boden sitzen, weil ich nicht wusste, was sie von mir erwartete. Ich hatte keine Ahnung, wie es jetzt weitergehen sollte. Sie ging in die Wohnung und drehte sich um.

»Möchtest du nicht reinkommen?«, fragte sie sanft und sah mich mit einem kleinen Lächeln an.

Ich glaube, so schnell wie in diesem Moment war ich in meinem gesamten Leben nicht aufgestanden. Sie kicherte und in meinen Augen gab es kein schöneres Geräusch auf dieser Welt.

Ich griff nach ihrem Handgelenk und zog sie an meine Brust. Atemlos sah sie mich an und ich bemerkte, dass sie nervös zwischen meinen Augen und Lippen hin und her sah. Langsam näherte ich mich ihr. Kurz bevor sich unsere Lippen berührten, hielt ich inne, wartete auf eine Art Erlaubnis. Sie war es, die die letzten Millimeter überbrückte und ihre Lippen sanft auf meine legte. Sie verstärkte den Druck und fing an, an meiner Unterlippe zu knabbern. Leise stöhnte ich auf, griff in ihren Nacken und zog sie näher an mich.

Ich drehte uns so, dass sie mit dem Rücken an der Wand lehnte, und drängte mich gegen sie. Leidenschaftlich küssten wir uns und legten all unsere Verzweiflung in unser Tun. Mit meiner Hand wanderte ich unter ihr T-Shirt und streichelte mit den Fingerspitzen ihre Taille. Mit einem zufriedenen Brummen nahm ich wahr, wie sich eine Gänsehaut über ihren Körper zog. Ich ließ von ihren Lippen ab und liebkoste ihren Hals. Ein Seufzen entglitt ihr, das mein Blut noch mehr in Wallung brachte.

Atemlos sah ich sie an, strich ihr eine Strähne aus dem Gesicht und fuhr mit meinem Daumen über ihre Lippe.

»Ich liebe dich, Emmi. Ich liebe dich so sehr.«

Sie zog mich an den Gürtelschlaufen wieder näher zu sich und küsste mich. Als sie ungeduldig an meinem T-Shirt zupfte, hörten wir ein betretenes Räuspern neben uns.

Erschrocken fuhren unsere Köpfe auseinander und wir sahen einen jugendlichen Pizzaboten neben uns stehen, der knallrot angelaufen war. Nervös hielt er den Pizzakarton hoch.

»Ich … ähm …«, stammelte er.

Emmi lief rot an und vergrub peinlich berührt ihr Gesicht an meinem Hals, während ich schmunzelte. Ich griff nach meinem Portemonnaie in der hinteren Hosentasche, zog einen Geldschein raus und gab ihm ein großzügiges Trinkgeld. Dann beeilte er sich, wieder zu gehen.

Bevor er aus meinem Sichtfeld verschwunden war, drehte er sich um und gab mir zwei Daumen hoch. Auch Emmi sah das, stöhnte verzweifelt auf und schlug sich die Hände vors Gesicht.

»Wie peinlich«, murmelte sie.

Ich lachte, gab ihr einen Kuss auf die Schläfe und meinte: »Komm, lass uns reingehen. Die Pizza riecht wirklich gut.«

Emmi lugte zwischen den Fingern durch und ich konnte sehen, dass ein Lächeln ihre Lippen umspielte. Dann ergriff sie meine Hand und wir gingen in unser Loft.

Endlich war ich zu Hause.

KAPITEL 38

Emily

Schweigend beobachtete ich Noah, wie er in meiner Küche – oder unserer? – stand, den Pizzakarton aufklappte und die darin liegende Pizza in Stücke schnitt. Seine Bewegungen waren selbstsicher, als wüsste er genau, was er tun würde. Nicht ein Mal griff er in eine falsche Schublade, als er Pizzaschneider und Teller holte.

Wie hieß dieses Ding eigentlich, mit dem man die Pizza schnitt? Pizzaschneider klang in meinen Ohren irgendwie falsch …

Kopfschüttelnd bemerkte ich, dass meine Gedanken schon wieder abschweiften. Ich fokussierte mich auf Noah und fummelte nervös an meinem Shirt rum. Das draußen im Flur war oberpeinlich gewesen. Wie junge Teenager waren wir übereinander hergefallen, dabei wusste ich doch gar nicht, wie das mit uns weitergehen würde.

Ja, ich liebte ihn. Ich liebte ihn mehr als mein eigenes Leben, aber wie sollten wir wieder da anfangen, wo wir aufgehört hatten? Wie stellte man seinen Eltern seinen Ehemann vor, der vor etwas mehr als zwei Jahren eigentlich gestorben und zugleich der Vater meines ungeborenen Kindes war? Sanft legte ich die Hand auf meinen Bauch.

Noch konnte man nichts sehen, aber ich war mir sicher, dass man das bald tun würde. Und das müsste ich Noah erklären.

Fragen über Fragen, mit denen man sich normalerweise nicht auseinandersetzte. Eigentlich sollte doch alles einfach sein und nicht so kompliziert wie bei uns.

»Einen Penny für deine Gedanken«, schmunzelte Noah und sah mich liebevoll an.

Unter seinem Blick wurde ich rot und schaute auf den Boden. Sanft hob er mein Kinn hoch.

»Ich weiß, dass es alles ein wenig viel auf einmal ist. Wie wäre es, wenn wir erst einmal essen?«

Erleichtert nickte ich und wir setzten uns auf die Couch, genauso wie wir es früher getan hatten. Schweigend aßen wir die Pizza, doch ich bemerkte, dass Noah mich immer ansah, wenn ich meinen Blick von ihm wandte. Sicher spürte er, dass ich genau das Gleiche tat. Nach einigen Minuten trafen sich unsere Blicke und verhakten sich ineinander.

Völlig aus dem nichts fing ich zu glucksen an und bemerkte, dass mein Lachen immer schriller wurde und mir gleichzeitig die Tränen übers Gesicht liefen.

Aber es war mir einfach alles zu viel. Auch einer normalen Frau wäre das alles zu viel geworden, doch einer hormongesteuerten und schwangeren Frau?

Die konnte sich sicher gleich über Bord werfen. Direkt neben mir gab die Couch nach und ich spürte, wie Noah mich in seine Arme und auf seinen Schoß zog. Bald darauf hörte mein Lachen auf und nur noch Tränen liefen mir über die Wangen. Mein Blick war tränenverschleiert, als ich Noah ansah, und auch er weinte.

»Ich würde alles dafür geben, meine Fehler ungeschehen zu machen. Ich würde alles dafür geben, wäre ich doch schon immer der Mann gewesen, den du brauchst.«

Ich schüttelte den Kopf, wollte nicht, dass er weiterredete.

»Ich weiß, Baby. Ich weiß, dass du mir vielleicht nie verzeihen kannst, aber ich werde alles tun, um mich deiner würdig zu erweisen. Ich werde alles tun, damit ich der Mann sein kann, den du brauchst und der ich schon immer hätte sein müssen.«

Schluchzend murmelte ich: »… bist ... schon …«

Verwirrt musterte er mich und sagte, während er entschuldigend mit den Achseln zuckte: »Ich habe leider kein Wort verstanden.«

Ich räusperte mich, zog meine Nase nicht gerade damenhaft hoch und strich ihm seine Tränen aus dem Gesicht. »Du bist schon längst der Mann, den ich brauche.«

Noah musterte mich schweigsam, als wenn er nicht realisieren würde, was ich da gesagt habe. Ich legte meine Arme um seinen Nacken und sah ihn eindringlich an.

»Du bist doch schon längst der Mann, den ich zum Leben brauche. Ja, ich war wütend auf dich. Wahrscheinlich bin ich es immer noch, weil du mich zurückgelassen hast.«

Ich schlug ihn auf die Schulter.

»Weil du so dumm warst und dachtest, dass es mir irgendwie besser gehen würde ohne dich. Es würde mir niemals besser gehen ohne dich. Niemals. Verstehst du das nicht?«

Verzweifelt warf ich die Arme in die Luft.

»Du bist wie die Luft, die ich atme. Du bist mein Leben, Noah. Ich liebe dich.«

Bei meinen letzten Worten schluchzte Noah auf und begann mich zu küssen. Zwischen seinen Küssen murmelte er die ganze Zeit, wie sehr er mich liebte. Mir wurde wieder unfassbar warm und am liebsten hätte ich ihm und mir alle Kleidungsstücke vom Leib gerissen, aber ich merkte, dass Noah noch Redebedarf hatte.

Fragend musterte ich ihn.

»Ich glaube, wir haben noch ein paar Dinge zu klären.«

Genervt seufzte ich auf. Eigentlich waren doch Frauen diejenigen, die alles immer tausend Mal analysieren wollten, oder nicht? Aber er hatte recht. Ich wollte mich anschicken, von seinem Schoß zu klettern, aber Noah hielt mich fest umklammert.

»Vergiss es, Süße.« Er zog mich enger an sich. »Reden können wir auch, wenn du auf meinem Schoß sitzt. Ich will dich erst einmal nicht mehr loslassen.«

Zufrieden grinste ich, kuschelte mich an seine Schulter und hörte zu, als Noah erzählte, was sich ereignet hatte, seit ich ihn das letzte Mal gesehen hatte. Als er davon sprach, wie es ihm dabei ergangen war, meine Tagebücher zu lesen, drückte ich mich enger an ihn. Noah schob mich von sich, griff nach meinen Armen und schob die Ärmel nach oben. Ich wusste, dass er auf die Narben starrte, und konnte sehen, wie seine Schultern bebten. Ich hob seinen Kopf und sah in sein verzweifeltes und schmerzverzerrtes Gesicht.

»Ich hätte dich fast für immer verloren, Emmi«, flüsterte er und der Schmerz in seiner Stimme rammte mir ein Messer in meine Brust. »Wieso hast du das nur getan, Baby? Wieso?«

Sachte wischte ich seine Tränen vom Gesicht. »Weil ich auf keiner Welt leben wollte, auf der du nicht auch bist.«

»Es tut mir so leid, was ich dir angetan habe. So leid«, schluchzte er, doch ich schüttelte nur den Kopf.

»Ich habe dir schon längst vergeben, Noah.«

Es war, als platzte ein Knoten in seinem Inneren auf. Seine Tränen wollten nicht versiegen. Er zog mich fest an sich und ich genoss es, wieder in den Armen des Mannes zu liegen, den ich liebte. Ich wusste, dass er gerade zusammenbrach, aber ich wusste auch, dass er das brauchte. Und ich wusste, dass ich da sein würde, um ihn wieder zusammenzusetzen. Genauso, wie er mir dabei helfen würde, mich wieder zusammenzusetzen.

Wir weinten um unser Baby, um die verlorene Zeit und um all den Schmerz. Als unsere Tränen versiegten, dauerte es eine Weile, bis Noah weitersprach. Er erzählte mir von dem Prozess und davon, dass die Täter jetzt alle hinter Gittern waren.

»Tatsächlich?«, rief ich erfreut. »Ich bin stolz auf dich, Noah«, sagte ich und meinte es genauso, wie ich es sagte. »Ich bin stolz, dass du dich dazu durchgerungen hast.«

»Die Männer können niemals wieder jemandem etwas antun«, meinte er und drückte mir einen Kuss auf meine Stirn.

Verwirrt runzelte ich diese. »Die Männer? Und was ist mit der Frau?«

Jetzt war es an Noah, mich verwirrt anzusehen. Ich erzählte ihm, wie ich Jake kennengelernt hatte und was ich über die Fotos und die Frau wusste.

Nachdenklich starrte Noah ins Leere, bevor er sagte: »Nein, von einer Frau war nie die Rede. Ich habe auch nie eine gesehen.«

Er zuckte die Schultern und grinste mich aufmunternd an. »Vielleicht haben Sie sich ja das erste Mal in Ihrem Leben geirrt, Frau Klein.«

Ich kicherte, gab ihm einen Kuss und ignorierte das mulmige Gefühl in meinem Bauch. Nachdem Noah sich von meinen Lippen losriss, erzählte er weiter. Wie er sich nicht hatte vorstellen können, dass ich ihm jemals vergeben würde. Schließlich hatte ich ihm deutlich gezeigt, wie sehr er mich verletzt hatte. Und dann erzählte er von Bastis Besuch.

Mit weit aufgerissenen Augen starrte ich ihn an. »Basti war bei dir?«

Er nickte und musterte mich vorsichtig. »Und er hat mir alles erzählt.«

Wie von der Tarantel gestochen sprang ich auf, schnappte unsere Teller und trug sie in die Küche. Wenn ich aufgewühlt war, konnte ich am besten nachdenken, wenn ich mich in die Küche zurückzog und diese aufräumte. Es war, als kämen meine Gedanken zur Ruhe, wenn meine Hände beschäftigt waren.

Ich hielt die Teller unter den Wasserhahn und verstaute sie in der Spülmaschine. Als ich bemerkte, dass ich nichts mehr zum Aufräumen hatte, starrte ich aus dem Fenster.

Wenn Basti ihm alles erzählt hatte, wusste er, dass ich schwanger war, oder? War er nur deswegen zurückgekommen? Liebte er mich vielleicht gar nicht mehr und es war nur sein Pflichtgefühl? Noah war schon immer pflichtbewusst gewesen und …

Ich bemerkte seine Präsenz erst, als er direkt hinter mir stand.

Langsam strich er meine Haare beiseite und flüsterte in mein linkes Ohr: »Ich kenne dich, Emmi. Ich weiß, wie deine Gedanken sich gerade drehen, und ich werde dich sicherlich nicht damit alleine lassen. Ja, ich weiß, dass ich Vater werde, und ja, das war der Grund, der mich dazu gebracht hat, zurückzukommen.«

Ich versteifte mich. Also doch. Ich wollte von ihm weg, aber er hielt mich fest und verstärkte seinen Griff um meine Arme, ohne mir wehzutun.

»Aber ich bin nicht aus Pflichtbewusstsein wiedergekommen. Du hast mir gesagt, dass ich für dich die Luft zum Atmen bin. Du bist so viel mehr für mich. Das Einzige, was mich durch den Tag gebracht hat in den letzten Jahren, warst du. Eigentlich soll sich die Welt um die Sonne drehen.«

Er drehte mich um und sah mich mit einer Ehrlichkeit an, die mich überwältigte.

»Aber meine Welt dreht sich um dich. Seit ich dir vor all den Jahren dein Abendessen ruiniert habe. Glaubst du wirklich, dass sich daran irgendetwas ändern könnte?«

Wieder weinte ich, aber wer würde das bei solch einer Liebeserklärung nicht tun? Nachdem meine Tränen versiegt waren, schob mich Noah ein wenig von sich und strahlte mich an.

»Ich werde also wirklich Vater?«

Sein Strahlen war ansteckend und glücklich lachte ich auf. Ich nahm seine Hand und legte sie auf meinen noch flachen Bauch. »Ja.«

Jubelnd hob er mich hoch und wirbelte mich durch die Luft. Ich lachte und schloss die Augen. Das erste Mal seit etwas mehr als zwei Jahren fühlte ich mich wieder komplett. Es war, als würde das letzte Puzzleteil endlich wieder eingesetzt. Alles war so, wie es sein sollte.

Und ich war einfach nur glücklich.

KAPITEL 39

Noah

Ich weiß nicht, wie lange ich schon wach war. Sicher schon ein paar Stunden. Und seither hatte ich nichts anderes getan, als Emily zu beobachten. Wie ihre Nase sich im Schlaf rümpfte oder einfach nur, wie sich ihr Brustkorb sanft auf und ab bewegte. Ein Lächeln glitt über mein Gesicht und ich wusste, dass ich endlich angekommen war. Keine Ahnung, was ich im Leben richtiggemacht haben musste, um das zu bekommen, was ich mehr wollte als alles andere. Und das gleich zum zweiten Mal.

Emily wurde unruhig und tastete suchend mit ihrer Hand nach etwas. Als sie meinen Brustkorb spürte, konnte ich sehen, wie sie sich entspannte und ein leichtes Lächeln ihr Gesicht zierte. Brennender Schmerz nahm mir fast die Luft zum Atmen, wenn ich daran dachte, dass Em mich sogar im Schlaf vermisst hatte. Sie hatte die letzten beiden Jahre mit dem Wissen gelebt, dass es das war. Dass ich nicht mehr lebte und sie mich nie wiedersehen würde. Während meine größte Angst immer war, dass sie jemanden kennengelernt hätte, der mich ersetzen würde. Als Vater und Ehemann. Jetzt im Nachhinein wirkten meine Sorgen lächerlich, verglichen mit der Hölle, durch die ich mein Mädchen geschickt hatte.

Emmis Wimmern riss mich aus meinen Gedanken und ich sah, wie sie zu weinen anfing und immer wieder meinen Namen flüsterte. Mein Herz zerbrach ein weiteres Mal. Ich zog Emmi in die Arme und wiegte sie hin und her.

»Baby, ich bin da. Das ist nur ein Albtraum. Ich bin bei dir und ich werde nie wieder weggehen.«

Es dauerte eine Weile, bis sie ihre Augen aufschlug. Immer noch schimmerten Tränen in ihnen.

Mit ihren Fingerspitzen fuhr sie meine Konturen nach und flüsterte erstickt: »Du bist noch da.«

Sie flüsterte es noch ein paar Mal, bis ein Strahlen ihr Gesicht überzog, das die kleinen Risse meines Herzens wieder zusammenschweißte.

Dann küsste sie mich stürmisch und wir verloren uns ineinander.

Einige Stunden später saß sie auf der Arbeitsfläche in unserer Küche und beobachtete mich dabei, wie ich Rührei zubereitete. So eine simple Alltagssituation und doch so schön. Als ich den Blick hob, zog mich Emmi zu sich und küsste mich. Nach einiger Zeit lösten wir uns voneinander und ich legte die Stirn an ihre. Der Geruch nach angebranntem Rührei riss mich aus meiner Starre und brachte mich dazu, mich abrupt von Emmi zu lösen und das zu retten, was zu retten war. Ich hatte erwartet, dass sie schmunzelte, doch sie sah mich nur ernst an.

»Ich möchte, dass meine Eltern es wissen.«

Erschrocken ließ ich den Pfannenwender fallen und es klirrte. Auch Emmi zuckte zusammen. Ich wusste, dass es irgendwann so weit sein würde, aber gleich so schnell?

Emmi schien meine Zweifel zu spüren, denn sie schwang sich von der Arbeitsfläche und schlang ihre Arme um meinen Körper.

»Sie müssen es wissen, Noah. Ich werde dich nämlich nicht verheimlichen und außerdem bekommen wir ein Baby.«

Ich nickte, aber sie merkte dennoch, dass ich mich nicht entspannen konnte.

Sie drehte mich herum und sah mich ernst an. »Was ist los?«

»Das fragst du noch?«, meinte ich und fuhr mir mit der Hand nervös durch die Haare. »Sie werden mich hassen.«

»Möglich«, meinte Emily und wiegte ihren Kopf bedächtig.

»Und sie werden mich nicht in eurer Nähe erlauben«, sagte ich und strich sanft über ihren Bauch.

Auch wenn sie der Meinung war, dass man noch nichts sah, merkte ich bereits, dass sich ihr Körper veränderte.

»Ich meine, ich würde es mir auch nicht erlauben, wenn du meine Tochter wärst. Ich würde mich wahrscheinlich irgendwo im Garten vergraben.«

Emmi schmunzelte, wurde dann aber wieder ernst. »Ich weiß, Noah. Aber es muss sein.«

Gequält schloss ich die Augen, aber ich wusste, dass sie recht hatte. Ich hatte gedacht, dass sie mir eine Schonfrist geben würde, aber sie griff zum Telefon und sah mir dabei aufmerksam in die Augen.

»Hey Mama«, dann kurze Stille und sie lauschte. »Ja, mir geht es gut. Nein, weswegen ich anrufe.«

Ihre Mutter schien wieder etwas zu sagen, denn Emmi verdrehte genervt die Augen.

»Mama. Ich möchte eine Familiensitzung einberufen. Mit allen.«

Ich konnte mir vorstellen, dass erstmal Schweigen auf der anderen Seite herrschte, denn normalerweise berief Emmi keine Familiensitzungen ein.

»Es ist wichtig. Bringt alle mit. Heute Abend um 18:00 Uhr bei mir.«

Dann legte sie auf.

»Wenn das mal nicht in die Hose geht«, murmelte ich und wandte mich wieder den Rühreiern zu, damit ich mich ein wenig sammeln konnte.

Die letzten sieben Stunden waren schneller vergangen, als mir lieb war. Noch wusste ich nicht, was ich sagen sollte, aber Emmis Familie würde jede Sekunde hier sein.

Wir hatten abgemacht, dass ich erst einmal im Schlafbereich warten würde, bis alle da waren, und Em mich dann holen würde. Wäre schon komisch, an der Tür zu stehen und so zu tun, als wäre nie etwas passiert. Als wenn ich nicht seit zwei Jahren tot sein sollte.

Schweiß brach an meinem gesamten Körper aus, als ich unsere Klingel hörte. Emmi sah mich mitfühlend an und gab mir einen Kuss.

»Das wird schon werden.«

Dann stand sie auf und öffnete ihrer Familie die Tür. Mein Herz zog sich schmerzlich zusammen, als ich die Stimmen von Ems Eltern hörte, die auch mir immer so etwas wie Eltern gewesen waren. Bevor sie die Tür überhaupt schließen konnte, hörte ich schon die Stimmen ihrer Brüder und von Basti und seiner Frau. Eine kindliche

Stimme mischte sich dazwischen und ich wusste, dass das die Tochter von Max sein musste, von der mir Emily gestern erzählt hatte. Ich glaubte, ihr Name war Mila, aber wenn ich ehrlich war, konnte ich mir Max nicht als Vater vorstellen. Aber wer war ich schon, das zu beurteilen, immerhin war ich die letzten Jahre nicht hier gewesen.

Ich hörte, dass alle im Wohnbereich auf unserem Riesensofa Platz genommen hatten und nicht einmal zehn Meter von mir entfernt saßen. Mein Herz raste so schnell, dass ich das Gefühl hatte, einen Infarkt zu bekommen.

»Also, Emily«, hörte ich Benj. »Warum wolltest ausgerechnet du einen Familienrat?«

Ich konnte die Skepsis in seiner Stimme hören.

»Genau«, meinte Max. »Das passt gar nicht zu dir, sonst haust du doch ab, wenn du Probleme hast.«

Ich hörte, wie Martina, Emmis Ma, wütend zischte und ihrem Sohn seinen Klaps auf den Hinterkopf gab. Es war wohl noch zu früh für solche Scherze.

Nervös erhob ich mich. Ich konnte das nicht länger hinausziehen. Ich wusste, sie würden mich hassen, aber dafür war ich selbst verantwortlich.

»Witzig, Brüderchen«, hörte ich Emmi sagen. »Nein …«, sie wurde nervös und ich ging in Richtung des Wohnbereiches.

Noch konnte mich niemand sehen.

»Ich … Ich muss euch etwas sagen.«

»Schätzchen«, hörte ich die Sorge in der Stimme von Martina.

Nur noch einen Schritt, dann würden sie mich sehen.

»Sag mir bitte, dass es dir gut geht. Dass alles in Ordnung ist. Du bist nicht krank, oder?«

Ich stellte mir vor, wie Emily lächelte, voller Glück, so wie sie das immer getan hatte, wenn es um mich ging. Ich konnte mir gut vorstellen, dass sie es genau in diesem Moment tat.

»Nein, Mama. Es ist alles in bester Ordnung. Ich weiß nur nicht, wie ich es euch sagen soll.«

»Nur zu, Kindchen«, brummte ihr Vater Friedrich. »Mach es wie bei einem Pflaster, zieh es einfach schnell ab.«

Sie holte tief Luft und setzte an, um etwas zu sagen, aber ich wusste, dass es jetzt an mir war, etwas zu tun.

Also atmete ich tief durch, trat einen letzten Schritt nach vorne und legte Emily eine Hand auf die Schulter, die sich daraufhin zu entspannen schien. Dann räusperte ich mich und sah den Menschen ins Gesicht, die schon immer Teil meiner Familie gewesen waren.

»Ich glaube, Emmi weiß einfach nur nicht, wie sie dieses Pflaster abreißen soll.«

Martina kreischte auf und ich konnte es ihr nicht verübeln. Man sah schließlich nicht alle Tage einen ›Toten‹. Emmis Brüder und ihr Vater sprangen auf und ich konnte sehen, wie sie ihre Fäuste ballten.

»Was?«, riefen alle entsetzt und Benj war es letzten Endes, der auf mich zukam und mir seine Faust ins Gesicht rammte.

Die Wucht des Schlages schleuderte mich zur Seite und ich konnte spüren, wie Blut aus meiner Nase lief.

Nicht schon wieder, dachte ich genervt.

Emily schrie erschrocken auf und boxte ihren Bruder.

»Was ist dein Problem, Benj? Hier sind Kinder«, meinte sie mit einem Blick auf Mila und das Baby von Basti.

Mila hatte die Augen erschrocken aufgerissen und starrte ihren Onkel an.

»Ist mir egal«, knurrte er und ließ mich nicht aus den Augen, während Emily in die Küche rannte und etwas zum Kühlen holte.

Hoffentlich brachte sie auch etwas mit, was meine Blutung stillte. Als sie wieder da war, zog sie einen Stuhl zu mir und drückte mich an der Schulter runter.

Max sah zu seiner Mutter und sagte: »Mama, halt mal bitte Mila die Ohren zu«, dann sah er zu seiner Tochter: »Und Mila, bitte kneif einmal die Augen zu.«

Wie auf Kommando gehorchte sie und auch er kam zu mir.

Ich machte mich auf den zweiten Schlag gefasst, aber Emily stellte sich zwischen uns und funkelte ihren Bruder wütend an.

»Du wirst meinem Mann sicherlich nicht auch noch eine verpassen.«

»Er hat es aber verdient, Emily. Er war tot. Was rede ich da? Er sollte tot sein und doch steht er jetzt quicklebendig vor uns.«

Ich konnte sehen, dass Emilys Halsschlagader pochte, und das tat sie nur ganz selten. Tief atmete sie durch.

»Das weiß ich selbst.«

Dann funkelte sie wieder ihre beiden Brüder an. »Und mich hat es doch vor zwei Monaten genauso geschockt, ihn wiederzusehen, aber …«

»Seit zwei Monaten weißt du es schon?«, brüllte jetzt ihr Vater.

Ich zuckte zusammen. Friedrich war ein herzensguter Mensch und ich hatte ihn nie laut werden hören. Bis jetzt.

»Hört zu, ich weiß …«, versuchte ich anzufangen und die Wogen zu glätten, aber ein einstimmiges »Halt dein Maul«, kam von den drei Männern der Gruber-Familie.

Max zeigte mit dem Finger zur Tür. »Am besten verpisst du dich gleich wieder, denn du hast hier nichts verloren.«

Sein Blick zeigte wütende Entschlossenheit und auch Friedrich und Benj strahlten diese aus. Geschlagen hob ich meine Hände und wollte mich erheben, als Emily den Kopf schüttelte.

»Das könnt ihr vergessen«, sagte sie stur.

»Wie bitte?«, brummte ihr Vater wütend. »Weißt du nicht, was er dir angetan hat?«

»Ihr habt mich schon verstanden«, sagte sie. »Und ja«, meinte sie und taxierte jetzt ihren Vater. »Ich weiß, was er mir angetan hat. Mir und nicht euch. Und wenn ich dazu fähig war, ihm zu vergeben, dann werdet ihr es auch sein. Und deswegen setzt ihr euch jetzt auf das Sofa und lasst Noah seine Geschichte erzählen.«

Mit großen Augen sahen alle Emily an. Ich hatte sie noch nie so ausflippen sehen, und auch bei ihrer Familie schien das zu wirken, denn sie gingen zurück aufs Sofa, setzten sich und starrten mich stattdessen weiter grimmig an.

Emily ließ sich auf meinen Schoß nieder. Ich schlang meine Arme um ihre Taille und legte meine Hände beschützend um ihren Bauch. Ich registrierte, dass ihre Mutter diese Geste wahrnahm und ein überraschter Laut aus ihrer Kehle drang.

Dann räusperte ich mich. »Ich möchte, bevor ich euch erzähle, was passiert ist, nur sagen, wie leid es mir tut. Es tut mir leid, dass ich euch enttäuscht habe.«

Mein Blick wanderte zu Friedrich und Martina. »Es tut mir leid, dass ich mich nicht so um eure Tochter gekümmert habe, wie ich es versprochen habe, aber ich dachte, dass ich das Richtige tue.«

»Indem du deinen Tod vortäuschst?«, knurrte Benj wütend.

Emily brachte ihn mit einem strafenden Blick zum Schweigen und dann erzählte ich meine Geschichte. Und nicht nur die Wahrheit der letzten zwei Jahre, sondern die Wahrheit meines ganzen Lebens.

Ich drückte meine Nase in Emmis Nacken, sog ihren Duft in mich ein und begann mit den Worten: »Lange Zeit meines Lebens hieß ich nicht Noah Klein, sondern Adrian Weber.«

Und dann erzählte ich alles. Ich versuchte, die besonders unschönen und brutalen Stellen auszulassen, aber ich war so ehrlich zu ihnen, wie ich es noch nie gewesen war. Ich erzählte von den seltsamen Aufträgen, von dem Tag, als Jake mich angesprochen und ich eine Wahl getroffen hatte. Auch, dass ich mich geweigert hatte, auszusagen, und dass wie aus dem Nichts Emmi auf einmal vor zwei Monaten vor mir stand.

Dass sie es war, die mich letzten Endes dazu brachte, auszusagen, weil sonst alles umsonst gewesen wäre. Ich wollte ihnen auch von Bastis Besuch erzählen, aber ich dachte mir, dass das vielleicht eine Geschichte für später wäre. Während ich sprach, hatte ich niemandem in die Augen gesehen. Erst als ich geendet hatte, hob ich meinen Blick.

Ich sah, wie Martina die Hand vor den Mund geschlagen hatte und weinte. Auch Jules liefen die Tränen über die Wangen, aber mein Blick war auf die Gruber-Männer gerichtet.

»Ich weiß mittlerweile, dass das nicht der richtige Weg war.«

Es war, als wenn ich körperliche Schmerzen durchmachte, wenn ich an all das dachte, was Emmi passiert war.

»Aber ich habe es damals für den richtigen Weg gehalten und mein höchstes Ziel war und ist immer noch, Emmi zu schützen. Sie ist mein Leben. Das war sie schon immer und das wird sie immer bleiben. Ich kann verstehen, wenn ihr nicht bereit seid, mir zu vergeben, denn ich würde es auch nicht tun. Aber ich verspreche euch, dass ich nie wieder so einen bescheuerten Fehler begehen werde.«

Ich konnte die unterschiedlichsten Gefühle sehen. Von Mitleid und Schmerz bis hin zu Wut und Unverständnis war alles dabei. Ich wusste nur nicht, ob ich manche Ausdrücke als Freude deuten sollte.

Friedrich erhob sich als Erstes und ich schob Emmi sanft von meinem Schoß und bereitete mich darauf vor, dass er mir ebenfalls eine verpassen würde. Direkt vor mir blieb er stehen und sah mich an. Als ich ihm ins Gesicht blickte, sah ich, dass er Tränen in den Augen hatte. Dann zog er mich in seine Arme. Perplex erwiderte ich die Umarmung.

»Ich bin zwar immer noch scheißwütend auf dich, Junge, aber gerade überwiegt die Dankbarkeit, dass du noch am Leben bist.«

Tränen traten mir in die Augen und liefen über meine Wangen. Ich hatte nicht erwartet, dass er mir sofort vergeben würde, und das hier war mehr, als ich erhofft hatte. Ein kleines Stimmchen räusperte sich im Hintergrund.

»Opa du hast scheiß gesagt, du musst jetzt fünf Euro in die Schimpfkasse zahlen«, meinte die kleine Mila fröhlich, brach somit das Eis und alle im Raum begannen zu lachen.

KAPITEL 40

Noah

Ich stand abseits und beobachtete Emily. Sie unterhielt sich mit Mila und ich konnte sehen, wie ihre Augen vor Begeisterung Funken sprühten. Als Mila etwas zu ihr sagte, warf sie ihren Kopf in den Nacken und lachte schallend. Ihr Lachen zauberte mir ein Lächeln aufs Gesicht und schmunzelnd nahm ich noch einen Schluck von meinem Getränk. Ich sah, wie Mila sich eng an Emmi drückte und sie ihr sanft über den Kopf strich. Ihr Blick wanderte durch den Raum und ich wartete nur darauf, dass sie mich fand. Bei Basti und Jules blieb ihr Blick länger hängen und ich konnte das sehnsuchtsvolle Lächeln auf ihrem Gesicht sehen. Ich konnte sehen, dass sie es kaum erwarten konnte, unser Baby bald kennenzulernen.

Und dann traf ihr Blick endlich auf mich und hielt mich gefangen. Um mich herum konnte die Welt untergehen, aber Emmis Blick würde mich immer gefangen halten.

Ich wollte gerade auf sie zugehen, als Benj und Max sich in mein Blickfeld schoben und mich grimmig musterten. Emmis Gesicht verzog sich wütend und ich sah, dass sie aufstehen und ihren Brüdern die Meinung geigen wollte, aber mit einem Blick hielt ich sie davon ab.

Das war eine Sache zwischen Männern und die würden wir auch so regeln. Sie wiesen mit den Augen auf den Balkon und ich folgte ihnen. Aus den Augenwinkeln sah ich, dass Basti sich ebenfalls erhob.

Benj schob die Balkontür auf und lehnte sich gemeinsam mit Max gegen das Geländer. Ich stellte mich neben sie und spürte, dass Basti sich zu uns gesellte. Lange Zeit schwiegen wir, bis Max den Kopf zu mir drehte und mich musterte.

»Weißt du, Noah, als meine Ex mit Mila vor der Tür stand, war mein erster Gedanke, dass ich Emmi anrufen müsste. Sie würde wissen, was zu tun ist. Aber Emmi war nicht da.«

Ich nickte. Sie war dort bereits auf ihrer Weltreise gewesen.

Gedankenverloren starrte er wieder auf die Stadt runter. »Es gab so viele Tage, an denen ich wütend war, an denen ich dich verflucht habe, weil dein Tod mir meine Schwester genommen hat.«

»Aber ich glaube, wir haben nie ganz verstanden, was das zwischen euch war«, fügte jetzt Benj an. »Ich weiß nicht, ob ich je verstehen werde, welche Liebe euch miteinander verbindet, aber ich habe gesehen, dass es Emmi fast kaputtgemacht hat.«

»Niemand weiß das besser als ich«, flüsterte ich.

»Ach ja?«, meinte Benj provozierend. »Weißt du, dass sie sich umbringen wollte?«

Gequält schloss ich die Augen. »Ja«, flüsterte ich.

»Wirklich?«, fragten alle erstaunt.

»Ja«, sagte ich und räusperte mich. »Ich habe ihren Abschiedsbrief an mich gelesen.«

Zischend zogen die Jungs die Luft ein.

»In dem Moment, als ich ihn gelesen habe, habe ich mir gewünscht, zu sterben«, wütend ballte ich meine Hände zu Fäusten. »Ich habe mir gewünscht, tot zu sein, weil ich ihr diesen Schmerz angetan hatte, obwohl ich es hätte vermeiden können.«

Nachdenklich starrten mich die drei an.

»Hört mal«, nervös fuhr ich mir mit der Hand durch die Haare. »Ich verstehe, dass ihr wütend seid. Meine Güte, wäre Emmi unsere Tochter gewesen, ich würde mir niemals verzeihen. Aber ich wünsche mir, dass ihr mich vielleicht eines Tages versteht. Ich habe damals gedacht, das Richtige zu tun.«

Langes Schweigen folgte, bis Max auf mich zukam und in eine Umarmung zog. Wir klopften uns gegenseitig auf die Schulter und konnten fast nicht mehr damit aufhören, weil wir beide versuchten, zu verstecken, dass wir kurz davor waren, in Tränen auszubrechen. Das Ganze wiederholte sich mit Benj.

»Sag einmal«, meinte Benj dann und sah kritisch zwischen mir und Basti hin und her. »Wieso hast du eigentlich den ganzen Abend nichts gesagt, Basti?«

Mit hochgezogenen Brauen sah ich Basti an und musterte ihn erwartungsvoll. Ich war gespannt, wie er den beiden erklären wollte, dass er es gewusst hatte. Resignierend rieb er sich seinen Nacken und grinste die Brüder entschuldigend an.

Das hätte er vielleicht nicht machen sollen, denn Max flippte aus. Er packte Basti am Kragen und drückte ihn gegen die Wand. Ich hörte, wie Jules und Emmi im Wohnzimmer entsetzt aufschrien und zu uns auf den Balkon rannten. Es sah fast so aus, als wenn Jules sich dazwischenwerfen wollte, aber Basti hob nur kurz seine Hand, um sie davon abzuhalten. Er musterte Max abwartend.

»Du wusstest es?«, zischte Max wütend. »Du wusstest, dass er lebt.«

Basti sah ihn mit hochgezogener Augenbraue an und ich verdrehte die Augen. Er musste ihn wirklich noch extra provozieren.

»Was glaubst du denn, Max?«, sagte er provozierend.

Max drückte ihn noch einmal gegen die Wand. »Du hast es gewusst?«, schrie er ihn jetzt an.

Als er ausholte, um ihm eine zu verpassen, wollte ich dazwischengehen, aber Emily war schneller als ich. Sie legte ihre Hand auf seine geballte Faust und sah ihren Bruder an.

Langsam schüttelte sie den Kopf. »Lass es, Max.«

Wütend starrte Max sie an. »Er hat es gewusst!«

»Aber auch nicht die ganze Zeit«, stellte Emily fest.

Dann sah sie zu mir und schenkte mir ein sanftes Lächeln. »Außerdem ist Basti der Grund dafür, dass er wieder hier ist.«

Max' Griff lockerte sich an Bastis Kragen und er blickte ihn an. »Du hast dafür gesorgt, dass er wiederkommt?«

Basti nickte. »Und ich habe ihm zweimal eine aufs Maul gehauen«, sagte er mit einem stolzen Grinsen.

Ich schmunzelte und auch bei den anderen schien die Stimmung sich wieder aufzulockern. Jules eilte an Bastis Seite und sah Max wütend an. Dieser hob abwehrend die Hände.

»Tut mir leid, Mama-Bär, aber wenn es um meine Schwester geht, verstehe ich absolut keinen Spaß.«

Unsere Familie blieb noch lange und es war mitten in der Nacht, als sie sich verabschiedeten. In der Zwischenzeit war Mila bereits eingeschlafen. Vorsichtig hob Max sie auf seinen Arm und legte eine Decke um sie, bevor er ihr einen Kuss auf die Wange gab. Lächelnd musterte ich die beiden.

»Ich glaube, du bist ein ziemlich guter Vater, Max«, meinte ich.

Liebevoll betrachtete er seine Tochter, dann grinste er mich an. »Verdammt, ja. Ich hätte mich nie als Vater gesehen, aber Mila ist das Beste, was mir je passiert ist.«

Ich begleitete alle zur Tür. Als Letztes stand mir Emilys Mutter gegenüber.

»Ich habe um dich getrauert«, sagte sie leise.

Gequält schloss ich die Augen.

»Ich habe zwei Jahre lang um meinen Sohn getrauert«, dann hob sie den Blick und sah mich liebevoll an. »Und ich bin froh, dass er wieder nach Hause gekommen ist.«

Sie zog mich in ihre Arme und sorgte dafür, dass mir die Tränen in die Augen traten. Nach einiger Zeit löste sie sich von mir, wischte sich selbst ein paar Tränen aus den Augenwinkeln und trat gemeinsam mit ihrem Mann den Weg nach Hause an.

Nachdem ich die Tür hinter ihnen geschlossen hatte, atmete ich tief durch. Ich hätte nie geglaubt, dass mein Leben irgendwann wieder in Ordnung kommen würde. Ich hätte nie geglaubt, dass ich wieder die Chance darauf haben würde, mit meiner Familie vereint zu werden.

Ich hätte nie gedacht, eine zweite Chance auf das Leben zu bekommen.

Lächelnd machte ich mich auf die Suche nach Emily und fand sie in unserem Schlafzimmer. Sie trug nur Jogginghose und BH und musterte sich im Spiegel. Emmi drehte sich nach links und rechts und strich sanft über ihren Bauch. Noch konnte man nur erahnen, dass ein kleiner Mensch in ihr heranwuchs, und ich konnte es kaum erwarten, zu sehen, wie sie immer runder werden würde. Ich ging zu ihr und schlang meine Arme um ihre Taille. Sofort legte sie ihre Hände darauf und wir starrten uns im Spiegel einfach nur an.

»Ich habe dich vermisst«, flüsterte sie nach einiger Zeit. »Du warst zu lange weg.«

Sanft strichen ihre Fingerspitzen über meine Hände. Ich drehte sie zu mir, legte meine Hände um ihre Wangen und sah sie eindringlich an.

»Ich verspreche dir, dass ich nie wieder gehen werde.«

Sanft strich ich die Träne weg, die sich aus ihren Augenwinkeln gelöst hatte.

»Ich werde nie wieder gehen, Emily.«

»Versprochen?«, fragte sie leise.

»Versprochen«, flüsterte ich zurück und lehnte meinen Kopf an ihre Stirn.

KAPITEL 41

Emily

Nervös wippte ich mit dem Fuß auf und ab. Noah und ich saßen im Wartezimmer meines Frauenarztes. Heute war unser erster gemeinsamer Ultraschalltermin und ich hatte so eine Panik.

Was war, wenn es unserem Baby nicht gut ging? Was, wenn ich es wieder verlieren würde? Was, wenn mir der Arzt wieder sagen würde, dass es ihm leidtut?

Was, wenn …

»Emmi«, sagte Noah und sah mich eindringlich an. Seine Hand lag auf meinem Bein. »Es wird alles gut sein«, versuchte er, mich zu beruhigen.

»Und was, wenn nicht?«, flüsterte ich und fing an, nervös meine Hände zu knacken.

Noah zog mich auf seinen Schoß und sofort schmiegte ich mich an ihn und lauschte seinem Herzschlag. Das hatte mich schon immer beruhigt.

»Es wird alles gut sein«, wiederholte er und küsste sanft mein Haar.

Ich wollte ihm so sehr glauben, aber es fiel mir schwer. Ich hatte schon einmal mein Baby verloren, wer garantierte mir, dass das nicht wieder passieren würde? Bevor ich weitere Zweifel mit ihm teilen konnte, kam die Arzthelferin ins Wartezimmer.

»Emily Klein«, wurde mein Name aufgerufen.

Ich sprang auf und wischte mir die schweißnassen Hände an meiner Hose ab. Noah legte mir seinen Arm um die Schulter und gemeinsam gingen wir zum Wartezimmer.

Inzwischen hatten sich die Menschen in unserer Umgebung daran gewöhnt, dass Noah von den Toten auferstanden war. Das Gespräch mit meiner Familie war mittlerweile zwei Wochen her und seither waren Noah und ich viel gemeinsam unterwegs gewesen. Am Anfang hatte man das überraschte Nach-Luft-Schnappen unserer Nachbarn und Bekannten an jeder Ecke hören können. Für alle war es ein Schock, dass Noah am Leben war.

Viele freuten sich, doch es gab auch die anderen. Diejenigen, die schlecht über uns redeten, wenn sie meinten, dass wir sie nicht hören würden. Die es uns nicht gönnten, dass es manchmal nicht nur Schwarz und Weiß gab. Aber diese Leute ignorierten wir gekonnt, denn wir hatten ja uns.

Nachdem uns die Arzthelferin in das Behandlungszimmer geführt hatte, setzten wir uns an die Stühle beim Tisch. Wieder fing ich an, nervös mit dem Fuß zu wippen. Noah griff nach meiner Hand und strich mit seinem Daumen beruhigend darüber.

Auch wenn er versuchte, für mich stark zu sein, wusste ich, dass er genauso nervös war wie ich. Ich merkte es daran, wie er mit den Fingern auf den Stuhl tippte, und daran, dass seine Hand kälter war als sonst.

»Es wird alles gut sein«, flüsterte ich ihm die Worte zu, die er vorher zu mir gesagt hatte.

Er lächelte mich an, und wenn ich ihn nicht so gut kennen würde, dann würde ich nicht bemerken, dass dieses

Lächeln leicht gequält war. Aber ich sah es und ich wünschte mir, dass ich ihm seine Sorgen nehmen konnte. Ich beugte mich zu ihm und er verstand. Er kam mir entgegen und legte seine Stirn an meine.

Ein Räuspern ließ uns auseinanderfahren. Mit einem sanften Lächeln musterte mein Frauenarzt uns.

»Junge Liebe«, seufzte er. »Meine Magot und ich waren früher auch immer so.«

Dann reichte er uns beiden die Hand, bevor er sich auf die andere Seite seines Tisches setzte und meine Akte öffnete. Er schob seine Brille auf die Nase und ging alle Daten durch.

»Wie geht es dir denn, Emily?«, fragte er.

Ich zuckte mit den Schultern. »Ich habe starke morgendliche Übelkeit, aber ich glaube, dass das dazugehört.«

Doktor Winter nickte und musterte mich eindringlich.

»Und ich habe Angst«, flüsterte ich leise und starrte auf meine Fußspitzen.

»Hm«, hörte ich ihn sagen. Dann klappte er meine Akte zu und deutete auf die Liege. »Komm, wir versuchen, ob wir euer Baby über einen normalen Ultraschall sehen können.«

Nervös erhob ich mich. Zitternd zog ich Oberteil und Hose aus.

Während der Arzt diskret wegsah, ließ Noah seinen hungrigen Blick über meinen Körper wandern. Obwohl ich rot wurde, musterte ich ihn mit hochgezogener Braue. Als er bemerkte, dass ich ihn erwischt hatte, grinste er frech und zuckte mit den Schultern, als wollte er sagen, dass er gar nichts dafür könnte.

Ich legte mich auf die Liege und sah Noah flehentlich an. Sofort eilte er an meine Seite und griff nach meiner Hand.

Der Arzt verteilte ein bisschen Gel auf meinen Bauch. Leicht zuckte ich zusammen, was Doktor Winter schmunzeln ließ.

»Ups«, meinte er. »Achtung kalt, hätte ich vielleicht sagen sollen.«

Dann begann er, den Ultraschall über meinen Bauch zu bewegen. Noah und ich starrten beide wie gebannt auf das Ultraschallgerät. Ich hatte unser Baby bereits einmal gesehen und auch Noah hatte ich das Bild gezeigt, dennoch war es jetzt etwas anderes.

»Ah«, sagte der Arzt und lächelte uns an. »Da haben wir es ja.«

Er deutete auf das Gerät und Tränen sammelten sich in meinen Augen. Noah drückte meine Hand.

»Man kann ja schon ein Baby erkennen«, flüsterte er ehrfürchtig.

Der Arzt nickte und sah uns lächelnd an. »Es sieht alles gut aus«, meinte der Arzt.

Es sieht alles gut aus, es sieht alles gut aus, es sieht alles gut aus.

Noah drückte meine Hand noch ein wenig fester und Tränen liefen mir über die Wangen.

Es sieht alles gut aus.

Erst jetzt nahm ich das wilde Puckern wahr.

»Ist das der Herzschlag?«, fragte ich erstickt und musste mich zusammenreißen, um nicht wie wild zu schluchzen. Der Arzt nickte.

»Ist es normal, dass das Herz so schnell schlägt?«, fragte ich ängstlich.

Was, wenn mein Baby krank war? Der Arzt drückte beruhigend meine Hand.

»Das ist vollkommen normal, Emily. So weit ist dein Baby gesund und alles sieht gut aus.«

»Gut, dann …«, fing der Arzt an, aber Noah unterbrach ihn.

»Können Sie …«, flüsterte er und ihm liefen die Tränen über die Wangen. Er räusperte sich. »Können wir unser Baby noch ein wenig sehen?«

Doktor Winter lächelte ihn nachsichtig an. »Natürlich.«

Ich sah, wie ein Lächeln über Noahs Gesicht huschte. Er führte meine Hand zu seinem Mund und küsste sie, während wir beide auf das kleine Wunder starrten, das in meinem Bauch heranwuchs.

Als wir aus der Arztpraxis heraustraten, hob Noah mich auf seine Arme und wirbelte mich durch die Luft. Lachend legte ich den Kopf in den Nacken und genoss diese Unbeschwertheit. Niemals hätte ich gedacht, dass mein Leben irgendwann wieder in Ordnung kommen würde. Niemals hätte ich gedacht, jemals wieder so viel Glück zu empfinden.

Noah setzte mich ab und küsste mein Gesicht.

»Ich liebe dich, ich liebe dich, ich liebe dich«, sagte er immer wieder.

Ich schloss ihn fest in meine Arme. So standen wir einige Zeit, bis ich mich von ihm löste und ihn mit mir zog.

»Komm«, meinte ich. »Lass uns nach Hause gehen.«

Auf dem Weg nach Hause hielten wir bei unserem Lieblingsitaliener und kauften Pizza und Pasta. Ich hatte momentan so eine Lust, die ganze Zeit zu essen. Schmunzelnd starrte Noah auf die Unmengen italienischer Köstlichkeiten, die ich zu Hause auspackte.

»Und wer soll das alles essen, Emily?«, fragte er mich amüsiert.

Verwirrt starrte ich ihn an. »Wieso? Wir haben doch nur zwei Pizzen, Nudeln, Bruschetta und Mozzarella.«

»Eben«, meinte er.

»Mister«, erwiderte ich gespielt entrüstet. »Ich esse mittlerweile für zwei, also schweig.« Ich warf ihm ein Küchentuch an den Kopf, als er es wagte, zu lachen.

»Na warte«, rief er und rannte auf mich zu.

»Nein, Noah! Lass mich!«, sagte ich lachend.

Ich kreischte auf und versuchte, ihm zu entkommen, aber Noah war schon immer schneller gewesen als ich. Er warf mich über seine Schulter, während ich die ganze Zeit kicherte. Im Schlafzimmer trug er mich sanft zum Bett und legte sich über mich.

»Willst du immer noch, dass ich dich in Ruhe lasse?«

Ich schlang meine Beine um seine Hüfte und schüttelte den Kopf.

»Niemals«, sagte ich und half ihm dabei, mich auszuziehen.

»Niemals«, erwiderte er, als er in mich eindrang und wir das Essen komplett vergaßen.

Es war mitten in der Nacht, als ich wieder wach wurde. Der Platz neben mir war kalt und die Panik ergriff mich.

Hatte ich das alles nur geträumt? War Noah doch nicht am Leben und ich war immer noch alleine?

»Noah?«, rief ich und merkte, wie mir die Tränen übers Gesicht liefen.

Es war alles nur ein beschissener Traum gewesen. Ich schluchzte, als ich auf einmal eine Stimme vernahm.

»Baby?«, sagte Noah und zog mir die Hände vom Gesicht.

»Noah?«, meinte ich verwirrt und tränenerstickt. »Ich dachte, du bist tot. Ich dachte, das war alles nur ein schlechter Traum. Ich dachte …« wieder schluchzte ich.

»Schhht«, sagte er, zog mich in seine Arme und wiegte mich so lange hin und her, bis ich mich beruhigt hatte.

Immer noch strich er mir sanft über den Rücken, als ich einen Schluckauf bekam. »Wo ... bist du denn ... gewesen?«, fragte ich ihn.

Er deutete auf die Küchenzeile. »Ich hab nur unser Essen aufgewärmt. Dein Magen hat so laut geknurrt, dass ich ein schlechtes Gewissen bekommen habe.«

»Essen?«, fragte ich und merkte, wie sich meine Stimmung gleich ums Tausendfache verbesserte.

»Essen«, sagte Noah und nickte mir aufmunternd zu.

»Wieso sagst du das nicht gleich?«, fragte ich ihn aufgebracht und sprang auf.

So schnell, wie ich in die Küche rannte, kam Noah gar nicht hinterher. Im rechten Moment piepste die Mikrowelle. Ich schwang mich auf den Küchentresen und fing an, die Nudeln zu verputzen und mir nebenher das Bruschetta in den Mund zu schieben.

Noah lehnte im Türrahmen und musterte mich amüsiert. »So einen großen Hunger?«

»Hmpf … Du bfeifst gar nift, was du verpfasst«, nuschelte ich, während ich nicht aufhören konnte, meine Nudeln zu essen.

Als ich wieder aufsah, lehnte Noah immer noch im Türrahmen und musterte mich traurig. Als er meinen Blick bemerkte, wechselte sein Gesichtsausdruck und er lächelte. Aber jeder Idiot hätte gesehen, dass dieses Lächeln seine Augen nicht erreichte. Ich trennte mich zwar nur ungern von den Nudeln, aber ich stellte sie an die Seite, legte meinen Kopf schief und sah ihn fragend an.

»Was ist los, Noah?«

»Nichts«, winkte er ab.

Ich bedeutete ihm, zu mir zu kommen. Als er vor mir stand, schlang ich die Beine um seine Hüfte und legte meinen Kopf auf seine Brust.

»Was ist los, Noah?«

Er seufzte, aber gab mir keine Antwort.

»Baby«, drängte ich ihn.

Aber er schüttelte nur den Kopf.

»Wenn es wegen gerade ist«, fing ich an.

»Nicht«, flüsterte Noah und unterbrach mich.

»Doch, Noah«, meinte ich bestimmt und hob meinen Kopf, um ihn anzusehen.

»Es ist okay, weißt du. Ja, ich habe manchmal noch Angst, morgens aufzuwachen und festzustellen, dass das alles hier nur ein Traum gewesen ist, aber das ist es nicht. Du bist bei mir, wir werden Eltern werden. Noah, alles ist wieder so, wie es sein sollte.«

Er spannte seinen Kiefer an und fixierte wütend einen Punkt über mir. »Aber du solltest diese Albträume nicht haben. Du solltest nicht anzweifeln müssen, ob ich irgendwann weg bin oder nicht. Es sollte selbstverständlich für dich sein, dass ich da bin.«

Ich drehte seinen Kopf mit meiner Hand wieder zu mir und zuckte mit den Schultern.

»Vielleicht. Aber wir können die Vergangenheit nicht ändern, nur die Zukunft. Und ich mag, wie unsere Zukunft aussieht. Alle unsere Träume werden wahr. Wir werden Eltern, Noah!«, rief ich aufgeregt, was ihm ein kleines Grinsen ins Gesicht zauberte.

»Und …«, fing ich an, unterbrach mich selbst aber wieder.

»Und?«, hakte Noah neugierig nach.

»Und wir werden gemeinsam alt werden«, murmelte ich und sah ihm fest in die Augen.

»Und wir werden gemeinsam alt werden«, lächelte er mich an.

»Kannst du mir einen Gefallen tun?«, fragte ich ihn.

»Alles, was du willst.«

»Es ist vielleicht ein bisschen komisch«, sagte ich leise.

»Sag es schon, Emily«, drängte mich Noah.

»Kannst du mich dieses Mal vielleicht zuerst sterben lassen?«, fragte ich ihn. »Ich würde es nicht noch einmal schaffen, dich zu überleben.«

Er sah mich gequält an. »Ich kann dir das nicht versprechen. Aber, wenn ich es mir wünschen könnte, dann würde ich mir wünschen, dass wir zusammen sterben.«

»So kitschig wie im Fernsehen?«, meinte ich schmunzelnd.

»Genau«, meinte er.

Wir sahen einander nur an, bis er irgendwann die Stille unterbrach. »Genug der trübseligen Gedanken«, sagte Noah und griff nach der Schale mit den Nudeln.

»Jetzt werde ich meine beiden Lieblinge füttern.«

In meinem Bauch flatterte es. Ich liebte es, wenn er unser Baby erwähnte. Ich liebte alles an ihm.

Das nächste Mal schlief ich bis zum Morgen und wurde durch Noahs Küsse geweckt. Ich grummelte und versuchte, mich wieder in die Decke einzurollen, aber Noah ließ sich davon gar nicht abbringen, sondern zog sie wieder weg und begann, meinen Rücken zu küssen. Ein Schauer lief mir über den Körper.

»Musst du nicht arbeiten?«, brummte ich.

Noah lachte. »Schon, aber ich habe noch ein wenig Zeit …«, murmelte er und es klang nach einem verheißungsvollen Versprechen.

»Ist das so?«, sagte ich auf einmal putzmunter und drehte mich zu Noah.

»Ja, das ist so. Und deswegen habe ich Pancakes gemacht!«

Wie auf Kommando knurrte mein Magen und das Wasser lief mir im Mund zusammen. Ich schlug die Decke zur Seite.

»Na, worauf warten wir dann noch?«

Wie der Blitz sprang ich aus dem Bett und zog mir nur eines von Noahs T-Shirts über. Lachend beobachtete er mich dabei, wie ich in die Küche sprintete, mir zehn Pancakes auf den Teller stapelte und in Ahornsirup tränkte.

»Seit wann isst du deine Pancakes mit Ahornsirup?«, fragte Noah amüsiert. »Isst du sie nicht sonst mit Nutella?«

Begeistert sah ich ihn an. »Das ist eine wundervolle Idee.«

Ich griff nach dem Nutella-Glas und schaufelte noch einmal zwei Löffel voll auf meine Pancakes. Genussvoll stöhnte ich auf, nachdem ich den ersten Bissen genommen hatte.

»So gut?«, fragte Noah zweifelnd.

Bekräftigend nickte ich. »So gut.«

Wir aßen eine Weile schweigend, bis ich bemerkte, dass er mich musterte.

»Das habe ich vermisst«, gestand er mir leise.

Ich stand auf, setzte mich auf seinen Schoß und kuschelte mich an ihn. »Ich auch.«

Leise gähnte ich. Noah gab mir einen Kuss auf den Scheitel, hob mich hoch und legte mich zurück ins Bett.

»Geh schlafen, Weib. Ich werde jetzt arbeiten, okay?«

Frustriert murrte ich, obwohl ich mich wieder in die Decke einrollte.

»Aber ich muss doch auch mal wieder arbeiten gehen«, murmelte ich.

»Nein«, meinte Noah bestimmt und gab mir einen Kuss auf den Scheitel.

»Lass mich arbeiten gehen und du brütest einfach den Braten in deiner Röhre, okay?«

»Wenn ich nicht so müde wäre, dann würde ich dir glatt dafür den Arsch versohlen«, gähnte ich und schloss die Augen.

Noah schmunzelte und strich mir die Haare aus dem Gesicht. »Das kannst du ja heute Abend machen, kleiner Burrito.«

»Burritos klingen gut … Die mache ich heute Abend.«

Ich meinte noch, Noah »Ich liebe dich« sagen zu hören, aber da war ich schon im Land der Träume.

———•◇•———

Fröhlich summte ich eine Melodie, als ich die Spülmaschine einräumte. Obwohl es bereits Nachmittag war, trug ich noch immer nur einen Slip und ein T-Shirt. Irgendwie war ich nicht dazu gekommen, mich umzuziehen, aber ich genoss es. Es gab mir ein Stück der Unbeschwertheit zurück, die ich in den letzten Jahren verloren hatte. Als ich die letzten beiden Teller einräumen wollte, klingelte es an der Haustür.

Erstaunt hob ich den Kopf und sah auf die Uhr. Ich runzelte die Stirn. Es war erst 16:00 Uhr und ich wusste, dass Noah nicht vor 17:00 Uhr hier sein würde, da er ein Gespräch mit seinen Investoren hatte. Er wollte jetzt den Schritt wagen, den er vor zwei Jahren nicht gegangen war und sich selbstständig machen.

Ein erneutes Klingeln riss mich aus den Gedanken. Ich sah an mir herunter und zuckte mit den Schultern. Es war sicher nur meine Mutter, und die hatte mich auch schon nackt gesehen, da sollten ein Slip und T-Shirt sie ja nicht aus der Fassung bringen.

Ich lief zur Tür und riss sie auf. »Jaja, Mama, ich komme ja.«

Das letzte Wort blieb mir im Hals stecken, als ich in den Lauf einer Pistole blickte.

»Tut mir leid, Schätzchen«, sagte die Frau, die die Waffe hielt, mit einem starken russischen Akzent. »Aber ich bin nicht deine Mutter.«

»Sie!«, sagte ich und Panik ergriff mich.

Erstaunt sah sie mich an. »Du weißt, wer ich bin? Ich kenne dich noch nicht, aber das können wir ja in den nächsten Tagen ändern.«

Ich wollte wegrennen, wollte irgendetwas greifen, mich wehren, aber ich war wie versteinert.

Sie war es.

Die Frau auf den Fotos. Die Frau, von der ich Jake gesagt hatte, dass sie gefährlich war. Und sie stand hier vor meiner Tür. Mit einer Waffe in ihrer Hand und zwei Schlägertypen neben sich.

»Lima«, zischte sie. »Schnapp dir die Frau«, befahl sie einem der Männer auf Russisch.

Ihr Befehl ließ mich aus meiner Starre erwachen und ich rannte. Es war dumm, zurück in die Wohnung zu rennen, aber ich wusste keinen anderen Weg.

»Hinterher«, rief sie und ich konnte die festen Schritte ihrer beiden Schlägertypen hören.

Ich rannte ins Schlafzimmer und huschte in den Kleiderschrank, in der Hoffnung, dass sie mich hier nicht finden würden.

Basti und meine Brüder hatten mich früher auch nie im Kleiderschrank gefunden, wenn wir verstecken gespielt hatten.

Bitte tut mir nichts. Noah, komm nach Hause, flehte ich innerlich.

Ich rutschte mit dem Rücken an die Wand und betete, dass mich keiner fand. Dass das hier nur ein Albtraum war. Dass ich gleich aufwachen würde, weil Noah meinen Rücken küssen würde. Aber als sie die Tür zum Kleiderschrank aufrissen und mich diese Frau eiskalt anlächelte, wusste ich, dass das hier kein Albtraum war.

»Lima«, sagte sie nur und nickte mir zu.

Einer der beiden Schlägertypen packte mich. Bevor ich schreien oder sonst irgendetwas machen konnte, legte er mir die Hand auf den Mund. Jetzt verfluchte ich mich dafür, dass ich mich nicht umgezogen hatte, denn ich konnte das schmierige Grinsen auf den Gesichtern der beiden sehen und ich hoffte einfach, dass …

Nein!

Ich verbot meinen Gedanken, in diese Richtung zu gehen.

Du bist stark, Emily. Du schaffst das, hörte ich Noahs Stimme in meinem Kopf. Wehr dich, mein Mädchen. Wehr dich. Ich bin bald zu Hause.

Ich trat um mich und versuchte, mich aus dem Klammergriff des Riesen zu winden, aber vergeblich. Genervt verdrehte die Frau ihre Augen.

Sie nickte an die Wand und meinte: »Stellt sie ruhig, das kann ja keiner ertragen. Dann können wir ihm auch gleich eine Botschaft hinterlassen, dass wir sie haben. Dima? Verwüste die Wohnung.«

Der andere Riese nickte und fing an, unser Geschirr zu zertrümmern. Der, der mich im Griff hielt, zog mich an den Haaren in Richtung Wand, aber ich versuchte, mich mit aller Kraft zu wehren.

Für mich. Für Noah. Für unser Baby.

»Wie fest, Boss?«, fragte er auf Russisch.

»So fest, dass sie blutet, aber nicht stirbt. Er soll ja denken, dass er noch eine Chance hat, sie zu retten«, antwortete sie ihm auf Deutsch und fixierte mich dabei.

Entsetzt schnappte ich nach Luft.

Höhnisch lachte sie mich aus. »Dachtest du wirklich, dass wir dich am Leben lassen würden, nach dem, was dein Mann getan hat? Nein, oder? Ich auch nicht. Aber erst einmal werden wir eine Menge Spaß miteinander haben.«

Dann nickte sie, ich spürte einen dumpfen Schlag und alles wurde schwarz.

KAPITEL 42

Noah

Bereits den ganzen Tag hatte ich ein mulmiges Gefühl. Hätte ich eher darauf gehört, dann hätte ich vielleicht etwas tun können, aber ich schob es darauf, dass Emily heute Nacht wieder wegen mir geweint hatte.

Dass dieses Gefühl sich verstärkte, je näher ich unserer Haustür kam, ignorierte ich.

Aber die offene Haustür war es, die mich in Panik versetzte. Ich versuchte, mich zu beruhigen, versuchte mir zu sagen, dass Emily manchmal ein wenig vergesslich war.

»Emily?«, rief ich in die Wohnung und eine eiserne Faust legte sich um mein Herz, als ich eintrat.

Unsere Schränke waren umgekippt, das Geschirr zertrümmert. Alles war zerstört.

»Emily?«, schrie ich jetzt panisch. »Emily, wo bist du?«

Ich rannte in unseren Schlafbereich und mein Herz blieb stehen, als ich es sah.

Beichte.

Inbrünstig hoffte ich, dass das an der Wand nicht Emmis Blut war, auch wenn ich tief in mir wusste, dass ich umsonst hoffte. Während ich den Schriftzug anstarrte, griff ich nach meinem Handy und rief Basti an.

»Hey, Alter. Es ist gerade ganz schlecht …«, meldete sich Basti nach dem dritten Klingeln.

»Basti«, krächzte ich.

»Noah?«, fragte er alarmiert. »Noah, was ist passiert?«

»Emmi«, sagte ich. »Sie haben Emily.«

»Wir sind in zehn Minuten da«, antwortete er nur und legte auf.

Beichte.

Ich fiel auf die Knie und starrte den Schriftzug an.

Beichte.

Hätte ich doch nie ausgesagt, wäre ich doch nie wiedergekommen, dann wäre das alles nicht passiert. Dann würde es Emily gut gehen, dann würde sie noch leben …

Nein!, schrie ich mich selbst an. Ich durfte an so etwas gar nicht erst denken. Sie war am Leben. Das spürte ich. Und ich würde alles tun, um sie zurückzuholen.

Beichte.

Ich fiel auf die Hände und weinte. Ich hatte versagt. Schon wieder. Ich dachte, ich hätte meine Frau und unser Kind beschützen können, aber ich hatte beide in noch größere Gefahr gebracht.

Beichte.

Basti

Das war wie ein Scheißdeja-vú. Das konnte nicht sein.

Es war, als wenn die beiden ihre Rollen getauscht hätten. Jetzt ging es um Emily. Um das Mädchen, das wie eine Schwester für mich war. Das Mädchen, das die Frau meines besten Freundes war. Das Mädchen, das meine beste Freundin war. Die beste Freundin, die schwanger war.

Ich legte Noah zurück in die Arme meiner Frau und rief auf der Wache an.

»Kommissar Weiss, was kann ich für Sie tun?«, meldete sich meine Sekretärin, die Jules vertrat, bis diese beschließen würde, wieder arbeiten gehen zu können.

»Notfall. Großeinsatz. Schicken Sie alle verfügbaren Einheiten und die Spurensicherung in die Mühlenstraße 15.«

»Wird sofort erledigt. Was ist geschehen?«

»Eine Entführung. Mehr wissen wir noch nicht.«

Dann legte ich auf und zog mir Waffenholster sowie meine Lederjacke an. Ich musste versuchen, meine Gedanken zu sortieren, bevor ich mich der Realität stellen konnte.

Jules' Hand legte sich auf meine verkrampften Schultern und ich entspannte mich leicht.

»Was ist passiert?«, flüsterte sie entsetzt.

Ich drehte mich zu ihr um und konnte die Sorge in ihrem blassen Gesicht sehen. Hilflos zuckte ich mit den Schultern.

»Ich weiß es nicht, aber Noah sagt, sie haben Emmi.«

»Sie?«, fragte Jules und wurde noch eine Spur blasser.

Ich nickte. Was auch immer es hieß, es war übel. Richtig übel.

»Aber ich dachte–«, fing Jules an.

»Ja«, unterbrach ich sie. »Das dachte ich auch.«

Ich gab ihr einen Kuss auf die Wange und Noah einen auf die Stirn, dann schnappte ich mir meine Schlüssel und begab mich auf den Weg zu meinem Auto.

Ich meinte, Jules noch »Sei vorsichtig« rufen zu hören, aber ich wusste es nicht genau. In meinen Gedanken war ich schon längst bei Emily und Noah und ich betete, dass ihr nichts geschehen war.

Ich brauchte nicht einmal zehn Minuten zum Loft, aber es fühlte sich dennoch an wie eine Ewigkeit. Als ich ankam, waren bereits meine Kollegen da und machten sich fertig. Mein Partner Paul kam auf mich zu. Er sah grimmig aus.

Shit.

Das war immer ein schlechtes Zeichen. Ich stieg aus und ging zügigen Schrittes zu ihm. Er schüttelte den Kopf.

»Was ist passiert, Paul?«, fragte ich ihn energisch.

Er schüttelte den Kopf. »Basti, du solltest da nicht reingehen und du solltest diesen Fall nicht bearbeiten. Es ist übel.«

»Sie ist ja wohl nicht …?«, flüsterte ich entsetzt, brachte es nicht einmal fertig, das Wort über meine Lippen zu bringen, doch Paul schüttelte wieder den Kopf.

»Ich glaube nicht, aber-«.

Ich winkte ab und unterbrach ihn. »Welchen Fall ich bearbeite, lass mal meine Sorge sein, lieber Paul.«

Ich starrte am Haus hoch. »Wo ist Noah?«

Paul deutete hinter sich und ich rannte die fünf Stockwerke zu Emilys und Noahs Loft. Immer zwei Stufen auf einmal nehmend.

Die Spurensicherung kam mir entgegen und sah mich skeptisch an, aber ich ließ mich davon nicht beirren. Ich musste sehen, was passiert war. Als ich die Haustür von Noah und Emily aufstieß, war es, als hätte jemand mit einem Schlag alle Luft aus meinem Körper weichen lassen.

»Oh Shit«, murmelte ich, als ich den Blick durch den Raum schweifen ließ.

Hier war viel Wut im Spiel gewesen. Alle Sachen waren zertrümmert, Möbelstücke umgeworfen. Einfach alles.

»Noah?«, rief ich in die Wohnung, aber niemand reagierte.

Eine Frau von der Spurensicherung verwies auf den Schlafbereich. Bevor ich in diese Richtung gehen konnte, hielt sie mich am Arm fest.

»Er bewegt sich nicht von der Stelle. Wir können unsere Arbeit nicht machen, wenn er dort nicht langsam weggeht.«

Ich nickte und schüttelte ihren Arm ab.

»Noah?«, fragte ich vorsichtig, als ich meinen besten Freund auf dem Boden kauern sah.

Einzig das Zucken seiner Schultern verriet mir, dass er weinte. Ich legte meine Hand auf seine Schulter, bevor ich mich in die Richtung drehte, in welche er gebeugt saß.

Beichte.

Ein wütender Schrei kam aus meiner Kehle und ich griff nach dem erstbesten Gegenstand, um ihn gegen die Wand zu werfen. Das konnte nicht wahr sein, das durfte nicht wahr sein. Ich stürmte zu einem Beamten von der Spurensicherung und deutete auf den Schriftzug aus Blut.

»Ist das genug Blutverlust, um zu sterben?«

Der Spurensicherer schüttelte den Kopf. »Nein, auch wenn es eine immense Menge ist. Vielleicht war noch Schweineblut im Spiel«, sinnierte er, aber ich hatte mich schon abgewandt und rammte wütend meine Faust in die Wand.

Ich spürte eine Hand auf der Schulter und drehte mich um. Paul. Er sah mich mitleidig an und deutete auf Noah.

»Ich weiß, dass du wütend bist, aber er braucht dich jetzt. Um Emily zu helfen, müssen wir schnell agieren.«

Ich nickte. Ich wusste, dass er recht hatte, auch wenn es so wahnsinnig schwer war. Ich musste Professionalität bewahren. Tief atmete ich durch und begab mich wieder zu Noah. Ich hockte mich vor ihn und legte meine Hände auf seine Schultern.

»Noah?«, sagte ich vorsichtig, aber bestimmt. »Noah, wir brauchen deine Hilfe.«

Es dauerte eine Weile, bis er auf meine Worte reagierte, aber dann hob er den Kopf und ich zuckte zusammen, als wenn mich jemand geschlagen hätte. Ich hatte noch nie einen Menschen gesehen, der so gebrochen war. Ich hatte noch nie einen Menschen gesehen, der aussah, als würde er die Last der Welt auf seinen Schultern tragen, aber genau so sah Noah aus und es tat mir in der Tiefe meiner Seele weh.

»Noah, komm. Die Spurensicherung muss ihre Arbeit hier machen«, versuchte ich, ihn dazu zu bewegen, aufzustehen und mit mir woanders hinzugehen.

Ich musste ihn hier rauskriegen. Weg von hier. Er sollte nicht noch länger auf den Schriftzug starren.

»Es ist meine Schuld«, flüsterte er mit einer Verzweiflung, die mir die Luft abschnürte. »Es ist meine Schuld, Basti.«

Ich schüttelte den Kopf. »Ist es nicht, Noah.«

Er nickte wie wild. »Doch, hätte ich nie ausgesagt, wäre ich nie wiedergekommen, dann …« Er deutete auf den Schriftzug, schluckte und schüttelte den Kopf.

Verwirrt runzelte ich die Stirn. »Aber wenn du ausgesagt hast, dann sind die Drahtzieher doch im Gefängnis?«, fragte ich ihn verwirrt.

Noah nickte langsam und starrte auf den Schriftzug. Es schien, als wäre ihm auf einmal ein Gedanke gekommen, denn er sprang wütend auf und zückte sein Handy.

Während er nach draußen rannte, sahen Paul und ich uns nur verwirrt an, bevor wir ihm hinterherliefen.

»Jake«, schrie Noah ins Telefon. »Wegen euch haben sie meine Frau.«

Er schwieg und ließ die Person am anderen Ende zu Wort kommen, schüttelte dann aber den Kopf und brüllte wieder ins Telefon.

»Sie hat mich nach einer Frau gefragt. Von was für einer Frau hat Emily geredet?« Er ließ der Person am anderen Ende keine Chance, zu Wort zu kommen. »Du, Jasper und eure Leute setzen sich in den nächsten Flieger. Du bringst das Chaos in Ordnung, das ihr angerichtet habt, oder ich schwöre dir …«, drohte er der Person am anderen Ende.

Bevor er auflegte, flüsterte er leise, sodass ich ihn nur unter großer Anstrengung verstehen konnte: »Das ist deine Schuld, Jake. Das geht alles auf dein Konto und du solltest hoffen, dass Emily und meinem Baby nichts passiert, denn ansonsten kann ich für nichts mehr garantieren.«

Ich trat an seine Seite, als er aufgelegt hatte und sich verzweifelt durch die Haare fuhr.

»Noah, wer war das?«

Er sah mich kurz an, bevor er wieder in die Ferne starrte. »Das FBI.«

»Das FBI?«, meinte Paul skeptisch und zog eine Augenbraue hoch.

Alarmiert sah ich Noah an. »Noah, womit haben wir es hier zu tun?«

Als er mich wieder ansah, war alle Lebensenergie aus seinen Augen verschwunden und alles, was ich sah, war gähnende Leere.

»Mit der Bratva.«

Kälte ergriff mich. »Und sie haben Emily?«

Er nickte. »Und sie haben Emily.«

KAPITEL 43

Emily

Ich wusste nicht genau, was es war, das mich weckte. Aber in dem Moment, als ich die Augen aufschlug, ergriff mich Panik.

Ich lag in einem Bett, das nicht meines war. Es war ein klappriges altes Gestell, das bei jeder Bewegung ächzte. Ich brauchte einige Minuten, bis sich meine Augen an die Dunkelheit um mich herum gewöhnt hatten. Ein schmaler Lichtstreifen fiel unter einer Tür hindurch und auch die Fenster, die mit Brettern zugenagelt waren, hatten kleine Ritzen, durch die das Licht strömte.

Ich versuchte, mich aufzurichten, zuckte aber zugleich zusammen und fasste mir stöhnend an den Kopf. Vorsichtig strich ich mit einer Hand über den Hinterkopf und winselte. Es fühlte sich an, als ob Blut an meinen Haaren festgetrocknet wäre, und ich war mir sicher, dass sich dort bereits eine Beule bildete.

Ansonsten schien ich aber unverletzt.

Mir fröstelte. Noch immer trug ich meinen Slip und Noahs T-Shirt.

Ich sah mich im Raum um. Bis auf das schmale Bett, auf dem ich lag, war der Raum leer.

Sanft strich ich über meinen Bauch: »Papa wird uns finden, Knöpfchen. Es wird alles gut werden.«

Kalte Panik klumpte sich in meinem Magen zusammen, wenn ich an unser Baby dachte. Ich hoffte, dass ihm nichts passiert und alles weiterhin in bester Ordnung war.

Irgendwo im Raum tropfte es, und da ich nichts Besseres zu tun hatte, fing ich an, die Tropfen zu zählen.

Als ich bei 2340 angekommen war, hörte ich Schritte über mir. Ich hielt den Atem an und starrte an die Decke. Wenn mich nicht alles täuschte, konnte ich mehrere Menschen, vielleicht vier oder fünf ausmachen.

Ich schluckte und atmete tief durch. Ich hatte keine Ahnung, was mich erwarten würde, aber es war sicher nichts Gutes. Ich hoffte nur, dass Noah und Basti mich finden würden, bevor Schlimmeres geschehen würde.

Als ich hörte, wie ein Schlüssel im Schloss der Tür umgedreht wurde, zuckte ich zusammen. Alles in mir schrie danach, panisch zu werden, mich in einen Ball zu rollen und in mich selbst zurückzuziehen, um das, was man mir antun wollte, einigermaßen unbeschadet zu überstehen. Aber ich wusste es besser.

Kurz vor Noahs Unfall hatte ich eine Weiterbildung zum Krisenmanagement im Falle von Geiselnahmen gemacht. Basti hatte mich darauf gebracht. Er meinte, dass es immer zu wenige Psychologen gab, die geeignet für diesen Job waren, und mich hatte der Nervenkitzel gereizt. Nie hätte ich gedacht, dass die erste Geiselnahme, mit der ich zu tun hatte, meine eigene sein würde.

Ich straffte die Schultern, setzte mich gerade auf das Klappergestell und fixierte die Tür. Auch wenn ich nach außen hin Gelassenheit ausstrahlte, war in mir alles zum Zerreißen gespannt.

Fake it, till you make it.

Die Tür öffnete sich und ich sah mich der Frau gegenüber, der ich es verdankte, hier zu sein. Sie zog eine ihrer Augenbrauen nach oben und musterte mich spöttisch. Dann klatschte sie in die Hände und rief nach einem ihrer Gorillas, der innerhalb weniger Minuten erschien und einen Stuhl in der Hand hielt.

In all der Zeit wendeten wir nicht ein Mal den Blick voneinander ab und hielten Augenkontakt. Es war wie ein Spiel. Derjenige, der zuerst seinen Blick abwenden würde, würde verlieren. Und ich hatte nicht vor, zu verlieren.

Er fragte sie auf Russisch, ob er bleiben solle, aber, ohne ihn anzusehen, winkte sie ab. Nachdem er die Tür ins Schloss geworfen hatte, platzierte sie den Stuhl nur wenige Meter von mir entfernt und setzte sich darauf.

»So, Emily«, sagte sie mit ihrem russischen Akzent. »Ich glaube, dass du im Vorteil bist. Es scheint, als würdest du mich schon längst kennen.«

Jetzt war es an mir, die Augenbraue zu heben. Sie schien darauf zu warten, dass ich irgendetwas sagen würde, aber den Gefallen würde ich ihr sicher nicht tun.

Sie zuckte mit den Schultern und zog etwas aus ihrem Ärmel. Als das Licht, das durch die Bretter brach, sich in dem Gegenstand spiegelte, sah ich, dass sie ein Messer in der Hand hielt. Kalter Schweiß brach auf meiner Haut aus, aber ich gab mir Mühe, weiterhin gelassen zu bleiben.

»Wenn du nicht reden willst, kann ich auch das Reden für uns übernehmen«, meinte sie schulterzuckend. »Du bist Emily Klein, die Frau des Verräters.«

Bei diesen Worten spuckte sie verächtlich. Spöttisch sah ich sie an.

»Ich muss ja sagen, dass das FBI sich dieses Mal selber übertroffen hat. Ich hatte die Lüge fast geglaubt.« Ihre Lippen verzogen sich zu einem hämischen Grinsen. »Aber auch nur fast.«

Sie drehte das Messer in ihren Händen. »Vor allem du hast deine Rolle gut gespielt.« Sie musterte mich. »Aber für dich war es gar keine Rolle, richtig? Er hat auch dich verraten.«

Das saß, denn damit traf sie meinen wunden Punkt. Sie zuckte mit den Schultern.

»Blöd nur, dass dein Freund–« Sie schnippte mit den Fingern. »Wie hieß er noch?«

Sie tat ahnungslos, als könnte sie sich nicht genau an den Namen erinnern.

»Ach ja«, sie grinste triumphierend. »Blöd nur, dass dieser Bastian, dein Polizistenfreund, es nicht sein lassen konnte, Nachforschungen anzustellen.«

Der Klumpen in meinem Magen wurde immer größer, aber ich behielt weiterhin meine gleichgültige Maske.

»Das hat mich erst darauf gebracht, wer der Verräter sein könnte.« Sie grinste wölfisch. »Und von da an war es nur noch eine Frage der Zeit.«

Sie überschlug ihre Beine und sah selbstzufrieden aus. »Wir werden dich eine Weile behalten und unseren Spaß mit dir haben.«

Die einzige Reaktion, die ich mir erlaubte, war ein Schlucken, um den Kloß in meinem Hals loszuwerden. Mehr wollte ich ihr nicht geben, wollte keine Schwäche zeigen.

Amüsiert musterte sie mich. »Dann quälen wir deinen geliebten Noah ein wenig, bevor wir die Familie wieder miteinander vereinen.« Sie stand auf und das Lächeln, mit dem sie mich bedachte, war von so einer Bosheit durchzogen, dass es mich fröstelte. »Und dann fängt der Spaß erst richtig an.«

Mit diesen Worten ließ sie mich wieder allein. Als die Tür ins Schloss fiel, sackte ich in mich zusammen und versuchte, einen ruhigen Atem zu behalten.

Diesmal weckte mich das Öffnen der Tür. Träge blinzelte ich. Ich hatte keine Ahnung, wie lange ich schon hier war, aber gemessen an dem Hunger und dem Druck in meiner Blase waren es sicher schon mehrere Stunden.

Ich richtete mich auf und starrte die Person an, die mein Verlies betrat. Er hatte ein kantiges Gesicht, eine schiefe Nase und eine Narbe über der linken Augenbraue. Irgendetwas an ihm kam mir bekannt vor, aber ich konnte nicht bestimmen, was es war. Er trug ein Tablett, auf dem etwas zu essen und zu trinken stand.

»Hier«, sagte er, ebenfalls mit starkem russischem Akzent. »Iss.«

Ich kreuzte die Arme vor der Brust und sagte: »Ich muss mal.«

Mit einer Handbewegung deutete er auf den Raum und sagte schulterzuckend: »Platz genug hast du.«

Ich rümpfte die Nase, aber eine Luxusbehandlung hatte ich wohl nicht zu erwarten. Er stellte das Tablett auf den Stuhl und verließ den Raum, ohne ein weiteres Wort an mich zu verlieren. Langsam erhob ich mich und schüttelte meine Beine und Arme aus.

Ich hatte mich mehrere Stunden nicht von dem Bett bewegt, weil ich erwartet hatte, eher Besuch zu bekommen. Vom Warten war ich wieder eingeschlafen.

Ich ließ meinen Kopf kreisen und den Nacken knacken und sah mich noch einmal in dem Raum um. Aber hier war nichts.

Langsam ging ich zur Tür und rüttelte am Knauf. Abgeschlossen. Natürlich. Aber einen Versuch war es wert.

Ich ging zu den zugenagelten Fenstern, versuchte, an ihnen zu rütteln, aber nichts. Ich ließ meinen Blick über sie wandern, konnte aber nicht mehr viel erkennen, weil langsam die Dämmerung einsetzte. War es immer noch derselbe Tag oder war es schon Morgen?

Vorsichtig strich ich über die Balken, damit ich mir keinen Splitter einfing. Ein leises Jauchzen kam mir über die Lippen, als ich die Köpfe der Nägel erspüren konnte. Vielleicht würde ich es ja schaffen, sie aus dem Holz zu drehen. Ich versuchte es ein wenig, drehte, riss, wackelte, aber ich schaffte es nicht, den Nagel auch nur einen Millimeter zu verschieben. Alles, was mir dieser Versuch einbrachte, waren abgebrochene Nägel und Schmerzen.

Ich ließ es bleiben und setzte mich aufs Bett. Ich starrte das Tablett an und hörte meinen Magen rumoren. Würde es nur um mich gehen, dann würde ich es nicht anrühren. Wer konnte schon wissen, was diese Irren versuchten, mir unterzujubeln.

Aber ich musste das Risiko in Kauf nehmen und an mein Baby denken. Komplett zu hungern würde meinem Krümelchen definitiv nicht guttun. Ich konnte nicht zulassen, dass ihm etwas geschah. Sanft streichelte ich meinen Bauch.

Ich kniff die Augen zusammen und rief mir Noahs Gesicht in Erinnerung. Ich musste darauf vertrauen, dass er und Basti wissen würden, was zu tun sei. Ich musste darauf vertrauen, dass er mich retten würde. Etwas anderes blieb mir gar nicht übrig.

»Noah, wo bleibst du?«, flüsterte ich in die Stille des Raumes.

Noah

Zusammengesunken saß ich auf einem Stuhl auf der Wache. Meine Hände lagen um einen Kaffeebecher, der vor einigen Stunden noch heiß gewesen war. Aber ich hatte keinen Schluck getrunken. Alles, was ich getan hatte, war, vor mich hinzustarren und die Stunden zu zählen.

Vierzehn Stunden.

Vierzehn Stunden war es mittlerweile her, dass ich unsere Wohnung verwüstet vorgefunden hatte. Ich hatte keine Ahnung, wie lange es her war, dass sie sich Emily geschnappt hatten.

Ich wollte mir nicht ausmalen, was sie ihr antaten, aber mein Kopf stellte sich alle möglichen Szenarien vor.

Ich kannte die Bilder der Opfer. Jake hatte mir gezeigt, was sie ihnen antaten. Er hatte es als Schocktherapie bezeichnet. Wollte mich dazu bringen, dass ich aussagte. Aber ich hatte mich geweigert. Hatte Angst um Emmi und unser Kind gehabt. Zu Recht, wie es jetzt aussah.

Ich hörte die Polizisten um mich herum reden, konnte die Worte aber nicht ausmachen. Ich war in meine eigenen Gedanken abgedriftet, um nicht verrückt zu werden.

Emmi brauchte mich ruhig. Sie und unser Baby waren alles, woran ich denken konnte.

Und Jake.

Er hatte mir eine Menge zu erklären und ich war nicht davon überzeugt, dass mir die Erklärungen gefallen würden.

Unruhe entstand. Ich hob den Kopf und blickte auf. Das erste Mal seit Stunden.

Zu Beginn hatte Basti versucht, mich zum Reden zu bringen, aber ich hatte abgeblockt. Emmi würde sagen, dass ich mich in einem Schockzustand befand. Irgendwann hatte Basti es aufgegeben und Emmis Eltern und Brüder angerufen. Ich hätte das tun sollen, aber ich war wie gelähmt gewesen. Wie hätte ich ihnen erklären sollen, dass ich sie schon wieder enttäuscht hatte? Dass ich schon wieder nicht das getan hatte, was meine Aufgabe war? Dass ich Emmi schon wieder nicht beschützt hatte?

Als ich zur Tür blickte, sah ich, was die Unruhe ausgelöst hatte. Jake und sein Team traten durch die Tür. Ich sprang auf die Beine, ballte die Fäuste und lief auf ihn zu. Kurz bevor ich ihn erreicht hatte, sah er mich ebenfalls an und schien genau zu wissen, was ich vorhatte. Er blieb stehen, hob die Arme, wie um mich aufzuhalten, aber ich hatte schon mit meiner geballten Faust ausgeholt und verpasst ihm eine.

Sein Gesicht flog zur Seite und ich konnte hören, wie er zischte.

Jasper verzog wütend das Gesicht und kam sofort seinem Partner zur Hilfe, aber Jake hob nur abwehrend die Hand.

Um uns herum war es still geworden und ich spürte die Blicke eines jeden einzelnen auf mir und Jake. Ich holte für den nächsten Schlag aus, als sich zwei kräftige Arme um meinen Körper legten und mich nach hinten zogen. Auch Jasper stand schon in Angriffsposition und ich wusste, dass er dazwischengehen würde, wenn ich seinem Partner auch nur einem Schritt zu nahekommen würde.

»Lass es, Noah«, flüsterte Basti mir ins Ohr. »Du willst keinen Ärger, nicht jetzt.«

Wütend schnaubte ich und atmete schwer. Jake hatte sich mittlerweile wieder aufgerichtet und hielt sich den Kiefer. Noch hatte er mich nicht angesehen, sondern nur die Augen geschlossen. Jasper blickte zwischen ihm und mir hin und her. Er musterte mich wütend, und ich kannte ihn gut genug, um zu wissen, dass er sich zurückhielt.

»Sie braucht dich jetzt«, sagte Basti eindringlich und ein wenig der Anspannung, die sich in den letzten Stunden angesammelt hatte, verließ meine Schultern.

Jake öffnete die Augen und sah mich mit traurigem Blick an. Sein Team im Hintergrund war in Angriffsposition, einige hatten sogar die Hände auf ihre Waffen gelegt. Bevor Jake irgendetwas sagen konnte, ging ich auf ihn zu.

Jasper trat zwischen uns, aber Jake schob ihn an die Seite. Er wirkte angespannt und ich war mir sicher, dass, wenn ich noch einmal zuschlug, er sich wehren würde.

Leise zischte ich ihm zu: »Das ist eure Schuld, Jake.« Kurz sah ich zu Jasper, der mich ebenfalls hören konnte. Sein Gesicht war völlig ausdruckslos. »Ich schwöre dir, wenn ihr irgendetwas geschieht, bring ich dich um.«

Ernst sah Jake mich an und nickte. »Ich weiß«, flüsterte er zurück.

Ich sah ihm noch einmal in die Augen, dann nickte ich und trat einen Schritt zurück. Um uns herum begannen die Leute wieder zu tuscheln.

»Agent Oh? Agent Moore?«, fragte Basti und trat mit gestreckter Hand vor. »Ich heiße Bastian Weiß. Mein Partner und ich leiten die Ermittlungen.«

Jake und Jasper nickten und begrüßten ihn ebenfalls. Jasper deute mit dem Daumen hinter sich und stellte das Team in wenigen Sätzen vor. Ich verschränkte meine Arme vor der Brust und starrte die Zwei weiterhin finster an.

Nach wenigen Minuten unterbrach ich das Pläuschchen barsch: »Haben wir jetzt genug der Höflichkeiten ausgetauscht?«

Basti sah mich stirnrunzelnd an und ich wusste, dass er mich zurechtweisen wollte, schließlich sollte ich nicht einmal hier sein, aber Jake kam mir zuvor.

»Kommissar Weiß, wo können wir aufbauen?«

Basti deutete auf den Konferenzraum. Jake, Jasper und das Team begannen, ihre Ausrüstung dort aufzubauen, während ich jede ihrer Bewegungen mit Argusaugen verfolgte. Pinnwände wurden herangezogen, Bilder, bei denen sich Knoten in meinem Magen formten, wurden an die Wand gehängt, Laptops ausgepackt, Fallmappen herausgeholt. Während alldem lag mein Blick auf Jake. Auch, wenn er und Jasper sich immer die Ermittlungen geteilt hatten, machte ich ihn für all das verantwortlich. Schließlich war er meine Hauptkontaktperson gewesen. Jasper hatte ich in den letzten Jahren nicht oft zu Gesicht bekommen.

Als Jake alle seine Aufgaben erledigt hatte, sah er auf und kam auf mich zu. Langsam, als wollte er kein wildes Tier erschrecken.

Ich rührte mich nicht.

Als er vor mir stand, sagte er leise zu mir: »Es tut mir leid, Noah. Auch, wenn dir das nichts bringt, es tut mir leid. Ich hatte keine Ahnung, ich …«

Er brach ab, wusste nicht, was er sagen sollte, und ich gab ihm keine Reaktion. Was hätte ich auch sagen oder tun sollen?

Was er getan hatte, war unverzeihlich.

Er hatte geschlampt und damit meine Frau und unser Baby in Gefahr gebracht. Und er wusste das. Aus den Augenwinkeln registrierte ich, wie Jasper uns musterte. Ich war mir sicher, dass er unbedingt wissen wollte, was wir besprachen, aber er blieb am anderen Ende des Raumes stehen.

Jake sah mich an: »Wenn ihr irgendetwas zustößt, werde ich meine Marken abgeben und meinen Dienst quittieren.«

Mit einem vernichtenden Blick musterte ich ihn: »Ihr ist schon etwas zugestoßen.«

Er blickte mich einige Sekunden an, dann nickte er. Er wollte noch etwas sagen, dann unterbrach er sich, drehte sich um und rief lautstark: »Lasst uns beginnen.«

KAPITEL 44

Emily

Ich war schon eine Woche hier und bislang war nichts passiert.

Die Frau hatte mich nicht wieder besucht. Der Russe kam dreimal täglich, um mir etwas zu essen und zu trinken zu bringen. Am zweiten Tag hatte er sogar einen Eimer dabei, in dem ich mein Geschäft erledigen konnte. Es war erniedrigend, mich im Raum zu erleichtern. Als ich den Kübel gesehen hatte, hatte ich vor Erleichterung geweint.

Ich vertrieb mir die Zeit damit, dass ich mit meinem Baby sprach. Das war das Einzige, was mich in dieser Finsternis bei Verstand hielt.

Die ganze Zeit war ich zum Zerreißen gespannt, erwartete das Schlimmste, aber nichts geschah. Bei jedem Schlüsseldrehen im Schloss zuckte ich zusammen und malte mir die schrecklichen Szenarien aus, die mir passieren könnten. Aber nichts geschah.

Das war eine andere Art der Folter. Keine körperliche, sondern eine psychische.

Ohne mein Baby wäre ich schon verrückt geworden, hätte verängstigt in der Ecke gelegen. Aber ich musste stark bleiben. Noah würde kommen. Das wusste ich. Auch wenn die Hoffnung jeden Tag ein wenig kleiner wurde.

Eine Strähne fiel mir ins Gesicht, die ich angeekelt wieder hinter mein Ohr steckte. Ich hatte ewig nicht geduscht. Meine Haare juckten und klebten mir fettig am Kopf.

Der Schlüssel drehte sich im Schloss und ich zuckte zusammen.

Tief durchatmen, sagte ich mir.

Ich straffte die Schultern und setzte mich gerade hin. Keine Schwäche zeigen. Nicht zeigen, dass sie mich mürbe machten. Ich erwartete den Russen, auch wenn sein letzter Besuch nicht allzu lange her war. Die Tür wurde aufgetreten und die Frau kam hinein. Aber nicht allein. Hinter sich zog sie ein junges Mädchen an den Haaren in den Raum. Meine Augen weiteten sich. Zwei weitere Gorillas folgten ihr. Sie stieß die Kleine in die Mitte des Raumes und sah mich an. Ein bösartiges Funkeln stand in ihren Augen und ich wusste, dass das, was jetzt geschah, mir nicht gefallen würde. Dass es mich auf ewig in meinen Träumen verfolgen würde.

»Emily«, sagte sie spöttisch. »Tut mir leid, dass ich nicht die beste Gastgeberin gewesen bin, aber ich hatte zu tun.« Sie deutete auf das Mädchen. Es konnte nicht älter als siebzehn sein. »Ich hatte mich um dringende Angelegenheiten zu kümmern.«

Ich schluckte. Sie sprach die Kleine an, aber diese reagierte nicht. Ich konnte hören, wie sie wimmerte. Die Frau, deren Namen ich immer noch nicht kannte, verdrehte die Augen und trat ihr in den Unterbauch. Wieder wimmerte das Mädchen. Wieder trat sie zu. Immer wieder, bis ich es nicht mehr aushielt.

»Stopp«, sagte ich mit fester Stimme.

Sie hob spöttisch die Augen hoch. »Du hast also doch eine Stimme?«

Ich stand auf und kniete mich neben das Mädchen. Als ich meine Hand sanft auf ihren Kopf legte, zuckte sie zusammen, als würde sie erwarten, dass ich sie auch schlagen würde. Vorsichtig strich ich ihr über die Haare.

»Lass sie«, meinte ich.

»Ach, wenn das so ist«, meinte die Russin herablassend, während sie einen Schritt zur Seite machte. »Dann lass ich sie wohl.«

Sie schüttelte lachend den Kopf, aber es war kein gutes Lachen. Sie schnippte einen der Gorilla heran, deutete auf mich und fauchte auf Russisch: »Udar iyo!« *Schlag sie.*

Obwohl ich es hörte, obwohl mein Hirn die Information verarbeitete, kam der Schlag so schnell und unerwartet, dass er mich zu Boden riss. Ich zischte vor Schmerzen und hielt mir das Auge. Shit.

»Wenn du also nichts dagegen hast …«, meinte sie und fuhr fort, das Mädchen zu drangsalieren.

Ich hatte keine Ahnung, wie lange sie auf sie eintrat, aber irgendwann schien sie genug zu haben. Sie warf ihrem zweiten Gorilla einen Blick zu, worauf dieser den Raum verließ. Nur, um kurz darauf mit einem Stuhl wiederzukommen.

Er hob die Kleine auf und setzte sie darauf. Sie war bei Bewusstsein, aber ihr Blick war leer, als hätte sie sich schon längst aufgegeben. Ich sah ihr fest in die Augen und versuchte, ihr ein Lächeln zu schenken, aber es schien von ihr abzuprallen.

Ich musterte sie. Sie war früher sicher ein hübsches Mädchen gewesen, aber jetzt sah sie abgekämpft und verloren aus. Als hätte sie alle Hoffnung verloren. Mein Blick wanderte über ihren Körper. Sie war nur in Dessous gekleidet, die mehr preisgaben, als sie verbargen. Ich schluckte und wandte den Blick ab, als ich die Einstiche in ihren Armbeugen sah. Ich wollte mir nicht ausmalen, was sie alles erlitten haben musste.

»Weißt du, Emily, ich glaube, ich habe dir noch nicht deutlich gemacht, was ich mit Menschen mache, die nicht meine Erwartungen erfüllt haben.« Sie legte den Kopf schief und musterte mich. »Aber das soll sich jetzt ändern.«

Schneller, als ich es begreifen konnte, zog sie aus dem Bund ihrer Jeans eine Waffe, richtete sie auf das Mädchen und drückte ab. Erst als mich eine Flüssigkeit traf, realisierte ich, was geschehen war, und ein Schrei löste sich aus meiner Kehle.

Sei nicht das, was ich denke, was es ist. Bitte nicht, bitte nicht, wiederholte ich immer wieder das Mantra in meinem Kopf.

Auch wenn ich aufhören wollte, zu schreien, ich konnte es nicht. Tränen liefen mir über die Wange und ich traute mich nicht, an die Stelle zu sehen, an der eben noch das junge Mädchen gesessen hatte.

Die Frau verdrehte die Augen und ehe ich mich's versah, schlug mir der Gorilla wieder seine Faust ins Gesicht. Ich konnte es knacken hören und spürte, wie Blut aus meiner Nase lief. Das stoppte zumindest mein Schreien, aber die Tränen liefen weiter und unaufhörlich über meine Wangen.

»Jetzt wird es Zeit, dass du meine Gastfreundschaft kennenlernst«, meinte sie und lächelte.

Wieder dieses kalte Lächeln. Ich schloss die Augen und versuchte, mich innerlich für das zu wappnen, was mir gleich geschehen würde.

Sie holte aus und trat mir in den Brustkorb. Für einen langen Moment blieb mir die Luft weg und alles wurde schwarz vor meinen Augen. Alles flimmerte wie bei einem Fernseher, bevor sie wieder zutrat. Und wieder. Und wieder.

Ich hoffte, dass mich die Schwärze überkommen würde, aber nichts geschah. Ich rollte mich zu einem Ball zusammen und versuchte, meinen Bauch zu schützen. Größtenteils gelang es mir, aber ich konnte nicht jeden ihrer Tritte in meinen Bauchbereich verhindern.

»Nicht«, bat ich. »Nicht, nicht, nicht, nicht.« Ich bettelte sie an. »Nicht«, flüsterte ich, kurz bevor ich dachte, dass ich ohnmächtig werden würde. »Ich bin schwanger.«

Vielleicht war es dumm, ihr das zu sagen, mich angreifbar zu machen, aber sie sollte mich als Menschen sehen. Ich hatte etwas zu verlieren.

Und tatsächlich. Sie hielt inne und musterte mich. Ihr Blick wanderte über meinen Bauch und ich befürchtete das Schlimmste. Vielleicht würde sie mich direkt erschießen, weitertreten, bis sie sich sicher sein konnte, dass ich das Kind verloren hatte.

Zu meiner Überraschung trat sie mich nicht weiter. Es war einige Minuten still, bevor sie zischelte: »Prinisi kameru.« *Holt die Kamera.*

Ich ahnte, was jetzt kommen würde, und atmete tief durch, versuchte, mich auf das Unausweichliche vorzubereiten. Es dauerte wieder einige Minuten, bis sie die Kamera geholt und auf ein Stativ geschraubt hatten.

In all der Zeit musterte sie mich. Immer noch hielt sie ihre Waffe in einer Hand. Und ich starrte zurück. Es war wie am ersten Tag. Ein Machtkampf, den wir ausfochten.

»Ich glaube, dein Mann vermisst dich schon«, sagte sie und deutete auf die Kamera. »Wie wäre es, wenn du ihm verrätst, wie es dir so geht?«

Ich presste die Lippen aufeinander und schüttelte den Kopf.

Erstaunt sah sie mich an. »Möchtest du ihm nicht sagen, wie freundlich wir dich hier behandeln?«

Ich kniff die Augen zusammen, sagte aber keinen Ton. Diese Genugtuung würde ich ihr nicht geben.

Die ganze Zeit über leuchtete der Aufnahmeknopf der Kamera. Sie verengte ihre Augen zu Schlitzen. Ihr schien es nicht zu gefallen, dass ich mich ihr vor laufender Kamera widersetzte. Das entlockte mir ein kleines Lächeln. Solange ich konnte, würde ich mich wehren.

Mit einem Kopfnicken bedeutete sie dem Gorilla, mich erneut zu schlagen. Diesmal verpasste er meinem Kiefer einen so kräftigen Schlag, dass es mir den Kopf nach hinten riss. Ich zischte, beugte mich vor und sah zu Boden. Ich würde nicht voller Schmerzen in die Kamera sehen. Nicht, wenn die Gefahr bestand, dass Noah das sehen würde. Es würde ihn brechen.

Sie sah mich mit einem Ausdruck an, den ich als nichts anderes als Bewunderung deuten konnte. War sie beeindruckt davon, wie ich mich verhielt, oder was hatte mir diese Anerkennung eingebracht? Sie kam auf mich zu und riss mich an meinen Haaren zurück.

»Shit«, zischte ich. Scheiße, das tat weh.

»Sieh in die Kamera«, flüsterte sie mir ins Ohr. »Und wiederhol das, was ich dir sage.«

Bevor ich reagieren konnte, drückte sie mir ihre Waffe an den Schädel. Ich hatte mich immer gefragt, wie es sich wohl anfühlen musste, eine Waffe an den Kopf gehalten zu bekommen, aber keine meiner Überlegungen konnte das wiedergeben, was ich in diesem Moment fühlte. Das Eisen jagte mir einen Schauer über den Rücken und in meinem Magen formte sich ein stählerner Klumpen.

Würde es das jetzt gewesen sein?

Würde sie mich vor laufender Kamera erschießen?

»Und schön in die Kamera lächeln, wir wollen schließlich, dass du eine gute Figur abgibst«, sagte sie, bevor sie mir die Wörter zuflüsterte, die ich laut wiederholte.

»Noah«, sagte ich mit zittriger Stimme und die Tränen, die über meine Wangen liefen, konnte ich nicht aufhalten. »Es wird Zeit für deine Beichte. Nur für deine Sünden gibt es keine Chance auf Buße.«

Ich schluckte, wollte nicht weiterreden, aber sie drückte mir die Waffe nur fester gegen den Kopf. Ich schloss die Augen und schüttelte mich. Das wollte ich nicht wiederholen, ich wollte es nicht sagen. Ich hörte, wie sie die Waffe entsicherte.

Zitternd fuhr ich fort: »Ganz gleich, wann du kommst, du kommst zu spät. Aber ich will dir noch eine kleine Chance geben. Vielleicht gibt dir das Schicksal einen kleinen Aufschub.«

Ich hörte, wie sie ihre Waffe entlud und Patronen auf den Boden fielen. Verzweiflung packte mich.

»Würdest du sagen, dass du Glück in der Liebe hattest, Emily?«, fragte sie mich laut und deutlich.

Ich schloss die Augen. Wie in einem Film lief mein Leben vor meinen Augen ab. Und das Gesicht, das alles überlagerte, war Noahs. Ich hatte Glück im Leben. Ich hatte geliebt und ich wurde geliebt. Das war mehr, als andere Menschen von sich behaupten konnten. Und wie ich geliebt wurde. Himmel, wie ich ihn geliebt hatte. Das Leben, das mir vergönnt gewesen war, war ein gutes Leben.

Ich legte eine Hand auf meinen Bauch. Das Einzige, was ich bereute, war, dass ich diesem Kind wahrscheinlich kein Leben würde schenken können. Dieses Mal standen alle Wahrscheinlichkeiten gegen mich.

Ich öffnete die Augen und sah direkt in die Kamera. Ich ignorierte die Frau, die Waffe, das tote Mädchen. Alles.

Ich führte meine Hand von meinem Herzen zu meinem Mund. Wenn Noah das sehen würde, würde er verstehen.

Dann wandte ich den Blick von der Kamera ab und sah ihr direkt in die Augen. Ich würde nicht zerbrechen. Nicht jetzt. Sie nickte und drückte ab.

Ein Klicken, aber nichts geschah.

»Glück gehabt«, grinste sie.

Wieder ein Klicken, wieder geschah nichts. Ich schloss die Augen.

Zwei von Sechs.

Ich öffnete die Augen. Kalter Schweiß brach mir am ganzen Körper aus.

Wieder ein Klicken, aber nichts geschah.

»Du scheinst ja doch Glück im Spiel zu haben«, meinte sie. Dann richtete sie ihre Waffe auf meinen Bauch.

»Nein«, schrie ich und krümmte mich zusammen, wollte ihr nicht die Möglichkeit geben, mein Kind zu töten.

Sie kam auf mich zu, riss meinen Kopf nach oben und richtete den Revolver direkt auf meine Stirn. Es waren noch drei Fächer übrig und in einem steckte eine Patrone.

Die Statistik war nicht auf meiner Seite. Ich wandte den Blick von ihr ab und starrte in die Kamera. Ich wollte nicht, dass sie das Letzte war, das ich vor meinem Tod sehen würde.

»Ich liebe dich, Noah.«

Ein dumpfer Schlag und um mich herum wurde alles schwarz.

KAPITEL 45

Noah

Eine Woche.

Es war schon eine Woche seit Emilys Verschwinden vergangen und ich hatte das Gefühl, dass wir nicht vorankamen. Eine Woche, die ich Tag und Nacht auf dem Revier verbracht hatte, um nichts zu verpassen. Alle Anrufe, die auf unserem Festnetz eingingen, wurden aufs Revier umgelegt, aber Emilys Entführer hatten sich noch nicht zu Wort gemeldet, und das war kein gutes Zeichen. Oder war es das doch? Darüber schienen sich alle nicht einig zu sein.

Ich wollte mir gar nicht ausmalen, was sie ihr alles antaten, um an mich heranzukommen.

In der vergangenen Woche hatte ich kaum ein Wort rausbekommen. Ich hatte es nicht einmal über mich gebracht, mit Emmis Familie zu sprechen, hatte ins Leere gestarrt, als sie aufs Revier gekommen waren, wollte nicht sehen, wie sie mich enttäuscht musterten. Sie hatten nicht einmal versucht, mit mir zu reden.

Ich kniff die Augen zusammen. Es wäre besser gewesen, wenn ich nie wiedergekommen wäre, wenn ich Emmi ihr Leben hätte leben lassen. Sie würde sterben, sie und unser Kind, und es war alles meine Schuld. Ihr würde das gleiche

Schicksal zuteilwerden wie meinen Eltern. Ich presste mir die Fäuste auf die Augen.

Als sich eine Hand auf meine Schulter legte, zuckte ich zusammen. Ich hatte nicht einmal gehört, wie sich die Tür zum Konferenzraum geöffnet hatte.

»Du brauchst mich nicht anzusehen«, brummte Friedrich und ich verspannte mich. »Aber du sollst wissen, dass wir dir keine Schuld geben.«

»Wie?«, flüsterte ich gebrochen und räusperte mich ein paar Mal, bevor ich es noch einmal versuchte. »Wie kann das sein? Es ist meine Schuld, dass sie entführt wurde, meine Schuld, dass ihr gerade sonst etwas angetan wird, und meine Schuld, dass sie nicht in Sicherheit ist.« Ich holte Luft und wollte weiter ausholen, aber Friedrich unterbrach mich direkt.

»Hör auf, dir so einen Blödsinn einzureden, Junge. Es ist nicht deine Schuld, und das war es auch nie. Du kannst nichts für das, was diese kranken Menschen tun.«

Ich wusste, dass es sinnlos war, mit Emmis Vater zu diskutieren, also nickte ich nur. Friedrich blieb eine Weile neben mir sitzen, bis er den Konferenzraum wieder verließ. Vermutlich ertrug er die Bilder an den Wänden nicht. Ich selbst tat das kaum, aber es schien mir eine zumindest ansatzweise gerechte Strafe für das, was ich getan hatte.

In den folgenden Stunden kamen immer wieder irgendwelche Leute zu mir und wollten mit mir sprechen. Angefangen bei Basti, Jasper und Jake bis hin zu Max und Benj. Aber ich zeigte ihnen allen die kalte Schulter.

Irgendwann konnte ich den Druck auf meiner Blase nicht mehr ignorieren, stand auf, schüttelte meine müden Glieder und verließ den Konferenzraum. Kurz bevor ich den Gang erreicht hatte, der zu den Toiletten führte, ließ ein Satz, den ich aufschnappte, das Blut in meinen Adern gefrieren.

»Hier arbeitet kein Adrian Weber«, sagte die Rezeptionistin energisch.

Wie gelähmt drehte ich mich um und musterte die Szene, die sich vor meinen Augen abspielte. Die Rezeptionistin schüttelte vehement den Kopf, während ein Kurierträger einen Briefumschlag in den Händen hielt und eifrig nickte.

»Aber hier steht es doch«, sagte er und klopfte mit seinem Finger immer wieder auf den Umschlag. »Adrian Weber und die Adresse hier.«

»Aber hier arbeitet kein Adrian Weber«, wiederholte die Rezeptionistin jetzt sichtlich genervt. »Wie oft soll ich Ihnen das eigentlich noch sagen?«

»Ja, vielleicht kennen Sie ja nicht jeden?«, fragte der junge Kurier jetzt frech.

Man konnte förmlich sehen, wie die Halsschlagader der Frau immer heftiger pochte und ihr Kopf hochrot wurde.

»Was fällt Ihnen eigentlich ein …?«, begann sie.

»Ich muss diesen Brief abgeben«, wiederholte der Kurier und zuckte mit den Achseln.

»Aber«, fing sie an und ich konnte sehen, wie sie kurz vorm Explodieren stand.

»Ich bin Adrian Weber«, sagte ich fast schon zu leise, aber beide hatten mich gehört und drehten sich abrupt zu mir um.

»Sehen Sie?«, sagte der junge Kurier und jetzt konnte ich erkennen, dass er Kaugummi kaute. Er kam auf mich zu, zog ein Klemmbrett heraus und klopfte mit seinem Stift auf mehrere Stellen auf einem Papier. »Sie müssen hier, hier und hier unterschreiben.«

Aus den Augenwinkeln sah ich, dass Polizisten zusammenstanden und jemand auf uns zukam. Basti.

Wie in Trance unterschrieb ich die Zettel und der junge Mann wollte sich gerade verabschieden, als Basti ihn am Arm packte und finster ansah.

»Hiergeblieben.«

Erschrocken blickte der Kurier auf Bastis Hand, die sich um seinen Oberarm geschlossen hatte. »Was ist denn los? Ich hab doch nur einen Brief hergebracht.«

»Sie müssen leider hierbleiben«, meinte Basti.

»Aber ich hab noch einige Briefe zuzustellen!«, regte er sich auf.

Basti musterte ihn nur kühl und zuckte gelangweilt mit den Schultern. »Das ist mir relativ egal, wir haben einige Fragen an Sie.«

Sein Partner kam und führte den lauthals protestierenden Kurier in ein Befragungszimmer. Meine Hände zitterten und ich starrte auf den Umschlag. Dort stand in Großbuchstaben Adrian Weber und die Adresse des Polizeireviers.

Adrian Weber. Nicht Noah Klein, sondern Adrian Weber. Ein Name, den ich seit Jahren nicht benutzt hatte, der längst nicht mehr existierte. Ein Name, den niemand kennen sollte. Von dem niemand wissen sollte, dass er einst meiner war.

»Noah?«, hörte ich Bastis Stimme wie durch einen Nebel.

Aber ich konnte nicht reagieren. Konnte nur auf diesen Namen starren. Adrian Weber, Adrian Weber, Adrian Weber.

Ein Schütteln ergriff meinen Körper, ich hob den Kopf und sah in Bastis besorgte Augen.

»Adrian Weber«, flüsterte ich.

Basti nickte vorsichtig.

»Adrian Weber und nicht Noah Klein.«

Basti nickte wieder.

»Woher wissen die das?«

Hilflos sah Basti mich an und zuckte mit den Schultern. Leise sagte er zu mir: »Ich habe keine Ahnung, aber wir werden es schon herausfinden.«

Er ließ seine Hand auf meiner Schulter liegen und führte mich zurück in den Konferenzraum. Alle waren bereits da, Jake, Jasper, Bastis Partner, irgendwelche Analysten und andere hohe Tiere. Sie sahen mich mitleidig an. Wie man ein kleines Kind ansah, dem sein liebstes Spielzeug weggenommen wurde.

Jake stand auf, kam auf mich zu und deutete auf den Umschlag. »Darf ich?«, fragte er leise.

Ich schüttelte den Kopf, dann nickte ich. Ich wollte nicht wissen, was darin war, aber dann wiederum wollte ich es genau wissen. Es konnte kein Finger sein, wie man das aus Filmen kannte. Der Umschlag fühlte sich nicht nass an und er war nicht besonders schwer.

Jake öffnete ihn und zog eine CD heraus. Er runzelte die Stirn, sah dann zu mir, bevor er Basti einen bedeutungsschweren Blick zuwarf.

»Noah, komm, wir …«

Ich unterbrach Basti sofort. »Auf gar keinen Fall«, rief ich energisch aus und riss mich von Basti los. Ich deutete auf die CD, die Jake in der Hand hielt. »Das ist eine Botschaft an mich, nicht an euch, und ich werde mir die verdammt nochmal ansehen.«

»Noah«, versuchte es jetzt Jake. »Wir haben keine Ahnung, was darauf ist, und …«

Ich unterbrach ihn wieder wirsch. »Vollkommen egal, es geht hier um meine Frau.«

Basti und Jake versuchten weiter, mich dazu zu bringen, den Raum zu verlassen und mir nicht anzuschauen, was auf dem Video war. Als ich zu einer Antwort ansetzen wollte, wurde ich von einer etwas piepsigen Stimme unterbrochen, die ich noch nie gehört hatte.

»Genug jetzt.« Ich drehte mich zu der Stimme um und sah, dass einer der blassen Analysten, die Jake von den Feds mitgebracht hatte, uns unterbrochen hatte. »Lasst es ihn sehen.«

Er zuckte mit den Schultern, dann sah er mir direkt in die Augen. »Die beiden wollen es dir nicht sagen, aber es kann gut sein, dass wir auf diesem Video die Hinrichtung deiner Frau sehen.«

Mir wurde schlecht und ich griff nach der Tischplatte, um Halt zu finden.

»Moses«, zischte Jake, aber der Analyst hatte schon wieder den Blick auf seinen Bildschirm gerichtet, hielt die rechte Hand gestreckt und wartete darauf, dass man ihm die CD gab.

Jake warf einen hilflosen Blick zu Jasper, der mit den Schultern zuckte.

»Na schön«, murmelte Jake. »Aber wir haben dich gewarnt.«

Ich nickte und starrte wie gebannt auf die Leinwand. Basti wollte mich überreden, mich hinzusetzen, aber es fühlte sich besser an, zu stehen.

Der Bildschirm wurde schwarz und es knackte. Man konnte zwei Personen erkennen, die einander gegenübersaßen, aber mehr als ihre Umrisse waren nicht auszumachen.

»Ich glaube, dein Mann vermisst dich schon«, hörte man die Stimme einer Frau, die mit einem russischen Akzent sprach.

Die Kamera zoomte heran und was ich sah, fühlte sich an wie ein Schlag in den Bauch.

»Emily« flüsterte ich und ging auf die Leinwand zu.

Sie sah nicht gut aus. Ihr lief Blut aus der Nase, sie hatte einen Cut an der Augenbraue und ihr rechtes Auge war angeschwollen. Außerdem war sie über und über mit …

»Ist das Hirnmasse?«, fragte einer der deutschen Beamten angewidert.

Ich wollte mir gar nicht ausmalen, welchen Horror sie in der letzten Woche erlebt hatte.

»Wie wäre es, wenn du ihm verrätst, wie es dir so geht?«, hörte man wieder die Stimme der Frau.

Emily presste die Lippen aufeinander, schüttelte den Kopf und starrte sie an. Sie vermied es, in die Kamera zu gucken. Ich versuchte, in ihren Augen zu lesen, aber da war nichts, nur pure Entschlossenheit.

Mein starkes Mädchen.

»Möchtest du ihm nicht sagen, wie freundlich wir dich hier behandeln?« Wieder antwortete Emily nicht.

Alle hielten den Atem an, verfolgten, was auf dem Video geschah.

Von der Seite löste sich ein Schatten und verpasste Emmi einen Schlag, der ihr den Kopf nach hinten riss.

Ich machte noch einen Schritt nach vorne, ballte wütend die Fäuste zusammen, wollte sie retten, sie verteidigen.

Man konnte sie zischen hören, aber sie sah noch immer nicht in die Kamera. Dann trat die Frau neben sie und riss sie an ihren Haaren zurück.

»Shit«, entwich es Emmi.

Mein ganzer Körper spannte sich an, während ich dem Geschehen auf dem Video folgte.

Die Frau flüsterte ihr etwas ins Ohr, zumindest sah es so aus, und etwas an Emmis Kopf glänzte. Sie hielt ihr eine Waffe an den Kopf.

Ich ging einen Schritt näher, wollte alles sehen, mir Emmis Gesicht merken, jedes Detail studieren.

»Noah«, sagte Emmi mit zittriger Stimme und ich konnte sehen, wie ihr die Tränen über die Wangen liefen.

Ich stand jetzt direkt vor der Leinwand und legte meine Hand an ihre Wange.

»Es wird Zeit für deine Beichte. Nur für deine Sünden gibt es keine Chance auf Buße.« Ich sah, wie Emily schluckte und den Kopf schüttelte.

Eiskalte Angst und Panik ergriff mich. Eine Waffe wurde entsichert.

»Emily«, flüsterte ich.

Video-Emmi sprach weiter. »Ganz gleich, wann du kommst, du kommst zu spät. Aber ich will dir noch eine kleine Chance geben. Vielleicht gibt dir das Schicksal ja einen kleinen Aufschub.«

Man hörte etwas zu Boden fallen und die Frau trat vor Emily, verbarg dennoch nicht den Blick auf sie.

Laut und deutlich fragte sie: »Würdest du sagen, dass du Glück in der Liebe hattest, Emily?«

Ich konnte sehen, wie Emily über ihre Frage nachdachte, sah die Liebe in ihren Augen, sah, wie sie eine Hand auf ihren Bauch legte.

Ich schluckte und legte meine Hand ebenfalls dort hin. Emily schloss ihre Augen, dann öffnete sie sie wieder und sah direkt in die Kamera. Ich traute mich kaum zu blinzeln, wollte keinen Moment verpassen. Sie führte ihre Hand vom Herzen zu ihrem Mund.

Ein Schluchzen kam über meine Lippen. Ich verstand, was sie mir sagen wollte, dass sie mich liebte, dass ich ihr Herz, ihr Leben war. Nach ein paar weiteren Sekunden wandte sie ihren Blick ab und richtete ihn direkt auf die Frau. Diese hantierte mit etwas herum, nur konnte ich es nicht genau erkennen.

»Fuck«, flüsterte Basti. Aber anscheinend konnten die anderen es sehen.

Ich starrte weiter auf die Leinwand, traute mich nicht, den Blick von Emily abzuwenden, und fragte nur leise: »Was?«

Es folgte ein Schweigen, bis Jasper mir antwortete: »Russisches Roulette.«

Wieder wurde der Klumpen in meinem Magen schwerer. Die Frau richtete die Waffe auf Emily. Ein Klicken, aber nichts geschah.

»Glück gehabt«, sagte sie.

Wieder ein Klicken, wieder geschah nichts. Emily schloss die Augen.

»Wie viele Chancen hat Emmi?«, fragte ich.

Wieder Schweigen und wieder war es Jasper, der mir antwortete. »Ein Revolver hat sechs Fächer, das heißt …«

»Noch drei mögliche leere Fächer«, beendete ich seinen Satz und starrte Emmi weiter an.

Der Klumpen in meinem Bauch wurde immer größer und schwerer. Emmi öffnete wieder die Augen, ein weiteres Klicken war zu hören, aber nichts geschah. Kalter Schweiß brach mir am ganzen Körper aus. Ich hatte das Gefühl, die Waffe wäre auf mich gerichtet.

»Du scheinst ja doch Glück im Spiel zu haben«, hörte man die Stimme der anderen Frau. Dann richtete sie ihre Waffe auf Emilys Bauch.

Wie aus einem Halse schrie ich mit Emily: »Nein!«

Sie krümmte sich zusammen und versuchte, unser Kind zu schützen. Tränen liefen mir über die Wange. Ich konnte sie nicht beschützen, konnte ihr nur beim Sterben zusehen. Die Frau trat neben sie und jetzt konnte man ihr Gesicht auf dem Video erkennen. Sie riss Emmis Kopf nach hinten, hielt ihr die Waffe direkt an die Stirn. Emily wandte den Blick von ihrer Peinigerin ab und sah direkt in die Kamera.

Ich sah ihr in die Augen, wünschte, ich könnte bei ihr sein, ihr Kraft geben.

»Ich liebe dich, Noah.«

Dann wurde das Bild schwarz, und man hörte einen Knall. Ein Schuss hatte sich gelöst.

»Nein«, flüsterte – oder schrie? – ich und fiel auf meine Knie.

Dann wieder ein Knacken und ich hörte die Stimme der anderen Frau. »Komm sie holen, Adrian Weber.«

⋄

Ich hatte keine Ahnung, wie lange ich dort kniete, aber irgendwann nahm ich wieder meine Umgebung wahr. Ich atmete tief durch und stand auf. Rieb mir übers Gesicht, drehte mich um und sah die vor mir sitzenden Ermittler an. Betroffene Blicke musterten mich und ich konnte sehen, dass Basti geweint hatte.

»Sie lebt noch«, sagte ich mit einer Gewissheit, die mich selbst überraschte.

Auch die anderen schienen verwundert.

»Sie lebt noch«, wiederholte ich.

»Wie kannst du dir da so sicher sein?«, fragte Jasper neugierig.

Auch Jake und Basti runzelten die Stirn.

»Ich weiß es einfach.« Und das war die Wahrheit. Ich konnte es nicht erklären und sie würden es schlicht und einfach nicht verstehen, aber ich würde spüren, wenn ihr etwas zugestoßen wäre. Ich würde merken, wenn die Welt sich auf einmal wieder um die Sonne drehte.

Basti sah mir meine Entschlossenheit an und nickte. Er atmete tief durch und stützte sich auf dem Konferenztisch ab. »Also, was haben wir?«

Alle fingen auf einmal an, durcheinanderzureden.

Es war Moses piepsige Stimme, die die Aufmerksamkeit des Raumes auf sich lenkte. »Sagt dir der Name Wladislawa Lebedew etwas, Noah?«

Ich zuckte mit den Schultern. Ich hatte das Gefühl, den Namen schon einmal gehört zu haben, konnte ihn aber nicht einordnen.

Mein Blick war auf Jake gerichtet, der augenblicklich erbleichte und »unmöglich« flüsterte.

Alle verstummten und starrten ihn neugierig an.

Es war Jasper, der für ihn antwortete: »Michail Lebedew.«

Wieder schüttelte ich den Kopf, aber während ich das tat, kamen Erinnerungsfetzen an die Oberfläche. Ich sank auf einen Stuhl.

»Michail Lebedew«, flüsterte ich. Jetzt zeichnete sich Verwirrung auf den Gesichtern der anderen ab.

»Könnt ihr uns mal verraten, was hier los ist?«, fragte Basti aufgebracht.

»Michail Lebedew ist der Mörder meiner Eltern«, wisperte ich, laut genug, damit mich jeder verstehen konnte. Mein Blick fiel auf Jasper, dann auf Jake. »Ich wusste nur nicht, dass er Kinder hatte.«

Jake massierte sich die Schläfen und zuckte mit den Schultern.

»Als ihr Vater starb, war Wladislawa fünfzehn. Kurz nach seiner Inhaftierung ist sie wie vom Erdboden verschluckt gewesen. Wir sind davon ausgegangen, dass sie einem Anschlag zum Opfer gefallen ist. Aber sie als neuer Kopf der Organisation …?«

Er runzelte die Stirn und schüttelte ungläubig den Kopf, aber ich schenkte ihm gar keine Beachtung. War es das, was mir Ray vor so vielen Jahren hatte mitteilen wollen? War er dahinter gekommen?

Ich würde es nie erfahren und dennoch fragte ich mich, ob das alles hier zu verhindern gewesen wäre.

Wütend schnaubte Basti. »Ganz schön viele Fehler, die ihr Feds in dieser Sache gemacht habt.«

Ich winkte ab, bevor es zu einem handfesten Streit kommen konnte. Dann blickte ich Moses an.

»Ich will das Video noch einmal sehen.« Bevor irgendjemand einen Einwand erheben konnte, sagte ich mit einem Tonfall, der keine Widerrede duldete: »Jetzt. Vielleicht haben wir etwas übersehen.«

Ich sah das Video weitere fünf Male. Bei den ersten zwei Malen konzentrierte ich mich wieder auf Emmi. Durchlitt ihre Schmerzen, bestrafte mich. Dann begann ich, mich auf die Frau zu konzentrieren, versuchte, einen Hinweis darauf zu finden, dass Jasper die Wahrheit sagte, dass sie die Tochter von Lebedew war.

Sollte eine einzige Familie daran schuld sein, dass ich alles verlor, was mir lieb und teuer war?

Beim vierten Durchgang fiel mir etwas an dem Raum auf, in dem Emily gefangen gehalten wurde. Es war nur ein kurzer Moment, aber die Kamera schwenkte an die linke Wand. Ein Fenster, das zugenagelt war. Nichts Besonderes, aber ich erkannte die Form.

Ich erzählte keinem von meiner Entdeckung, schaute mir das Video ein weiteres Mal an, um meinen Verdacht bestätigt zu wissen, aber mir war alles klar. Ich wusste, wo Emmi war.

Tief atmete ich durch, schloss die Augen und legte mir in meinem Kopf einen Plan zurecht. Keiner durfte wissen, was ich entdeckt hatte. Ich würde sie da rausholen, würde den Fehler wiedergutmachen, den ich begangen hatte. Mit der Hand rieb ich mir übers Gesicht und schüttelte den Kopf.

»Ich erkenne nichts auf dem Video. Ich bin euch keine Hilfe.« Jake sah mich aufmunternd an. »Ich glaube, ich sollte nach Hause gehen und mich hinlegen. Vielleicht fällt mir ja etwas ein, wenn ich ausgeschlafen bin.«

Jake schien erleichtert.

Jasper musterte mich einige Sekunden, ehe er nickte und mir auf die Schulter klopfte. »Du solltest dich wirklich ausruhen«, brummte er.

Bastis Blick hingegen konnte ich nicht deuten, aber auch er nickte. Ich erhob mich, schnappte mir meine Jacke und verließ zum ersten Mal in dieser Woche das Revier. Ich wusste, wo Emily war, und ich würde sie holen.

Basti

Ausschlafen am Arsch.

Ich sah Noah hinterher und war sicher, dass er uns alle verarschte. Er musste etwas auf dem Video erkannt haben. Ich hatte es in seinen Augen gesehen. Ich kannte Noah und ich wusste ganz genau, dass er wusste, wo Emmi war.

Wieso hatte er denn nichts gesagt? Wütend schüttelte ich den Kopf. War er denn vollends bescheuert? Sollte das ein Himmelfahrtskommando werden, oder was?

Ohne ein weiteres Wort schnappte ich mir meine Dienstmarke und lief, so schnell ich konnte, auf den Parkplatz. Ich war nur wenige Minuten nach Noah losgegangen, konnte seinen Wagen aber nirgends finden.

»Shit«, murmelte ich.

Ich rannte zu meinem Auto und betete, dass Noah erst einen Zwischenstopp bei sich zu Hause machen würde. Die ganze Fahrt über trommelte ich nervös mit den Fingern auf das Lenkrad. Ich musste dem Drang widerstehen, Jules anzurufen. Sie machte sich schon genug Sorgen und ich wollte nicht noch eine zu dem riesigen Haufen hinzufügen.

Als ich endlich bei Noahs und Emmis Wohnung angekommen war, atmete ich erleichtert aus. Noahs Auto war hier. Kurz überlegte ich, ob ich ihm heimlich folgen sollte, dann entschied ich mich dagegen und dafür, ihn direkt zu konfrontieren.

Wie vor einer Woche nahm ich mehrere Stufen auf einmal, bis ich vor Noahs Haustür ankam. Ich brauchte mir gar nicht erst die Mühe machen, zu klingeln, denn Noah riss die Tür wie ein gehetztes Tier auf. Als er mich sah, weiteten sich seine Augen erschrocken.

»Mensch«, meinte ich spöttisch. »Das mit dem Ausschlafen ging aber schnell.«

Nervös blickte Noah zwischen mir und seiner Uhr am Handgelenk hin und her.

»Ich, äh …«, stotterte er und zu meiner Belustigung ließ ich ihn sprechen, weil ich wissen wollte, mit was für einer Lüge er diesmal daherkommen würde. »Wir haben nichts mehr im Kühlschrank und ich wollte erst was essen.«

»Soso«, meinte ich amüsiert.

»Hm, ja«, meinte Noah und wurde immer fahriger. »Also Basti, ich muss jetzt los.«

Er versuchte, sich an mir vorbeizudrängen, aber ich drückte ihn mit der Schulter gegen die Wand.

»Willst du mich eigentlich verarschen?«, zischte ich ihm wütend zu. »Ich kenne dich besser, als du vielleicht meinst. Ich weiß, dass du dabei bist, eine große Dummheit zu begehen.«

Schuldbewusst blickte er mich an. Dann sah er nervös den Flur hinunter. »Sind deine Kollegen dabei?«

Ich schüttelte den Kopf und sah ihn abwartend an. Nach ein paar Sekunden seufzte er resigniert.

»Ich glaube, ich weiß, wo Emmi ist.«

Auffordernd sah ich ihn an. So viel hatte ich mir schon gedacht.

»Ich glaube, es ist eine der alten Villen, die ich für Aleksej renoviert habe. Damals kam mir das erste Mal etwas komisch vor.« Ich runzelte die Stirn, aber er winkte nur ab. »Zu kompliziert, um es jetzt zu erklären. Lässt du mich jetzt gehen?«

Ich zeigte ihm den Vogel. »Bist du bescheuert? Du kommst schön wieder mit zurück und dann holen wir uns Verstärkung.«

Mit vor Panik geweiteten Augen sah mich Noah an. »Das kannst du nicht machen, bitte Basti. Dann haben wir keine Chance mehr, Emily lebend zu finden.«

»Wir?«

»Wir«, nickte er. »Komm mit mir, hilf mir.«

Flehend sah er mich an. Ich wollte Nein sagen, wollte der Kluge in diesem ganzen Dilemma sein, aber ich konnte Noah nichts abschlagen, nicht, wenn es um Emmi ging.

»Also gut«, seufzte und nickte ich.

Dankbar sah er mich an, dann zog er mich am Arm den Flur entlang. Er schien keine Zeit verschwenden zu wollen.

»Hast du deine Waffe dabei?«, fragte er mich, während wir in sein Auto stiegen.

Ich verdrehte die Augen und zeigte ihm mein Waffenholster unter der Lederjacke. Er öffnete das Handschuhfach und holte aus einem Geheimfach ebenfalls eine Waffe heraus. Mit hochgezogenen Augenbrauen sah ich ihn an. Er verzog die Lippen zu einem entschuldigenden Lächeln.

»Im Zeugenschutz haben sie mir beigebracht, mit der Waffe umzugehen, und nachdem ich schon zweimal im Programm war …« Er beendete den Satz nicht, das musste er auch nicht. Ich verstand, was er mir sagen wollte.

Während Noah den Motor anschmiss und losfuhr, versuchte ich, so unauffällig wie möglich mein Handy zu zücken. Ich hielt das ganze hier immer noch für eine beschissene Idee. Und vielleicht hätte ich in meinen früheren Tagen ohne Bedenken bei der Aktion mitgemacht, aber mittlerweile hatte ich etwas zu verlieren. Und ich würde mein, Noahs und Emmis Leben nicht unnötig aufs Spiel setzen.

Blind tippte ich an meinen Partner: »Noah weiß, wo sie ist. Trackt mein Handy. Bringt Verstärkung.«

Fünfzehn Minuten hatte es mich gekostet, diese Nachricht zu tippen, ohne dass Noah bemerkte, was ich da tat. Verdammte Scheiße. Ich hatte so viel Zeit verloren.

»Wie lange brauchen wir noch?«, fragte ich mit einem Blick auf die Uhr. Die Sonne war schon am Untergehen.

»Noch so fünfundzwanzig Minuten«, meinte Noah und starrte weiterhin auf die Straße.

Scheiße. Ich hoffte, dass meine Kollegen nicht allzu lange brauchen würden.

»Und wie stellst du dir vor, wie das Ganze ablaufen soll?«, fragte ich ihn.

Er antwortete mir nicht. So lange nicht, dass ich schon dachte, er hätte meine Frage nicht gehört.

Aber dann sagte er schließlich so leise, dass ich mich anstrengen musste, um seine Antwort zu verstehen: »Ich weiß es nicht.«

KAPITEL 46

Emily

Ich war auf dem kalten Boden aufgewacht. Alles tat weh. Ich konnte keine Stelle an meinem Körper identifizieren, die nicht weh tat. Meine Rippen, mein Rücken, meine Knie, mein Gesicht. Am schlimmsten war aber mein Schädel. Die Frau musste mir mit dem Revolver einen über den Kopf gezogen haben. Danach war alles schwarz geworden.

Ich hatte keine Ahnung, wie viel Zeit vergangen war, aber es fiel kein Licht mehr durch die Ritzen der zugenagelten Fenster. Stöhnend versuchte ich, mich aufzurichten.

Ein stechender Schmerz schoss mir durch den ganzen Körper, also blieb ich einfach auf dem Boden liegen. Der war schön kühl. Half ein wenig dabei, die Schmerzen in den Hintergrund zu stellen.

Ich starrte auf die zugenagelten Fenster. Gestern – oder war das alles erst heute gewesen? – hätte ich mein Leben vor laufender Kamera verlieren können. Noah hätte das Ganze mit ansehen müssen. Mein Herz schmerzte bei dem Gedanken an Noah. Wir hatten uns doch gerade erst wiedergefunden, Hoffnung für die Zukunft geschöpft, und jetzt sollte das alles vorbei sein? Traurig schloss ich die Augen, legte eine Hand auf meinem Bauch.

»Es tut mir so leid, Krümel«, flüsterte ich in den Raum hinein.

Selbst das kostete mich so viel Kraft. Es fühlte sich an, als wäre mein Kiefer ausgerenkt worden. Tränen liefen mir über die Wangen. Würde so alles enden? Würde ich in diesem dreckigen Loch sterben?

Ich konnte nicht länger stark sein und gab mich der Verzweiflung hin, die sich schon seit einer Woche in mir aufgebaut hatte. Schluchzer schüttelten meinen Körper und die Tränen hörten nicht auf, über meine Wangen zu fließen.

Wer sollte mich hier schon finden? Sicher dachten alle, dass ich bereits tot war. Ich würde hier alleine verrecken, keiner würde mich suchen kommen. Keiner würde zu meiner Rettung eilen.

Noch heftigere Schluchzer schüttelten meinen Körper und ich rollte mich zusammen. Was würden sie mir noch alles antun? Mich foltern? Quälen? Oder mich allein verhungern lassen?

Irgendwo hatte ich mal gelesen, dass der menschliche Körper es nur drei Tage ohne Wasser aushielt. Stimmte das? Würde ich vielleicht einfach vertrocknen? Oder würden sie mich für ihre kranke Welt missbrauchen? Mich unter Drogen stellen, mich zur Prostitution zwingen?

Weitere Schluchzer ergriffen mich und mein ganzer Körper bebte. Irgendwann hatte ich keine Tränen mehr, keine Kraft. Ich wollte die Augen schließen und sie nie wieder öffnen.

In diesem Moment öffnete sich die Tür und meine Peiniger betraten den Keller. Ich machte mir nicht einmal mehr die Mühe, aufzusehen. Was sollte mir das schon bringen?

»Steh auf«, zischte die Frau mir zu, aber ich ignorierte sie.

Ich hatte keine Kraft mehr. Sie trat mir kräftig gegen die Rippen, was mir ein Winseln entlockte. Ich war mir sicher, dass sie gebrochen waren, aber ich hatte immer noch keine Kraft, um aufzustehen. Mit geschlossenen Augen hoffte ich, dass sie wieder gehen würde, mich allein lassen würde, dass sie endlich damit fertig war, mich zu quälen.

»Prinisi iyo suda«, sagte sie und ich spürte, wie mich riesige Pranken hochrissen.

Ein Jaulen löste sich aus meiner Kehle, aber keiner beachtete mich oder nahm gar Rücksicht auf meine Schmerzen. Sie setzten mich auf den Stuhl, auf dem vorhin noch das junge Mädchen gesessen hatte. Sie mussten ihre Leiche weggeschafft haben, während ich bewusstlos war.

Einer ihrer Handlanger band mich an die Rückenlehne. Tatsächlich war ich ihm sogar dankbar dafür, denn ohne die Seile hätte ich mich nicht auf dem Stuhl halten können, sondern wäre kraftlos heruntergepurzelt.

Ich starrte das Blut an meinen Beinen an. Es war meines, aber nicht nur.

»Wie hieß sie?«, fragte ich schwach. Ich musste es einfach wissen. Jemand musste sich doch an sie erinnern, aber keiner reagierte auf mich.

Wut durchzuckte mich und gab mir einen kleinen Energiestrahl. »Kak iyo zvali?«, wiederholte ich meine Frage auf Russisch.

Erstaunt hob die Frau den Kopf und blickte mich neugierig an. »Du sprichst Russisch?«

Ich brachte kein Nicken und keine weitere Antwort zustande. Alle meine Kraftreserven hatte ich für die zwei Fragen aufgebraucht.

»Meinst du die Kleine?«, fragte sie mich, als würde sie keine Antwort auf ihre Frage erwarten. Hätte sie auch nicht bekommen. »Weiß ich nicht. Thea vielleicht?«, sie zuckte gelangweilt mit den Schultern.

Trauer krampfte mein Herz zusammen.

»Ich gebe mich nicht mit solchen Nichtigkeiten wie Namen ab.« Sie schnappte sich einen Stuhl, den ich zuvor gar nicht bemerkt hatte, und setzte sich mir gegenüber hin. Diese Position hatte sie auch eingenommen, als sie das Video aufgenommen hatten. Fast erwartete ich, dass die Kamera hinter ihr stand. Aber da war nichts, wir waren alleine. Stattdessen lag ein Messer auf ihrem Schoß. Ich schloss die Augen.

Sie hatten sich für Folter entschieden.

»Wir haben noch ein paar Minuten Zeit, deswegen möchte ich dir eine kleine Geschichte erzählen.« Sie schwieg kurz, wohl in der Hoffnung, dass ich sie ansehen würde, aber ich ließ den Kopf weiterhin hängen.

»Als ich klein war, hatte mein Vater nie sonderlich viel Zeit für mich.«

Innerlich verdrehte ich die Augen. Begannen nicht alle Geschichten so? Schoben wir die Schuld für unsere Probleme nicht immer unseren Eltern zu? Waren es nicht immer unsere Umstände, die schuld an dem waren, was wir sind?

»Aber das war okay so. Sobald ich zehn war, hatte er viel mehr Zeit für mich.« Wieder ein kurzes Schweigen. »Meine Mutter war bei meiner Geburt gestorben. Es gab nur ihn und mich, und ihm war klar geworden, dass ich mal alles erben würde.«

Ich runzelte die Stirn. War sie jetzt auch noch Multimillionärin, oder was?

»Meinen ersten Mord sah ich mit zehn.«

Entsetzen stieg in mir auf und ich nahm alle Kraft zusammen, die ich hatte, um den Kopf zu heben.

»Mein Vater hatte mir gezeigt, wie wir in der Bratva mit Verrätern umgehen.«

Ihr Gesicht war ausdruckslos. Ihr Blick wirkte distanziert, in die Ferne gerichtet, als würde sie die Erinnerung noch einmal durchleben.

»Von da an wurde ich ausgebildet, in seine Fußstapfen zu treten.« Ihre Lippen verzogen sich zu einem diabolischen Lächeln. »Als ich fünfzehn war, entdeckte ich einen Maulwurf. Natürlich wies ich meinen Vater darauf hin und er wollte es sich nicht nehmen lassen, sich selbst um diesen Schuft und seine Familie zu kümmern.«

Sie spielte mit dem Messer in ihrer Hand.

»Dummerweise wurde er erwischt und verknackt. Das war der Zeitpunkt, ab dem ich untertauchte. Niemand ahnte, dass ich meinem Vater folgen würde, und das war mein großer Vorteil.«

Sie zuckte mit den Schultern und sah mich gelangweilt an.

»Natürlich musste ich noch ein paar Hindernisse beseitigen, aber das ist ja meistens so.« Sie musterte mich. »Bis vor ein paar Monaten bin ich davon ausgegangen, dass mein Vater die Familie des Maulwurfes erfolgreich ausgelöscht hatte. Ich habe mich geirrt. Was meinst du, wie interessant und ironisch ich das alles gefunden habe?« Sie kicherte. »Anscheinend überlebte der Sohn, kam in den Zeugenschutz, das Übliche.«

Eine eisige Faust schloss sich um meinen Magen. Das war unmöglich.

»Und dann stellt sich noch heraus, dass seine Aussage einige meiner wichtigsten Leute hinter Gitter brachte.« Meine Augen weiteten sich vor Entsetzen. »Stell dir nur vor, wie sehr ich mich gefreut habe, das Werk meines Vaters vollenden zu können.«

Sie drehte wieder das Messer in ihren Finger.

»Es war alles ziemlich leicht. Beseitigen wollten wir Noah sowieso. Der war viel zu neugierig geworden und sein Chef hatte mitgekriegt, dass er langsam misstrauisch wurde.«

Ich schnaubte. Schweinehund.

»Aber wie durch einen Zufall hatte er direkt vor unserem Treffen ein Unfall. Natürlich ahnten wir, dass alles getürkt war, vor allem, nachdem Aleksej und ein paar seiner Handlanger verhaftet wurden.« Sie musterte mich und ihre Augen wirkten kalt und abschätzend. »Aber du spieltest eine vortreffliche trauernde Witwe, das konnte nicht gefaked sein.« Sie lächelte, aber ohne Wärme. »War es auch nicht, oder? Er hat dich verraten, nicht wahr? Was für ein Bastard tut so etwas?«

Ich schluckte.

»Aber euer Idiotenfreund von Polizist hat Nachforschungen angestellt, die uns wiederum auch neugierig gemacht haben.« Sie schnippte mit dem Finger. »Von da an hat es gar nicht mehr lange gedauert und schwuppdiwupp hatte ich alle Puzzleteile zusammengesetzt.« Sie lachte. »Was eine Ironie. Und heute bringe ich es endlich zu Ende.«

Ich zog spöttisch eine Augenbraue in die Höhe. Wieder lachte sie.

»Du glaubst mir nicht? Nun, wir haben in dem Video einen Hinweis für deinen Mann versteckt, den er entdeckt hat. Unser Informant hat uns gesagt, dass er das Polizeirevier stürmisch verlassen hat, zu eurer Wohnung gefahren und nun auf dem Weg hierher ist.«

Ihre Augen blitzten … War das Erregung?

»Aber das ist ja noch gar nicht das Beste. Euer Polizistenfreund begleitet ihn. Die Familie ist wieder vereint und ich kann das zu Ende bringen, was mein Vater begonnen hat.«

Ein eisiger Schauer lief mir über den Rücken. Es würde kein Entrinnen geben.

»Ich weiß nicht einmal, was die beiden sich denken. Meinen sie wirklich, dich befreien zu können?« Ein hysterisches Kichern kam aus ihrer Kehle.

Nachdenklich starrte sie in die Ferne, als die Tür geöffnet wurde und einer ihrer Anhänger hereinkam. Er flüsterte ihr etwas ins Ohr, was sie wieder zum Lächeln brachte. Der Blick, mit dem sie mich bedachte, ließ das Blut in meinen Adern gefrieren.

»Ich muss sagen, auch dieser Abend birgt für mich ein erstes Mal. Ich habe tatsächlich noch nie einen Polizisten getötet. Ein weiterer Punkt, den es abzuhaken gilt.«

Sie stand auf und ihre beiden Gorillas positionierten sich mit gezückten und geladenen Waffen gegenüber der Tür. Noah und Basti würden keine Chance haben. Sie würden direkt in die Falle laufen.

Die Frau stellte sich hinter mich, riss mich an den Haaren zurück und hielt mir ein Messer an die Kehle. So dicht, dass ich spürte, wie sie mir bereits in die Haut schnitt und Blut daraus herausfloss. Dann wurden alle still. Man hätte eine Nadel fallen lassen können und ihr Aufprall wäre ohrenbetäubend laut gewesen. Ich hörte das Blut in meinen Ohren rauschen und versuchte, auf meine Umgebung zu achten. Es knarzte und ich zuckte zusammen.

»Showtime«, flüsterte die Frau in mein Ohr, und bevor ich wusste, was geschah, drehte sich einer ihrer Gorillas herum und rammte mir ein Messer in den Oberschenkel.

Auch wenn ich gewollt hätte, hätte ich den Schrei, der sich aus meiner Kehle löste, nicht aufhalten können. Tränen liefen mir aus den Augenwinkeln und noch immer hielt die Frau mir die Klinge an den Hals gedrückt.

Wieder ein Messerstich. Dieses Mal in den anderen Oberschenkel. Wieder schrie ich.

Ich sah Sterne vor meinen Augen, hatte das Gefühl, dass alles um mich herum verblasste, wollte mich nur zu gerne in die Welt des Vergessens stürzen, aber sie schien es zu bemerken. Sie schlug mir so hart ins Gesicht, dass es in meinen Ohren klingelte.

»Nicht«, zischte sie. »Für die Dramatik brauch ich dich doch wach.«

In dem Moment wurde die Tür aufgetreten und Noah und Basti betraten mit gezückten Waffen den Kellerraum. Bevor sie reagieren konnten, schoss der andere Gorilla auf Basti.

Stöhnend brach er zusammen und ließ seine Pistole fallen. Auch wenn meine Sicht verschwommen war, konnte ich sehen, wie Noah entsetzt erst auf ihn starrte, dann auf die beiden Waffen, die auf ihn gerichtet waren, und dann auf mich.

Sie hatte mir wieder das Messer an die Kehle gehalten. Sein Gesicht verzog sich vor Schmerzen, er ging in die Hocke und legte seine Waffe nieder. Dann hob er beide Hände hoch.

Basti fluchte und hielt die linke Hand auf seine rechte Seite gepresst. Erleichterung durchströmte mich, er war nicht tot. Aber diese Erleichterung hielt nicht lange an, denn die beiden Gorillas packten Noah und Basti, schlugen ihnen ins Gesicht und drückten sie an ihren Schultern auf die Knie, wo sie sie in Position hielten.

Die Frau löste ihren Griff von mir und ich konnte aufatmen. Noahs Blick lag auf mir. Wütend, besorgt, schmerzverzerrt und voll Verzweiflung. Ich erwiderte seinen Blick, wünschte mir, dass ich irgendetwas sagen könnte, damit es ihm besser ging, aber ich hatte keine Kraft mehr.

Ich war erschöpft und wollte einfach nur noch die Augen schließen. Wollte, dass die Dunkelheit Besitz von mir ergriff und ich nichts mehr spüren musste.

Die Frau sagte irgendetwas. Sicher hielt sie wieder einen Monolog über ihr Leben, führte Noah vor Augen, was er in ihren Augen Falsches getan hatte, aber ich hörte sie nicht.

Das Blut rauschte in meinen Ohren, ich konnte kaum atmen. Alles tat weh. Meine ganze Kraft ging dafür drauf, dass ich wach blieb und Noah ansah. Nicht ein Mal wandte er den Blick von mir ab. Hin und wieder bewegte er die Lippen, aber ich wusste nicht, ob er mit mir sprach oder ob er auf die Worte der Frau reagierte.

Wieso wusste ich eigentlich immer noch nicht, wie sie hieß?

Ein Schlag ins Gesicht riss meinen Kopf zur Seite. Sterne tanzten vor meinen Augen. Ein weiterer Schlag. Ich konnte fühlen, wie die Dunkelheit ihre Arme nach mir ausstreckte. Ich lehnte mich ihr entgegen, wollte in sie fallen, aber ein weiterer Schlag hielt mich davon ab. Diesmal traf sie meine Rippen und ich röchelte. Es tat so weh. Langsam richtete ich den Blick wieder auf Noah, sah die Tränen, die über sein Gesicht liefen, wie er die Lippen bewegte, aber ich konnte nichts hören.

Ich wusste, dass es das jetzt war. Dass ich nicht mehr darauf hoffen brauchte, das Ganze hier zu überleben.

Ich ließ den Kopf auf die Brust sinken und lehnte mich der Dunkelheit entgegen. Ich fiel in sie, bis ich kurz darauf eine warme Hand auf meiner Wange spürte. Verwirrt blinzelte ich und öffnete mit letzter Kraft die Augen. Als ich es tat, sah ich direkt in Noahs sorgenvolles Gesicht.

»Noah«, krächzte ich lächelnd. Keine Ahnung, wie er es zu mir geschafft hatte, aber er war da. Oder war ich schon tot? »Ich liebe dich«, wisperte ich, dann schloss ich die Augen und ließ mich erleichtert in das unendliche Meer aus Nichts fallen.

KAPITEL 47

Noah

Das Wartezimmer war kalt. So unfassbar kalt, dass ich mich unwillkürlich fragte, ob das Krankenhaus sich keine Heizung leisten konnte. Die Tür öffnete sich und Friedrich trat ein. Er war vor wenigen Minuten aufgestanden und hatte jetzt zwei Pappbecher bei sich, die vermutlich mit dem schlechten Kaffee aus dem Flur gefüllt waren.

»Hier«, meinte er und reichte seiner Frau einen.

»Danke«, flüsterte Martina, nahm aber keinen Schluck von dem Heißgetränk. Stattdessen starrte sie weiter ins Leere.

Ich ertrug ihren Anblick kaum. Es war meine Schuld, dass Emily verletzt worden war und dass sie jetzt operiert wurde. Die Ärzte hatten mir erklärt, wieso, aber ich hatte kein Wort verstanden. Mein Hirn hatte sich bei dem Ausdruck ›lebensgefährlich‹ verabschiedet. Ich hatte ihnen nur noch lahm hinterhergerufen, dass sie schwanger war, aber ich glaubte, dass sie mich nicht mehr gehört hatten. Was diese ganze Tortur für unser Kind bedeutete?

Wütend schloss ich die Augen und ballte die Hände zu Fäusten. Ich wollte – und ich konnte – nicht darüber nachdenken. Der Gedanke, dass unser Kind sterben könnte, dass Emmi sterben konnte – wegen mir -, ich schluckte.

Sie musste es schaffen. Sie musste. Beide mussten es schaffen. Benj und Max liefen unruhig auf und ab. Wir sprachen alle kein Wort miteinander, sondern starrten vor uns hin. Martina schniefte immer mal wieder und Friedrich murmelte ihr etwas ins Ohr. Jedes Mal, wenn die Tür aufging, erstarrten wir, nur um weiter zu warten, weil jemand Neues in das Wartezimmer gekommen war. Egal, wie sehr ich versuchte, mich zu wehren, immer wieder drängten sich die Bilder vor mein Innerstes.

Ich konnte nur auf Emmi starren. Immer wieder bewegte ich meine Lippen und sagte ihr, dass es mir leidtat. Dass ich sie liebte. Dass ich sie hier rausholen würde, dass alles gut werden würde. Auch wenn das gelogen war, weil ich nicht wusste, wie. Sie hatten eine Falle für mich aufgestellt und ich war direkt in sie hineingeraten.

»Hast du das gehört?«, flüsterte Basti, aber ich starrte weiter auf Emily.

Sie schlug sie und ich wünschte, ich könnte zu ihr. Wollte jeden einzelnen Schlag für sie einstecken, wollte sie beschützen, sie retten und jeden niederbrennen, der zwischen uns stand. Aber der Russe hielt mich noch immer auf die Knie gedrückt.

»Da«, flüsterte Basti. »Da war es wieder.« Und diesmal lauschte ich auf das, was er meinte.

Erst dachte ich, er hatte es sich eingebildet, aber dann hörte ich es. Ein Knarzen, als würde jemand über den alten Holzboden laufen. Die anderen hatten es nicht mitbekommen.

Fragend blickte ich zu Basti, der mich zuversichtlich ansah. Hatte er es geschafft, Verstärkung zu rufen? War Hilfe auf dem Weg? Auf sein Gesicht legte sich ein entschlossener Ausdruck und er krümmte sich zusammen, als würde seine Wunde ihn quälen. Dadurch verlor der Russe den Halt an seiner Schulter und Basti war in der Lage, ein Messer unter seinem Hosenbund hervorzuziehen.

Triumphierend grinste er, rollte sich herum und stach dem Russen erst in die linke, dann in die rechte Kniekehle. Vor Schmerzen jaulte er auf und sackte zusammen. Sein Partner lockerte den Griff an meiner Schulter, ich entwand mich ihm und rammte ihm die Faust in den Schritt, während Basti auch ihm das Messer in die Kniekehlen stieß. Ich schnappte mir die Waffe, die der Russe fallen gelassen hatte, und drehte mich zu Emmi. Alles war so schnell gegangen, dass Wladislawa in ihrer Folter innegehalten hatte und mich mit großen Augen ansah.

Die Tür wurde aufgestoßen und ein Einsatzkommando stürmte den Raum. Wütend schrie Wladislawa auf, funkelte mich an und richtete ihre Waffe auf Emmis Brust. Kalte Angst ergriff mich.

»Nein!«, brüllte ich.

Bevor sie jedoch abdrücken konnte, traf eine Kugel Wladislawa zwischen den Augen. Ein kurzer Blick über meine Schulter verriet mir, dass Jake auf sie geschossen hatte, aber ich hatte keinen zweiten Blick für ihn übrig.

Ich spürte, dass ein Tumult ausbrach, aber ich stürmte zu Emmi, löste ihre Fesseln und zog sie in meine Arme. Sie hatte ihre Augen geschlossen und kalte Panik ergriff mich. Ich musste sie wachhalten, durfte sie nicht abdriften lassen. Ich schüttelte sie, legte meine Hand an ihre Wangen und sie öffnete tatsächlich ihre Augen.

»Emmi, du musst wach bleiben. Alles wird gut, alles wird gut, alles wird gut«, sagte ich immer wieder und Tränen liefen über mein Gesicht.

Sie durfte nicht sterben. Nicht jetzt.

»Du musst nur wach bleiben, hörst du? Dann wird alles gut, du darfst nur nicht deine Augen schließen.«

»Noah«, krächzte sie und mein Herz blieb einen Moment stehen, bevor es wie wild weiterschlug. Ich ergriff ihre Hand und drückte sie an meine Wange. Hauchte Küsse auf ihr Handgelenk.

»Du musst wachbleiben, Emmi«, flüsterte ich immer wieder.

Ein Lächeln spielte um ihre Lippen, als sie wisperte: »Ich liebe dich.« Dann schloss sie die Augen.

»Nein!«, schrie ich und schüttelte sie. Ich gab ihr sogar eine leichte Ohrfeige, aber nichts half.

»Emmi«, weinte ich, aber da wurde ich schon zur Seite gestoßen.

Ich wollte wieder zu ihr krabbeln, aber ich wurde zurückgehalten. Sanitäter hatten sich um sie gestellt, verbanden notdürftig ihre Wunden und hoben sie auf eine Trage.

»Emmi«, flüsterte ich und betete, dass sie und unser Kind das überstehen würden. Ich wusste nur nicht, ob mein Gebet erhört werden würde.

Starr blickte ich an die Decke. Meine Augen folgten den Linien, aber ich fand kein Ziel, keine Ruhe. Emmi war schon seit Stunden im OP und ich hatte keine Ahnung, ob das ein gutes oder ein schlechtes Zeichen war. Die Tür öffnete sich und mein Herz pochte wie wild.

Aber da stand kein Arzt, sondern Jules. Sie kniff ihre Augen zusammen und kam direkt auf mich zu. Ich schloss die Augen, denn ich war mir sicher, dass sie mir eine verpassen würde. Wegen mir war nicht nur Emmi in Gefahr gewesen, sondern auch Basti. Nicht ein Mal hatte ich nach ihm gefragt, obwohl ich wusste, dass seine Schusswunde sicher keine Kleinigkeit gewesen war. Schlechtes Gewissen übermannte mich. Was war ich nur für ein Freund?

Aber der Schlag blieb aus. Ich sah in Jules Gesicht, das kein bisschen Zorn, sondern nur Mitgefühl zeigte. Verwirrt zog ich die Augenbrauen zusammen. Wieso war sie nicht wütend auf mich?

»Ihr dummen, dummen Idioten«, sagte sie sanft und dann nahm sie mich in den Arm.

Mit ihrer Hand strich sie mir über den Hinterkopf. Erst war ich wie erstarrt, dann erwiderte ich ihre Umarmung und konnte die Schluchzer aus meiner Kehle nicht mehr zurückhalten.

Fest umklammerte ich sie und sie murmelte: »Alles wird wieder gut.« Es war eine so schöne Lüge, dass ich es für einen Moment zuließ und sie glaubte. Aber es würde nie wieder alles gut werden.

Ich hatte keine Ahnung, wie lange Jules mich umarmt hatte, aber irgendwann setzte sie sich neben mich. Sie erklärte uns, dass es Basti gut ging. Keine wichtigen Organe waren verletzt worden und die OP hatte er gut überstanden. Dass er aber durch die Betäubung immer noch schlief.

Und dann warteten wir. Und ich betete wieder.

Stunden später öffnete sich die Tür und ein Arzt betrat das Wartezimmer.

»Emily Klein?«, fragte er in die Runde und wir sprangen alle auf.

Ich musterte sein Gesicht. Suchte nach irgendeinem Anzeichen. Sah er aus wie jemand, der eine gute oder eine schlechte Nachricht überbringen würde?

Ich räusperte mich. »Ich bin ihr Ehemann.«

Er sah die anderen an, dann nickte er und wandte sich an mich. »Ihre Frau hat den OP verlassen und befindet sich auf der Intensivstation.«

Ich zog die Augenbrauen zusammen, versuchte, so viele Informationen wie möglich aus diesem einen Satz herauszuziehen. Kleine Schmetterlinge, die sich wie Hoffnung anfühlten, fingen zaghaft an, in meinem Bauch ihre Flügel zu bewegen.

»Sie ist stabil.«

Mein Herz blieb für einen Augenblick stehen und ich wartete einige Sekunden auf das Aber. Als keines kam, schluchzte ich auf.

»Sie ist stabil?«, wiederholte ich seine Worte und formulierte sie als Frage.

»Trotzdem hat Emily einen langen Weg vor sich und die heutige Nacht ist die kritischste von allen«, sagte er und sorgte dafür, dass die kleinen Schmetterlinge in meinem Inneren in sich zusammenfielen.

Panik streckte ihre Klauen nach mir aus. Ich konnte sie noch immer verlieren. Mit aller Macht schob ich die Gedanken zur Seite. Emmi würde es schaffen. Sie musste es einfach schaffen.

»Ihre Rippen, ihr Jochbein und viele weitere Knochen sind gebrochen. Die Messerwunden in ihren Beinen hätten beinahe ihre Femoralarterie verletzt.« Er verzog sein Gesicht. »Außerdem hat sie ein Ödem.«

Ich hörte, was der Arzt sagte, begriff aber nicht, was das bedeutete.

»Ein Ödem?«, fragte ich.

»Ihr Hirn ist angeschwollen. Vermutlich durch die vielen Schläge, vielleicht wurde auch ihr Kopf irgendwo gegen gestoßen.«

Ich schloss gequält die Augen. »Was bedeutet das für Emily?«, fragte ich ihn leise.

»Wir haben sie in ein künstliches Koma versetzt«, antwortete er ernst und sah mich eindringlich an. »Ihre Frau braucht Ruhe. Wenn sie wieder aufwachen wird, wird sie wahnsinnige Schmerzen haben. Es wird Wochen, wenn nicht sogar Monate dauern, bis sie sich wieder schmerzfrei bewegen kann.«

Ich schluckte und schloss die Augen, bevor ich ihm die eine Frage stelle, vor deren Antwort ich mich fürchtete. »Und unser Baby?«

Jetzt sah der Arzt verwundert aus.

»Das ist etwas, was ich nicht verstehen kann, trotz allem« Er schüttelte den Kopf. »So weit geht es dem Baby gut.«

Erleichterung durchströmte mich. Wenigstens eine gute Nachricht.

»Kann ich zu ihr?«, fragte ich mit kratziger Stimme.

Er nickte. »Aber nur Sie.«

Eine Krankenschwester führte mich auf die Intensivstation und zu Emilys Zimmer. Ich wagte es kaum, einen Blick hineinzuwerfen, und blieb wie angewurzelt vor der Tür stehen. Die Schwester drehte sich zu mir um und ein verständnisvolles Lächeln erschien auf ihrem Gesicht. Sie kam zu mir und drückte aufmunternd meine Hand.

»Kommen Sie, Ihre Frau braucht Sie.«

Ich nickte und folgte ihr wie in Trance. Geschockt blieb ich stehen und sah Emily an. Schläuche ragten aus ihrem Körper, eine Maschine atmete für sie und sie sah so klein und verloren aus, dass alle meine Hoffnungen sich in Luft auflösten.

»Es sieht schlimmer aus, als es ist«, versuchte mich die Schwester aufzumuntern.

Aber wie konnte es schlimmer aussehen, als es war? All ihre Verletzungen … Ich schüttelte den Kopf.

»Sprechen Sie mit ihr«, meinte sie aufmunternd und schob einen Stuhl an ihr Bett. »Wir wissen nicht genau, ob und wie viel Komapatienten hören können, aber viele berichten später, dass sie die Stimmen ihrer Lieben wahrgenommen haben.«

Ich nickte, konnte mich immer noch nicht rühren, starrte Emmi an.

Mitfühlend sagte die Schwester: »Alles wird gut werden.« Wieder diese Lüge, der ich zu gerne Glauben schenken wollte.

Als sie das Zimmer verlassen hatte, setzte ich mich neben Emmi. Vorsichtig, aus Angst, ihr wehzutun – konnte man im Koma Schmerzen spüren? – griff ich nach ihrer Hand. Sanft hauchte ich einen Kuss darauf.

»Es tut mir so leid, Emmi. Es tut mir so leid.« Tränen liefen über mein Gesicht. »Komm zu mir zurück, Baby. Komm zurück.«

Ich weiß nicht, wie lange ich an ihrem Bett saß, aber irgendwann trat eine Krankenschwester neben mich.

»Wäre es für Sie okay, wenn …«, begann sie, aber ich schüttelte vehement den Kopf.

»Ich bleibe bei meiner Frau.«

Sie nickte, als würde sie verstehen, was ich meinte. »Das ist in Ordnung. Emilys Eltern wollen sie auch sehen. Es sind aber immer nur zwei Personen im Zimmer erlaubt.«

Schlechtes Gewissen überkam mich und ich nickte.

»Natürlich.« Ich stand auf und zögerte. »Aber ich werde direkt neben ihrer Tür warten.«

Sie lächelte und zwinkerte mir zu. Sanft drückte ich Emily einen letzten Kuss auf die Stirn.

»Ich bin gleich wieder da, Baby«, sagte ich mit einem letzten Blick, ehe ich ihr Zimmer verließ.

Friedrich und Martina standen schon vor der Tür und lächelten mir entschuldigend zu. Dabei war ich derjenige, der sich entschuldigen sollte. Schließlich war es meine Schuld, dass Emily hier war. Dass sie um ihr Leben kämpfte. Dass der Horror der letzten Woche sie für den Rest ihres Lebens begleiten würde.

Auch wenn die Ermordung meiner Eltern schon über zwanzig Jahre her war, fühlte es sich manchmal noch so an, als wäre es gestern gewesen. Manchmal vergingen Wochen, bis ich wieder an sie dachte, dann wiederum verging manchmal kein Tag, an dem ich nicht das Brüllen meiner Mutter und den panischen Blick meines Vaters im Kopf hatte. Als ich gedacht hatte, dass ich das alles hinter mir gelassen hatte, war Jake in mein Leben getreten und ich hatte wieder verschwinden müssen. Wieder eine Identität annehmen müssen, die gar nicht meine war.

Und ich hatte Emmi zurücklassen müssen. Ich bereute, was meine Entscheidung mit ihr gemacht hatte, aber noch mehr bereute ich, wiedergekommen zu sein. Wäre ich nie zurückgekommen, würde sie jetzt nicht in diesem Zimmer liegen, dann wäre sie nicht gefoltert worden.

Vielleicht hätte sie mittlerweile meinen vermeintlichen Tod überwunden, vielleicht hätte sie mittlerweile jemand Neues kennengelernt. Auch wenn mir allein die Vorstellung die Luft zum Atmen nahm, fragte ich mich, ob es nicht besser wäre, wenn ich gehen würde. Den das Allerletzte, was ich jemals wollte, war, dass ihr dasselbe Schicksal zuteilwerden würde wie meinen Eltern.

Ich hatte meinen letzten Gedanken noch gar nicht zu Ende gedacht, als die Tür zur Intensivstation sich öffnete und niemand anderes als Jake eintrat. Blinde Wut packte mich und ich stürmte auf ihn zu. Als ich vor ihm stand, öffnete er den Mund und hob abwehrend seine Hände. Aber ich wollte nicht hören, was er zu sagen hatte, sondern rammte ihm meine geballte Faust ins Gesicht.

»Das ist für meine Frau«, zischte ich, während ich seine Nase traf. Ich konnte im Hintergrund die Krankenschwestern aufschreien hören, aber ich war noch nicht fertig. Schnell holte ich ein weiteres Mal aus. »Und das …«, begann ich.

»Es war Jasper.«

Verwirrt hielt ich inne und zog die Stirn kraus. Jake antwortete mir nicht, sondern hob die Hand und sah zu irgendjemandem hinter mir.

»Ist schon okay«, sagte er. »Ich hatte den Schlag verdient.«

Ich schnaubte und verschränkte die Arme vor der Brust. Ich spürte, wie sich Blicke in meinen Rücken brannten, aber ich fixierte Jake.

»Was war Jasper?«, fragte ich ihn.

Er fuhr sich mit der Hand über das Gesicht und wirkte auf einmal zehn Jahre älter.

»Sollen wir uns setzen?«, erwiderte er und nickte auf die Sitzgruppe.

Ich folgte ihm und blieb vor ihm stehen.

»Ich habe mich schon immer gewundert …«, begann Jake, sah ins Nichts und schüttelte den Kopf. »Ich habe mich schon immer gefragt, wie es sein konnte, dass sie uns immer einen Schritt voraus waren.« Er ballte die Hände zu Fäusten. »Eine Zeit lang habe ich sogar einen Maulwurf vermutet, aber alle meine Ermittlungen führten ins Leere.« Er seufzte. »Alle waren sauber.« Wieder schüttelte er den Kopf. »Ich hätte niemals gedacht, dass Jasper …«

Jake schluckte sichtbar und fuhr sich ein weiteres Mal mit der Hand übers Gesicht. Dann sah er mir direkt in die Augen und der Ausdruck darin ließ mir einen Schauer über den Rücken laufen.

»Er wollte dich erschießen.«

»Was?«, fragte ich und zog die Augenbrauen zusammen. »Wann?«

»Vorhin«, murmelte er. »Er hatte die Waffe auf dich gerichtet, während ich Wladislawa erschossen habe.«

Meine Kehle schnürte sich zu und ein riesiger Klumpen aus Blei legte sich in meinen Magen.

»In derselben Minute, in der er abgedrückt hat, habe ich seine Waffe nach oben gelenkt.« Jake musterte mich und wirkte irgendwie traurig. »Es tut mir leid.«

Sprachlos starrte ich ihn an.

»Es tut mir leid, dass ich dich nicht richtig beschützt habe«, er holte zitternd Luft. »Und noch mehr tut es mir leid, dass ich deine Frau nicht beschützt habe.«

Der Klumpen in meinem Magen wurde ein wenig schwerer, als ich an Emmi dachte, die in ihrem Krankenbett lag.

»Seit wann?«, fragte ich zögernd, als Jake aufstand und die Hände auf die Oberschenkel legte. »Seit wann hat Jasper für sie gearbeitet?«

»Ich weiß es nicht genau«, seufzte Jake und starrte wieder auf keinen bestimmten Punkt. »Aber das erste Mal stutzig geworden bin ich, als er nicht herausgefunden hat, dass Emily Gruber deine Frau ist.« Er schüttelte den Kopf. »Das hätte er herausfinden müssen. Und als Emily dann entführt wurde–«, murmelte er weiter. »Jasper hat Erkundigungen über die Frau eingezogen und behauptet, dass sie keinerlei Verbindungen zur Bratva hat.«

Er seufzte und sah mich erneut entschuldigend an. »Es tut mir leid, Noah. Ich hätte skeptischer sein müssen, ich«, er schüttelte den Kopf. »Es tut mir leid.«

Ich wusste nicht, was ich sagen sollte.

Auf einmal legte sich eine Hand auf meine Schulter. Friedrich.

»Du kannst gerne wieder zu ihr«, meinte er und seine Augen waren gerötet.

Schluckend nickte ich und wandte mich zur Tür. Zögernd drehte ich mich um. Jake war schon fast am Ausgang angekommen.

»Jake?«, rief ich und eine Krankenschwester sah mich böse an. Durfte man auf einer Intensivstation nicht rufen?

»Ich werde dich auf dem Laufenden halten«, meinte er nickend und verschwand durch die Tür.

Ohne ein weiteres Wort zu sagen, sah ich ihm hinterher. Ich wusste selbst nicht, was ich ihm noch hätte sagen sollen, aber es fühlte sich an, als hätte ich die falschen Dinge gesagt. Ein paar Sekunden sah ich ihm hinterher, ehe ich den Kopf schüttelte und Emilys Zimmer betrat.

Irgendwie hatte ich erwartet, dass sie mittlerweile wach war oder normal aussah, und es verschlug mir den Atem, als ich sie wieder so zerbrechlich auf dem Bett liegen sah. Ich ging zu ihr, nahm vorsichtig ihre rechte Hand in meine und drückte einen zarten Kuss auf den Handrücken.

»Komm zurück zu mir, Baby«, flüsterte ich und beobachtete ihr Gesicht, um keine Regung zu verpassen.

Und dann wartete ich.

KAPITEL 48

Noah

4 WOCHEN SPÄTER

»Das Wetter soll die kommende Woche so bescheiden bleiben wie diese«, las ich aus der Tageszeitung vor. Ich runzelte die Stirn. »Und anscheinend hat der Iran einen Haftbefehl gegen den amerikanischen Präsidenten ausgestellt.« Ich ließ die Zeitung sinken und musterte Emmi.

Einen Monat war die ganze Tortur her und sie war immer noch nicht aufgewacht. Mit jedem Tag, den sie nicht aufwachte, wurde die Wahrscheinlichkeit geringer, dass sie es jemals tat. Die Schwellung in ihrem Kopf war abgeklungen und die Ärzte konnten sich nicht erklären, wieso sie nicht aufwachte. Ich hasste es, dass ich machtlos war, dass ich nichts tun konnte als abwarten. Was, wenn sie nicht mehr aufwachen wollte?

Ich streichelte sanft über ihren Bauch. Langsam zeichnete sich eine kleine Kugel ab und mir wurde schwer ums Herz. Emmi verpasste das alles. Unser Baby wuchs in ihr immer weiter heran und sie verpasste es.

»Wach auf, Baby«, flüsterte ich und hauchte ihr einen Kuss auf die Stirn. »Wach einfach auf.«

Ich drückte ihre Hand, starrte sie an, beobachtete jede ihrer Gesichtsregungen, aber nichts. Sie regte sich kein bisschen.

Die Tür ging auf und die Krankenschwester Petra kam herein. Mitleidig sah sie mich an. Mittlerweile kannte mich jede Schwester und jeder Arzt dieser Station mit Vornamen. Sie hatten schon lange aufgegeben, mich außerhalb der Öffnungszeiten aus der Station zu verbannen. Ich würde ja doch nicht gehen. Keinen Zentimeter würde ich Emmi von der Seite weichen, bis sie wieder aufwachte.

Während ich in meine Gedanken versunken war, sprach die Krankenschwester sanft mit Emmi, überprüfte ihre Werte.

Sie sah mich fragend an: »Wollen Sie sie waschen?«

Ich nickte. Sanft lächelte sie und richtete mir alles her. Als sie das Zimmer verlassen hatte, tauchte ich den Waschlappen in die Schale mit warmem Wasser.

Langsam knöpfte ich Emmi ihr Krankenhaushemd auf. Ich hatte sie schon oft gewaschen und sie mich, aber das war etwas ganz anderes gewesen als das hier. Emmi war hilflos. Sie konnte sich nicht bewegen, weil sie schlief. Und es war alles meine Schuld.

Die Hämatome an ihren Rippen waren dunkellila geworden und wie jedes Mal wurde mir schlecht, als ich ihren Brustkorb musterte. Vier Rippen hatten sie ihr gebrochen. Eine davon hatte fast ihre Lunge durchstochen.

Sanft wusch ich ihren Oberkörper. Ich wollte gar nicht daran denken, was für Schmerzen sie durchgemacht hatte. Wenn ich es tat, stieg mir bittere Galle hoch.

An ihrem Bauch ließ ich mir ein wenig länger Zeit. Dankte Gott, dass er unser Kind beschützt hatte, dass es weiterhin gesund und munter war.

Leise sprach ich mit ihm. »Hey, du kleiner Zwerg«, sagte ich und fuhr in kreisenden Bewegungen über Emmis Bauch. »Es wird Zeit, dass du dich bemerkbar machst und deine Mama aufweckst.«

Ich hauchte Küsse über ihren Bauch, aber wie immer kam keine Regung. Weil ich so panisch war, checkte eine Frauenärztin täglich, ob es unserem Baby gut ging. So weit war alles in Ordnung. Sie hatte mir erklärt, dass es an der Lage der Plazenta lag, wieso man noch keine Bewegungen von außen spüren konnte, aber ich hatte nichts davon verstanden.

Ich wusch ihre Beine, soweit es die Verbände zuließen. Wenn ich dürfte, würde ich auch ihre Verbände täglich wechseln. Die Stichwunden des Messers zu sehen, zog mir zwar jedes Mal den Magen zusammen, aber es war nur eine kleine und gerechte Strafe für meine Schuld. Behutsam knöpfte ich ihr Hemd wieder zu, aus Angst, dass sie Schmerzen spürte und ich ihr noch mehr zufügen würde. Sanft wusch ich ihr Gesicht. War besonders vorsichtig an ihrem Jochbein und ihrer Nase. Pure Wut durchströmte mich bei dem Gedanken, dass sie es geschafft hatten, sie ihr zu brechen.

Ich nahm die größere Schale zur Hand und begann, Emmis Haare zu waschen. Sie wurden immer länger, auch wenn es sicher einige Jahre dauern würde, bis sie ihre alte Länge wieder erreicht hatten. Ob sie das überhaupt wollte?

Vorsichtig massierte ich ihre Kopfhaut, tastete nach ihrer Beule. Gott sei Dank war diese mittlerweile verschwunden. Nachdem ich ihr Haar gewaschen und geföhnt hatte, schnappte ich mir ihren Nagellack.

»Wie wäre es heute mit Gelb, Süße?«, fragte ich und sah erwartungsvoll auf Emmi.

Hoffte, dass sie reagierte. Als sie es nicht tat, durchzuckte mich wieder die Enttäuschung.

Vorsichtig lackierte ich ihr erst die Finger-, dann die Fußnägel, während ich ihr weiter von irgendwelchen Belanglosigkeiten erzählte. Das Wetter, die Blumen, die auf ihrem Tisch standen, die Steuerhinterziehung des Bürgermeisters.

Als ich fertig war, öffnete sich die Tür wieder und der Physiotherapeut betrat das Zimmer. Weil Emmi seit Wochen im Koma lag, mussten ihre Beine bewegt werden, damit ihre Muskeln nicht verkümmerten und sie nicht all ihre Bewegungskraft verlor. Gelenke mussten in Bewegung bleiben. Auch ihn hatte ich gebeten, dass ich diese Aufgabe übernehmen durfte. Erst war er zurückhaltend gewesen, aber nach zwei Wochen hatte er angefangen, mir die einzelnen Bewegungen zu zeigen. Wie ich ihr Bein zu halten, zu beugen und zu strecken hatte. Mittlerweile beherrschte ich die Griffe im Schlaf, aber er kam dennoch jeden Tag. Vielleicht, um mir Gesellschaft zu leisten.

Ich spürte seinen Blick auf mir, aber wie immer brachte ich kein Wort hervor.

»Das sieht echt gut aus«, lobte er mich. Dann schmunzelte er. »Bald wirst du mir noch meinen Job ablaufen.«

Ich schwieg. Er seufzte. Das gleiche Spiel wie jeden Tag.

Als ich mit den Übungen fertig war, legte er mir eine Hand auf die Schulter. »Sie wird wieder aufwachen, Noah. Ganz bestimmt.«

Ich schwieg. Ich verbot es mir, zu hoffen. Ohne Emmi hatte ich keine Hoffnung mehr, ohne sie war ich nur eine Hülle meiner selbst.

Er zögerte, dann fügte er hinzu: »Vielleicht solltest du mal mit jemanden reden.«

Ich schwieg weiter, zuckte mit den Schultern.

»Bis morgen, Noah«, sagte er seufzend und ließ mich wieder mit meiner Frau alleine.

Als die Tür geschlossen war, warf ich einen Blick dorthin, wo er vorher gestanden hatte. Ich schüttelte den Kopf.

»Ich rede doch mit dir«, meinte ich und wandte meinen Blick zu Emmi. »Wenn das mal nicht als Therapie zählt. Schließlich bist du Psychologin und all sowas.«

Wieder starrte ich sie an und wieder kam keine Reaktion. Ich ließ mich auf den Sessel neben ihr fallen und griff nach dem Buch, das ich ihr vorlas. Irgendwann hatte ich nicht mehr gewusst, was ich ihr noch alles erzählen sollte. Also hatte ich begonnen, ihr Bücher vorzulesen. Emmi hatte Bücher schon immer geliebt, nur nie viel Zeit für sie gehabt. Ob sie auf ihrer Reise um die Welt überhaupt ein Buch in der Hand gehalten hatte? Oder hatte sie sich diese Freude des Lebens versagt?

Sie liebte generell jedes Genre, aber ich hielt mich von Krimis und Thrillern fern. Ich ertrug es nicht, ihr die Horrorszenarien vorzulesen, die sie durchlitten hatte. Dann blieben grob gesagt noch Romantik, Fantasy und Komödien. Die meiste Zeit war mir nicht danach, Komödien zu lesen, aber Emmi hatte gerne gelacht. Vielleicht würde sie ja dadurch aufwachen.

Auch an Fantasy hatte ich mich versucht, denn Emmi liebte phantastische Welten. Aber was war, wenn sie dann von solchen Welten träumte und nie zu mir zurückkommen wollte?

Gestern Abend hatte ich mit einem neuen Buch gestartet, also begann ich, an dem Punkt vorzulesen, an dem ich stehen geblieben war.

Ich räusperte mich.

»Es wird wirklich Zeit, dass du mit Männern ausgehst«, meinte Lisa bestimmt.

Ich verdrehte die Augen. Es war nicht einmal eine Woche her, dass Julian die Scheidungspapiere unterzeichnet hatte.

»Du kommst am besten über einen Mann, wenn du unter einen anderen kommst.« Manchmal fragte ich mich wirklich, wo Lisa solche dummen Sprüche aufgabelte.

»Und wie stellst du dir vor, soll ich jemanden kennenlernen?«, meinte ich zynisch. »Zwischen dem Büro und Molly bleibt leider keine Zeit mehr, durch die Clubs zu ziehen.« Außerdem hatte ich das schon immer gehasst.

»Na, es gibt doch jetzt Plinder«, meinte Lisa begeistert und zückte ihr Handy.

»Plinder?«, fragte ich stirnrunzelnd.

»Uh-uh«, sagte sie und rief eine App auf ihrem Handy auf.«

Ich las ihr vier weitere Kapitel vor, bis die Tür sich öffnete. Ein Blick auf die Uhr verriet mir, dass Besuchszeit war. Jeden Tag, auf die Sekunde genau, kamen Emmis Eltern, Basti, Jules und Klein-Noah, sowie Benj, Max und Mila.

Am Anfang hatten sie noch versucht mit mir zu reden, aber ich hatte mich geweigert. Mittlerweile blieben nur Jules und Martina hartnäckig dran. Eine Tupperdose wurde auf meinen Schoß gelegt. Das war auch so eine Angewohnheit von Martina. Jeden Tag kochte sie mir irgendein anderes Gericht. Und jeden Tag, nachdem sie gegangen waren, gab ich es dem Obdachlosen an der Ecke.

Konnten sie denn nicht verstehen, dass ich es nicht verdiente, mir den Bauch mit guten Speisen vollzuschlagen, während Emmi künstlich ernährt werden musste?

Wieso mich keiner von den Gruber-Jungs zusammengeschlagen hatte, hatte ich immer noch nicht verstanden. Diese ganze Scheißsituation war meine Schuld.

Fröhliches Geschnatter begann, Mila hüpfte auf Emmis Bett und musterte ihre Fingernägel. »Gelb«, jubelte sie und sah mich freudestrahlend an. »Super«, meinte sie und zeigte mir zwei Daumen nach oben. »Morgen blau!«

Ich reagierte nicht, würde Emmi die Nägel aber blau lackieren und Mila würde sich wieder freuen, bevor sie mir die nächste Farbe diktieren würde.

Martina hatte einen neuen Blumenstrauß mitgebracht. Als ob Emmis Zimmer nicht schon voll davon war.

Basti hielt ihr jeden Tag eine andere Schokoladentafel unter die Nase, in der Hoffnung, dass es sie aufwecken würde. Jeden Tag hielten alle den Atem an, aber nichts geschah.

Jules erzählte Emmi von all den Dingen, die Klein-Noah gelernt hatte, auch wenn das nicht sonderlich viel war.

Benj und Max erzählten ihr von den neuen Fußballergebnissen, als ob sie das je interessiert hätte.

Friedrich beobachtete alles schweigend, meistens ruhte sein Blick auf mir, bis er am Ende eines Besuches zu Emmi ging, ihr einen Kuss auf die Stirn drückte und sie bat, bald aufzuwachen. Genauso war es heute. Jeder von ihnen tat das, was sie jeden Tag taten. Sie lachten, plauderten und hofften, Emmi so aus dem Koma zu holen. Aber nichts geschah.

Anderthalb Stunden später verabschiedeten sie sich wieder. Jedes Mal, wenn ich sah, mit wie viel Liebe Friedrich seine Tochter betrachtete, zog sich mein Herz schmerzhaft zusammen. Es war alles meine Schuld. Aus den Augenwinkeln sah ich, wie Basti mich auffordernd musterte, aber ich reagierte nicht. Auch wenn er sich mittlerweile von seiner Schussverletzung erholt hatte, war diese auch meine Schuld.

Er gab mir einen Klaps auf den Hinterkopf. »Reiß dich endlich zusammen und ertrink nicht in deinem Selbstmitleid.«

Jules drückte meine Hand. »Er meint es nicht so«, sagte sie leise.

»Doch, ich meine es so«, knurrte Basti wütend.

Sie legte ihm die Hand auf die Brust und schüttelte den Kopf. Er küsste sie, bevor er einen Abschiedsgruß murmelte. Ich glaubte, so etwas wie »du Vollidiot« zu hören, konnte mir aber nicht sicher sein.

Als sie alle endlich das Zimmer verlassen hatten, atmete ich erleichtert auf.

»Langsam nerven sie«, meinte ich und sah Emmi an. »Du solltest endlich aufwachen, dann kriegen sie sich auch wieder ein.«

Ich starrte sie an, aber nichts. Keine Reaktion. Also nahm ich das Buch und las ihr weiter vor.

In der Zwischenzeit kamen immer wieder Krankenschwestern vorbei und überprüften ihre Werte. Als ich auf die Uhr sah, wurde ich nervös. Gleich würde die Frauenärztin kommen, denn es war wieder Zeit, nach unserem Baby zu sehen.

In ebendiesem Moment öffnete sich die Tür und eine blonde Frau schob ein Ultraschallgerät hinein. Verwirrt runzelte ich die Stirn. Das war nicht die normale Oberärztin. Als ich meinen Mund aufmachen und etwas sagen wollte, erschien der mir bekannte rote Haarschopf von Frau Singer.

»Hallo, Herr Klein«, sagte sie heiter. Ob sie nur so fröhlich war, um mich aufzumuntern? »Heute habe ich mal eine Assistenzärztin mitgebracht.«

Sie deutete auf die blonde Frau, die neben ihr stand. Sie wirkte jung und es schien nicht so, als ob sie sonderlich viel Erfahrung hatte. Ich zuckte mit den Schultern. Jeder musste mal irgendwo anfangen.

Dr. Singer deutete mein Achselzucken richtig und instruierte die junge Ärztin. Als sie Emmis Hemd aufknöpften, schluckte ich. Auch wenn ich ihre Verletzungen jeden Tag sah, wurde es nicht besser. Die Assistenzärztin hatte sich nicht im Griff, denn kurz weiteten sich ihre Augen entsetzt. Als sie bemerkte, dass ich es gesehen hatte, warf sie mir ein entschuldigendes Lächeln zu.

»Dann wollen wir mal sehen, wie es Ihrem Kind geht.« Sie nahm die Tube mit dem Gel und sagte: »Achtung, das kann kalt werden.«

Dann verzog sie das Gesicht, als wenn ihr bewusst wurde, dass Emmi sie nicht hören konnte. Sie bewegte das Gerät über ihren Bauch. Ich beugte mich vor und starrte auf den Monitor.

»Ah, da haben wir es ja.«

Sie deutete auf die kleine Blase, in der ich unser Kind sehen konnte. Aufregung kribbelte in mir. Auch wenn ich es mittlerweile jeden Tag sah, war es jedes Mal etwas Spannendes und Besonderes – ich konnte nicht genug davon bekommen. Die Ärztin deutete auf die verschiedenen Organe, Knochen und Strukturen und erklärte mir, wie hervorragend unser Kind entwickelt war. Als Letztes überprüfte sie den Herzschlag und nickte zufrieden.

»Ihre Tochter ist vollkommen gesund, Herr Klein«, lächelte sie mich an.

Mein Herz setzte einen Schlag aus und ich krächzte: »Tochter?«

Doktor Singers Augen weiteten sich.

»Ja«, meinte die Kleine nichts ahnend. »Es sieht alles hervorragend aus.«

Sie lächelte wieder, bis sie meinen Blick bemerkte. Tränen sammelten sich in meinen Augen. Ich hatte das Geschlecht nie wissen wollen, wollte darauf warten, es mit Emmi gemeinsam herauszufinden.

»Es tut uns sehr leid«, versuchte Doktor Singer zu retten, was zu retten war. »Ich habe ihr nicht gesagt, dass …«

Verwirrt sah die junge Ärztin zwischen uns hin und her und schien nicht zu begreifen, was los war. Ich winkte ab, konnte nichts sagen, weil ich merkte, wie sich meine Kehle zuschnürte und Tränen über meine Wange liefen.

Wir würden eine Tochter bekommen. Ein kleines Mädchen.

Der erste Schluchzer brach über meine Lippen. Ich griff nach Emmis Hand und vergrub mein Gesicht neben ihrem im Bett. Die beiden Frauen murmelten miteinander, ehe ich wie aus weiter Ferne die Stimme von Doktor Singer vernahm, die sich noch einmal entschuldigte und verabschiedete. Aber ich hatte dafür kein Gehör.

Eine Tochter. Wir würden eine Tochter bekommen.

Ich küsste Emmis Wangen, wollte sie am liebsten durchschütteln. »Wach endlich auf, Emmi. Wir bekommen eine Tochter. Wir werden eine kleine Abby bekommen.«

Aber wie immer reagierte sie nicht.

Genau so ging es jeden Tag weiter. Waschen, Physio, Vorlesen, Besuch, Frauenarzt. Jeden Tag dieselbe Routine, jeden Tag die Hoffnung, dass Emmi endlich aufwachen würde, aber nichts geschah. Ich hasste mich für diese Gedanken, aber langsam fragte ich mich, ob sie jemals wieder die Augen aufmachen würde.

Wir hatten nie über solche Dinge gesprochen, nie über das Was-wäre-wenn.

Es war vier Tage später, als ich Emmi wieder einmal wusch. Wie immer zuckte ich beim Anblick ihrer Hämatome zusammen und wie immer ließ ich mir bei ihrem Bauch besonders viel Zeit, sprach liebevoll zu unserer Tochter.

»Hallo, meine Kleine«, flüsterte ich und hauchte einen zarten Kuss auf Emmis Bauch. »Deine Mama und ich freuen uns schon, dich kennenzulernen.« Ich warf einen traurigen Blick auf Emmi, sie regte sich immer noch nicht. »Aber du musst langsam wirklich anfangen zu treten, deine Mama muss doch aufwachen.«

Und in genau diesem Moment passierte es das erste Mal. Ich zuckte zurück, konnte nicht glauben, was ich gespürt hatte.

Sofort legte ich meine Hand zurück auf Emmis Bauch. Wartete und wartete, aber nichts geschah. Irgendwo hatte ich einmal gelesen, dass man Babys im Bauch etwas vorsingen sollte. Da ich kein Schlaflied kannte, sang ich ihr einen der aktuellen Charthits vor. *Wrecking Ball* von *Miley Cyrus*.

Und da war es wieder. Ein Tritt gegen meine Hand. Tränen liefen mir übers Gesicht und ich griff nach Emmis Hand.

»Sie hat sich bewegt, Baby. Unsere Kleine hat sich bewegt.« Ich wandte meinen glücklichen Blick zu Emmi, nur um wieder auf dem Boden der Realität anzukommen.

Emmi bewegte sich nicht. Sie war immer noch im Koma.

Ich warf den Waschlappen in die Schale und begann, hemmungslos zu schluchzen. Das heute hätte ein Tag der Freude sein sollen. Emmi hätte quietschen und meine Hand auf ihren Bauch pressen sollen. Wir hätten heute Tränen des Glücks weinen sollen. Stattdessen lag sie in einem Bett und befand sich im Koma, und das alles nur wegen mir.

Die Tür öffnete sich und Basti kam rein. Als er mich sah, kam er auf mich zu und wollte mich in den Arm nehmen. Ich hob die Hand und schüttelte den Kopf.

Krächzend brachte ich heraus: »Kannst du bei ihr bleiben?«

Er nickte, wollte etwas sagen, aber ich stürmte aus dem Zimmer, die drei Stockwerke nach unten. Erst als ich vor der Tür des Krankenhauses angekommen war, blieb ich stehen. Mit einer Hand stützte ich mich an der Wand ab und ließ mich langsam auf den Boden sinken. Ich legte den Kopf auf die Knie und gab mich meiner Trauer hin.

Ich war mir sicher, schon ewig hier gesessen zu haben, bis ich es endlich schaffte, mich aufzuraffen. Auf dem Weg zurück zu Emmis Station hielt ich an einem Kaffeeautomaten. Während ich auf meinen Kaffee wartete, blickte ich den Flur entlang. Ein Paar fiel mir besonders auf. Sie erinnerten mich ein wenig an mich. Vor einem Monat hatte ich sicher genauso angespannt ausgesehen, als ich auf Neuigkeiten von Emmi wartete.

Sie hielten sich an den Händen, sprachen aber kein Wort miteinander. Wegen wem sie wohl hier waren?

Als ich mir so meine Gedanken machte, sah ich aus den Augenwinkeln ein Ärztepaar auf sie zukommen. Automatisch suchte ich ihr Gesicht ab und zuckte innerlich zusammen.

Diese Gesichter sahen nicht fröhlich oder gar hoffnungsspendend aus. Und ich behielt recht. Auch wenn ich kein Wort von dem verstand, was gesprochen wurde, konnte ich an der Reaktion des Paares sehen, was ihnen gesagt wurde. Er schüttelte immer wieder den Kopf, während sie zu schreien begann und auf ihre Knie fiel.

»Nicht mein Junge«, schrie sie, bis sie von Schluchzern geschüttelt wurde.

Mir wurde schlecht und ich musste mich abwenden. Ein Gefühl, das ich nicht beschreiben konnte, beschlich mich.

Ich schnappte mir meinen Kaffee und eilte auf Emmis Station. Das Gefühl wurde immer stärker und ich begann zu zittern. Die Tür zu ihrem Zimmer stand offen und ich konnte Ärzte und Krankenschwestern sehen. Basti lief vor dem Raum auf und ab.

Abrupt blieb ich stehen, schloss die Augen und versuchte, mich auf das Schlimmste gefasst zu machen. Ich war doch nur kurz weggewesen. Als Basti mich erblickte, rannte er auf mich zu. Tränen liefen ihm übers Gesicht.

»Nein«, flüsterte ich und schüttelte den Kopf.

Ich ließ meinen Kaffee fallen und rannte an ihm vorbei in Emmis Zimmer. Vor ihrem Bett blieb ich stehen.

Blaue Augen, in denen ich mich schon so oft verloren hatte, starrten mich an. Als sie mich erblickte, stahl sich ein schmerzverzerrtes Lächeln auf ihr Gesicht.

»Noah«, krächzte sie.

KAPITEL 49

Emily

Ich hörte seine Stimme. So oft. Konnte hören, wie sie von Trauer durchsiebt war. Wie er versuchte, mich zu sich zu rufen, und ich tat, was ich konnte. Kämpfte gegen die Dunkelheit in der Hoffnung, dass ich es aus ihr heraus schaffen würde, aber sie behielt mich in ihren Fängen. Ich wollte seine Tränen trocknen, ihn in den Arm nehmen.

Aber heute war etwas anders.

Ich nahm ihn bewusster war, konnte hören, was er sagte. Noch schaffte ich es nicht, die Augen zu öffnen oder meine Hand zu heben, aber ich wusste, dass es nur eine Frage der Zeit war. Ich konzentrierte mich auf Noahs Stimme, auf seine liebevollen Berührungen und wünschte mir nichts sehnlicher, als endlich aufzuwachen. Ich konnte spüren, wie unser Kind mich trat, hörte Noahs Worte und wollte so gerne seine Hand zurückdrücken, aber ich konnte die Kraft nicht aufbringen. Ich hörte ihn schluchzen, wollte meine Augen öffnen, aber die Dunkelheit hatte mich noch nicht ganz verlassen. Nur dieses Mal wollte ich nicht so leicht aufgeben.

»Em, es wird Zeit, dass du aufwachst.« Das war nicht Noahs Stimme, das war Basti. »Noah ist am Verzweifeln, und wenn du nicht bald aufwachst, weiß ich nicht, wie viel von ihm noch übrigbleibt.« Er nahm meine Hand und drückte sie. »Du verpasst, wie Klein-Noah aufwächst, du verpasst deine eigene Schwangerschaft. Genug geschlafen, Dornröschen, wach endlich auf.«

Ich wollte doch. Ich wollte so unbedingt. Mit aller Kraft versuchte ich, meine Finger zu bewegen, zuzudrücken, ihm zu signalisieren, dass ich ihn hören konnte, dass ich nur noch nicht so viel Kraft hatte.

»Emmi?«, hörte ich seine ungläubige Stimme. »Emmi, kannst du mich hören?«

Ja, verdammt. Wieder nahm ich alle Kraft zusammen und drückte seine Hand.

»Ich spüre, wie du meine Hand drückst, Emmi«, sagte Basti und seine Stimme klang seltsam verzerrt.

Weinte er? Ein schrilles Klingeln ertönte und eine Tür wurde aufgerissen.

»Ist alles in Ordnung?«, hörte ich eine mir fremde Stimme.

»Sie hat meine Hand gedrückt«, rief Basti aufgeregt. »Zweimal. Sie kann mich hören.«

Die Person rannte raus und wenige Minuten später ertönte Stimmengewirr. Mein Kopf dröhnte ob des Durcheinanders. Eine warme Hand griff nach meiner anderen Hand.

»Frau Klein, ich habe gehört, Sie können uns hören? Wollen Sie mal meine Hand drücken?«, fragte eine freundliche, wenn auch fremde Stimme.

Wieder gab ich mir alle Mühe und drückte zu.

»Hervorragend, Frau Klein«, lobte mich die Stimme. »Und wie sieht es mit dem Augenöffnen aus?«

Ich wollte so gerne, aber ich hatte Angst. Was, wenn ich wieder nichts sehen konnte? Was, wenn mich die Dunkelheit nicht aus ihren Fängen ließ?

Vorsichtig öffnete ich die Augen, musste sie aber sofort schließen, weil mich die Helligkeit blendete.

Helligkeit!

Ich riss meine Augen wieder auf. Auch wenn noch verschwommen, konnte ich doch sehen, dass jemand über mich gebeugt war. Nachdem ich ein paar Mal blinzelte, wurde es schärfer und ich sah ein mir gänzlich unbekanntes Gesicht.

»Hallo, Frau Klein«, lächelte ebendieses Gesicht und ich erkannte die Stimme, die gerade noch mit mir gesprochen hatte. »Schön, dass Sie endlich wieder unter uns sind. Sie wurden schon vermisst.«

Ich wollte nicken, hatte aber keine Kraft dafür. »Durst«, krächzte ich, gefolgt von: »Noah?«

Der Arzt nickte und schickte eine Schwester los, die mir einen Becher Wasser bringen sollte. Bevor er weitersprechen konnte, stürmte Noah ins Zimmer und blieb direkt vor meinem Bett stehen. Mein Herzschlag beschleunigte sich, was natürlich jeder im Raum hören konnte. Ein paar der Schwestern begannen zu lächeln.

Sein Blick suchte mein Gesicht ab und ich krächzte: »Noah.«

Wie versteinert sah er mich an, brachte kein Wort heraus. Ich streckte die Hand aus, wollte ihn an meiner Seite wissen. Er registrierte die Bewegung und kam direkt zu mir.

Noah ergriff meine Hand, führte sie an seinen Mund und küsste unaufhörlich meine Finger. Tränen liefen ihm mittlerweile übers Gesicht.

»Emmi«, brachte er erstickt hervor. »Du bist wach.«

Ich versuchte mich an einem Lächeln, aber seinem gequältem Gesichtsausdruck nach zu schließen, gelang es mir nicht sonderlich gut.

Er drückte einen Kuss auf meine Stirn und eine Träne lief über meine Wange.

Jemand im Raum räusperte sich. Ich drehte den Kopf zur Seite und sah, dass der Arzt uns lächelnd musterte.

»Ich muss sie nur kurz untersuchen, Frau Klein.«

Ich nickte. Es dauerte ein paar Minuten. Er leuchtete mir in die Augen, verfolgte die Reaktion meiner Pupillen.

Zufrieden lächelte er.

Dann tastete er meinen Körper ab und fragte mich hin und wieder, ob ich das fühlen konnte. Als er endlich zufrieden war, sah er mich fragend an.

»Wissen Sie, wie Sie hierhergekommen sind?«

Als ich begann, den Kopf zu schütteln, brachen die Erinnerung auf mich ein, die Schläge, die Schmerzen, Thea. Ein Schluchzer löste sich aus meiner Kehle.

Mitfühlend blickte mich der Arzt an. »Das deute ich mal als ein Ja.«

Noah sah mich gequält an und ich schloss die Augen. Konnte ihr fieses Grinsen sehen, wie es sie anmachte, mir Schmerzen zuzufügen.

Panisch riss ich die Augen wieder auf, führte meine Hand zum Bauch, während ich fragte: »Baby?«

Der Arzt lächelte mich sanft an, während ich registrierte, dass sich mein Bauch anders anfühlte. »Ihrem Baby geht es hervorragend.«

In dem Moment erinnerte ich mich an Noahs Worte, an die Bewegungen unseres Kindes. Erleichtert schloss ich die Augen.

»Tut Ihnen etwas weh?«, fragte der Arzt weiter.

Ich nickte. »Was denn?«

»Alles«, flüsterte ich und merkte, wie müde ich wurde. Wieso war das alles so anstrengend?

Langsam driftete ich ab, hörte noch, wie Noah panisch fragte: »Emmi? Was ist los mit ihr?«

Der Arzt antwortete sanft, aber seine Antwort konnte ich nicht mehr ausmachen.

Als ich wieder aufwachte, war es dunkel. Nur ein kleines Licht auf dem Nachtisch brannte. Ich blickte mich um. Überall im Zimmer standen Blumen und ich war mir sicher, dass meine Mutter dahintersteckte. Mein Blick wanderte neben mich und ich sah Noah, der seinen Kopf auf mein Bett gelegt hatte und schlief. Sein Gesicht war entspannt und dennoch wirkte er, als wäre er um einige Jahre gealtert. War das etwa wegen mir? Sanft strich ich ihm durch die Haare. Er zuckte zusammen, riss die Augen auf und sah mich erleichtert an.

»Emmi«, sagte er erlöst.

Ich lächelte ihn an. »Ich bin so froh, dich zu sehen«, flüsterte ich, glücklich, dass es mir leichter fiel, zu reden.

Wieder liefen ihm Tränen über die Wangen. Wieso nur weinte er so viel?

»Oh Emmi, ich dachte, ich hätte dich verloren.«

Ich legte meine Hände um seine Wangen und sah ihn eindringlich an. »Aber ich bin hier, Noah. Ich bin hier.«

Er schluchzte und legte seinen Kopf wieder neben mir aufs Bett. Sanft strich ich ihm durch die Haare, bis seine Schluchzer verebbten. Es dauerte eine Weile, bis er mich wieder ansah. Der Blick in seinen Augen war so verzagt, dass es mir die Luft nahm.

So hoffnungslos hatte ich ihn nie gesehen.

»Es tut mir so leid, Emmi«, flüsterte er gebrochen.

Vehement schüttelte ich den Kopf, was ich im nächsten Moment bereute. Zischend holte ich Luft, was den Ausdruck in Noahs Augen noch verzweifelter werden ließ.

»Es ist nicht deine Schuld«, wisperte ich.

Er sagte nichts, sondern sah mich einfach nur an.

»Es ist nicht deine Schuld«, wiederholte ich. Betrübt ließ er seine Schultern hängen. »Noah«, sagte ich und er blickte mich wieder an. »Ich liebe dich.«

Sanft küsste er mich und eine Gänsehaut zog sich über meinen Körper. Er wollte sich zurückziehen, aber ich verstärkte den Druck auf seine Lippen. Es dauerte eine halbe Ewigkeit, bis wir uns voneinander lösten.

»Ich liebe dich auch«, sagte er leise. »Mehr als alles andere.«

Ich lächelte, auch wenn sich irgendetwas falsch anfühlte. Meine Hand wanderte zu meinem Bauch.

»Unser Baby?«, sah ich ihn fragend an.

Dieses Mal erreichte das Lächeln seine Augen. »Unserem Baby geht es gut, mehr als gut.«

Tränen stiegen mir in die Augen. »Es hat keine Schäden abbekommen?«

Noahs Blick verdüsterte sich, aber er schüttelte den Kopf. »Keinen einzigen. Putzmunter.«

Erleichtert atmete ich aus. Gott sei Dank. »Konnte man schon sehen, was es wird?«

Vorsichtig nickte er. »Ich wollte es nicht wissen, aber eine Assistenzärztin hat sich verplappert und …«, sprach er schnell und stolperte über die Worte.

Ich winkte ab und sah ihn aufgeregt an. »Was bekommen wir?«, fragte ich mit großen Augen.

Ein liebevolles Lächeln zierte seine Lippen. »Ein Mädchen.«

Mein Herz pochte wie wild. Wir würden ein Mädchen bekommen. Noah griff nach meiner Hand und drückte einen Kuss auf die Innenfläche.

»Komm zu mir«, sagte ich hoffnungsvoll, aber er schüttelte den Kopf.

Noah legte seinen Kopf wieder auf mein Bett und starrte mich an. Mit den Fingern strich ich sanft durch seine Haare, bis mir die Augen wieder zufielen.

Als ich am Morgen erwachte, lag meine Hand noch immer in Noahs Haar.

»Er ist nicht ein Mal von deiner Seite gewichen.«

Kurz erschrak ich mich, drehte den Kopf und sah meinen Vater auf der anderen Seite des Bettes sitzen.

»Du hast uns einen ganz schönen Schrecken eingejagt, Kleine«, sagte er und ich meinte, Tränen in seinen Augen zu erkennen. »Mach sowas nie wieder.«

Vorsichtig schüttelte ich den Kopf und versuchte zu grinsen. »Hab ich nicht vor.«

Mein Papa griff nach meiner Hand und studierte mein Gesicht. Seine Miene verzog sich ein wenig und ich machte mir die mentale Notiz, unbedingt in einen Spiegel zu schauen.

»Die haben dich ordentlich erwischt, was?«, fragte er, um die Stimmung ein wenig zu lockern.

Ich nickte, war aber noch nicht bereit, über das zu reden, was passiert war. Ich wusste, dass ich das dringend musste, aber noch konnte ich nicht. Papa beugte sich vor und gab mir einen Kuss auf die Stirn.

»Die Meute wird auch gleich vorbeischauen.«

Ein wenig verzog ich das Gesicht, konnte es aber verstehen. In dem Moment regte sich Noah und mein Vater verabschiedete sich mit einem nachsichtigen Lächeln.

Verschlafen sah mich Noah an. Kein Lächeln, kein »Ich liebe dich«. Ich hatte das Gefühl, als würde irgendetwas zwischen uns stehen.

»Es ist seltsam, dich wach zu sehen«, murmelte er leise.

Die Tür wurde aufgerissen und eine gutgelaunte Krankenschwester betrat schwunghaft das Zimmer. »Ja, guten Morgen, Frau Klein, schön, dass Sie auch beschlossen haben, aufzuwachen.«

Ich grinste. Sie überprüfte meine Temperatur und fragte, ob ich irgendwelche Schmerzen hätte.

»Mir tut alles weh«, gab ich zu und vermied es, Noah anzusehen.

»Kein Problemchen«, meinte sie und winkte ab. »Das war ja auch nicht anders zu erwarten. Ich werd Ihnen gleich etwas dranhängen«, sagte sie, während sie auf den Tropf an meinem Bett deutete. »Dann sollten Sie heute noch nicht aufstehen.«

Traurig verzog ich das Gesicht. Ich hatte mich so auf eine Dusche gefreut und gehofft, dass sie meine müden Glieder aufwecken würde.

»Aber Ihr Mann hat ja Übung darin, Sie zu waschen«, plauderte sie munter weiter.

Fragend glitt mein Blick zu Noah, der ein wenig rot wurde.

Die Schwester lachte. »Ach, wussten Sie das noch gar nicht? Keiner aus der Belegschaft durfte Sie berühren, es sei denn, es war zwingend notwendig. Alles andere hat Ihr Mann erledigt – sogar die Physiotherapie.«

Mein Herz machte einen kleinen Hüpfer. Vielleicht bildete ich mir diese Mauer zwischen uns nur ein.

Gerade, als die Schwester das Zimmer verlassen hatte, kam eine Entourage von Ärzten hinein.

»Guten Morgen, Frau Klein«, sagte derselbe Arzt von gestern zu mir. »Wie geht es Ihnen heute?«

Wieder beantwortete ich brav alle Fragen. Außerdem zählte der Arzt mir auf, was alles an mir nicht stimmte. Gebrochene Rippen, gebrochenes Jochbein, Schnittwunden, Hämatome und Prellungen. Anscheinend war die Schwellung in meinem Hirn aber bereits abgeklungen.

»Sie hatten Glück«, meinte der Arzt ernst.

Während er alles aufgelistet hatte, war Noahs Blick immer grimmiger geworden. Er wagte es nicht einmal, mich anzusehen oder meine Hand zu halten, und wieder hatte ich das Gefühl, dass irgendetwas zwischen uns stehen würde.

Erneut ging die Tür auf. Basti und ein anderer Polizist betraten den Raum.

»Stören wir?«, meinte der zweite und ich erkannte, dass es Bastis Partner Paul war.

Der Arzt schüttelte den Kopf und sagte »Nein«, während Noah bejahte.

»Machen Sie nur nicht zu lange«, blieb der Arzt bei seiner Meinung und deutete auf mich. »Das ist alles noch sehr anstrengend für Frau Klein.«

Und er hatte recht. Erst jetzt bemerkte ich, wie müde ich schon wieder war. Mit einem Nicken verließ die Entourage mein Zimmer und der Arzt versprach, am Nachmittag noch einmal vorbeizukommen.

»Hi, Emmi«, sagte Basti, kam auf mich zu und drückte mir einen Kuss auf den Scheitel. »Wurde Zeit, dass du wieder wach wirst«, meinte er und seine Stimme klang seltsam rau.

Paul trat vor. »Wir wissen, dass das schwer ist, aber kannst du uns sagen, was alles passiert ist?«

Ich schluckte und schloss die Augen. Ich wollte nicht an den Horror denken, aber dann nickte ich. Ein Gedanke kam mir in den Sinn und ich riss erschrocken die Augen auf, krallte mich in meiner Bettdecke fest.

»Was ist mit ihr? Kann sie noch …? Ist sie noch …?«

Basti warf Noah einen verwunderten Blick zu, dann nahm er meine Hand und drückte sie. »Sie ist tot, Emmi. Sie kann dir nichts mehr tun.«

Erleichtert atmete ich aus und bemerkte, wie sich mein Herzschlag beruhigte. Und dann erzählte ich ihnen alles. Angefangen bei der Entführung bis hin zu den letzten Erinnerungen, die ich hatte. Paul und Basti stellten immer wieder Zwischenfragen.

»Wusstest du, wo du warst?«

»Sie haben dich wirklich eine Woche in Ruhe gelassen?«

»Du hast ihr gesagt, dass du schwanger bist, und sie hat aufgehört?«

Besonders schwer fiel es mir, von Thea zu erzählen. Basti drückte währenddessen ermutigend meine Hand.

»Habt ihr sie gefunden?«, fragte ich vorsichtig.

Paul nickte.

»Hatte sie Familie?« Traurig schüttelte er den Kopf und mein Herz brach ein weiteres Mal für sie. Den Rest erzählte ich relativ bald zu Ende.

Dann sah ich sie fragend an. »Wie habt ihr mich gefunden?«

Wieder blickte Basti stirnrunzelnd zu Noah. »Hast du ihr noch gar nichts erzählt?«

»Hatte noch nicht die Möglichkeit«, brummte er, sah aber weder mich noch Basti an.

Wieder hatte ich das Gefühl, vor einer unsichtbaren Mauer zu stehen. Basti zuckte mit den Schultern und erzählte mir alles, was sich zugetragen hatte. Ich wandte meinen Blick zu Noah, der mich einfach nicht ansehen wollte.

»Danke«, sagte ich leise. Es schien, als wenn er nicht einmal merken würde, dass ich mit ihm sprach. »Danke Noah«, sagte ich ein wenig lauter und energischer.

Er schüttelte den Kopf.

»Da ist noch etwas, was du wissen solltest«, meinte Basti nach einem kurzen Blick zu Noah zögerlich.

Ich legte den Kopf schief und sah zwischen den beiden hin und her. Irgendwie hoffte ich, dass Noah derjenige war, der mir mehr erzählen würde, aber es war Basti.

»Das FBI hatte einen Spitzel.« Verwirrt zog ich die Augenbrauen zusammen und sah zu Noah.

»Jakes Partner«, meinte Noah leise. »Jasper.«

Ich war Jasper nur kurz begegnet und hatte ihn kaum wahrgenommen. Noah war damals viel zu präsent in meinem Kopf gewesen. So wie immer, eigentlich.

»Wegen ihm sind wir uns auch wieder begegnet«, erzählte er leise weiter. »Er hat gewusst, dass du meine Frau bist, und es Jake verschwiegen. Er hat gehofft, dass ich einen Fehler machen würde, dass ich vielleicht gar nicht aussagen würde, wenn ich dich sehe.« Bitter lachte er.

»Hätte ich deine Tagebücher nicht gelesen, hätte ich das auch nicht gemacht.«

»Wie habt ihr das herausgefunden?«, fragte ich, aber Noah schwieg.

Er presste seine Lippen zu einer dünnen Linie zusammen, verschränkte die Arme vor der Brust und wandte den Blick von mir ab. Als er nach einigen Minuten nicht antwortete, seufzte Basti.

»Er hat versucht, Noah zu erschießen.«

Zischend holte ich Luft und Basti erzählte mir die Details von meiner Rettung, die ich noch nicht kannte oder an die ich mich nicht erinnern konnte.

»Könnt ihr Jake ein Danke ausrichten?«, fragte ich leise. »Dafür, dass er Noah und mich gerettet hat?«

Basti und Paul nickten.

Dann blickte ich zu Paul. »Danke, dass ihr so schnell gekommen seid.« Er zwinkerte mir zu.

Basti warf ich nur einen kurzen Blick zu und er formte wortlos ein »Gern geschehen« mit seinen Lippen.

Ich drehte meinen Kopf zu Noah.

»Danke, dass du uns gerettet hast, Noah«, wiederholte ich nochmal deutlicher, aber er sah mich immer noch nicht an.

Aus den Augenwinkeln konnte ich sehen, wie Paul betreten zu Boden sah und Basti Noah wütend anstarrte. Hastig verabschiedeten sie sich – nicht ohne dass Basti seinen nächsten Besuch am Nachmittag ankündigte –, während mein Blick auf Noah ruhte.

Als sie die Tür hinter sich geschlossen hatten, fragte ich beinahe lautlos: »Bist du sauer auf mich?«

Er runzelte die Stirn und endlich – endlich – hob er seinen Blick und sah mich verdattert an. »Wie kommst du denn darauf?«, fragte er, sichtlich verwirrt.

Unangenehm berührt zuckte ich mit den Schultern. »Du siehst mich nicht an, sprichst nicht mit mir. Ich habe keine Ahnung, was los ist.«

Er schüttelte den Kopf. »Ich bin einfach nur müde«, meinte er ausweichend und ich akzeptierte seine Antwort.

Es war einfacher, als sich um die Wahrheit Gedanken zu machen. Dieses eine Mal wollte ich seiner Lüge glauben.

Ich gähnte und klopfte auf das Bett neben mir. »Dann komm zu mir und wir schlafen eine Runde.«

Er kämpfte mit sich.

»Bitte«, bat ich ihn. »Du kannst mir auch weiter vorlesen.«

Erstaunt sah er mich an. »Das weißt du?«

Ich nickte. »Ich habe deine Stimme gehört«, erinnerte ich mich, während ich an meiner Decke herumzupfte. »Ich hab schon so oft die Augen aufschlagen wollen, aber es hat nie geklappt.«

»Was hat dich aufgeweckt?«, fragte er neugierig.

Lächelnd legte ich meine Hand auf den Bauch und Noah erwiderte es. Es war das erste Lächeln, das er mir schenkte, seit ich aufgewacht war.

Erleichtert sah ich ihn an. Vielleicht würde ja doch alles gut werden. Wieder klopfte ich einladend auf das Bett und machte ihm ein wenig Platz.

Nach kurzem Zögern nickte er, streifte sich die Schuhe ab und legte sich neben mich. Dann griff er nach dem Buch, das auf dem Nachtisch lag, und begann, mir vorzulesen. Während ich weiter der Geschichte von Julian und Mara lauschte, driftete ich langsam in den Schlaf ab.

»Ich will verdammt noch einmal einen Spiegel haben«, sagte ich und starrte Noah wütend an.

Er verschränkte die Arme vor der Brust und schüttelte den Kopf. »Ich werde dir aber keinen geben.«

Meine Augen verengte ich zu schmalen Schlitzen.

»Willst du mich verarschen?«, fragte ich ihn böse, aber er zuckte nur gelangweilt mit der Schulter.

In dem Moment wurde die Tür aufgerissen und Basti trat ein.

»Huch«, meinte er und zog eine Augenbraue hoch. »Dicke Luft, oder was?«

Noah stand auf und schob in der Bewegung seinen Stuhl nach hinten. »Whatever, ich hole mir 'n Kaffee.«

Dann verließ er das Zimmer, ohne mich oder Basti eines weiteren Blickes zu würdigen. Mit offenem Mund starrten wir ihm hinterher.

»Das ist das zweite Mal, dass er dein Zimmer verlässt, seit …«, sagte er, kratzte sich am Hinterkopf und ließ den Rest des Satzes im Raum hängen. »Was war los?«

Ich verschränkte meine Arme vor der Brust. »Ich will einen Spiegel.«

Basti zögerte. »Das ist vielleicht keine so gute Idee.«

Jetzt starrte ich ihn böse an. »Gib mir einen verdammten Spiegel!«, herrschte ich ihn an.

Kurz dachte er nach, dann schien er eine Entscheidung getroffen zu haben, und ging in das angrenzende Bad. Mit einem Handspiegel kam er zurück. Ich wollte schon meine Hand ausstrecken, aber Basti hielt inne.

»Bist du dir sicher? Es wird dir nicht gefallen, was du zu sehen bekommst.«

»Her damit«, meckerte ich, bis Basti mir den Spiegel endlich überreichte. Nur eine einzige Sekunde blickte ich in den Spiegel, dann warf ich ihn erschrocken von mir. »Ach du Scheiße.«

Spöttisch sah mich Basti an. »Ich hab es dir gesagt.«

»Kein Wunder, dass Noah mich kaum ansehen kann«, murmelte ich.

Basti runzelte die Stirn. »Was meinst du?«, fragte er.

Nachdenklich starrte ich auf die Finger. »Das, was ich sage. Noah sieht mich kaum an, seit ich aufgewacht bin, redet nur das Nötigste und …«, meine Stimme driftete ab. »Ich hab das Gefühl, dass da eine unsichtbare Mauer zwischen uns ist.«

Basti schüttelte den Kopf. »Das glaube ich nicht. Er ist noch ein wenig neben der Spur. Er hat Todesängste um euch ausgestanden, Ems.«

Ich nickte. Wahrscheinlich hatte Basti recht. Jeder ging anders mit einem Trauma um.

»Bist du bereit für die Meute?«, fragte er lachend, nachdem er eine eingehende SMS gecheckt hatte.

Ich stöhnte auf, aber nickte. Ich konnte es kaum erwarten, meine Familie wiederzusehen.

In dem Moment klopfte es an der Tür. Ich hoffte, Noah sei zurückgekommen, musste aber enttäuscht feststellen, dass es meine Familie war. Ich schalt mich für diesen Gedanken, schließlich sollte ich mich freuen, sie alle wiederzusehen.

»Emmi«, sagte Mama und die Tränen standen ihr in den Augen.

Sie rannte zu mir und drückte mich so fest, dass ich vor Schmerzen ein wenig winseln musste.

»Mama«, schimpfte Benj mit ihr. »Pass doch auf.«

Sie nickte und wischte sich übers Gesicht. Dann zog sie zwei Tupperdosen aus ihrer Tasche. Eine stellte sie mir auf den Schoß.

»Damit du wieder ordentlich zunimmst«, sagte sie bemutternd und tätschelte mir die Wange.

Ich lächelte sie dankbar an. Meine Mutter löste alle Probleme mit einem guten Essen. Ihr Blick fiel auf den Stuhl, auf dem bis eben Noah gesessen hatte.

»Wo ist denn Noah?«, fragte sie erstaunt.

Ich zögerte, wusste nicht, was ich sagen sollte.

Basti kam mir zur Hilfe. »Ich hab ihn nach Hause geschickt, damit er eine Dusche nehmen kann.«

Dankbar lächelte ich ihn an. Ich sah, wie mein Vater die Stirn runzelte, aber nichts weiter sagte. Mila lenkte mich ab, weil sie umständlich auf das Bett kletterte und meine Hand inspizierte.

Enttäuscht sah sie mich an. »Immer noch rot.«

Verwirrt musterte ich sie, dann meine Familie.

»Jeden Tag hat sie eine andere Farbe vorgeschlagen und am nächsten Tag waren deine Nägel in dieser Farbe lackiert«, erklärte mir Max.

»An Noah scheint eine Maniküre verloren gegangen zu sein«, kicherte Benj und Max gab ihm ein Highfive.

Mir wurde warm ums Herz.

»Wieso lackierst du mir nicht einfach die Nägel?«, schlug ich Mila vor.

Sie sah fragend zu Max, der ihr aufmunternd zunickte. Eifrig riss sie die Schublade meines Nachttischs auf. Gefühlte hundert verschiedene Nagellacke waren darin.

»Glitzer«, sagte Mila bestimmend und nahm sich einen golden glitzernden Nagellack. Sie legte sich meine Hand auf den Schoß, drehte den Lack auf und begann, hochkonzentriert meine Nägel zu lackieren. Das meiste ging zwar daneben, aber sie sah so süß aus, wie sie sich konzentrierte und ihre Zunge zwischen ihre Zähne steckte, dass ich gar nicht anders konnte, als sie überschwänglich zu loben. Währenddessen klopfte es wieder an der Tür und Jules betrat gemeinsam mit Klein-Noah mein Zimmer.

Vorsichtig umarmte sie mich und flüsterte mir ins Ohr: »Du hast uns alle um zehn Jahre altern lassen. Mach das nie wieder.«

Nickend drückte ich ihren Arm. Klein-Noah quietschte fröhlich und griff nach meinen Haaren. Lachend löste Jules diese und fragte mich, ob ich ihn mal halten wollte. Liebend gern streckte ich die Hände nach ihm aus. Er sah schon wieder ganz anders aus und musterte mich neugierig. Ich zog ein paar Grimassen und streckte ihm die Zunge raus. Fröhlich quietschte er und schenkte mir ein Lächeln, das ich nur allzu gerne erwiderte.

»Das war das erste Mal, dass er bewusst gelächelt hat«, rief Basti erstaunt. Er drückte ihm einen Kuss auf den Kopf. »Kleiner Womanizer«, sagte er liebevoll und in seiner Stimme schwang Stolz mit.

Fröhlich plauderten alle durcheinander, erzählten mir von all den Dingen, die ich verpasst hatte, und machten Pläne, was wir alles tun würden, wenn ich wieder über den Berg war. Mama wollte unbedingt Kindermöbel und Klamotten mit mir einkaufen, Mila wollte mit mir einen Prinzessinnentag machen. Max fragte unschuldig, ob er dabei sein müsste oder dann ausgehen durfte, und Basti und Jules luden uns zum Essen ein. Keiner sprach über das offensichtliche Fehlen von Noah.

»Meine Güte, was ist hier denn los?«, hörte ich eine resolute Stimme. Eine Schwester war ins Zimmer gekommen und hatte kopfschüttelnd ihre Hände in die Hüften gestemmt.

Sie deutete auf mich. »Sie sollten sich noch erholen, Frau Klein.«

Ich gähnte, hatte wieder mal nicht gemerkt, wie anstrengend alles noch für mich war. »Aber es ist doch so schön, dass sie alle da sind.«

Die Krankenschwester deutete auf die Tür. »Dafür haben Sie noch genügend Zeit. Genug mit dem Humbug, Frau Klein braucht ihren Schlaf.«

Die Schwester schaffte es, dass die ganze Meute innerhalb von nicht einmal fünf Minuten das Zimmer verließ. Dann schüttelte sie die Kissen auf, überprüfte meine Werte und fragte mich, ob ich was gegen die Schmerzen brauchte. Beschämt nickte ich. Kurz verschwand sie und kam mit einem neuen Tropf für mich wieder.

»Ruhen Sie sich aus, Frau Klein«, sagte sie liebevoll. »Sie haben noch alle Zeit der Welt.«

Als ich das nächste Mal die Augen öffnete, saß Noah wieder an meinem Bett. Mit keinem Wort erwähnten wir, wo er heute Nachmittag gewesen war.

Die nächsten Tage sahen alle gleich aus. Ich wurde untersucht, bekam Besuch, wurde von Tag zu Tag fitter und Noah las mir vor.

Der Arzt machte mir Hoffnungen, bald nach Hause zu können. Ich sehnte diesen Tag regelrecht herbei. Doch je mehr Kraft ich zurückerlangte, umso mehr schien sich Noah abzukapseln, umso unüberwindbarer schien die Mauer zwischen uns zu sein. Wenn ich ihn darauf ansprach, winkte er ab und hatte eine fadenscheinige Ausrede parat. Statt auf einem Gespräch zu beharren, glaubte ich seine Lügen, denn noch mehr Angst hatte ich vor der Wahrheit.

KAPITEL 50

Emily

Nervös wischte ich meine schweißnassen Hände an der Hose ab. Ich wendete mich zu Noah, aber er schien ganz in seiner Welt zu sein, warf mir nicht einmal einen Blick zu. Je mehr Zeit verstrich, umso schlimmer wurde es. Er zog sich immer mehr zurück, entglitt mir, und ich hatte keine Ahnung, was ich tun konnte, um das zu verhindern.

Ich sah zurück auf die Straße. Endlich durfte ich nach Hause. Ich hatte es satt, im Krankenhaus zu liegen und Däumchen zu drehen. Obwohl ich immer noch nur Däumchen drehen durfte. Aber alles war besser, als in der Klinik zu versauern. Vielleicht konnte Noah sich dann auch mehr entspannen und wir konnten endlich unserer Zukunft entgegengehen. Ohne diesen ganzen Ballast.

Ein leichter Tritt in meinem Bauch sorgte dafür, dass sich ein Lächeln auf meine Lippen stahl. Es fühlte sich immer noch so surreal an, einen kleinen Menschen, ein kleines Mädchen, in mir zu tragen, aber ich genoss jede einzelne Sekunde davon. Wieder fiel mein Blick auf Noah.

Ich wollte so gerne seine Hand nehmen und sie auf meinen Bauch legen. Wollte zärtlich seinen Nacken streicheln oder ihm schmutzige Worte ins Ohr flüstern. Aber da war eine Mauer zwischen uns, die ich mir nicht erklären konnte. Die vorher definitiv nicht da gewesen war, und ich hatte keine Ahnung, wie ich sie erklimmen konnte.

Erst als Noah auf den Parkplatz fuhr, wandte er sich mir zu. Das war die längste Autofahrt, die wir je schweigend nebeneinander verbracht hatten. Normalerweise gab es keine Sekunde, in der es still im Auto war, und wenn wir mal nicht miteinander geredet hatten, hörten wir Hörbücher. Nur heute war es mucksmäuschenstill geblieben. Noah rang sich zu einem Lächeln durch und mir wurde schlecht, als ich sah, wie sehr es ihn quälte.

»Komm, lass uns reingehen.«

Ich nickte und folgte ihm stumm ins Haus und die drei Stockwerke hinauf. Alles ging viel langsamer vonstatten als sonst. Meine Rippen schmerzten zwar nicht mehr bei jeder Bewegung, aber sie taten dennoch weh.

Je näher wir der Haustür kamen, umso mehr begann ich zu zittern. Ich konnte nichts tun, um dieses Beben unter Kontrolle zu bringen. Ich wollte nicht in unsere Wohnung.

Noah bemerkte mein Zögern nicht einmal. Er war mit dem Gepäck vorgelaufen und hatte keinen Blick zurückgeworfen. Wieder so etwas, was er früher nie getan hatte.

Er schloss die Tür auf und murmelte »Home Sweet Home«.

Ich spürte, wie die Panikattacke ihre Klauen nach mir ausstreckte.

Es roch nach frischer Farbe. Sicher, um die Wände im Schlafzimmer zu streichen. Basti hatte mir erzählt, was geschah, nachdem ich ohnmächtig geworden war. Ein kurzer Blick verriet mir, dass unsere Möbel repariert oder ausgetauscht waren. Noah hatte sich noch immer nicht umgedreht. Mittlerweile zitterte ich wie Espenlaub. Ich stand mitten im Flur und bekam keine Luft. Merkte, wie mich die Erinnerungen zu überwältigen drohten.

Stumm folgte ich Noah ins Schlafzimmer, hoffte, die Panikattacke unter Kontrolle zu kriegen.

Aber ich sah nicht mehr Noah, der vor mir lief. Ich sah sie und ihre Gorillas, wie sie mir hinterherliefen, versuchten, mich zu fangen. Ich sah mich, wie ich in den Kleiderschrank schlüpfte, in der Hoffnung, dass dieser mittlerweile ein gutes Versteck geworden wäre. Spürte die Panik.

Als Noah die Taschen auf den Boden warf, verlor ich den Kampf. Schluchzer schüttelten meinen Körper und ich fiel auf die Knie. Ich spürte, wie Hände mich berühren wollten, und schlug panisch um mich.

»Lasst mich«, brüllte ich. »Lasst mich.«

Die Hände verschwanden. Immer wieder wippte ich vor und zurück, wimmerte vor mich hin, war gefangen in den Erinnerungen. Ich hörte ihr Lachen in meinen Ohren, spürte den Schmerz ihrer Schläge auf der Haut, sah ihr erregtes Grinsen und roch ihr Parfum, das nach geschmolzenem Käse roch.

Ich runzelte die Stirn. *Geschmolzener Käse?*

Das Lachen in meinen Ohren verstummte, ich konnte fühlen, dass mich niemand schlug. Ich blinzelte ein paar Mal, nahm meine Umgebung jetzt bewusst wahr. Noah saß mir gegenüber und starrte mich entsetzt an.

»Noah«, flüsterte ich gebrochen und streckte die Hand nach ihm aus.

Er kam meiner stummen Aufforderung sofort nach, zog mich in seine Arme. Auf seinem Schoß rollte ich mich zusammen und drückte den Kopf gegen seine Brust. Er roch nach Kiefernwald und nach zu Hause.

Beruhigend fuhr er mit seiner Hand meinen Rücken auf und ab, bis die Bilder in meinem Kopf immer mehr verblassten. Er hauchte immer wieder Küsse auf meinen Scheitel und murmelte vor sich hin. Vielleicht waren es Worte der Beruhigung, vielleicht auch der Entschuldigung. Aber das erste Mal, seit ich aufgewacht war, ignorierte ich die Mauer zwischen uns und genoss die Sicherheit seiner Arme.

Nach einer Weile sagte er leise: »Komm, wir gehen zu deinen Eltern.«

Ich schüttelte den Kopf. Auf gar keinen Fall wollte ich zu meinen Eltern. Ich ertrug schon kaum den gequälten Ausdruck in Noahs Augen, wie sollte ich da den meiner Eltern ertragen?

»Kommt zu uns«, sagte eine Stimme aus dem Off. War das Basti?

Es wäre so leicht gewesen, den Kopf zu heben und nachzusehen, aber ich genoss die Sicherheit in Noahs Armen. Wollte das kleine bisschen Frieden zwischen uns nicht wegen so einer Belanglosigkeit zerstören.

»Kannst du aufstehen?«, flüsterte Noah an mein Ohr.

Ich schüttelte wieder den Kopf. Für nichts auf der Welt würde ich meinen sicheren Hafen aufgeben. Er nickte und schob seinen einen Arm unter meine Beine, den anderen legte er um meinen Oberkörper. Ich drehte mich noch mehr in ihn hinein, wollte sonst niemanden sehen oder hören. Wollte weiter Noah einatmen und so tun, als wäre alles in Ordnung, als hätten wir keine Sorge in der Welt.

Als er mich in ein Auto setzen wollte, krallte ich mich fester an ihn. War nicht bereit, mich der Realität zu stellen.

»Emmi«, flüsterte er, als wenn es ihn Anstrengung kostete, meinen Namen zu sagen.

»Lass«, hörte ich wieder Bastis Stimme. »Muss ja was Gutes haben, dass ich ein Cop bin.«

Mich an sich gepresst, setzte sich Noah ins Auto, strich mir übers Haar.

Irgendwann hielten wir an und Noah hob mich vorsichtig aus dem Wagen, als wäre ich das Wertvollste auf der Welt.

Eine Tür wurde geöffnet, Jules sagte: »Hier könnt ihr hin.«

Sanft legte mich Noah auf einem Bett ab. Ich krallte mich weiterhin an ihm fest und er legte sich zu mir. Langsam hob ich den Blick und sah ihm in die Augen.

Augen, die schon immer bis auf den Grund meiner Seele sehen konnten. Augen, in denen ich schon immer bis auf den Grund seiner Seele sehen konnte. Es war, als trüge er die Last der Welt auf seinen Schultern. Vorsichtig küsste ich ihn und genauso behutsam erwiderte er den Kuss. Stundenlang verloren wir uns ineinander, vergaßen die Welt um uns herum.

Irgendwann, als ich vor Müdigkeit die Augen nicht mehr aufhalten konnte, sagte ich leise und vorsichtig, als wäre es das größte Geheimnis der Welt: »Ich liebe dich.«

Und das erste Mal in all den Jahren, die ich ihn kannte, antwortete er nicht.

KAPITEL 51

Emily

»Schlag sie«, hörte ich wieder ihre Stimme.

Sie sah mich aus kalten Augen an und ich schrie mir die Kehle aus dem Leib. In der Hoffnung, dass mein Schrei sie und ihre Gorillas davon abhalten würde, mir Schmerzen zuzufügen. Ich rollte mich zusammen und versuchte, meinen Bauch vor ihr zu schützen. Ich würde alles tun, um mein Baby zu schützen. Alles.

»Emily«, rief Noah nach mir und eine Hand rüttelte an meiner Schulter.

Keuchend riss ich die Augen auf, nur um festzustellen, dass ich nicht mehr in diesem Keller war. Sondern in einem warmen Bett. Es brauchte ein paar weitere Sekunden, bis ich begriff, dass das hier Jules' und Bastis Gästezimmer war.

»Du bist in Sicherheit«, flüsterte Noah und sah mich mit großen Augen vom anderen Ende des Bettes an.

Er war so weit weg und am liebsten hätte ich meine Hand nach ihm ausgestreckt. Aber seit wir aus dem Loft gekommen waren – ach, was sage ich da – seit ich im Krankenhaus aufgewacht war, war da eine Mauer zwischen uns, die ich nicht überwinden konnte.

»Ich sehe ständig ihr Gesicht«, sagte ich und schloss die Augen. »Ich sehe sie überall.« Ich erschauderte. »Ich höre ihre Stimme«, flüsterte ich erstickt. »Manchmal habe ich das Gefühl zu hören, wie meine Knochen brechen.«

Ich öffnete die Augen wieder und sah Noah an. Er hatte seinen Blick abgewandt, aber alles an ihm wirkte angespannt.

»Es tut mir leid«, sagte er so leise, dass ich ihn fast nicht verstand.

Verwirrt runzelte ich die Stirn. »Was?«

»Es tut mir leid«, wiederholte er lauter und sah mich an. Der Schmerz in seinen Augen nahm mir für einen Augenblick die Luft zum Atmen.

»Aber was?«, fragte ich noch immer sichtlich verwirrt.

Noah ballte seine Hände zu Fäusten. »Alles«, flüsterte er und ließ den Kopf hängen. »Das ist alles meine Schuld.«

Mein Herz zog sich zusammen und ich streckte meine Finger nach ihm aus. »Noah«, sagte ich vorsichtig.

In der Sekunde, in der meine Fingerspitzen seinen Oberarm berührten, sprang er auf. Als hätte er sich an der Berührung verbrannt, als würde er es nicht ertragen, dass ich ihn anfasste. Und irgendwie tat das mehr weh als jeder gebrochene Knochen in meinem Körper.

»Das ist alles meine Schuld, Emily«, brüllte er schon fast. »Wäre ich nicht, dann wärst du nie entführt worden, dann wärst du nicht gefoltert worden. Dann hättest du nicht fast unser Kind verloren.«

Ich zuckte zusammen und presste meine Lippen aufeinander.

»Und was jetzt?«, warf ich dazwischen, als er tief Luft holte. »Jetzt willst du wieder die Beine in die Hand nehmen und mich verlassen?«

Mein Hals schnürte sich allein bei dieser Vorstellung zu. Ich wusste nicht, ob ich das ein weiteres Mal ertragen würde. Noah war seltsam still geworden und sein Blick ruhte auf mir. Unbewusst legte ich die Hand auf meinen Bauch. Als wollte ich mich vergewissern, dass unser Kind immer noch da war. Als wollte ich es vor seinen nächsten Worten beschützen.

»Ich weiß es doch nicht«, sagte er und fuhr sich mit der Hand übers Gesicht.

Ich kannte Noah gut genug, um die Wahrheit zu kennen. Er hatte darüber nachgedacht, zu gehen. Vielleicht hatte er sogar schon die Koffer gepackt und seine Entscheidung getroffen.

»Du willst wirklich gehen?«, fragte ich ihn tonlos.

Ich hatte das Gefühl, keine Luft mehr zu bekommen. Ich hatte ihn doch gerade erst wieder. Ich ...

»Emmi«, sagte Noah flehend.

Wahrscheinlich hatte er schon ein paar Mal meinen Namen gerufen, aber ich war abgedriftet. Ich blinzelte und sah ihn an.

»Du musst das verstehen«, begann er, aber ich schüttelte den Kopf und hob die Hand.

»Ich muss das gar nicht verstehen«, meinte ich. »Du weißt ganz genau, was dein vermeintlicher Tod mit mir gemacht hat.« Meine Hände zitterten, aber ich wusste nicht, ob vor Angst oder Wut. »Und jetzt willst du mich schon wieder allein lassen?« Ich krallte mich mit den Fingern ins Bettlaken. »Wieso? Weil es leichter ist? Weil du mich dann endlich nicht mehr ansehen musst?«

»Was redest du für einen Blödsinn?«, fragte er und sah mich verwirrt an. »Das hat überhaupt nichts ...«

»Seit ich aufgewacht bin, schaffst du es kaum noch, mich länger als ein paar Sekunden anzusehen«, schleuderte ich ihm wütend entgegen.

Noahs Mund klappte zu und er sah mich entgeistert an. War ihm das nicht aufgefallen? Auf einmal fühlte ich mich seltsam müde und sackte gegen die Rückenlehne meines Bettes. Ein Blick auf die Uhr auf dem Nachttisch verriet mir, dass es mitten in der Nacht war.

»Ich will, dass du gehst«, sagte ich leise und schloss die Augen. Ich wollte nicht, dass Noah bei mir blieb, weil er es musste. Er sollte bei mir – bei uns – bleiben, weil er es wollte.

Bevor er antworten konnte, fuhr ich fort: »Meinst du, mir macht es Spaß, mich jeden Tag zu fragen, ob mein Mann mich noch liebt?«

»Emmi«, sagte Noah sanft und hätte ich jetzt die Augen geöffnet und ihn angesehen, wäre ich schwach geworden. Dann hätte ich alle Bedenken über Bord geworfen und ihn in meine Arme gezogen. Und niemals losgelassen.

»Nein«, sagte ich kopfschüttelnd. »Seit ich aufgewacht bin, frage ich mich, was ich falsch gemacht habe. Wieso du es kaum erträgst, mich anzusehen. Was ich tun kann, um diese Mauer zwischen uns zu zerstören.«

Ich umschlang mit meinen Armen meinen Oberkörper. Als könnte ich so verhindern, dass Kälte in mein Inneres kroch.

»Aber mittlerweile glaube ich, dass nicht ich das Problem bin«, flüsterte ich und war mir nicht sicher, ob Noah mich hören konnte. »Ich glaube, dass du dir klar werden musst, was du willst.«

Erst jetzt hob ich den Blick und sah Noah in sein vor Schmerz verzerrtes Gesicht.

»Entweder willst du mich oder du willst deine Schuldgefühle. Beides hat keinen Platz.« Ich deutete auf die Tür. »Und bis dir das nicht klar ist, möchte ich, dass du gehst.«

Er sah mich mehrere Minuten an, aber ich wandte den Blick nicht von seinem ab. Nach einer Weile nickte er, schlüpfte in seine Jeans und verließ das Zimmer. Als die Tür ins Schloss fiel, fühlte es sich seltsam endgültig an und ich wusste nicht, ob er wieder zu mir zurückkommen würde.

KAPITEL 52

Noah

Die Steine knirschten unter meiner Sohle, als ich den Friedhof betrat. Ich wusste, dass ich Mist gebaut hatte. Riesenmist.

So, wie vor ein paar Stunden hatte ich Emily noch nie gesehen. Hoffnungslos und endgültig. Als hätte sie längst den Glauben daran aufgegeben, dass sich das mit uns wieder ins Lot biegen würde. Und ich wusste nicht, was ich tun oder sagen konnte, um sie wieder glücklich zu machen.

Innerlich war ich zerrissen. Einerseits wollte ich nichts lieber, als sie in die Arme zu schließen und bis zum Rest unseres Lebens nie wieder loszulassen. Andererseits ertrug ich ihre Berührungen und Blicke kaum, weil ich nicht verhindern konnte, dass meine Gedanken abdrifteten. Ich konnte mir einfach nicht vorstellen, dass ich von nun an ein ruhiges Leben haben sollte.

Das hatte ich schon einmal geglaubt. Ich hatte schon mal geglaubt, dass alles endlich wieder gut war. Und das war es nicht gewesen. Es war sogar noch schlimmer geworden und ich hatte fast meine Frau verloren. Auf keinen Fall wollte ich dieselben Fehler wie mein Vater machen. Auf gar keinen Fall wollte ich der Grund dafür sein, dass meine ganze Familie litt. Da war ein Leben ohne mich doch besser, oder?

Meine Füße trugen mich den Weg, als wäre ich ihn schon hundertmal gegangen. Dabei war ich erst ein einziges Mal hier gewesen, kurz nachdem ich wieder da gewesen war. Emily hatte mir meinen Grabstein gezeigt und es hatte sich seltsam angefühlt.

Es war früh am Morgen, die Sonne war noch gar nicht richtig aufgegangen und Tau lag auf dem kleinen Streifen Rasen, der sich den Weg entlangschlängelte. Je näher ich der Reihe meines Grabsteins kam, umso mehr zogen sich meine Augenbrauen zusammen.

Dort stand jemand. Direkt vor meinem Grabstein.

Als ich nur wenige Meter entfernt war, konnte ich erkennen, wer es war. Ich blieb stehen und überlegte, ob ich nicht einfach wieder umdrehen sollte, als er mir die Entscheidung abnahm.

»Es ist seltsam, hier zu stehen«, sagte Jake leise, aber laut genug, dass ich ihn verstehen konnte.

Ich war noch knapp hundert Meter von ihm entfernt und verringerte den Abstand zwischen uns. Direkt neben ihm blieb ich stehen und sah ebenfalls auf den Grabstein.

»Was machst du hier?«, fragte ich und musterte ihn von der Seite. Seine Schläfen waren noch grauer geworden und sein Gesicht wirkte seltsam eingefallen.

Jake war, bevor Emily aufgewacht war, wieder in die Staaten geflogen. Vermutlich um das Chaos in Ordnung zu bringen, das Jasper hinterlassen hatte.

»Ich wollte mit dir reden«, meinte er, hob den Kopf und aus den Augenwinkeln bemerkte ich, dass er mich ansah.

»Wir haben nichts mehr zu reden«, sagte ich, ohne jegliche Wut.

»Ich schulde dir eine Entschuldigung«, räusperte er sich.

Erstaunt hob ich die Augenbrauen hoch und sah ihn kurz an. Er deutete auf die Parkbank, die ein paar Meter von uns entfernt stand, und wortlos folgte ich ihm. Als wir uns gesetzt hatten, knetete Jake seine Hände, ehe er tief Luft holte.

»Es tut mir leid«, begann er. »Ich hätte viel früher merken müssen, dass Jasper eine linke Ratte ist.« In seinen Worten lagen Wut, aber auch ein tiefer Schmerz. »Nur hatte ich Jasper nie auf meinem Radar, weil …«, er zuckte hilflos mit den Schultern. »Wer verdächtigt schon den Menschen, von dem man glaubt, dass man ihm sein Leben anvertrauen kann?«

Ich nickte und wollte mir nicht einmal vorstellen, wie es sich anfühlte, wenn Basti, Benj oder Max mich so verraten würden.

»Trotzdem hätte ich es früher bemerken müssen.« Er ballte seine Hände zu Fäusten. »Tut mir leid, dass ich erst so spät misstrauisch geworden bin.« Jake seufzte und schloss die Augen. »Und es tut mir leid, dass ich es selbst so lange nicht glauben wollte. Hätte ich eher reagiert, hätte ich ihm nicht vertraut, dann …«, er öffnete die Augen und sah mir direkt ins Gesicht. »Dann hätte ich vielleicht verhindern können, was passiert ist.«

Mein Blick lag suchend auf ihm. Ich wusste nicht genau, wonach ich suchte, aber ich studierte seine Gesichtszüge, als sähe ich sie zum ersten Mal. Jake deutete mein Schweigen falsch.

»Ich erwarte nicht, dass du meine Entschuldigung annimmst. Ich musste es dir nur persönlich sagen.« Er holte tief Luft. »Wenn ich wieder in den Staaten bin, werde ich meinen Dienst quittieren.«

Er warf mir ein letztes, trauriges Lächeln zu. Gerade, als er aufstehen wollte, hielt ich ihn zurück.

»Nein«, sagte ich und so erstaunt, wie Jake mich ansah, fühlte ich mich ob meiner Worte. »Nein, das brauchst du nicht«, fuhr ich zögernd fort. »Es war nicht deine Schuld.«

Und auf einmal hatte ich das Gefühl, dass meine Worte nicht für Jake waren, sondern für mich.

»Du kannst nichts für Jaspers Taten und noch weniger kannst du was für ihre Taten.« Ich lehnte mich zurück, legte den Kopf in den Nacken und starrte in den Himmel, der von den ersten Sonnenstrahlen erhellt wurde.

»Ich Idiot«, murmelte ich verdrossen.

»Wieso bist du ein Idiot?«, fragte Jake neugierig und ich zuckte zusammen, weil ich nicht gemerkt hatte, dass ich meine Gedanken laut ausgesprochen hatte.

»Ich war die letzten Wochen nicht sonderlich …«, ich suchte nach dem richtigen Wort, »nett …«, meinte ich in Ermangelung eines besseren Begriffes. »Zu Emmi.«

»Was ist passiert?«

Zögerlich musterte ich Jake. Ich hatte niemandem von den dunklen Gedanken in meinem Kopf erzählt. Aber viel leicht würde er ja verstehen, was in mir vorging.

»Mich haben die Vorwürfe zerfressen«, gestand ich ihm. »Vor meinem inneren Auge habe ich ständig gesehen, was sie ihr angetan haben. Wegen mir.«

Jake wollte etwas sagen, aber ich war nicht fertig.

»Ich habe geglaubt, und vielleicht glaube ich das noch immer ein bisschen, dass sie ohne mich besser dran wäre.«

»Wieso?«, fragte Jake mit gerunzelter Stirn und schien meinen Gedankengang nicht nachvollziehen zu können.

»Ich will nicht, dass ihr so ein Schicksal wie meinen Eltern zuteilwird«, sagte ich leise und Verstehen erhellte Jakes Gesicht.

Für eine Weile sagte er nichts, als müsste er nach den richtigen Worten suchen.

»Als ich beim FBI begonnen habe, wusste ich, was es bedeutet, dieses Leben zu leben. Ich wusste, dass nicht viele Frauen dieses Leben mitmachen würden.« Er grinste schief und zuckte mit den Schultern. »Ich bin zweimal geschieden«, erzählte er mir. »Anscheinend habe ich noch nicht die richtige Frau für dieses Leben gefunden.«

Erstaunt zog ich meine Augenbraue in die Höhe und zum ersten Mal fiel mir auf, wie wenig ich eigentlich von ihm wusste.

»Aber was ich dir eigentlich sagen will: Du hast dich nicht für so ein Leben entschieden. Dir hat das Leben ein paar faule Eier ins Nest gelegt, aber du hast dich niemals bewusst dafür entschieden, so ein Leben zu leben. Nicht so wie ich.«

»Und …?«, fragte ich verwirrt, weil ich nicht verstand, was er mir sagen wollte.

»Wenn Emily diejenige mit deiner Vergangenheit wäre«, versuchte er es mir anders zu erklären. »Würdest du sie verlassen, nach dem, was passiert ist?«

Vehement schüttelte ich den Kopf.

»Würdest du sie verlassen, wenn sie einen Unfall hat und morgen querschnittsgelähmt ist?«

»Natürlich nicht«, protestierte ich.

Er zuckte mit den Schultern und sah mich an, als wäre die Antwort ganz leicht.

»Und ich glaube, Emily geht es genauso. Du kannst nichts für die Dinge, die dir das Leben in den Weg gestellt hat. Ich weiß, dass das manchmal schwierig zu begreifen ist und dass Schuld und schlechtes Gewissen manchmal eine ganz eigene Dynamik haben.«

Er verzog das Gesicht und irgendwie glaubte ich ihm, dass er verstand, was in mir vorging.

»Aber ich glaube, Emily würde ein Leben mit dir immer einem ohne dich vorziehen«, meinte er mit einem schwachen Grinsen.

Ich dachte an all ihre Tagebüchereinträge, an all die »Ich wünschte, ich könnte ihm nur noch ein einziges Mal sagen, dass ich ihn liebte« und auf einmal war es für mich klar. Ich wusste, was ich zu tun hatte. Hastig verabschiedete ich mich von Jake, lief zu meinem Auto und fuhr zurück zu Jules und Basti. Für einen Moment zögerte ich, ob ich so früh am Morgen klingeln sollte, als die Tür aufgerissen wurde und Basti mich verwirrt ansah.

»Noah?«, fragte er und zog die Augenbrauen zusammen. »Was machst du denn hier?«

»Lange Geschichte«, meinte ich, drückte mich an ihm vorbei und ging zu dem Gästezimmer, das ich die letzten Tage mit Emily bewohnt hatte. Ohne zu klopfen, betrat ich es.

Emily saß auf dem Bett und war dabei, sich eine Leggins überzuziehen, als sie mitten in der Bewegung innehielt und mich mit großen Augen ansah.

»Noah?«, fragte sie. »Was …?«

»Ich muss dir was zeigen«, sagte ich und war nervös.

Was, wenn sie gar nicht sehen wollte, was ich ihr zu zeigen hatte? Was, wenn ich mich in den letzten Wochen so weit von ihr entfernt hatte, dass sie mich gar nicht mehr zurückwollte?

»Am liebsten jetzt«, fügte ich hinzu, damit sie es sich nicht anders überlegen konnte.

Für einen Augenblick musterte sie mich, ehe sie nickte. »Okay«, flüsterte sie leise.

In Windeseile zog sie sich weiter an, ehe sie etwas hilflos vor mir stehen blieb.

»Wir können unterwegs essen«, schlug ich mit einem kurzen Blick auf ihren Bauch vor.

Sie lächelte leicht, nickte und ging an mir vorbei zur Tür. Dabei nahm ich einen Hauch ihres Shampoos wahr und schloss die Augen.

»Du riechst nach Fernweh«, sagte ich leise, und als ich die Augen wieder öffnete, sah ich, wie Emmi mich lächelnd musterte.

Schweigend liefen wir zu meinem Auto, und weil ich die Stille nicht ertrug, schaltete ich das Radio an. Wir machten einen kurzen Zwischenstopp beim Bäcker, bevor wir weiterfuhren. Die Fahrt dauerte eine knappe halbe Stunde und Emily musterte die Umgebung, bis wir vor einem Haus zum Stehen kamen.

»Wo sind wir hier?«, fragte sie.

Ich klammerte mich an das Lenkrad und sagte leise: »Das ist mein Elternhaus.«

Ruckartig drehte sie sich zu mir und sah mich prüfend an. »Noah«, flüsterte sie.

Ich schüttelte den Kopf, stieg aus und wartete auf sie. Dann reichte ich ihr die Hand und gemeinsam gingen wir auf das Haus zu. Vor der Eingangstür blieben wir stehen. Ich zog den Schlüssel aus meiner Hosentasche.

»Seit damals bin ich nicht mehr hier gewesen.«

Sie drückte meine Hand. »Wir müssen das nicht tun.«

Ich schüttelte den Kopf. »Doch.«

Dann atmete ich tief durch und schloss die Tür auf. Muffiger Geruch schlug uns entgegen. Das Licht funktionierte schon lange nicht mehr. Am Fuß der Treppe blieben wir stehen. Emily sah sich um, während ich mit aller Macht versuchte, mich nicht von schlechten Erinnerungen einholen zu lassen.

Ich wandte mich zum Wohnzimmer. »Hier hat er meine Eltern getötet.«

Auf dem Boden war nichts mehr zu sehen, sicher hatte Ray damals dafür gesorgt, dass alles vernünftig gereinigt wurde.

Dann drehte ich mich um und deutete auf die Treppe. »Ich habe dort oben hinter dem Geländer gehockt und alles gesehen.«

Gequält schloss ich die Augen. Emmi legte ihre Hand auf meine Wange. Ich ergriff sie und zog Emily hinter mir her.

Als wir oben angekommen waren, fuhr ich fort. »Als er mich entdeckte, rief mein Vater noch, dass ich mich verstecken sollte. Ich bin hier langgelaufen.«

Ich deutete den Flur hinunter und auf eine Tür, die am Ende des Ganges war. Langsam öffnete ich sie. Kurz musste ich mich sammeln, hatte wieder vor Augen, wie der Mann mich auslachte und mit seinem Messer meine gesamte Seite aufschlitzte. Wie automatisch begann ich, mit der anderen Hand diese Seite zu massieren. Wieder drückte Emmi meine Hand.

»Hier hat er mich eingeholt, meine Seite aufgeschlitzt und wollte mich ausbluten lassen. In dem Moment wurde das Zimmer aber gestürmt. Raymond schoss auf ihn.«

»Raymond?«, fragte Emmi und schien in ihrer Erinnerung zu kramen. »War das nicht dein Betreuer, nach dem Tod deiner Eltern?«

»So in etwa«, meinte ich. »Er hat mir mein Leben gerettet und war im Zeugenschutz meine Kontaktperson.« Verstehend nickte sie. »Als ich in Amsterdam studiert habe, haben wir uns alle drei Monate im Van-Gogh-Museum getroffen.«

Neugierig blickte sie mich an.

»Anscheinend mochte meine Mutter Van Gogh.« Ich zuckte mit den Schultern.

»Kannte er deine Eltern?«, fragte Emmi.

Ich nickte. »Vor ein paar Jahren habe ich erfahren, dass er auch die Kontaktperson meines Vaters war. Er hat sich sein Leben lang die Schuld dafür gegeben, dass sie gestorben sind.«

»Aber«, sagte Emmi an, »es war doch nicht seine Schuld.«

Ich nickte. »Das habe ich ihm auch immer gesagt, aber das mit den Schuldgefühlen ist so eine Sache.«

»Hast du noch Kontakt zu ihm?«, fragte sie interessiert. Gequält schloss ich meine Augen.

»Nein«, flüsterte ich. »Er ist vor ein paar Jahren gestorben.«

Mitfühlend drückte sie meinen Arm und ich starrte aus dem Fenster.

»Kannst du dich an das Handy erinnern, das du mal in meinem Handschuhfach gefunden hast?«

Sie runzelte die Stirn, schien nachzudenken, bis ihr Blick mir zeigte, dass sie verstand.

»Nur Raymond hatte die Nummer zu diesem Handy. Er hatte sich jahrelang nicht gemeldet, aber zwei Wochen vor seinem Tod hat er mehrfach versucht, mich anzurufen.«

Nachdenklich kratzte ich mir meinen Bart. »Ich muss vergessen haben, das Handy aufzuladen. Bis heute weiß ich nicht, was er mir sagen wollte.«

Dann sah ich wieder Emmi an. Gespannt musterte sie mich.

»Was, wenn er das mit Aleksej alles rausgefunden hatte? Was, wenn er mich warnen wollte?« Ich schüttelte den Kopf. »Was, wenn wir das alles hätten vermeiden können?«

»Noah«, fing Emmi an, aber ich unterbrach sie.

»Und das alles nur, weil ich vergessen hatte, dieses verdammte Handy aufzuladen.«

Sie legte mir eine Hand auf den Unterarm. »Es ist nicht deine Schuld, Noah.« Ihr Griff wurde fester und ihr Blick eindringlicher. »Es ist nicht deine Schuld!«

»Es fühlt sich aber so an«, sagte ich verzweifelt. Ich zog sie in die Arme, atmete den Geruch ihrer Haare ein. »Was, wenn dir auch so etwas wie meiner Mutter passiert? Und das nur, weil ich so egoistisch war und dich nicht hab gehen lassen können?«

Sie löste sich ein Stück von mir und sah mich an. »So etwas wird mir nicht passieren, Noah.«

»Was, wenn doch?«, fragte ich verzweifelt. »Das würde ich nicht ertragen.«

»Das ist so gut wie unmöglich«, sagte sie sanft zu mir.

»Ich hätte auch nie gedacht, zweimal in den Zeugenschutz zu kommen oder um euer Leben zu fürchten.«

»Noah«, sagte sie jetzt eindringlich. »Du kannst so etwas nicht wissen.«

»Aber ich bin ein Magnet für so etwas, ich will dich einfach vor so einem Schicksal bewahren.«

»Und hast du mich mal gefragt, was ich will?«

Ich schwieg.

»Ich bin schon groß, weißt du. Ich treffe meine eigenen Entscheidungen.«

»Manchmal muss man Entscheidungen für andere treffen, wenn es zu ihrem Wohl ist.«

»So wie du das schon einmal vor zwei Jahren getan hast?«, fragte sie mich tadelnd.

Ich zuckte zusammen. Sie kam wieder auf mich zu, legte ihre Hand auf meine Wange und wartete darauf, dass ich sie ansah.

»Ich würde mich immer für dich entscheiden.«

»Emmi«, stöhnte ich und versuchte, mich zu beherrschen.

»Noah, ich will nicht mehr ohne dich leben. Zwing mich bitte nicht nochmal dazu.«

Dann schlang sie ihre Arme um meinen Nacken und zog mich an sich. Meine Lippen fanden ihre und vor Freude stöhnten wir beide auf.

»Verzeih mir«, wisperte ich an ihre Lippen. »Ich war so dumm.«

»Weniger reden, mehr küssen«, meinte sie nur und ich befolgte nur zu willig ihren Befehl. Emmi zu küssen fühlte sich an, als würde ich in Flammen stehen. Mein ganzer Körper erwachte und kribbelte. Hoffentlich würde sie für den Rest unseres Lebens diese Wirkung auf mich haben.

KAPITEL 53

Noah

»Wohin fahren wir, Noah?«, lachte Emily, während ich ihre Hand in meiner hielt und ihren Handrücken küsste.

Seit unserer Aussprache waren weitere drei Wochen vergangenen. Auch wenn Basti und Jules nichts sagten, wusste ich, dass wir ihre Gastfreundschaft lange genug in Anspruch genommen hatten.

An einer roten Ampel musterte ich Emily eindringlich von der Seite. Ihr Bauch war noch größer geworden und unsere Tochter trat jeden Tag kräftig um sich. Das Gefühl, wie sie gegen meine Hand trat, war mit nichts auf der Welt zu vergleichen. Auch Emily ging es von Tag zu Tag besser. Mittlerweile waren auch die letzten blauen Flecken aus ihrem Gesicht verschwunden und auf den ersten Blick würde niemand vermuten, was erst vor wenigen Wochen passiert war. Die Hämatome an ihren Rippen verblassten weiter, nur die Stichwunden am Bein würden wohl noch ihre Zeit brauchen, bis sie nur noch blasse Narben sein würden.

»Ich liebe dich«, sagte ich aus einem Impuls heraus.

Emily legte den Kopf schief und sah mich von der Seite an. »Was hast du angestellt?«, fragte sie skeptisch.

Abwehrend hob ich die Hände und grinste sie breit an. »Darf ich dir nicht sagen, dass ich dich liebe?«

»Doch«, meinte sie und kniff mir spielerisch in die Nase. »Aber du sagst es mit diesem Unterton, dass ich weiß, dass du etwas ausgeheckt hast.«

Lächelnd schwieg ich und fuhr die letzten Meter zu unserem Ziel, bis wir vor einem roten Backsteinhaus hielten.

Neugierig musterte Emmi das Haus, als ich sie durch den Vorgarten führte. Es war ein altes Bauernhaus, das vor einigen Jahren renoviert worden war. Über zwei Stufen kam man zur Haustür und hatte direkt rechts einen Blick auf die Terrasse. Der Dachstuhl war in Grau-Weiß gehalten und schenkte dem Haus einen modernen Touch.

»Wer wohnt hier?«, fragte Emmi ehrfürchtig, aber ich beantwortete ihre Frage nicht.

Noch nicht.

Ich öffnete die Haustür und führte sie in den Flur. Von da aus hatte man einen freien Blick auf den Wohn- und Essbereich. Auch die offene Küche war von hier zu sehen. Bevor Emmi einen Blick in den Garten werfen konnte, führte ich sie die breite Treppe nach oben.

Verzückt strich sie über das Geländer und ich konnte sie »Oh wow« sagen hören.

Oben sahen wir uns das große Badezimmer und die drei weiteren Zimmer an. Im letzten Raum blieb sie stehen und musterte mich fragend.

»Noah, was ist das hier?«

Ich zögerte, dann sagte ich unsicher: »Wenn du willst, dann ist das unser neues Zuhause.«

Ihre Augen wurden riesig.

»Ins Loft können wir nicht zurück.« Wir beide verzogen ob der Erinnerungen das Gesicht. »Und ich glaube, dass wir die Gastfreundschaft von Basti und Jules lange genug in Anspruch genommen haben.«

Ich sah auf den Boden, weil ich nicht wusste, wie Emily reagieren würde. Die Entscheidung, ein Haus zu kaufen, traf man normalerweise nicht alleine. Aber als ich das Haus gesehen hatte, hatte es sich richtig angefühlt. Vor meinem inneren Auge hatte ich unsere gesamte Zukunft in diesem Haus sehen können und ich hatte es kaufen müssen. Angespannt hoffte ich, dass es Emmi ähnlich gehen würde wie mir.

»Sieh mich an, Noah«, sagte sie.

Ich hob meinen Blick, Emmi musterte mich mit einem strahlenden Lächeln. »Du hast das Haus für uns gekauft?«

Zögernd nickte ich. Sie küsste mich stürmisch.

Kurz löste ich mich von ihr und sah sie fragend an. »Ist das ein Ja?«

Sie lachte, verdrehte die Augen und küsste mich weiter. Ihre Finger glitten unter mein T-Shirt und dort, wo sie mich berührte, hinterließen sie eine Gänsehaut.

»Emmi«, sagte ich heiser zwischen ihren Küssen, während sie begann, an meinem Gürtel herumzunesteln.

»Emmi«, wiederholte ich. »Wir können nicht«, begann ich, doch sie sah mich nur spöttisch an und zog sich ihr T-Shirt über den Kopf.

Schwer schluckte ich. Sie trug jetzt nur noch einen schwarzen Spitzen-BH und ihren knappen Rock. Es kam mir vor, als wären ihre Brüste größer geworden. Mein Blick wanderte an ihr herunter, blieb an ihrem gerundeten Bauch hängen.

»Wir können also nicht?«, fragte sie unschuldig, während sie sich langsam ihre BH-Träger von der Schulter schob.

Die letzten Wochen hatten wir nicht miteinander geschlafen, weil ich es nicht ertragen hätte, wenn Emily irgendwelche Schmerzen gehabt hätte. Vor einigen Tagen hatte der Arzt Entwarnung gegeben – Emilys Rippen waren gut verheilt, aber in meinem Kopf war trotzdem ein Knoten gewesen.

Ich schüttelte den Kopf, dann nickte ich. »Du bist schwanger und wir können nicht ...«

Sie unterbrach mich. »Richtig, ich bin schwanger und hatte seit Monaten keinen Sex.«

Erwartungsvoll hob sie die Augenbraue. Ich stöhnte auf und mit drei langen Schritten war ich bei ihr und drängte sie gegen die Wand. Glücklich seufzte sie und zerrte mir das T-Shirt über den Kopf. Hungrig glitt ihr Blick über meinen Oberkörper.

»Du bist so schön«, sagte sie beinahe ehrfürchtig.

Mit meinen Lippen glitt ich über ihre Lippen, ihre Wangen und den Hals hinab, bis ich an ihrem Schlüsselbein angekommen war. Während ich ihr Schlüsselbein liebkoste, öffnete ich geschickt ihren BH. Mit der linken Hand umfasste ich ihre Brust, schob mit der anderen ihren Rock samt Slip zu Boden. Sie legte den Kopf in den Nacken und fummelte blind am Knopf meiner Jeans herum. Als sie es endlich geschafft hatte, hob ich sie auf meine Hüften. Automatisch schlang sie ihre Beine um mich.

»Nicht hier«, flüsterte ich rau und trug sie zu dem Sofa am anderen Ende des Raumes. Vorsichtig legte ich sie darauf ab und ließ meinen Blick bewundernd über sie wandern.

»Noah«, drängte sie ein weiteres Mal, schlang ihre Beine um mich und zog mich auf sie.

Während ich in sie eindrang, wandte ich nicht einmal den Blick von ihrem Gesicht.

»Ich liebe dich«, sagte ich rau.

Der Blick, mit dem sie mich bedachte, war mir Antwort genug. Ich wollte sanft sein, jede Sekunde genießen, unseren Höhepunkt so lange wie möglich herauszögern, aber Emmi drängte sich enger an mich.

»Nicht jetzt, Noah«, stöhnte sie. »Bitte.«

Wir verloren uns in einem schnellen Rhythmus und ich spürte, wie mir Schweißperlen über den Rücken liefen, als Emmi zum Orgasmus kam. Während sie heiser meinen Namen stöhnte, fiel auch ich über die Klippe.

Wir brauchten ein paar Minuten, um wieder zu Atem zu kommen. Dann hob ich den Kopf und verteilte Küsse auf ihrem Gesicht. Meine Hand lag auf ihrem Bauch.

»War das okay?«, fragte ich besorgt.

Sie grinste mich neckisch an. »Mehr als okay«, lachte sie fröhlich.

Während wir uns anzogen, lagen unsere Blicke auf dem jeweils anderem.

»Emmi?«, fragte ich und merkte, wie ich wieder nervös wurde.

»Ja?«, meinte sie, als sie dabei war, ihren BH zu schließen.

»Heiratest du mich?«, platzte ich heraus.

Sie lachte. »Wir sind doch schon längst verheiratet.«

»Ich weiß«, sagte ich leise. »Aber ich würde gerne unser Eheversprechen erneuern.«

Als sie ihr T-Shirt über ihren Kopf gezogen hatte und sich mit den Fingern durch die Haare gefahren war, musterte sie mich.

»Was?«, fragte sie verwirrt.

Ich nahm ihre Hände in meine und wiederholte meine Frage. »Willst du mich noch einmal heiraten?«

Ich hielt den Atem an und wartete gespannt auf ihre Antwort. Sie stellte sich auf die Zehenspitzen und legte ihre Stirn gegen meine.

»Ich würde dich immer wieder heiraten.«

Glücklich hob ich sie hoch und drehte sie im Kreis. Sie warf ihren Kopf in den Nacken und lachte aus vollem Herzen. So hatte es immer sein sollen. Als ich sie abstellte, gab ich ihr einen kurzen Klaps auf den Po, der sie empört aufquieken ließ.

»Zieh dich um«, meinte ich und war dabei, das Zimmer zu verlassen.

»Was soll ich denn anziehen?«, fragte sie verwirrt, während ich auf die Ecke deutete, in der ein Kleidersack hing, der Emmi bislang nicht aufgefallen war.

Erstaunt riss sie die Augenbrauen in die Höhe. »Du willst das heute machen?«, fragte sie ungläubig.

Ich nickte. »Nicht, dass du es dir nochmal anders überlegst.«

Ich warf einen Blick auf meine Uhr. »Und du solltest dich beeilen«, sagte ich. »Unsere Gäste kommen gleich.«

»Gäste?«, fragte sie erstaunt, dann schüttelte sie den Kopf. »Verrückter Mann«, schmunzelte sie.

Als ich schon fast aus der Tür war, rief sie mir hinterher: »Und wo werden wir heiraten?«

»Na, in unserem Garten«, antwortete ich, als wäre es das Selbstverständlichste auf der Welt.

Dann schloss ich die Tür hinter mir. Mein Herz füllte sich um eine Zentnerlast befreit an.

Endlich war ich da, wo ich hingehörte.

KAPITEL 54

Emily

Bedächtig strich ich über das weiße Kleid. Es war ein schlichtes Spaghettiträgerkleid, und hatte eine große graue Schleife, die direkt unter der Brust gebunden wurde.

Ich warf einen Blick aus dem Fenster hinaus in den Garten. In den Bäumen hingen Lampions und ich konnte einen Bogen sehen, um den Rosen gewickelt waren.

Die Tür öffnete sich, und als ich mich umdrehte, sah ich meine Familie. Mila rannte auf mich zu und warf sich in meine Arme.

»Hochzeit!«, jubelte sie und ich fiel in ihr Lachen mit ein.

Noch immer war ich baff von dem, was Noah hier vorbereitet hatte. Bei dem Gedanken daran, dass dieses Haus unser neues Zuhause werden sollte, begann jede Zelle meines Körpers, vor Aufregung zu summen.

»Da hat sich Noah aber was Feines ausgedacht«, nickte Benj anerkennend, während Max mir meine Haare verwuschelte.

Mama war mal wieder den Tränen nahe und sagte die ganze Zeit »Ich freu mich so, ich freu mich so.«

Jules kam durch die Tür und scheuchte alle hinaus. »Emmi muss sich fertig machen, zack zack.«

Nur widerwillig verließ meine Mutter das Zimmer.

Jules sah mich auffordernd an. »Na komm, wir machen dich fertig.«

Sie half mir in das Kleid, das perfekt passte, drehte meine Haare zu Locken ein und setzte mir einen Blumenkranz ins Haar. Die weißen Rosen bildeten einen schönen Kontrast zu meiner dunklen Mähne. Aufmerksam musterte ich mich.

»Du bist wunderschön«, sagte Noah.

Ich drehte mich um und sah ihn gegen den Türrahmen gelehnt stehen. Er trug einen schwarzen Anzug und der Blick in seinen Augen ließ die Schmetterlinge in meinem Bauch wie verrückt schlagen.

»Sollte der Bräutigam die Braut nicht erst später sehen?«, scherzte ich, während Jules sich diskret zurückzog.

Er grinste und kam auf mich zu. »Ich glaube, diese Tradition betrifft uns nicht.«

Noah setzte sich neben mich und ließ den Blick über mich schweifen. Ich konnte die Liebkosung seines Blickes förmlich auf mir spüren.

»Ich wollte dir noch etwas geben«, sagte er und räusperte sich.

Dann holte er einen Ring hervor. Es war ein schmaler Goldring mit einem Diamanten.

»Der hat meiner Mutter gehört«, sagte er mit rauer Stimme und mein Herz zog sich zusammen. »Ich wollte ihn dir immer geben, aber wie hätte ich dir alles erklären können?«, sprach er mehr zu sich als zu mir.

Ich sah ihn fragend an, und als er nickte, nahm ich ihm den Ring aus der Hand und betrachtete ihn näher. ›Immer in meinem Herzen‹, stand auf der Innenseite eingraviert. Noah nahm mir den Ring wieder ab.

»Ich dachte mir, für einen Neuanfang wäre ein neuer Ring nicht schlecht«, meinte er und lächelte schief.

Ich hielt ihm meine Hand hin und er steckte mir den Ring an.

»Vor allem, weil er schon immer dir gehört hat«, sagte er, während er über meinen Finger strich.

»Ich liebe dich«, hörte ich mich sagen.

»Und ich liebe dich noch mehr«, erwiderte er mit brennendem Blick und küsste mich. Als er sich von mir löste, meinte er liebevoll: »Dann lass uns mal unser Eheversprechen erneuern.«

Noah zog mich hoch und wir gingen Hand in Hand in den Garten. Die große Wendeltreppe hinunter, durch das noch leere Wohnzimmer auf die Terrasse. Ich hielt meinen Atem an.

Noah hatte weiße Stuhlreihen aufgebaut und alle unsere Freunde und unsere Familie drehten sich zu uns um. Da waren Basti und Jules mit Klein-Noah, Benj, Max und Mila, Mama und Papa. Ich runzelte die Stirn. Neben Benj stand eine zierliche Person und ich musste ein zweites Mal hinsehen, ehe ich meinen Augen trauen konnte. Mit der rechten Hand schlug ich mir auf den Mund und starrte Noah an.

»Du hast Lien hierhergebracht?« Es war ewig her, dass ich meine chinesische Freundin gesehen hatte, und sie winkte mir fröhlich zu.

Benjs Blick glitt bewundernd über sie und mein Gefühl sagte mir, dass ich Lien in Zukunft öfter sehen würde. Mein Blick wanderte zu einer weiteren Person, die mich schief angrinste.

»Du hast sogar Jake eingeladen?«, lachte ich.

Noah zuckte grinsend mit den Schultern. »Er ist vielleicht nicht ganz so übel, wie ich immer dachte«, meinte er mit einem Zwinkern.

Tränen standen mir in den Augen.

»Deine Nonnen wollte ich auch einladen und Frau Lee«, meinte Noah. »Aber die haben sich alle ein wenig zu alt für die lange Reise gefühlt. Sie haben dir aber Briefe geschrieben.«

Liebevoll lächelte er mich an und die Tränen liefen mir über die Wangen, als ich ihn stürmisch küsste. Die Anwesenden johlten und lachend lösten wir uns voneinander. Noah zog mich nach vorne und als wir unter dem Rosenbogen standen, sah er mich liebevoll an.

»Ich würde sagen: Ladies First.«

Alle lachten.

»Besonders viel Zeit hast du mir ja nicht gelassen«, meinte ich amüsiert.

Dann wurde ich ernst.

»Ich weiß, was es bedeutet, ohne dich zu leben. Es fühlt sich an, als würde ich keine Luft kriegen, als würde ein Teil meiner selbst fehlen.« Ich schloss die Augen. »Dein Herz schlägt im selben Takt wie meines und ich werde den Rest meines Lebens zu diesem Rhythmus tanzen. Alles, was wir durchgemacht haben, war es wert, denn es hat mich hier hingebracht.« Ich legte ihm meine Hand auf die Wange. »Es hat dich zurück zu mir gebracht. Du bist für immer in meinem Herzen«, sagte ich und drehte den Ring an meinem Finger.

Gerührt sah mich Noah an.

»Es gibt niemanden, der mich kennt wie du«, sagte er und sein Blick brannte auf mir. »Du kennst jede noch so hässliche Wahrheit, jede noch so schöne Lüge über mich.

Du siehst mich als den, der ich wirklich bin, du machst mich zu einem besseren Menschen und diese Welt zu einem besseren Ort. Du bringst dem Chaos in mir Frieden.« Er zog mich an sich und legte seine Stirn an meine. »Du gibst mir Hoffnung.«

Unsere Familie stand auf und stellte sich im Kreis um uns. Wie aus einem Munde sprachen sie: »Möge der Weg euch zusammenführen, der Sturm euch nicht entzweien und die Sonne eure Herzen wärmen. Möge das leuchtende Feuer in eurem Herzen auch in der finstersten Nacht nicht erlöschen.«

Noah öffnete die Augen, musterte mich, als würde er mich das erste Mal sehen. Wenn ich ihn ansah, konnte ich all die Versprechen und all die Hoffnung auf ein gemeinsames Leben sehen. Dann zog Noah mich enger an sich und küsste mich.

Stunden später, nachdem wir gelacht, getanzt und gegessen hatten, zog ich mich ein wenig zurück. Mein Blick glitt über die Menschen, die hier waren und die mir alle am Herzen lagen. Es waren vielleicht nicht viele, aber es waren alle, die zählten. Zuletzt blieb mein Blick an Noah hängen und mein Herz wurde leicht.

Wie oft hatte ich mir gewünscht, ihn nur noch ein einziges Mal zu sehen, ihn nur noch ein einziges Mal im Arm zu halten, ihn nur noch einmal sagen zu hören, dass er mich liebte.

Unsere Tochter trat mich, als wenn sie mir zustimmen wollte.

Wenn ich an unsere Zukunft dachte, fühlte ich nichts als Zuversicht. Noah war an meiner Seite, gemeinsam würden wir alles meistern.

Als hätte er gespürt, dass mein Blick auf ihm ruhte, stand Noah auf und kam zu mir.

»Als ich dich das erste Mal gesehen habe«, sagte er und zog mich in seine Arme. »Da hätte ich niemals ahnen können, wohin uns das Leben mal führt.«

Ich lachte. »Wer hatte das auch schon vorsehen können?«

Ernst blickte mich Noah an. »Ich liebe dich, Emmi. Dich zu lieben, war meine Rettung.« Seine Hand ruhte auf meinem Bauch, in dem unsere Tochter ein Tanzturnier veranstaltete. »Und ich kann es kaum erwarten, bis Abby endlich bei uns ist.«

Ich sah ihn an. »Wegen des Namens Abby«, meinte ich zögernd.

Noah musterte mich neugierig.

»Was würdest du von einem anderen Namen halten?«

Auffordernd zog er die Augenbrauen hoch und ich zeichnete kleine Kreise auf seiner Brust.

»Was hältst du von dem Namen Amélé?«

Leise sagte er den Namen vor sich hin, probierte, wie er sich anfühlte.

»Woher der Sinneswandel?«, fragte mich Noah.

Ich lächelte ihn an, fuhr mit meinen Fingern seine Gesichtszüge nach, die mir so vertraut waren.

»Amélé bedeutet Hoffnung.«

EPILOG

Amélé

60 JAHRE SPÄTER

Das Erste, was ich wahrnahm, waren die warmen Sonnenstrahlen auf meiner Haut. Danach konnte ich das Zwitschern der Vögel hören, die ihre fröhlichen Melodien pfiffen. In der Ferne konnte ich sogar Kinder lachen hören.

Ich legte den Kopf in den Nacken. Nicht eine Wolke war am Himmel zu sehen – es war einfach der perfekte Tag.

»Amélé?«, riss mich die liebevolle Stimme meines Mannes aus den Gedanken. »Es ist so weit.«

Mir wurde schwer ums Herz. Ich strich meinen gelben Rock glatt und trat einen Schritt nach vorne. Tagelang hatte ich mir überlegt, was ich heute sagen wollte. Es war mir schwergefallen, die richtigen Worte zu finden.

»Nicht viele Menschen können von sich behaupten, dass sie zweimal beerdigt werden«, räusperte ich mich. Ein paar der Anwesenden lachten. Mein Blick glitt über sie und ein Lächeln stahl sich auf mein Gesicht.

Papa hatte sich gewünscht, dass wir bloß kein Schwarz tragen. »Das haben sie schon beim ersten Mal«, meinte er und hatte die Augen verdreht. »Fand ich da schon nicht gut.«

Mama hatte ihn geboxt und gesagt, dass er es gar nicht gesehen hätte.

Daraufhin hatte er nur mit den Schultern gezuckt. »Beim nächsten Mal möchte ich, dass sich alle bunt anziehen!«

Und genau das hatten wir heute getan. Nicht einer trug ein schwarzes Kleidungsstück.

»Es fällt mir schwer, die richtigen Worte zu finden«, sagte ich und meine Unterlippe begann zu zittern.

Mein Mann trat einen Schritt vor und legte seinen Arm schützend um mich.

»Papa war ein hervorragender Vater, Opa und Ehemann. Ich kann mich an keinen Tag erinnern, an dem er Mama und mir nicht gesagt hätte, dass er uns liebt.«

Ich warf einen kurzen Blick auf den Sarg, der vor dem Grab aufgebahrt worden war, und griff den Stiel meiner weißen Rose etwas fester.

»Es gab nichts Schöneres, als von Papa geliebt zu werden. Mama hat immer gesagt, dass ein Leben ohne Papa trostlos ist, dass mit ihm die Welt viel heller scheint, die Farben bunter sind, das Lachen lauter und die Liebe tiefer.«

Ich blinzelte gegen die Tränen in meinen Augen an. Ich hasste es, schon wieder hier zu stehen und ein Elternteil zu begraben. Mamas Tod war erst zwei Jahre her und ich hatte mich noch nicht davon erholt. Ich schloss die Augen und eine Träne lief mir über die Wange. Es fühlte sich an, als wäre es erst gestern gewesen, dass wir Mama beerdigt hatten und Papa hier gestanden hatte, um ihre letzte Rede zu halten.

»Ohne Mama war Papa nicht mehr der Alte. Das Letzte, was er zu mir gesagt hatte, war, dass er alles hatte, was man im Leben brauchte.« Zittrig lächelte ich. »Und deswegen sollten wir heute feiern und nicht trauern. Auch wenn es mir im Herzen schmerzt, dass er nicht mehr da ist, weiß ich, dass er ein glückliches und erfülltes Leben hatte. Dass er mehr geliebt hat, als viele das je tun.«

Ich trat vor und legte eine Rose auf den Sarg meines Vaters. So wie er es vor zwei Jahren bei Mama gemacht hatte.

»Leb wohl, Papa«, flüsterte ich und konnte die Tränen nicht aufhalten, die mir über die Wangen liefen. »Es gab nichts Schöneres, als von euch geliebt zu werden.«

Nach einem kurzen Moment kam mein Mann dazu, legte ebenfalls eine Rose ab und flüsterte leise: »Danke, dass du mir meine Hoffnung geschenkt hast.«

Dann legte er mir den Arm um die Schulter und führte mich zur Seite.

Aufmerksam musterte er mich: »Bist du okay?«

Ich legte meinen Kopf in den Nacken und genoss die warmen Sonnenstrahlen auf der Haut.

»Noch nicht, aber ich werde es sein.«

ERINNERUNG

Amélé

»Emmi«, sagte Papa und ich konnte sehen, wie er um Fassung rang. Er schluckte schwer. »Es scheint nur fair, dass diesmal ich deine Grabrede halte, auch wenn das echt scheiße ist.«

Selbst jetzt schaffte Papa es, einigen Anwesenden ein Lachen zu entlocken.

»Ich glaube, es gibt keinen Mann, der sich so glücklich schätzen kann, wie ich in den letzten siebzig Jahren meines Lebens. Ich wurde von dir geliebt und es gab kaum etwas Schöneres in meinem Leben. Ich werde es vermissen, jeden Tag neben dir aufzuwachen, dich beim Schlafen zu beobachten, dich zum Lachen zu bringen und mich zu fragen, was ich getan habe, um dich verdient zu haben. Du hast zu mir gehalten, als es keiner getan hat, hast mir Fehler verziehen, die nicht zu verzeihen sind, du hast mir Amélé gegeben.«

Kurz sah er mich liebevoll an, dann wandte er seinen Blick zurück zu dem Sarg, in dem meine Mutter lag. Meine wunderschöne, lebensfrohe Mutter. Ich hatte immer noch das Gefühl, unter Schock zu stehen. Am Abend noch hatten wir zusammen gelacht, bis sie sich eher hingelegt hatte, weil sie Kopfschmerzen hatte. Am nächsten Morgen war sie nicht mehr aufgewacht. Ein Hirnaneurysma hatten die Ärzte diagnostiziert.

»Du hast mir Hoffnung gegeben. Ich werde nie vergessen, das Leben zu lieben und zu genießen, wie du es getan hast. Und wenn eines Tages auch meine Zeit gekommen ist, dann hoffe ich, dir dorthin zu folgen, wo du gerade bist. Wo auch immer das ist.«

Dann ging er einen weiteren Schritt vor, legte eine seiner Hände auf den Sarg und sagte leise, sodass es niemand außer mir hören konnte: »Emmi, Oh Emmi.«

Ich konnte hören, wie er unterdrückt schluchzte, und musste mir selbst die Faust auf den Mund pressen, um nicht zu heulen.

»Mit dir ist ein Teil meiner selbst gegangen, Liebling. Ich wünschte, wir hätten noch so viel mehr Zeit gemeinsam gehabt. Danke, dass du mich so sehr geliebt hast. Dass du mich wiedergenommen hast, obwohl ich es verbockt hatte, dass du mich zu einem besseren Mann gemacht hast. Danke, dass du all meine Wahrheiten und Lügen geliebt hast. Ich werde nie aufhören, dich zu lieben, nie aufhören, dich zu vermissen. Bis zu meinem letzten Herzschlag.«

Mein Vater legte eine Rose auf den Sarg meiner Mutter und flüsterte noch leiser, sodass ich mich anstrengen musste, ihn zu verstehen: »Ich liebe dich, Emmi, das ist der Anfang und das Ende von allem.«

Ende

Danksagung

Es ist geschafft! Und ich weiß überhaupt nicht, wo ich anfangen soll. Und vor allem, bei wem.

Zuallererst muss ich mich beim VAJONA Verlag und vor allem bei Vanessa bedanken. Hättet ihr nicht an mein Projekt geglaubt, dann hätte ich noch so viele Wörter tippen können, aber es wäre nie veröffentlicht worden. Danke für euren Glauben an mich.

Dann muss ich mich ganz dringend bei meiner Lektorin Désirée bedanken. Danke, für deine genaue Arbeit, danke, dass du dir das Manuskript mit all seinen Fehlern gegeben hast, und danke, dass du es zu dem Meisterstück gemacht hast, das es jetzt ist.

Ein besonderes Dankeschön gilt Julia von Gröchel Design: Du hast dieser Geschichte ein Gesicht gegeben und ich kann mir kein besseres Cover vorstellen.

Als Nächstes möchte ich mich bei Lina bedanken. Ich glaube, ohne dich hätte ich irgendwann bei Kapitel 10 aufgehört und nicht weitergeschrieben. Alleine deinem Feuereifer für diese Geschichte ist es zu verdanken, dass ich sie auch wirklich beendet habe.

Und dann muss ich mich bei meinem Mann bedanken. Ohne die Freiräume, die du mir geschaufelt hast, hätte ich die Geschichte niemals schreiben können. Tut mir echt leid, dass du dir ständig irgendwelche Szenen anhören musstest, wenn ich nicht zufrieden war, aber du warst ein wirklich guter Kritiker. Danke, dass du nie deinen Glauben an mich und meine Geschichten verloren hast.

Ich könnte noch so viele Leute erwähnen. Lars, der mich auf gewisse Logikfehler hinwies, nachdem ich mit ihm Emilys Verletzungen durchgegangen bin. Vanessa Fuhrmann, die mich überhaupt erst darauf gebracht hat, mich beim VAJONA Verlag zu bewerben. Wahrscheinlich muss ich mich auch bei meinen Protagonisten bedanken. Hätte ich mich während des Schreibens nicht so in Noah verliebt, dann hätte das Buch ein ganz anderes Ende genommen.

Und dann danke ich dir. Danke, dass du dieses Buch gekauft hast und dass du Emilys und Noahs Geschichte gelesen hast. Für dich habe ich diese Geschichte geschrieben.

Weitere Romane der Autorin Ana van Leeuwen

Die SHATTERED – Reihe (Band 1)

SHATTERED HEARTS – Für immer war zu lang

Ana van Leeuwen
ca. 450 Seiten
ISBN 978-3-948985-33-2
VAJONA Verlag

VERÖFFENTLICHUNG:
19. Januar 2022

»Er legte so viel Gefühl in diesen Kuss, der noch wochenlang in meinem Inneren nachhallen und einen Abdruck auf meiner Seele hinterlassen würde.«

Seit Julian Mara das erste Mal gesehen und sie seine Ehre mit einer Sandkastenschaufel verteidigt hat, ist er in das Mädchen mit den feuerroten Haaren und den grasgrünen Augen verliebt.
So lange Maras Erinnerungen zurückreichen, war Julian an ihrer Seite und hat ein Teil ihres Herzens in seinen Händen gehalten. Aber Tragödien und Schicksalsschläge haben sie dazu gebracht, sich von dem Mann abzuwenden, den sie schon immer liebte.
Für Mara ist klar: Der Traum von „Für immer“ war definitiv zu lang. Sie will ihre Vergangenheit hinter sich lassen und ein Leben ohne Julian beginnen. Julian hingegen ist gewillt, alles zu tun, was in seiner Macht steht, um sie zurückzugewinnen.
Nur was, wenn es dafür zu spät ist? Wie viel hält eine Liebe aus? Und gibt es, selbst wenn alles in Schutt und Asche liegt, noch eine Chance für die eine, wahre Liebe?

Weitere Romane im VAJONA Verlag

Die **BROKEN**-Reihe von *Vanessa Schöche*

Emotional, tiefgründig und romantisch.

BROKEN Hope – Bis ich dich lieben kann

Vanessa Schöche
536 Seiten
ISBN 978-3-9819888-8-8
VAJONA Verlag

»Das Schicksal weiß, was es tut. Auch wenn es manchmal die grausamsten Wege einschlägt.«

Hope bedeutet Hoffnung.
Doch diese hat die junge Hope Green schon längst aufgegeben. Ihr Leben gleicht einem irreparablen Scherbenhaufen. Das Schicksal, das immer gnädig zu Hope war, schlug unerwartet eine andere Richtung ein und reißt sie damit in eine unergründliche Schlucht der Leere.

Die zerbrochene Hope fällt immer tiefer in die dunklen Schatten ihres Lebens, bis sie auf den einfühlsamen und verständnisvollen Liam trifft. Für ihn scheint die junge Frau, in deren Augen ein heftiger Sturm tobt, jedoch unnahbar. Dennoch versucht Liam alles, um Hope aus dieser Finsternis herauszuholen, die ihr den Weg zu einem wunderschönen Leben versperrt.
Unwissend, dass er ihr in diesem Moment schon so viel verbundener ist als sonst jemand.

BROKEN Will – Bis ich mit dir zu träumen wage

Vanessa Schöche
544 Seiten
ISBN 978-3-948985-02-8
VAJONA Verlag

»Meine Vergangenheit hat mich eins gelehrt: Wenn man einmal den schwarzen Peter im Leben zugeschoben bekommen hat, ist es unmöglich, ihn wieder loszuwerden.«

Willow bedeutet die Zauberhafte.

Doch nichts in Willows Leben gleicht einem wundervollen Zauber. Denn eine unvorhersehbare schlechte Entscheidung verwandelt ihr wohlbehütetes Leben in ein Schlachtfeld voller gebrochener Gefühle. Die junge Will glaubt an keine Liebe und nicht annähernd an einen Hauch von Glück, das für sie bestimmt sein könnte. Zu tief sind die Schrammen ihrer Vergangenheit.

Um keine weiteren Katastrophen heraufzubeschwören, hat Will aufgegeben, für ihre Träume einzustehen. Bis sie auf den entschlossenen Josh trifft, der ihr wohlgehütetes Kartenhaus ins Wanken bringt. Denn Josh ist ein Mann, der bereit ist, für Wills Glück zu kämpfen, wenn sie selbst nicht die Kraft dazu hat. Er ist bereit, gegen Wills hoch errichtete Stahlwände zu prallen, und hartnäckig genug, immer wieder aufzustehen, um Will das Leben zu schenken, das sie verdient hat.

Für beide beginnt eine besondere Freundschaft, die tiefer geht. Tiefer als die Regeln, die sie beide aufgestellt haben.

Der Beginn einer emotionalen Dilogie über Geschwisterliebe von *Klara Robert*

Dear Sister – Gefangene Gefühle

Klara Robert
410 Seiten
ISBN 978-3-948985-04-2
VAJONA Verlag

»Es kostete ihn jeden Tag immer mehr Kraft, all seine Gedanken und Gefühle zu unterdrücken, weil er niemals haben konnte, was sein Herz so dringend brauchte.«

Jenna war seine Schwester. Ohne es zu merken, hatte sie einen gefährlichen Bereich seines Herzens erobert. Joes Gefühle waren gewaltig, ehrlich, bedingungslos. Und verboten.

Stell dir vor, du findest deine einzig wahre Liebe. Den einen Menschen, der für dein Herz bestimmt ist. Doch was dein Herz will, ist strikt untersagt.

Würdest du trotzdem um diese Liebe kämpfen?

Der fesselnde Auftakt einer royalen Geschichte von
Maddie Sage

IMPERIAL – Wildest Dreams 1

Maddie Sage
488 Seiten
ISBN 978-3-948985-07-3
VAJONA Verlag

VERÖFFENTLICHUNG:
14. Juli 2021

»Wem sollen wir in einer Welt voller Intrigen und Machtspielchen noch vertrauen? Lassen wir unsere Gefühle zu, stürzen wir alle um uns herum ins Verderben.«

Nach einer durchzechten Nacht reist Lauren gemeinsam mit ihrer feierwütigen Freundin Jane für ein Jahrespraktikum ins Schloss des Königs von Wittles Cay Island. Und das, obwohl ihr der Abschied von ihrer Familie alles andere als leichtfällt, denn diese ist ihr größter Halt, nachdem ihr Vater vor fast vier Jahren spurlos verschwunden ist.

Am Hof sieht Lauren sich jedoch mit zahlreichen Problemen konfrontiert, allen voran mit Prinz Alexander, dessen Charme sie wider Willen in den Bann zieht. Dabei ist der Königssohn bereits der englischen Prinzessin versprochen worden, die vor nichts zurückschreckt, um ihren Anspruch auf Alexander und den Thron zu sichern. Dennoch kommen sich Lauren und der Prinz immer näher, ohne zu ahnen, in welche Gefahr sie einander dadurch bringen. Bis plötzlich Laurens verschollener Vater auftaucht und sie feststellen muss, dass die Folgen seines Verschwindens weiter reichen, als sie je für möglich gehalten hätte.

Folge uns auf:

Instagram: www.instagram.com/vajona_verlag
Facebook: www.facebook.com/vajona.verlag
Website: www.vajona.de